QUEM VAI TE OUVIR GRITAR

QUEM VAI TE OUVIR GRITAR

Uma antologia de horror negro

Editado por
JORDAN PEELE e **JOHN JOSEPH ADAMS**

TRADUÇÃO
Carolina Candido
Gabriela Araujo
Jim Anotsu
Thaís Britto

Copyright © 2023 by Monkeypaw IP Holdings LLC

Prefácio de Jordan Peele copyright © 2023 by Monkeypaw IP Holdings LLC

"Olho imprudente", de N. K. Jemisin copyright © 2023 by N. K. Jemisin; "Olho e dente", de Rebecca Roanhorse copyright © 2023 by Rebecca Roanhorse; "Diabo errante", de Cadwell Turnbull copyright © 2023 by Cadwell Turnbull; "Invasão dos ladrões de bebê", de Lesley Nneka Arimah copyright © 2023 by Lesley Nneka Arimah; "A outra", de Violet Allen copyright © 2023 by Violet Allen; "Lasirèn", de Erin E. Adams copyright © 2023 by Erin E. Adams; "O viajante", de Tananarive Due copyright © 2023 by Tananarive Due; "O esteta", de Justin C. Key copyright © 2023 by Justin C. Key; "Sob pressão", de Ezra Claytan Daniels copyright © 2023 by Ezra Claytan Daniels; "Casa escura", de Nnedi Okorafor copyright © 2023 by Africanfuturism Productions; "Cintilação", de L. D. Lewis copyright © 2023 by L. D. Lewis; "A mulher Obia mais forte do mundo", de Nalo Hopkinson copyright © 2023 by Nalo Hopkinson; "O problema de Norwood", de Maurice Broaddus copyright © 2023 by Maurice Broaddus; "O luto dos mortos", de Rion Amilcar Scott copyright © 2023 by Rion Amilcar Scott; "Um pássaro canta próximo à árvore entalhada", de Nicole D. Sconiers copyright © 2023 by Nicole D. Sconiers; "Uma fábula americana", de Chesya Burke copyright © 2023 by Chesya Burke; "Seu lugar feliz", de Terence Taylor copyright © 2023 by Terence Taylor; "Esconde-esconde", de P. Djèlí Clark copyright © 2023 by P. Djèlí Clark Ltd.; "História de origem", de Tochi Onyebuchi copyright © 2023 by Tochi Onyebuchi

Grafia atualizada segundo o Acordo Ortográfico da Língua Portuguesa de 1990, que entrou em vigor no Brasil em 2009.

Título original
Out There Screaming: An Anthology of New Black Horror

Capa
Janay Nachel Frazier

Imagem de capa
Don't Make Friends, 2023, de Arnold J. Kemp, 109 × 89 cm

Preparação
Allanis Carolina Ferreira

Revisão
Gabriele Fernandes
Paula Queiroz

Dados Internacionais de Catalogação na Publicação (CIP)
(Câmara Brasileira do Livro, SP, Brasil)

Quem vai te ouvir gritar : Uma antologia de horror negro / editado por Jordan Peele, John Joseph Adams ; tradução Carolina Candido...[et al.]. — 1ª ed. — Rio de Janeiro : Suma, 2024.

Vários autores.
Outros tradutores: Gabriela Araujo, Jim Anotsu, Thaís Britto.
Título original : Out There Screaming : An Anthology of New Black Horror.
ISBN 978-85-5651-221-5

1. Contos de horror 2. Contos norte-americanos I. Peele, Jordan. II. Adams, John Joseph.

24-197743   CDD-813

Índice para catálogo sistemático:
1. Contos de horror : Literatura norte-americana   813

Tábata Alves da Silva – Bibliotecária – CRB-8/9253

Todos os direitos desta edição reservados à
EDITORA SCHWARCZ S.A.
Praça Floriano, 19, sala 3001 — Cinelândia
20031-050 — Rio de Janeiro — RJ
Telefone: (21) 3993-7510
www.companhiadasletras.com.br
www.blogdacompanhia.com.br
facebook.com/editorasuma
instagram.com/editorasuma
twitter.com/editorasuma

SUMÁRIO

Prefácio | Jordan Peele	7
Olho imprudente | N. K. Jemisin	9
Olho e dente | Rebecca Roanhorse	24
Diabo errante | Cadwell Turnbull	37
Invasão dos ladrões de bebê | Lesley Nneka Arimah	49
A outra | Violet Allen	63
Lasirèn | Erin E. Adams	75
O viajante | Tananarive Due	86
O esteta | Justin C. Key	101
Sob pressão | Ezra Claytan Daniels	124
Casa escura | Nnedi Okorafor	135
Cintilação | L. D. Lewis	156
A mulher Obia mais forte do mundo | Nalo Hopkinson	167
O problema de Norwood | Maurice Broaddus	188
O luto dos mortos | Rion Amilcar Scott	200
Um pássaro canta próximo à árvore entalhada | Nicole D. Sconiers	223
Uma fábula americana | Chesya Burke	240
Seu lugar feliz | Terence Taylor	254
Esconde-esconde | P. Djèlí Clark	268
História de origem | Tochi Onyebuchi	284
Agradecimentos	309
Sobre os colaboradores	311
Sobre os editores	319
Sobre os tradutores	321

PREFÁCIO

Jordan Peele
Tradução de Gabriela Araujo

Há alguns anos comecei a nutrir uma obsessão mórbida por masmorras *oubliettes*. Para quem não passa as noites lendo sobre técnicas medievais de tortura: *oubliettes* eram masmorras em formato de garrafa que tinham uma única abertura com grades no topo, que mal deixava entrar luz. Os prisioneiros eram jogados e largados lá embaixo por dias, em um buraco que não dava nem para deitar de tão estreito. Por pura perversão, esses calabouços geralmente ficavam em partes do castelo em que os presos pudessem sentir o cheiro da deliciosa comida sendo desfrutada, ou escutar as risadas durante as festas, enquanto os próprios gritos não eram ouvidos por ninguém. Quando a pessoa enfim morria, sequer se davam ao trabalho de recolher o corpo. O nome elegante para essa simples engenhoca deriva da palavra em francês "*oublier*", cujo significado é "esquecer".

Em muitos sentidos, foi essa a inspiração para o Lugar Afundado de *Corra!*, em que, por meio da hipnose pré-operatória e da neurocirurgia, pessoas negras eram enviadas para *oubliettes* psicológicas. Um lugar onde eram destituídas de toda a agência e deixadas sozinhas com a própria provação. Onde era possível ver a vida dos outros seguindo enquanto se era somente um espectador... esquecido.

Os detalhes do Lugar Afundado vistos em *Corra!* são criados sob medida para o personagem de Chris, e feitos para serem pessoais para ele, não para todos. O Lugar Afundado de Chris traz de volta seu maior trauma de infância: quando a mãe morreu em um acidente e ele não fez nada, apenas ficou paralisado de medo assistindo à televisão. Contudo, sempre imaginei que o Lugar Afundado seria diferente para cada pessoa, uma manifestação de terrores pessoais.

De muitas formas, o Lugar Afundado de Chris reflete o meu próprio, pelo menos por fora. Quando eu era criança, ficava sentado na frente da TV e desejava desesperadamente estar do outro lado. Vejo o terror como uma catarse por meio do entretenimento. É um jeito de representar nossas dores e medos mais profundos — para pessoas negras, porém, por muitas décadas isso não foi possível, já que as histórias sequer eram contadas.

Nesta coletânea, dezenove autores negros brilhantes compartilham conosco seus próprios Lugares Afundados, suas próprias *oubliettes*. E eu não poderia ficar mais lisonjeado e honrado em ter meu nome ao lado do nome deles. Suas *oubliettes* são apresentadas de muitas formas: danças com o diabo, fantasias em realidades paralelas, monstros reais e imaginários. São concepções brutais sobre nossos pavores e desejos mais profundos. E não serão esquecidas.

OLHO IMPRUDENTE

N. K. Jemisin

Tradução de Jim Anotsu

Mulher negra, trinta e poucos anos, desacompanhada. Dirigindo um Tesla de cem mil dólares? Sem chance de Carl não pará-la. Vestida com roupas casuais. Não tinha pele clara nem era bonita o suficiente para ser amante de algum magnata.

— Qual é o problema, policial? — ela pergunta quando ele se aproxima da janela.

Mãos bem à mostra no volante, nenhuma expressão no rosto. Não estava com cheiro de maconha nem de qualquer outra substância ilícita, mas ele vai achar alguma coisa. Ele sempre encontra algo quando olha nos olhos.

— Carteira de motorista e documentos do veículo, por favor — diz.

— Algum motivo para você ter me parado? Tenho certeza de que eu não estava acima do limite de velocidade.

— Carteira de motorista — ele diz, lentamente, mas (sempre!) educado — e documentos do veículo.

Ela hesita por mais um instante, o silêncio entre eles pontuado pela ventania dos carros passando. Carl poderia muito bem prendê-la só por causa daquela hesitação — obstrução ou resistência, talvez —, mas ele espera. É um cara paciente. Alguns segundos depois ela tira as mãos do volante, devagar.

— Vou esticar a mão até o vão na porta do carro — ela fala. — Eu guardo aqui numa pastinha os meus documentos e outras informações. Posso pegar?

— Por favor — Carl diz, divertindo-se com aquilo. Culpa dos vídeos sobre "como falar com um policial" que estavam bombando no TikTok.

Ela lhe entrega dois cartões. Um deles é o documento do carro, que está dentro da validade. O outro é a carteira de motorista, também em dia — e presa nela, aparentemente por acaso, está o cartão de filiação dela à Ordem Nacional dos Advogados. Também dentro da validade.

Ele olha para ela de relance. Ela encara as curvas suaves da estrada, como se não estivesse nem aí para a presença ou para o que quer que ele achasse sobre a carteirada que ela tinha dado. Mas isso não importa. Cadê o celular dela? A maioria dos motoristas deixa no banco, no espaço ao lado deles ou preso num suporte no painel. Se está fora de vista... O estado de Carl permite a gravação de uma das partes. É melhor esperar pelo pior.

Então ele devolve os documentos da mulher.

— Obrigado, senhora. Tenha um bom dia.

Ela o encara de verdade pela primeira vez, ainda com aquela expressão neutra — mas há frieza no olhar. Os olhos não mentem.

— Você poderia me informar o motivo pelo qual me parou, policial... Billings?

— Bem, agora dá para ver que não, mas achei que tivesse alguma coisa errada com os seus faróis.

Ele se afasta da janela, dando a volta até a dianteira do carro. Os faróis continuam acessos, e ele sabe o que esse modelo *deveria* ter: LEDS com borda branca, inclinados para dentro. O que tem na frente do carro dessa mulher é meio intrigante e bem mais bonito do que LED. Eles seguem seus movimentos à medida que ele se move. Íris marrons, como as da motorista, e igualmente frias. Sem piscar, sem desviar o olhar, apenas uma encarada firme e afiada. Vai saber o que ela está aprontando — porque sempre tem alguma coisa —, mas, seja lá o que for, a cadela já está preparada.

De qualquer forma, ele poderia dar um jeito nela. A câmera do seu uniforme está desligada, "com defeito". Pode muito bem arrancar a mulher do carro, dar uns tapas para ela ver que ele não tem medo dela ou de qualquer outro advogado, enfiá-la numa sala até descobrir o que tinha feito. Talvez fosse até melhor atirar nela, na verdade; morta não processa ninguém.

Ainda na frente do carro, ele ergue o olhar. Tem um retangulozinho atrás do retrovisor. Não dá para saber o que é ou para onde está apontando, mas ele tem certeza de que é uma câmera.

Mesmo assim ainda dava para fazer o que tinha pensado. Mulheres pretas não costumam viralizar.

Ele suspira e caminha de volta até a janela do carro.

— Desculpa por tê-la parado, senhora. Não vejo nenhum problema desta vez. Tenha um bom dia.

Ele sente os olhos dela — os do rosto — nele enquanto volta para o carro.

— Você também, policial.

Até a próxima, vadia.

Carl começou a ver os olhos alguns meses atrás. No início ele achou que fossem apenas uns faróis novos que estavam na moda. Todo ano surge algo assim — bordas de neon, múltiplas luzes insetoides, em forma de coração ou capuz de cobras. Bregas, mas não ilegais. Aqueles olhos, no entanto, são realistas demais para serem apenas mais uma febre. Eles *piscam*. Possuem veias em toda a esclera, estrias nas íris, meleca nos cantos. Carl os viu se manifestando uma vez: halogênio comum num instante e então, uma piscada, e começavam a piscar. Naquele momento ele entendeu outra coisa: os olhos são um negócio mágico, ou sobrenatural, se é que existe alguma diferença. Ele sai por aí perguntando, comentando como quem não quer nada, sobre a nova moda dos faróis para alguns colegas patrulheiros de estradas, mas ninguém tinha visto. Ninguém fala de olhos esquisitos nos carros. É uma magia específica para Carl, ou uma benção, um dom psíquico. Só dele.

Deve haver algum motivo para isso, então Carl começa a parar todos os motoristas cujos carros tenham olhos para descobrir qual pode ser. A princípio, é complicado. Ele costuma montar radares de velocidade com a sua viatura em um dos lados da estrada, na mesma direção do fluxo do trânsito, mas é mais fácil enxergar os olhos no sentido contrário. Eles nunca estão nos faróis traseiros. Na verdade, brilham com o mesmo tipo de luz que qualquer iluminação automotiva, os feixes num ângulo que atravessa a pupila, por isso ele perde alguns, porque é difícil se atentar ao modelo e à cor do carro quando a visão noturna está arruinada. Ainda assim, o primeiro "olho de carro" que ele pega é uma mina de ouro. Um cara em roupas de trabalho, carro bacana (nem tanto assim), mas com um leve cheiro químico. O nome dele é Gimenez. Fala de um jeito falsamente amigável. Cubano de terceira geração da Flórida; faz questão de dizer que vota nos Republicanos. Quando Carl chama uma equipe de cães farejadores, o cara continua de boa, chega até a oferecer a maleta dele para inspeção. O cachorro emite um alerta para a maleta, que acaba por ter uns baseados num bolso. Maconha é legalizada, como o sr. Gimenez claramente sabe; bela distração. Ele sorri quando Carl e o policial com o cachorro fecham a maleta. Carl sorri de volta — e lembra ao sr. Gimenez que ele transportava uma substância da tabela 1 vindo de um estado onde ela não era legalizada, o que dá a Carl um pretexto para fazer uma busca completa no carro. Gimenez se irrita. Começa a falar de processos e de ligar para o prefeito de uma cidade da qual Carl nunca ouviu falar. De qualquer modo, há um volume palpável no teto. Carl corta o forro e encontra dois quilos da mais pura heroína sul-americana, compactada e costurada em saquinhos de vinil. Também há um embrulho de dinheiro — dez mil em notas pequenas.

Mais tarde, o capitão da unidade informa a Carl que a heroína valia mais de duzentos mil dólares na cotação das ruas. Nem perto da grana que o sr. Gimenez informou, mas um traficante vive mentindo, não é mesmo? De qualquer modo, Gimenez faz um acordo, a Polícia Rodoviária pode se vangloriar no Facebook de uma grande apreensão e todo mundo sai feliz.

Carl decide não chamar nenhuma outra unidade da próxima vez que vir os olhos. A magia dele comprou um deque novo pro cara dos cachorros e o filho da puta nem pra dizer um "obrigado".

Carl está passando pela mesa do supervisor de seu turno quando ele — Kinsey — se levanta e o acompanha até o vestiário. Como não é hora de troca de turnos, a sala está vazia, e não há câmeras. Eles têm privacidade.

Carl não gosta de Kinsey. A Patrulha Rodoviária está cheia de bons garotos; todos têm sangue azul por aqui, mas para a maior parte deles a cor branca importa mais. O que significa que Kinsey é o mais importante. O que significa que Carl é negro. Outro motivo para ele tomar tanto cuidado.

— Estou recebendo algumas reclamações — diz Kinsey, enquanto Carl veste as suas roupas civis. — Quer dizer, eu sempre recebo reclamações sobre todo mundo, mas tenho recebido várias de "abordagem sem causa" que se referem especificamente a você. Você, hum, está usando adivinhação ou coisa parecida?

Engraçado.

— Eu tenho pressentimentos — diz Carl. — Que nem todo mundo. Mas eu sempre me asseguro de que tenha um motivo nos meus relatórios, não é?

Kinsey suspira, num tom de "ai, ai, essas pessoas". Carl não sabe muito bem se isso se refere a ele ou às reclamações.

— Sabe qual é a impressão que passa quando você quebra o braço de alguém depois de pará-lo por causa de um "certificado de inspeção vencido"? Você não consegue pensar em nenhum motivo melhor?

— Só tirei aquele moleque do carro. Eu nem estava tentando feri-lo.

Aparentemente foi um negócio chamado fratura por torção. A criançada de hoje não anda bebendo leite o suficiente.

— Olha. — Kinsey esfrega o rosto, parecendo irritado por ter que demonstrar empatia. — Eu entendo, mas você precisa se lembrar de que o povo tá de olho na gente. Só estamos tentando mantê-los seguros, mas tudo que eles pensam é no quanto podem receber vendendo um vídeo para o TMZ ou processando a cidade. Então, será que dá pra você *tentar* não facilitar isso para eles? Por favor?

Ele sai antes que Carl possa responder. Dever cumprido, não precisa mais tratá-lo igual gente.

E mensagem recebida, só que, de agora em diante, Carl irá descrever cada causa provável como um crime em potencial. Parece desnecessário, performático — um teatrinho para o relatório de incidentes. Imunidade qualificada e os olhos são as únicas justificativas das quais Carl precisa. Mas tudo bem; ele vai engolir esse sapo e fazer isso, porque até mesmo os justos precisam tomar cuidado.

* * *

Carl não tem namorada, só uma coleção rotativa de fodas. Nada de "amizade colorida" ou "buceta amiga", já que isso implicaria uma relação de amizade. Ainda tem muita boa vontade pública por aí para fazer com que algumas mulheres amem policiais; Carl só é seletivo. Ele precisa de uma mulher com uma certa... maturidade? Desprendimento? Consciência da própria insignificância? Ele também só sai com brancas, em grande parte porque isso irrita Kinsey e os bons garotos. De qualquer forma, tudo que as mulheres realmente querem dele é uma chance de falar que transaram com um preto, e talvez soltar um risinho para uma preta qualquer que estiver por perto. Carl gosta de fodê-las, então acaba sendo uma manipulação mutualmente benéfica. Ele as larga caso reclamem de serem chamadas de "foda" em vez de "namorada", ou se querem alguma coisa além de pau. Melhor simplificar as coisas.

Contudo, ele tem uma grande paixão em sua vida: um Porsche 911, série G, ano 1975, o qual vem restaurando durante a maior parte da última década. O primeiro Porsche a ter um motor turbo, duzentos e cinquenta cavalos, pneus Vredestein; uma linda fera. Carl pagou só um punhadinho pelo carro — literalmente, cento e cinquenta gramas de cocaína confiscada para o funcionário do pátio de apreensão, que tirou o veículo da lista de leilão e deu para ele. Completamente restaurado, deve valer uns cem mil dólares, fácil. O coitado tinha um estofado verde-vômito e laranja-abóbora; ele refez, trocou por um em lã de carneiro azul e pintou a lataria de preto. Carl o deixa coberto com uma lona na garagem, mas, mais ou menos uma vez por mês, tira para dar uma volta rápida na estrada, nas primeiras horinhas da manhã, durante a troca de turno ou quando Miller está trabalhando, porque Miller fica dormindo no carro dele. Carl não se dá ao trabalho de dirigir com ele pela cidade, porque não comprou o carro só para ostentar ou ganhar status. Ele já tem o pau grande o suficiente pra isso. Gosta do carro por causa do poder que lhe dá. Nada se compara a pisar fundo, se perder no rosnado do motor e deixar o mundo e seus julgamentos para trás.

(Carl soube que aquele carro deveria ser dele assim que o viu pela primeira vez, meses antes de os olhos aparecerem em sua vida. Uma coisa tão linda, sendo completamente negligenciada por um velho hippie branco aposentado que ainda tinha antecedentes criminais por causa de um protesto nos anos 1970. Socou um policial, mas saiu em condicional na época. Dessa vez, com a ajuda de uma arma plantada por Carl, o hippie foi mandado para o norte do estado por alguns anos — e agora um lindo carro estava onde deveria estar. A recompensa do universo foram os olhos, graças aos quais Carl nunca mais tentou plantar evidências.)

Certa noite, Carl tem dificuldade para dormir e depois para acordar e, por fim, senta, suando, ofegando e apertando o peito. No sonho, caminhava pelo pátio de apreensão como às vezes faz na vida real, procurando outra oportunidade como aquela. Talvez tenha tido a ideia de começar um negócio para restaurar e vender carros antigos — mas no sonho já era noite, o pior horário para se olhar qualquer coisa. Também não havia ninguém na cabine do vigia, o que nunca acontece. As luzes do pátio onírico já estavam apagadas ou quase queimando, exceto por uma, brilhante, mas bruxuleante no fundo. E, bem ali, com uma placa que dizia JESUS ESTÁ VENDO pairando em cima, estava o Porsche de Carl. Ele sabia que era o dele, ainda que tivesse voltado para a cor de vômito, porque os faróis piscavam rapidamente com os feixes de luz antes de virarem um par de olhos castanhos, calmos e amigáveis. Olhos *familiares*.

Já totalmente desperto, Carl se levanta, abre a janela e observa a sua propriedade. Ele mora numa subdivisão pacífica, e falta mais ou menos uma hora para o nascer do sol. Uma calmaria mortal lá fora, exceto pelo vento na vidraça.

Ele precisa conferir.

Lá embaixo, do lado de fora. A garagem individual está trancada, intocada. As luzes automáticas se acendem bem na hora, o sistema de segurança é desativado assim que ele digita o código. Liga as luzes de showroom — LEDS, para não estragar a pintura — e não há nada piscando. Carl segura a ponta dianteira da capa de proteção do carro com uma mão e a levanta, devagar. Os pneus precisam ser polidos. E...

Nenhum olho.

Era só um sonho. Carl nunca viu os próprios olhos em nada, muito menos num carro. Não deveria ter tomado aquele sorvete antes de dormir.

Ele define um novo alarme, apaga as luzes e volta para casa, se detendo na varanda por um tempo para que a escuridão fresca e silenciosa o acalme. Enquanto está ali, desejando que os tremores parem e desejando ter roubado a maconha de Gimenez junto com o dinheiro, ele olha para cima e nota outra daquelas malditas placas. A megaigreja local as espalhou por todo canto, tentando assustar as pessoas para que comprem uma nova casa de praia para o pastor. As placas não deveriam ser colocadas tão perto de áreas residenciais — poluição luminosa ou coisa do tipo —, mas aqui está, clara como o dia. A mesma que Carl tinha visto no sonho: um fundo vermelho sinistro com letras pretas grossas formando JESUS ESTÁ VENDO.

É melhor Jesus manter a porra da boquinha fechada. Carl volta para dentro de casa.

Carl sabe que está ferrado quando entra na estação naquele dia e nota que os companheiros de tropa nem olham para ele. Eles geralmente preferem encarar ou segui-lo com os olhos, chapiscando as costas dele com todo o desprezo que não têm coragem de arremessar pela frente. Agora, no entanto, encaram suas mesas ou telas enquanto ele passa, e há certa inquietude na tensão deles. Vergonha, ele suspeita mais tarde — talvez porque quisessem admirá-lo e se odeiam por isso, ou porque o ato dele fez com que se lembrassem de suas próprias transgressões.

Ele entra no escritório de Kinsey segurando o post-it escrito "VENHA ME VER" que estava colado na tela do seu computador.

O vídeo tinha sido postado no Instagram no dia anterior, mas ele se lembra de o incidente em si ter sido um ano atrás. Uma mulher do Oriente Médio, de meia-idade, usando um hijab, belas tetas. Cometeu o erro de falar demais ao ser parada por excesso de velocidade. Carl estava tendo um dia ruim. Que melhorou depois de meter o cassetete dobrável na boca da mulher. Ela perdeu uns dentes e passou a noite na cadeia; no que dependia dele, ela tinha dado sorte. Poderia ter sido bem pior. Agora ela o estava processando por — veja só — agressão sexual. Porque o cassetete era fálico, Carl supõe, mas às vezes um cassetete é só um cassetete, porra.

Mas a parte mais frustrante de todas é que exista um vídeo. Mesmo quando Carl está tendo um dia ruim, ele ainda fica atento para ver se tem algum celular com aquela luzinha dedo-duro ligada. Ele confere atrás dos espelhos e até faz com que desliguem o carro para que o celular não fique sincronizado com o microfone por meio do Bluetooth. Pelo ângulo, parece que a mulher estava com o telefone dela no banco de trás. O vídeo está torto e tem alguma coisa tampando parte da vista; talvez ela o tivesse colocado debaixo de algo? De qualquer modo, ele tinha deixado passar, e agora foi pego. Pior ainda, aparentemente a mulher era mais velha do que aparentava. A mídia já estava soltando manchetes do tipo: VOVOZINHA AGREDIDA EM VÍDEO PROCESSA A POLÍCIA E PEDE TRÊS MILHÕES DE DÓLARES.

(Ele tinha visto os olhos na frente do carro dela, arregalados e convidativos. Havia olhos adicionais também — alguns no para-choque, um parcialmente escondido no emblema da marca no capô. Foi assim que teve certeza de que ela era um problema, ainda que, depois de uma busca, não tivesse encontrado nada que valesse a pena. O promotor retirou a acusação de resistência. Ele deveria ter tomado mais cuidado.)

Kinsey fecha o laptop.

— O sindicato já está interferindo — diz. — O advogado dela falou com a imprensa antes de conversar com a gente; estão, obviamente, querendo uma bolada. Mas vou ter que te colocar de licença não remunerada até isso tudo passar.

Ele é bem direto. E Carl é bem direto ao entregar a sua pistola e a sua arma de choque. Não é a primeira vez que ele é obrigado a fazer serviço burocrático ou tirar licença por alguma coisa do tipo, por isso sabe que vai ficar tudo bem. A "vovozinha" não é jovem, bonita ou branca o suficiente para manter a atenção do público por muito tempo.

No entanto, depois que Carl vai para casa e dá uma olhada no Facebook, ele vê mais gente do que gostaria falando sobre o incidente. Alguns perfis grandes estão compartilhando nas redes sociais e... puta merda. Algumas celebridades? Eles não têm mais o que fazer? E um senador estadual...

Vai ficar tudo bem.

Não está tudo bem.

Carl tem um amigo: Bo Walker, um xerife do condado vizinho. Eles costumam sair para beber uma semana ou outra, e se juntam às vezes para assistir a um jogo. Bo informa que Carl poderá começar a trabalhar no departamento dele dentro de uns seis meses, que deve ser tempo mais do que o suficiente para a balbúrdia dar uma acalmada. Há coisas implícitas nisso: Carl vai ter que aceitar um salário menor, para início de conversa. Além disso, ainda tem chances de receber uma condenação por causa do vídeo do cassetete, porque o sindicato não agiu como deveria. Ah, eles fizeram, sim, muito barulho e usaram os subterfúgios de sempre, mas quando Kinsey decidiu demitir Carl, eles não o impediram. Isso quer dizer que Carl está vulnerável o bastante para, talvez, ser mandado para a cadeia, e todo mundo sabe disso. Bo também sabe, mas ele provavelmente acha que vale o risco para poder contratar outro oficial da lei por uma bagatela. (Carl acredita que homens não fazem amigos de verdade, ainda que chamem disso em nome da civilidade. O que eles têm mesmo é uma rivalidade amigável. Ele e Bo trocam favores o tempo todo, mas ainda tentam superar um ao outro sempre que possível.) Ainda assim, com seis meses e um pouco de sorte, Carl poderia ter *uma* vida de volta, ainda que não fosse a que ele queria. Aceitaria mesmo assim.

Bo também concorda em comprar o Porsche de Carl. Carl não quer vender, maldição. Ele ama aquela droga de carro. Mas seis meses é muito tempo para viver sem renda, e a vaquinha online que ele criou não está indo bem. Ele mesmo leva o carro até Bo, e então limpa tudo com um pano de camurça numa lenta despedida. Chega até a soltar uma ou duas lágrimas quando Bo o leva embora e ninguém está por perto para ver.

A dor é aliviada, mais ou menos, pelo fato de os sonhos terem cessado. Ele estava tendo algumas vezes por semana, sempre o mesmo, sempre terminando com os seus olhos no Porsche. De repente, volta a dormir tranquilo, e, por uma semana, o tempo livre e a consciência leve se unem para fazer com que Carl se sinta de férias pela primeira vez em muitos anos. Ele se alonga e gosta disso. Coloca uma rede no quintal e se deita nela por horas, sacudindo o estresse enquanto beberica uma cerveja e lê revistas de carro. Até bate uma punheta por ali algumas vezes, mesmo sabendo que um dos vizinhos consegue ver o quintal. (Certo dia, depois de uma gozada daquelas, Carl olha bem para a janela do vizinho e sorri. O vizinho, que de fato estava assistindo, fecha rapidamente a cortina e nunca mais olha Carl nos olhos.)

E então, do nada, uma semana depois ele recebe uma ligação de Bo:

— Que caralhos cê tem na cabeça, mano? O carro é uma merda.

— O quê?

— É uma *merda*. Até liga, mas morre.

Que merda. Carl senta na rede de forma desajeitada.

— Não tava assim antes. Você já chamou um mecânico...

— Acabei de comprar essa bosta de você, eu não deveria ter que chamar um mecânico! Você falou que tava um brinco! Cara, eu tô tentando te ajudar, mas você também dificulta pra caralho. Dá o seu jeito. Agora.

Clique.

Carl vai até a casa de Bo, que fica rodeando, resmungando o tempo inteiro enquanto ele avalia os ignitores e a linha de combustível: os vilões de sempre. Realmente tem algo de errado. Ele nem faz o barulho que costuma fazer quando Carl o liga; o motor desliga, mas fica com um ruído lento no fundo de suas entranhas, que se transforma numa tosse e, por fim, solta uma lufada de escapamento sujo e morre depois de uns cinco minutos. A suspeita de Carl é um filtro de combustível entupido, ou talvez ele só esteja torcendo para que seja alguma coisa simples assim. Se for o virabrequim, não vai dar para arrumar só com aquela sacolinha de ferramentas dele.

Ele sugere guinchar o carro até a própria casa, onde ele tem um macaco — e Bo fica puto. Bo sempre teve o pavio curto, mas Carl nunca tinha visto ele assim. (Mas, também, é de imaginar que um carro de cem mil dólares estremeça qualquer amizade.) Bo cola no rosto dele, o cutucando para enfatizar cada sílaba.

— Você acha que vai tirar uma com a minha cara? Tá achando que sou um daqueles covardes lá do seu departamento? Eles nunca enxergaram o merda que você é, mas eu sempre soube. Agora eu vejo! — Aponta dois dedos para os próprios olhos, a primeira metade do gesto que diz "estou de olho em você", e as entranhas de Carl se contraem, inexplicavelmente. — Você vai levar essa merda de volta e vai me devolver cada centavo do dinheiro que eu te dei. E depois disso, acabou. Chega de favores para você.

Carl quer perguntar se isso inclui o trabalho prometido — mas há uma preocupação mais urgente. Ele já gastou boa parte do dinheiro pagando os três meses de financiamento que estavam atrasados.

— Cara, corta essa, você não pode...

— *Espera* só pra ver.

Os dois discutem por um tempo, Bo parecendo que enlouqueceu, Carl segurando a vontade natural de descer o cacete nele, até que Bo finalmente concorda em dar um tempo a mais para que Carl conserte o carro. Carl decide ir embora antes que o temperamento dele fale mais alto. Na manhã seguinte, vai voltar com as ferramentas boas e ver o que dá para ser feito, torcendo para que Bo se acalme.

Ele não consegue dormir naquela noite, repassando o encontro várias e várias vezes na cabeça. Por que Bo estava tão agitado? Parecia ter mais do que dinheiro envolvido naquela história. Além disso, não era só raiva; Carl não teria trabalhado como policial durante tantos anos se não tivesse capacidade de distinguir entre raiva de verdade e medo disfarçado de raiva. Por que Bo estava com tanto *medo*? E por que aquele comentariozinho aleatório tinha perturbado tanto Carl?

Agora eu vejo.

Carl prende a respiração. Será que Bo também consegue ver os olhos?

Carl ainda vê, embora não possa fazer nada a respeito dos motoristas, já que não tem mais um distintivo. Um Miata velho, aquele Escalade novinho em folha; os motoristas são jovens ou idosos, brancos ou não, bem-vestidos ou maltrapilhos, mas ele sabe que estão metidos em alguma merda por causa dos olhos. Sempre tem alguma coisa.

E...

Carl senta na cama, a respiração é só um arranhar na garganta. Ele nunca chegou a olhar a dianteira do carro de *Bo*.

(Mais tarde Carl vai se dar conta de que não estava pensando direito naquele momento. Ele nunca olhou para o carro de nenhum dos companheiros do batalhão porque achou que a *maioria* fosse ter olhos. Eles batiam nas esposas, vendiam carteiras falsas de vacinação, escondiam o vício em opioides e faziam coisas piores — muito piores do que qualquer coisa que Carl já tivesse feito, no fim das contas. Odiava aqueles caras, mas precisava trabalhar com eles, e isso incluía Olhar Para o Outro Lado no estacionamento.)

Então o que será que Bo está aprontando? Deve ser bem ruim.

Quando chega a manhã, Carl já tem um plano. Tudo bem, apenas metade de um plano, mas uma metade importante: vai dar uma olhada no carro de Bo — a picape que ele dirige no dia a dia, uma vez que Carl já tinha visto que o Porsche não tem olhos. A incógnita é o que Carl fará depois, caso os encontre. A maior parte consistirá em perguntas gentis e cuidadosas a Bo — ainda precisa do emprego.

Mas se Bo acha que vai fazer com que Carl devolva o dinheiro, quando claramente foi Bo que danificou o Porsche de alguma forma... bem, eles terão uma conversa.

Ele leva o seu cassetete pessoal, no entanto. Porte tecnicamente ilegal, mas pode ser que a boca de Bo precise ser afrouxada.

Carl deveria chegar à casa de Bo às dez, mas ele chega às oito para dar uma desestabilizada no cara.

— Só quero começar logo — diz, enquanto Bo o encara de modo turvo pela porta telada. Carl exibe um sorriso de merda ao dizer isso, o que é bem fácil, porque Bo tava com a maior cara de quem tinha acabado de sair da cama. — Você só precisa abrir a garagem, cara, e pode voltar a dormir se quiser. Quero acertar as coisas.

Isso parece acalmar Bo, que resmunga mas acaba vestindo uma calça na bunda lisa e acompanha Carl até a garagem. Ao longo do caminho, Carl conversa com ele, o faz relaxar, se aproveitando da confusão de quem acabou de acordar. Não dormiu bem? Ah, pesadelos? É, Carl também tinha isso; estresse. Os caras do batalhão estavam causando problemas? E aquela novata gostosa... Samantha, o nome dela? Acho que ela aguenta um tranco naquela rabeira, hein? Ha, ha, ha. Carl joga conversa fora enquanto suspende a parte traseira... e aí, puta merda. Ele também precisa levantar a parte da frente. Será que Bo teria mais dois macacos? E aquele no carro do dia a dia? Nada disso, nada disso, Carl pode pegar, Bo só precisa emprestar as chaves.

Bo não confia tanto assim nele, mas guia Carl até a garagem anexa. Ela está abarrotada de instrumentos nitidamente rurais: um freezer, um gerador, uma bicicleta de criança e o cortador de grama mais enferrujado e capenga que Carl já tinha visto. Será que ele nunca limpa esse negócio? E a caminhonete de Bo, embora seja relativamente nova, está toda amassada e parece que não é lavada há semanas. Carl não consegue acreditar que tinha vendido o seu bebê para um desleixado.

Enfim, ele inventa um motivo para ir até a frente da caminhonete e...

Nenhum olho. Hum. Caralho. Ele tinha certeza de que teria.

Os dois voltam para a garagem principal. Carl levanta o Porsche e começa a trabalhar. Tudo fica quieto por um tempo, mas daí:

— Aquele pesadelo foi sobre você, sabe — diz Bo, cruzando os braços.

Carl, com os braços enfiados no motor, faz uma careta. Solta uma piadinha.

— Eu não corto pra esse lado, cara, foi mal.

Bo solta uma risada sem um pingo de humor.

— Ha ha, muito engraçado, cuzão. Voltando. Sonhei que você tinha parado uma moça e enfiado o dedo nela quando ela implorou para não ser levada para a cadeia. E tinha um garoto de uns treze ou catorze anos. Ele tinha pegado a caminhonete do pai para dar uma volta e acabou batendo, mas ele estava bem... até você chegar. Só que aí, não sei como, acabou com uma concussão e as costelas quebradas. E tinha um velho. — Bo boceja. Carl olha para ele pela sombra do capô, todo arrepiado. — Meio doido da cabeça, uns oitenta anos. Você o parou por dirigir muito devagar na pista rápida e começou a quebrar os dedos dele enquanto ele chorava pelo filho e pela esposa e...

— Cara, de que porra você está falando?

Carl não é burro. Ele sabe como funciona um interrogatório. Bo está jogando uma isca. Mas apesar de estar se fazendo de bobo, Carl está horrorizado. Como caralhos Bo *sabe* daquilo? O garoto estava com muito medo de denunciar Carl. O velho teve um ataque cardíaco, não sobreviveu para contar sobre os dedos. (Uma queda, relatou Carl. O legista não fez questão de questioná-lo.) E há *detalhes* no que Bo tinha dito que ele não poderia saber a menos que houvesse câmeras, mas Carl verificava, caralho, ele *sempre* verificava...

— Foi só um sonho. — Bo dá de ombros, mas o olhar dele é duro. — Dito isso... Já pensou em como vai me pagar se esse carro continuar sendo uma merda depois que você terminar?... Vai saber, talvez eu precise dar uma olhada numas coisas daquele sonho. Me certificar de que nada daquilo aconteceu. Né?

Ele sorri, com uma malícia amigável.

Como? Como é que ele sabe?

— A sua cabeça é toda fodida, cara — diz Carl.

Ele quer continuar falando, mas... Concentra-se no motor, e tenta pensar.

Bo deve estar vendo os olhos. Ou isso ou ele tem os próprios poderes... os sonhos de Carl nunca tinham sido verdadeiros, mas os de Bo são. Não é de surpreender que agora ele tenha medo de Carl, se a venda da Justiça tiver caído só um pouquinho.

No entanto, os sonhos também mentem. Tipo... o que quer que Bo o tenha visto fazer com aquela menina, ela não era inocente. Ela tinha um OnlyFans — Carl viu os cartões de visita na carteira dela. Muitos promotores consideram a prostituição um crime sem vítimas, só mandam para aconselhamento ou algo do tipo, nem chegam a registrar queixas. A única coisa que Carl fez foi se certificar de que ela tivesse a punição que merecia. E ele sabe muito bem que ela não fez nenhuma denúncia, porque logo depois ele fez questão de lembrá-la de que tinha o endereço da casa dela...

Foco. Bo não mencionou os olhos, então talvez sejam apenas sonhos mesmo. E talvez para ele os sonhos sejam distorcidos, incompletos, porque essa é a magia *de Carl*. De alguma forma, Bo tinha absorvido um pouco daquilo por meio do Porsche, alimentando-se indiretamente do poder de Carl... mas não deveria ter feito isso. Aquele poder não tinha sido feito para ele.

Será que o Porsche era a fonte da magia? Ai, Deus. E como Carl cometeu o terrível erro de vender o Porsche, o que Bo tinha recebido era tipo o carro em si:

um belo instrumento de precisão danificado, *contaminado* pela mão de um proprietário indigno.

Tudo bem. Tem como consertar. Carl pode ter quebrado as regras ao vender o Porsche, mas até os mais justos cometem erros. Carl só precisava se redimir.

Ele passa a manhã inteira trabalhando com afinco, não mais tentando resolver o problema do motor — porque agora sabe que o verdadeiro problema é de propriedade —, mas enrolando para passar o tempo. Trabalha em silêncio enquanto troca os cabos da bateria e faz outros serviços. Normalmente Bo liga o rádio para ter um barulho de fundo enquanto conversam e dão risada, mas, por algum motivo, desta vez Bo não se ofereceu para fazer isso. Observa Carl trabalhar por um tempo, parando e fingindo que entende metade do que está sendo feito, mas depois de cerca de uma hora senta numa cadeira dobrável velha e começa a fuçar o celular. Depois de uns quarenta e cinco minutos, a cabeça dele começa a cair na direção ao peito. Depois de mais uns dez... Carl observa tentando disfarçar, contando a própria respiração, tomando cuidado para não fazer nenhum barulho súbito... a cabeça de Bo afunda, e ele começa a roncar.

Finalmente. Carl tira o cassetete da bolsa de ferramentas.

Há uma caixa de lonas na garagem anexa. Carl também tem uma luz ultravioleta em sua bolsa de ferramentas. Ele a colocou lá havia muito tempo para ajudar a localizar vazamentos no motor, mas é útil para encontrar todos os tipos de respingos de fluidos. Parece que o universo finalmente está trabalhando com Carl de novo, para ajeitar as coisas.

A caminhonete de Bo não serve. Nem o Mustang de Carl, por motivos óbvios. Ele decide, com grande tristeza, que terá que ser o Porsche. Ele vai fazer ele voltar a funcionar e depois dirigirá até Echo Lake, no estado vizinho. Tem tanto lixo no lago que normalmente um veículo levaria anos para ser encontrado — mas Carl, obviamente, relatará que Bo está desaparecido, preocupadíssimo com o amigo. Carl também notará que o Porsche desapareceu. Pelo menos algumas câmeras de velocidade ou de pedágio vão apontar o caminho para o lago. Vai parecer uma venda que deu errado, algum louco por carros antigos tentando encobrir seus rastros abandonando o objeto de disputa. Carl terá que fazer alguns rearranjos criativos no cadáver para que ele caiba no minúsculo porta-malas dianteiro do Porsche, mas, veja só, Bo vivia falando que precisava ser mais flexível.

Perder o trabalho é uma pena. Carl precisará vender a casa e se mudar para outro lugar para encontrar outro departamento de polícia para trabalhar, o que é uma droga. Ele vai ficar de olho no condado de Bo e verá se o novo xerife não está interessado em um oficial experiente que conheça a área. Talvez até deixem Carl comprar o Porsche de volta quando deixar de ser evidência.

Ele está tão satisfeito com a forma como as coisas se resolveram que cantarola ao abrir o porta-malas para colocar Bo ali dentro. Então Carl cambaleia para trás em estado de choque, sugando o ar com um grande chiado, porque...

Olhos. *Olhos*. Olhos na luz do porta-malas e olhos na trava e olhos nas *dobradiças*, onde serão esmagados, nem faz sentido. Olhos individuais brilham na luz repentina. Um aglomerado de sete aranhas aparecendo no fundo do estepe vazio. Olhos que poderiam estar debaixo do Porsche há um bom tempo, porque Bo já havia tirado o macaco e Carl nunca tinha prestado muita atenção no porta-malas. Ninguém compra um Porsche por causa do porta-malas.

Os olhos de Bo são... eram... da cor de avelã. Estes são marrons. Como os de Carl.

— Mas eu consertei as coisas — murmura Carl. Bo queria *extorqui-lo*. O fato de o Porsche estar todo fodido é culpa de Bo. É por causa de Bo que a magia deu errado! — Eu consertei as coisas!

Ele se afasta... e agora também há olhos nos faróis, iguaizinhos aos do sonho, grandes e familiares, virando para segui-lo enquanto Carl quase tropeça no amontoado que é Bo e se agarra a uma prateleira para se equilibrar. A prateleira é uma porcaria cheia de bagunças assim como todo o resto naquela garagem, só um pedaço de compensado equilibrado sobre alguns blocos de concreto, e cai em cima da chaleira quando o peso de Carl a atinge. Uma lâmina de serra circular tomba e atinge seu braço; Carl mal sente a pontada de dor ao se ajoelhar. (Todos os olhos do carro piscam.) Ele coloca a mão sobre o ferimento e tenta se endireitar, tenta se concentrar, tenta...

Alguma coisa pulsa, quente e redonda, debaixo da mão dele.

Ele congela. Olha para o braço, que sangra muito; sangue jorrando por entre seus dedos e caindo no chão em uma cascata espessa e acobreada. Droga, agora ele também tem que limpar isso. A coisa desconhecida se move de novo debaixo de sua mão, rápida, intermitente e escorregadia. Parece um nó? Debaixo da pele.

Carl tira a mão do ferimento no antebraço e passa um longo momento encarando o único olho castanho que surge de dentro do corte sangrento. Ele pisca rapidamente, tentando tirar o sangue dos cílios.

Certo. Lado bom: a magia voltou, e mais forte do que nunca.

Lado ruim: está maculada.

Carl sente que este é o castigo por ter vendido o Porsche... e por ter sido pego por aquela velha muçulmana, e por desperdiçar a amizade com Bo, e por deixar os bons garotos de sempre levarem a melhor sobre ele. A justiça é cega e JESUS ESTÁ VENDO e Carl foi criado para ser um soldado da justiça, destinado a tornar o mundo um lugar melhor, ainda que precise quebrar alguns dentes para chegar lá. Mas ele estava sendo desleixado, pouco cuidadoso, *tolo*, e esta é a recompensa pelo seu fracasso.

Carl limpa a mão ensanguentada na camisa. (Muitos pequenos nós arredondados sob a pele, rolando contra a palma da mão ao passar sobre o peito.) No meio da bagunça que caiu junto com a serra estão uma lixadeira e um canivete. Não dá pra Carl ter certeza de que esses novos olhos serão invisíveis para os outros como os olhos dos faróis eram. Enquanto não puder retomar o seu trabalho de punir os malfeitores, a magia continuará dando errado. Precisará corrigir tudo manualmente.

O olho no antebraço de Carl se arregala quando ele pega a lixadeira e a aponta em direção ao ferimento. Ele sorri, feliz por estar colocando o mundo de volta nos eixos, mesmo que apenas desta forma.

E então começa a trabalhar.

OLHO E DENTE

Rebecca Roanhorse
Tradução de Thaís Britto

A primeira classe não é mais o que era antigamente, então não é como se você estivesse perdendo muita coisa.

Essa é a mentira que Zelda conta a si mesma enquanto muda de posição em seu assento do meio na classe econômica, tentando ficar mais confortável. O estranho do lado da janela dorme, roncos altos saindo de uma boca aberta que revela uma higiene dental bem abaixo da média. Já o seu irmão, Atticus, pegou o assento do corredor. Ela não está ressentida com ele por ter mais espaço para se esticar. Um metro e noventa e três de fato requer mais espaço para as pernas.

Observa a comissária caminhando pela terra prometida lá na frente e oferecendo porções de biscoitos de proteína e salgadinhos de ervilhas assadas aos passageiros das fileiras um a três. Ervilhas assadas! Que porra é essa?

Na época em que ela e Atticus viajavam de primeira classe, sempre ganhavam refeições de verdade, com talheres e tudo. Não que ela pudesse comer, mas achava aquilo importante. Respeito.

Era assim quando sua profissão ainda era valorizada. Era assim quando um cliente ligava implorando por um trabalhinho sujo sobrenatural, e o caçador podia exigir basicamente o que quisesse. Aqueles ricaços topavam esvaziar o cofre para que alguém com os talentos de Zelda e Atticus os salvassem de qualquer coisa terrível que tivessem conjurado.

Teve aquela vez que um jogador de golfe profissional perto de Temecula atirou na ex-mulher, mas ela se recusou a morrer. Ele entrou em pânico, meteu mais meia dúzia de balas nela como se fosse o Rambo, mas ela continuava levantando — a porra de um espírito canibal. O homem ligou soluçando, pronto para confessar tudo e se entregar para a polícia, só queria que sua ex parasse de *se retorcer*.

Zelda cuidou daquilo como a profissional que era. Tranquilizou o cara, disse que chegariam lá no fim da tarde e que bastava ele manter a mulher trancada até que ela e Atticus chegassem.

Ele pagou a passagem de primeira classe.

Mas no fim não adiantou nada, porque o idiota não ouviu. Em vez de esperar pelos profissionais, foi tentar algum tutorialzinho de merda na internet que sugeria jogar sal no corpo para mantê-lo quieto, embora todo caçador de verdade saiba que só terra de túmulo resolve. O resultado: teve o rosto comido à toa.

Mas os comedores de rosto nem são os que mais aparecem nesse tipo de trabalho. A maior parte dos casos é de monstros mais comuns. Fantasmas que precisam de uma benção, espíritos do rio despertados pela fúria contra algum empresário de terras ganancioso e, uma vez, um poltergeist que estava aterrorizando o conselho de um condomínio.

E embora algum amador do TikTok tenha conduzido o jogador de golfe para o caminho errado, é triste admitir, mas na maioria das vezes a internet acerta. Parece que, hoje em dia, cada vez mais as pessoas se livram dos problemas sobrenaturais por conta própria. Guerreiros de fins de semana com seus lança-chamas, AKS e habilidades básicas de YouTube estão tornando a arte de caçar monstros algo ultrapassado.

Costumava ser um negócio refinado, que exigia habilidades especiais.

Agora é tudo um grande faça você mesmo.

— Já chegamos? — pergunta Atticus, tirando os fones de ouvido.

Logo em seguida, no alto-falante o comissário informa que o avião iniciou a aterrissagem.

Atticus pisca para a irmã como se tivesse previsto aquilo. Talvez tivesse mesmo.

Ele sempre conseguiu enxergar coisas que os outros não viam. Mamãe chama isso de Olho. Diz que é hereditário e que toda geração da família Credit tem alguém abençoado com dons que ajudam a enfrentar o mal do mundo. Afinal, monstros não são nenhuma novidade.

— Lembrou de alugar o carro? — pergunta Atticus. — E o hotel?

— Sim para os dois. Você sabe que eu nunca vacilo.

— Eu sei, irmã — diz, afetuoso. — Onde é que estamos mesmo?

Essa também é uma característica de Atticus. Não se dá o trabalho de lembrar onde estamos, ainda que na passagem dele esteja escrito Dallas, assim como na de Zelda. Mamãe diz que é porque ele vive em dois mundos ao mesmo tempo, no Nosso e no Deles, e pessoas assim não são muito boas com coisas mundanas, tipo fazer as refeições e se lembrar da porra do lugar onde estão, então Zelda é quem tem que cuidar disso. Cuidar do irmão mais novo, dar conta de todos os detalhes e ser o Dente do Olho de Atticus.

Porque ter a Visão não é o único poder que corre no sangue daquela família. E onde há luz, também precisa haver um pouco de escuridão.

25

O avião atravessa as nuvens baixas e um ronco de trovão. Na passagem está escrito Dallas, mas o destino deles na verdade é algum lugar a oeste de Fort Worth. Logo em seguida, Zelda já está dirigindo uma picape F-150 sob um céu de listras cor de sangue, durante o pôr do sol. As luzes dos postes ganham vida e as nuvens escuras chegam ao limite e desabam, a chuva batendo no teto da caminhonete. Uma fileira interminável de caminhões enormes gera ondas e mais ondas de água vinda das poças, causando um tsunami no para-brisa, o que deixa a visibilidade uma merda. Mas os veículos vão rareando à medida que deixam a área dos subúrbios. Já está completamente escuro quando Zelda entra numa estradinha rural que corta o pedaço de terra mais plano e vazio que ela já viu.

Debaixo de uma tempestade contínua, o GPS os guia ainda mais para dentro da área rural. A estrada vai cruzando uma série de cidades de um semáforo só, todas tão cheias de mortos e moribundos quanto qualquer cemitério que Zelda já tinha visto. Ela aperta os olhos na direção das ruas laterais e mal-iluminadas em busca de radares de velocidade ou de policiais mal-intencionados, mas só consegue enxergar vitrines em ruínas e letreiros em neon de lojas de 1,99.

Depois de mais uma hora, Zelda se esforça para subir com a picape por uma estrada comprida de terra, os pneus derrapando nas curvas e nos declives a ponto de fazê-la bater os dentes. Uma rajada de relâmpagos explode no céu noturno e joga um banho de luz sobre uma fazenda grande e antiga. Aquele lugar parece ter sido tirado de uma pintura antiga, talvez aquela em que há uma garotinha no campo tentando alcançar algo que nunca vai conseguir pegar.

A casa tem três andares de madeira cinzenta, um telhado pontiagudo e uma varanda com colunas. Dessa vez, um raio ilumina o milharal e um monte de ferramentas agrícolas abandonadas. Zelda tem quase certeza de ter visto também a estrutura enferrujada de um trator antigo por lá.

— Isto aqui tá uma coisa meio *Colheita maldita* da vida real — murmura ela, pensando que, em meio à tempestade, à escuridão e à absoluta falta de qualquer coisa boa, eles acabaram indo parar em seu pior pesadelo. Ela é uma garota da Califórnia, prefere sol quente e ruas cheias de casas pré-fabricadas a esse grande vazio no meio do nada.

— Por que nós aceitamos esse trabalho mesmo?

— Viver não é de graça — responde Atticus.

— Morrer também não.

O irmão dá uma risada, a voz um ronco grave, quase igual ao trovão. Ele se estica o suficiente para olhar em volta. À medida que ajeita a postura, parece que todo seu ser vai se ajeitando, como se entrasse em foco, como se aquele homem lacônico e imaturo do avião estivesse só na superfície e fosse descascando camada a camada conforme se aproximam do que quer que os espera naquele casarão antigo.

— Está sentindo alguma coisa? — pergunta Zelda, já tensa, feliz que Atticus esteja ali para usar a Visão, e já sabendo que vai ter que cuidar da parte da mordida.

— Não tenho certeza. Pode ser. — Ele olha para a irmã. — Ou pode ser a sua energia interferindo. Depois que a gente encontrar a cliente, talvez você possa ir dar uma volta para eu ter um pouco mais de espaço.

Zelda olha para aquela vasta escuridão no meio do nada, e a chuva que não para.

Atticus dá um sorrisinho.

— A não ser que esteja com medo de que não tenha ninguém aqui fora pra te ouvir gritar.

Zelda bufa.

— Por que você falou isso?

— É verdade.

— A verdade é superestimada.

— "Morrer não é de graça"... "A verdade é superestimada"... — Ele balança a cabeça, se fazendo de decepcionado. — Se eu não te conhecesse tão bem, ia dizer que está apavorada.

E então ele sai da caminhonete, as longas pernas já no meio do caminho da entrada da fazenda antes mesmo de Zelda fechar a boca. Ela acelera o passo atrás dele, apertando bem o capuz para tentar escapar da chuva, os pés escorregando pelo caminho lamacento. Quando chega ao lado do irmão, ele já está batendo à porta.

Não demora nem um segundo para que ela se abra. Os olhos escuros encaram Zelda de cima a baixo. De repente ela se dá conta do quão acabada deve estar, com o cabelo cheio de frizz e o casaco manchado de lama.

— Srta. Washington? — indaga Zelda.

Ao contrário de Zelda, a cliente está impecável, os cabelos recém-escovados, o vestido vermelho de grife dando a impressão de que aquele mau tempo horroroso nem se atreveria a chegar perto dela.

— Vocês deviam ter chegado duas horas atrás — diz ela.

— A viagem de carro demorou mais do que o esperado — desculpa-se Zelda. — E teve a chuva...

— O jantar está na mesa. — A voz de Washington é perfeitamente clara e meio sem sentido, o sotaque do Texas só aparece nos erres. — Tirem esses casacos molhados e deixem aqui. E tomem cuidado com os sapatos. Não quero lama nesta casa.

Zelda faz o possível para se livrar dos resquícios da rua antes de Washington conduzi-los pelo foyer até a sala de jantar. Na mesa há uma panela de feijão com uma fina camada de gordura congelada por cima, mas o pão de milho na frigideira de metal está bem dourado e cheira a manteiga. Mesmo que Zelda comesse

27

coisas como feijão e pão, ela recusaria, mas Atticus nem pensa duas vezes antes de aceitar. Um metro e noventa e três está sempre com fome, e ela nunca viu o irmão recusar comida de graça.

Washington observa com um sorrisinho satisfeito enquanto Atticus enche o prato. Talvez seja só uma mulher orgulhosa de sua comida, mas alguma coisa ali deixa Zelda irritada. Washington percebe seu olhar, seu *julgamento* e, muito calma e serena, levanta a sobrancelha, como quem pergunta "o que foi?".

Zelda é profissional e não tem nenhuma intenção de insultar a mulher em sua própria casa, ainda mais quando estão aqui a trabalho e vão receber por isso, então dá um sorriso e desvia o olhar.

Até que vê bonecas.

Bonecas em todo canto. Numa estante de livros, numa cômoda, numa lareira. A maioria é de porcelana, mas há algumas de papel dentro de estruturas de vidro e, do lado delas, algumas de vinil com aparência bem antiga e braços e pernas voltados para várias direções. Há até uma prateleira de bonecas de espiga de milho com vestidos de algodão e chapéus trançados, como as que a vovó Credit tinha.

— Você é colecionadora? — pergunta Zelda, tentando ser educada. Os rostos pintados que a encaram são bem perturbadores e ela não consegue disfarçar os arrepios que sobem pela espinha. Ela é uma caçadora de monstros fodona, mas se lembra bem daquele trabalho da Tess Falante, do machado infantil e dos corpos adultos até demais. Depois daquilo, ninguém podia culpá-la por não gostar de bonecas.

— Sou uma criadora, não colecionadora. São coisas diferentes. — Washington parece levemente ofendida. Ela tira um cigarro de menta de um maço verde e acende. — Pode dar uma olhada se quiser.

Começa um barulho de passos e uma garotinha vem se arrastado até a sala. Não deve ter mais de seis anos, talvez sete, com duas tranças no cabelo e uma calça legging com estampa de gatinhos. Usa uma daquelas botas antigas com suporte de metal que a faz arrastar os pés, mas isso não a impede de caminhar rapidamente na direção de Washington. Ela olha para Zelda por detrás da poltrona onde a mulher mais velha está sentada.

Zelda acena. A menina, tímida, acena de volta.

— O que eu já te falei sobre convidados? — diz Washington, a voz rude dando uma bronca enquanto puxa a garota para a frente e a sacode pelos braços gordinhos. — Vá para o quarto e não saia até eu mandar.

A garota abaixa a cabeça e volta mancando para o lugar de onde tinha saído.

— Ela não fez nada demais — diz Zelda, o sangue fervendo e os dentes doendo diante da crueldade.

Washington solta uma baforada.

— Sei que você tem boas intenções, mas essa menina precisa aprender. Então não me diga como fazer meu trabalho e eu não te direi como fazer o seu. — Ela abre um sorriso falso, mostrando os dentes e a gengiva.

O silêncio paira sobre o cômodo, espesso como a fumaça que sai do cigarro de Washington. O único barulho é o do garfo de Atticus no prato. Pensando no dinheiro e no profissionalismo, Zelda não diz nada. Mas se odeia um pouquinho por isso.

Depois de um longo tempo, Washington fala alguma coisa.

— Vovó me contou sobre a sua família. Negros de verdade. Trabalhadores de raízes e ervas, rainhas do vodu. Minha avó trabalhava com ervas, fazia uns tônicos para o pessoal daqui, mas não era a mesma coisa que vocês fazem. Dizem que o sangue de vocês tem *poder*. — Ela solta o ar. — Tem certeza de que não quer comer?

— Não, senhora. Tenho certeza.

Washington aperta os olhos. A cinza do cigarro cai na mesa como se fosse um floco de neve venenoso.

— Dizem que um de vocês tem o Olho. É melhor ser verdade, com todo esse dinheiro que estou pagando.

Zelda pigarreia e limpa a garganta.

— Por falar em dinheiro...

Washington enfia a mão no decote do vestido e tira de lá um envelope gordo. Balança na direção de Zelda e então o guarda.

— Depois que terminarem de me ajudar — diz.

— Na verdade, por telefone você foi meio vaga sobre que tipo de ajuda seria essa.

— São vocês que têm o Olho. Por que não me dizem?

Zelda troca olhares com o irmão.

Washington se vira para Atticus.

— Ah, então é você que tem. Me diga o que vê.

Atticus para com o garfo no ar, a caminho da boca. Ajeita a postura e seu olhar se perde. Mas só por um breve momento, antes de olhar para Zelda e balançar a cabeça.

— Não é assim que funciona — desconversa Zelda. — Talvez seja mais fácil se nos disser do que se trata.

Washington resmunga, ainda olhando para Atticus.

— Lá no milharal. Foi lá que encontrei os pássaros da primeira vez. Achei que pudesse ter sido um gambá selvagem ou algo assim, mas a coisa progrediu.

— Progrediu?

— Pegou o gato do celeiro primeiro, e depois... algo maior. Às vezes eu a ouço lá fora durante a noite, gritando.

— Gritando? Tem certeza de que não é uma raposa ou um puma?

Seu olhar se enche de tédio.

— Muito grande para ser uma raposa, e não há pumas nesta parte do Texas há cinquenta anos.

— Muito grande? Então você viu?

Washington limpa mais uma cinza de cigarro da mesa.

— Tem alguma coisa lá fora.

— Então é melhor eu ir dar uma olhada. — Por mais que Zelda não quisesse ir lá naquele milharal, muito menos no meio daquela tempestade de meu Deus, a sua ausência pode dar o espaço de que Atticus precisa para experimentar a Visão.

— Você parece cansado, meu jovem. — Washington apaga o cigarro. — Preparei uma cama para vocês lá em cima.

Zelda fica surpresa.

— Acho que não...

— Ao menos deixe ele descansar enquanto você vai lá fora caçar. Além disso, o único motel da cidade é cheio de percevejos-de-cama.

Zelda olha para Atticus, que solta um longo bocejo, os olhos caídos. Ele parece mesmo cansado, talvez até meio pálido, e Zelda sabe que ele é sensível.

— Tudo bem — concorda. — Enquanto eu vou lá fora.

Washington os conduz pela escadaria decrépita até o quarto de hóspedes. Não tem muito o que ver ali. O papel de parede florido está amarelado e as tábuas de madeira do chão rangem por baixo dos pequenos tapetes. Há um cobertor de crochê dobrado com capricho nos pés de cada uma das duas camas estreitas, e Zelda consegue ouvir perfeitamente a chuva batendo no telhado.

— Você vai lá fora? — pergunta Washington, apontando para a janela com a cabeça.

— Sim, senhora. Foi para isso que nos contratou. Não vou deixar uma chuvinha me desa...

— Não traga lama para dentro — diz ela. — Não quero ter que limpar amanhã.

Ela sai e deixa Zelda ali, boquiaberta. Para por um instante, chocada com a grosseria e se perguntando por que estava fazendo tanto esforço para ser legal se Washington só respondia com agressividade.

— Que pé no saco — sussurra.

Ela se vira para Atticus. Ele já está encolhido na cama, o cobertor fino não cobre nem seus pés. Zelda enruga a testa e a preocupação com o irmão substitui sua irritação.

— Você está bem?

— Enjoado — murmura.

— Não devia ter comido aquele feijão — ela diz, pensando na camada de gordura.

— Eu estava tentando ser educado.

— Estava tentando encher a barriga, isso sim. — Ela balança a cabeça. — Você viu alguma coisa lá embaixo?

— Boneca — diz Atticus.

— Sinistro pra caralho, né? — Dá para Zelda perceber mesmo sem o Olho. — Eu não conseguiria viver com todos aqueles olhinhos me encarando, mas talvez o pessoal do interior seja assim. Vai ver são diferentes.

Um relâmpago explode lá fora e Zelda vai até a janela. Puxa a cortina e olha para o milharal.

Ela tem um sobressalto.

Tem alguma coisa lá fora. Algo que se move lentamente sobre quatro patas. Mais um relâmpago e... nada. Mas ela tem certeza de ter visto. Balança a cabeça. Provavelmente era uma raposa.

— Vou lá fora — diz ela, sobre o ombro. — Washington está escondendo algum segredo e não gostei do modo como falou com aquela criança. Pode ficar de olho enquanto eu... Atticus?

Mas a única resposta é o som suave do ronco do irmão.

Está tudo molhado e deprimente, e Zelda deseja não ter saído, no fim das contas. Ela é uma garota da cidade, essa porra de breu no meio do mato é pior do que uma horda de zumbis correndo no Fashion Place Mall.

Os dedos escorregam sobre o botão e ela demora um segundo, mas enfim consegue acender a lanterna. Aponta para baixo. O feixe de luz âmbar ilumina um rosto.

— Porra! — grita Zelda, dando um pulo para trás.

Mas é só a menininha que apareceu no jantar. Está em pé parada lá na chuva, de costas para o milharal, os grandes olhos pretos encarando Zelda. Suas roupas estão encharcadas, os ombros caídos com a tempestade torrencial.

— O que está fazendo aqui? — sibila Zelda, ainda tentando acalmar o coração acelerado. — Precisa entrar, sair dessa chuva. Vai pegar uma gripe de matar!

A garota continua olhando, com a boca aberta como uma letra O rosada.

— Sua avó vai te dar uma bronca quando descobrir que você está aqui fora — repreende Zelda, e logo se arrepende ao se lembrar de como Washington tratou a garota mais cedo. De como a mulher despertou algo dentro de Zelda que a deixou fervendo, mais solta e menos controlada. Ela não vai mandar a garota de volta para aquilo.

A menina faz um gesto para que Zelda continue andando.

Zelda tem uma sensação. Não é comum isso acontecer. Isso é mais a praia de Atticus. Mas às vezes até mesmo um Dente percebe que há algo de errado.

— Você tem nome? — pergunta para a menina.

Nada. Talvez ela não fale.

Zelda suspira. Sabe que é uma ideia idiota levar a garota junto, talvez até perigosa. Mas também tem a sensação de que essa criança não é só uma criança, parece que ela sabe de alguma coisa. De repente algo que não pode dizer, mas pode mostrar.

Zelda olha para a casa uma última vez e então tira seu casaco com capuz e o coloca na menina. Fecha o zíper, aperta as cordinhas e abre um sorriso para ela.

— Bom, então vamos lá, Sem Nome. Talvez você possa me ajudar.

Ela deixa a menina conduzi-la para dentro do milharal, seu corpinho andando vacilante pelo caminho. Chegam até a área das hastes mais altas, até ela não conseguir mais enxergar a casa. Também não consegue ouvir nada além do barulho constante da chuva batendo contra as cascas secas. Mas então ela sente cheiro de alguma coisa. Alguma coisa morta.

A menina para. Talvez ela tenha sentido o cheiro também.

A menina aponta.

Zelda vira a lanterna na direção apontada e se abaixa, a menina olhando por cima de seu ombro. Zelda cutuca aquela coisa. Vira de um lado para o outro. Não sabe muito bem o que é que está vendo além de uma massa de carne e pelos, ossos brancos aparecendo por todos os lados. Há um pouco de fumaça e ainda está quente, apesar daquela chuva.

Zelda engole a saliva e não consegue evitar molhar os lábios.

— Fome — sussurra a menina atrás dela.

Zelda quase cai para trás. Leva uns segundos para se recuperar, vira para a menina e murmura.

— Então você *sabe* falar.

Mas o olhar da garota continua vidrado na coisa morta na frente delas.

— É — diz Zelda ao perceber que ela não vai dizer mais nada. — Algo certamente estava com fome, mas a gente deve ter interrompido a refeição. — O que significa que ainda deve estar próximo.

Zelda se levanta. Ouve. Mas não consegue escutar nada além da chuva, e o odor de morte é tão intenso que ela é incapaz de farejar qualquer coisa além dele. Não vai encontrar nada aqui esta noite.

— Vamos voltar pra dentro — diz ela. Mantém a menina ao seu lado enquanto retornam pelo mesmo caminho. Ela está quase convencida de que Washington está errada e aquilo é obra de um predador natural qualquer, mas continua olhando para todos os lados e segue alerta só para garantir.

Quando saem do milharal e entram de volta no jardim, Zelda se sente observada, olha para baixo, e a menina a está encarando.

— Vai lá — incentiva, apontando para a varanda. — Vá se secar e não conte pra sua avó que estava aqui fora comigo. Se bobear, ela dá uma bronca em nós duas.

A garota tira o casaco de Zelda e devolve de modo solene, depois vai mancando na direção da casa. Zelda dá uma última olhada para o milharal antes de seguir o mesmo caminho. As luzes estão todas apagadas e a menina desaparece na escuridão tão rapidamente quanto apareceu.

Zelda sobe as escadas na ponta do pé e abre a porta com cuidado.

— Atticus — chama baixinho. Ele está no mesmo lugar onde ela deixou, encolhido de lado na cama. Decide deixá-lo dormir. Vão ter muito tempo para colocar o assunto em dia amanhã.

Zelda sonha com caça, sangue e carne recém-rasgada em sua boca. Abre os olhos devagar, com cuidado, em parte na expectativa de estar dormindo ao lado de uma carcaça fresca. O celular diz que está quase na hora do amanhecer, apesar da pouca luz que entra pela janela. E ela ainda ouve a maldita chuva. Pensa em voltar a dormir, mas seu estômago está roncando e ter mais sonhos só vai piorar tudo.

Decide sair antes que a casa inteira acorde e ir até a loja de materiais de construção que viu no caminho. Comprar madeira e fios para montar algumas armadilhas. Capturar o que quer que esteja se alimentando no milharal para acalmar a srta. Washington, receber o pagamento e ir embora pra casa.

A viagem até a cidade leva quase uma hora, mas ela chega ao True Value assim que as portas se abrem. Escolhe um carrinho e circula pelos corredores pegando tudo que precisa nas prateleiras. Vai até o caixa e o operador abre um sorriso. É velho o suficiente para ser pai dela, mas o cabelo cheio de gel e o cheiro forte de loção pós-barba indicam que é um galanteador. Ela se pergunta quem ele poderia estar tentando impressionar neste fim de mundo e então se dá conta de que, hoje, é ela.

— Nunca te vi por aqui antes — diz ele, sem nem esconder o entusiasmo.

— Estou de visita.

— É? Onde?

Ela pensa em ignorar a pergunta, mas resolve que talvez valha a pena colher umas informações. Se ela estiver errada e aquilo não for só um animal qualquer, seria bom saber o máximo possível sobre a srta. Washington. Em muitos dos casos, quando tem alguma coisa perturbando um lugar, isso tem a ver com as pessoas que o ocupam.

— Na casa da srta. Washington. Fica bem longe da cidade.

— Ah, claro que eu a conheço. Dolores e eu estudamos juntos na escola.

— Dolores. — Então esse é o nome dela.

Ele solta um longo suspiro.

— Aquela família já bateu a cota de tragédias.

— É mesmo?

Ele se debruça no balcão; é claro que a oportunidade de fofocar com uma forasteira é muito tentadora para deixar passar.

— O pai dela morreu sob circunstâncias misteriosas, se é que me entende. O xerife disse que morreu dormindo, mas todo mundo sabe que ele batia na mãe dela, e quando a avó descobriu...

— Assassinado. — Zelda se lembra do que Dolores contou sobre a avó e seus tônicos. Ela sorri, não consegue evitar. Sua própria mãe já havia lhe contado sobre como nos velhos tempos as mulheres davam um jeito nos homens maus quando as autoridades se faziam de cegas.

O operador de caixa abre as mãos.

— Mas isso tem muito tempo e Dolores nunca deixou que essas coisas a abalassem. Virou alguém importante. Viajou o mundo inteiro com essas bonecas dela. Colocou nossa cidadezinha no mapa. — Ele aponta por cima do ombro para uma parede com fotos. Zelda vê uma série de celebridades locais sorrindo em fotografias desbotadas: o prefeito cortando uma faixa diante de uma loja de doces, o time de futebol local segurando um troféu, uma mulher lindíssima acenando. E, é claro, Dolores Washington posando com uma das bonecas de espiga de milho, tão grande quanto uma criança real, uma faixa azul no peito.

— Agora ela vive lá naquela casa completamente sozinha — diz ele.

— Bom, ela tem a filha. — *Neta*, ela conserta na própria cabeça. A menina é muito nova para ser filha dela.

— A filha não fala mais com ela desde o acidente. É horrível dizer isso, mas ela culpou Dolores pelo que aconteceu.

Zelda não entende.

— A neta. — O homem começa a falar em voz baixa. — Estava brincando no milharal e pisou numa daquelas armadilhas para animais. A coisa arrancou o pé dela na hora. — Ele faz com a mão o gesto da mordida da mandíbula de metal. — Quando a encontraram, já estava morta. Perdeu sangue demais.

Zelda o encara.

Ele aperta os lábios e então seu rosto se ilumina.

— Estou feliz de saber que Dolores tem companhia agora. Nem imagino como deve ser horrível ficar ali totalmente sozinha tendo só a companhia daquele monte de bonecas velhas.

Zelda já está de volta na caminhonete acelerando pela estrada. Deixou o carrinho de compras para trás. Não precisa construir uma armadilha para animais. Ela já sabe quem e o que é o monstro. Não dá pra acreditar que não tinha se dado conta ainda, estava tudo ali na cara dela. Se Atticus estivesse acordado, teria visto alguma coisa. Ou talvez ele tenha.

Boneca, dissera ele. Ela só não tinha entendido.

E além disso ele estava muito cansado, ou muito doente, ou...

— Ai, meu Deus.

O poder do sangue. Era isso que Washington queria, foi por isso que ficou olhando para Atticus, o sorrisinho de satisfação no rosto. Porque Deus sabe que sua neta morta não vai conseguir sobreviver só de pássaros e gatos. Ela precisava do que todos os regressantes precisam: uma pessoa para servir de fonte de alimento — melhor ainda se for alguém com poderes, como Atticus.

Zelda pisa ainda mais fundo no acelerador e faz a caminhonete disparar pela estrada escorregadia. A traseira ameaça derrapar, mas ela ajusta a direção e os pneus rodam, enquanto Zelda xinga a si mesma e reza para não chegar tarde.

— Atticus! — ela grita e entra como um raio pela porta. Sobe a escada de dois em dois degraus e joga toda a força do corpo contra a porta. Ela balança e não abre, está trancada. Zelda se concentra, invoca um pouco daquele calor que está sempre à espreita dentro dela, e tenta novamente. Dessa vez, a porta abre.

E lá está a garotinha, a *bonequinha*, deitada ao lado de Atticus. Ele parece estar dormindo, mas seus membros estão tão relaxados que não parece ser apenas sono. Toda aquela situação grita para Zelda que, se ela não fizer nada, ele nunca mais vai acordar.

A criança levanta a cabeça, os olhos pesados. O sangue cobre sua boquinha e se espalha sobre o pescoço e os ombros de Atticus, de onde ela esteve se alimentando. Está sem o suporte da bota e dá para ver que não há perna abaixo do joelho, só cascas de milho ao longo da bainha do tecido.

— Fome — sussurra ela.

Zelda começa a se mexer. Para fazer o quê, ela não sabe. Arrancar a garota de perto do irmão, abrir sua própria veia e dar seu sangue a Atticus, para substituir o dele? Mas ela não chega nem a dar um passo antes de sentir as costas queimarem.

Ela tropeça e grita de dor. As mãos desesperadas tentam alcançar a arma que lhe atingiu entre as omoplatas, mas ela não consegue. Ouve algo em seu corpo estalar quando se estica, e então consegue ver. Há uma agulha de tricô de madeira gigantesca, da espessura de um punho, rasgando sua pele.

— Eu não vou perder minha neta! — Washington grita enquanto Zelda, cambaleando, se vira para olhá-la. A mulher serena e imperturbável de cabelos escovados e vestido perfeito se foi. Diante dela está uma mulher desesperada, de olhos arregalados. Determinada.

35

— Você não vai ficar com meu irmão! — Zelda diz com esforço entre os dentes cerrados.

Mas Dolores nem ouve, sua expressão fixa na menina e em Atticus ali, deitado para morrer.

— Sua família tem sangue antigo — ela diz, meio que sussurrando. — *Magia*. Se tem alguma coisa capaz de manter minha bebê viva, é isso.

— A magia é uma via de mão dupla — murmura Zelda.

Dolores se vira e olha para ela.

— Sua avó devia ter lhe contado que a magia sempre vem em pares. Luz e Escuridão. — Zelda cospe sangue e dá um sorrisinho em meio à dor. — Olho e Dente.

Ela invoca seu poder, parte do mesmo poder que corre nas veias de Atticus, só que o dela é diferente. Deixa aquilo borbulhar, se transformar em apetite. Suas presas se revelam, as unhas ficam mais afiadas. Zelda ruge e arranca a agulha de seu corpo. A dor é purificadora, quase estimulante. Ela gira o ombro, encaixa o osso de volta no lugar e joga a agulha fora.

Washington grita e levanta as mãos, como se pudesse evitar o que está prestes a acontecer. Mas é tarde demais e Zelda também está com fome.

A chuva finalmente parou e uma brisa fria corre pelas janelas abertas enquanto Atticus desce as escadas com os fones de ouvido pendurados no pescoço. Tem um grande curativo ao redor de seu pescoço e uma gaze branca cruzando o ombro. Seus passos estão um pouco lentos e a pele ainda meio pálida à medida que o veneno que Dolores colocou naquele feijão vai saindo de seu corpo.

— Está pronto para ir? — pergunta Zelda.

— Mais do que pronto. — Ele olha para o telefone encostado na bochecha de Zelda. — Está falando com quem?

— Na linha de espera com a companhia aérea.

O olhar de Atticus se volta para a garota. Está sentada ao lado de Zelda e brinca com uma boneca de papel.

— Não posso simplesmente deixar ela aqui — diz Zelda. Ela toca o envelope manchado de sangue e as notas de vinte espalhadas sobre a mesa. Sabe que não é muita coisa, mas deve ser o suficiente para comprar uma passagem extra na classe econômica. — E eu já falei pra ela que nada de comida até chegarmos em casa e eu ensiná-la a caçar direito.

Atticus resmunga, sem querer se envolver, e coloca os fones de ouvido.

— Vou esperar no carro.

Zelda sabe que ele não está satisfeito, mas não vai criar caso, porque ele entende, assim como ela, que às vezes os melhores caçadores de monstros são os próprios monstros.

DIABO ERRANTE

Cadwell Turnbull
Tradução de Jim Anotsu

Quando ele era criança, a vó de Freddy costumava brincar:

— Do jeito que você já sai correndo assim que chega, parece até que tem um rosto atrás da cabeça e pés para os dois lados. — Às vezes ela concluía a piada com uma repreensão séria. — A sua mãe era igualzinha. E sabe lá Deus onde é que ela foi parar.

A mãe de Freddy fugiu de casa no aniversário de trinta anos. Teria sido uma tragédia se ela não tivesse deixado um bilhete. Mas ela escreveu que estava indo correr atrás dos sonhos dela no Oeste. *Com* o bilhete, o tipo de tragédia foi diferente.

Ela era uma bela cantora, a mãe de Freddy. Por um bom tempo ele assistiu televisão na esperança de vê-la por lá, com o rosto sorrindo de volta para ele através da tela. Naquela fantasia, a canção que ela ia começar a cantar seria dedicada a ele, seu Freddy, para quem voltaria assim que tivesse bastante dinheiro. Ela viria buscá-lo e ele seria criado numa daquelas mansões de Hollywood.

Ah, os sonhos de uma criança...

O avô de Freddy também tinha fugido. Ninguém nunca mais ouviu falar dele. E assim, ainda que a mãe e o avô não estivessem ali, e ainda que Freddy também não quisesse estar ali, a vontade de fugir que compartilhavam fazia com que se sentisse parte de algo: uma linhagem de *fuga*.

Aos dezesseis anos ele largou a Georgia, dessa vez deixando o próprio recado. Estava indo para o Oeste atrás da mãe. Chegou até o Texas. Eram meados dos anos 1990, bem no comecinho da internet, na época em que ela ainda não era muito útil para encontrar alguém. Depois do bilhete que deixou quando partiu, a mãe nem sequer telefonou para casa. Freddy arrumou uma namorada no Texas e trabalhou lavando pratos de maneira informal. A vida que levava se tornou o motivo de partir. E ele a aproveitou até a vontade de ir embora surgir novamente. Pegando leste até o Mississippi, e nordeste rumo à Virgínia Ocidental, e nordeste de novo até Boston, depois até Nova York. Por fim, oeste até a Pensilvânia.

Foi em Pittsburgh que conheceu Dilah, pouco antes de Obama ser eleito. Freddy já estava meio velho. Ela tinha acabado de sair da faculdade e era muito madura para a idade. Experiente no sentido de que sabia muita coisa sobre o mundo. Sempre falando de política. Ela gostava dele porque ele tinha mãos ásperas, e porque olhava para as pessoas quando estava conversando com elas. Ele era do mundo e, como ela gostava de dizer, sabia como se virar mundo afora. Eles se complementavam bem. Por isso ele acabou ficando em Pittsburgh por mais tempo do que o planejado. A vontade de cair na estrada veio logo no primeiro ano. Já tinha ficado por três.

Dilah era diferente dele em vários sentidos, mas o principal era o amor pela família. Ela só se candidatou para universidades na Pensilvânia, porque queria ficar em lugares de onde pudesse ir de carro visitar as sobrinhas, filhas do irmão, de quem ela também era próxima. A mãe e o pai nunca se divorciaram como os pais de vários amigos que ela tinha. Em algum momento Dilah iria querer se casar. E, talvez, depois de alguns anos trabalhando na política local, quisesse ter filhos. Logo, Freddy precisava cair fora. Não queria desperdiçar ainda mais o tempo dela.

Não era como se Dilah fosse contra o desejo de Freddy de viajar.

— A gente pode viajar — dizia ela. — Ir para onde você quiser. Eu até posso ir para outro estado. Desde que seja um voo curto até Pittsburgh.

Ela não entendia o motivo de ele precisar ir, e ele não queria explicar. Partir só era bom se não tivesse plano nenhum de voltar. O ponto era justamente ir embora.

Ele já tinha pensado muitas vezes em pegar suas coisas e ir embora, sentia até aquele tilintar na base do crânio quando pensava em lugares para ir, aquela certeza que experimentou ao pousar em Detroit. Partir era sempre fácil. Já tinha abandonado vários relacionamentos desse jeito, cancelava o plano de telefone, entrava no Honda Accord barulhento lá pra meia-noite e saía por aí dirigindo.

Dilah era diferente. Dilah era diferente e ele *realmente* a amava. Mas pensou na mãe, aos trinta anos, com uma vida e uma criança que ela não queria. Aquele bilhete terrível. Nem uma palavra ao filho. Ele sabia que aquilo que ela tinha também o habitava, sabia tão bem dentro de si que nem tinha forças para odiá-la. Mas queria ser melhor do que ela. Só as pessoas mais cruéis criavam uma vida com a consciência de que a abandonariam mais tarde.

Freddy achava que Dilah suspeitava de alguma coisa, ainda que não conseguisse ou quisesse abordar diretamente. Ela jogava uns verdes.

— Eu fiquei te olhando com as minhas sobrinhas hoje — disse ela quando estavam na cama.

Ela não continuou. Já tinha dito antes que Freddy levava jeito com as crianças. Que se sentia à vontade perto delas. Tal como era ao redor de todo mundo, Dilah afirmou. Ele conseguia se divertir com elas sem precisar se rebaixar, do mesmo jeito que fazia com gente de sua idade, pessoas mais bem-sucedidas, sem necessidade de fingir.

Ele tinha visto as sobrinhas dela no fim de semana, num encontro familiar sem motivo especial. Era assim que a família de Dilah funcionava: reuniões de família só para juntar todo mundo. O irmão de Dilah estava na churrasqueira, e Freddy deu uma força, até o pai dela tomar o lugar dele.

O sogro até que era educado, mas Freddy conseguia ler os outros muito bem. Freddy não era bom o suficiente para Dilah — e concordava com isso.

Encontrou as meninas na sala de estar e as ensinou um jogo nepalês chamado Jhyap, que tinha aprendido com um amigo num trem indo para Birmingham. As meninas eram inteligentes e aprenderam as regras rapidinho.

— Você já foi para o Nepal? — a mais nova perguntou.

— Nunca — respondeu ele. — Um dia.

— Se você e Dilah forem, a gente pode ir junto? — questionou a mais velha.

Freddy não queria responder. Era supersticioso com relação a promessas, especialmente aquelas sobre um futuro distante demais para saber onde estaria. Em vez disso, balançou a cabeça, devagar o suficiente para convencer a si mesmo de que era um movimento contemplativo e não de afirmação.

Elas ficaram animadas mesmo assim, e fizeram inúmeras perguntas sobre o país. Freddy respondeu o que sabia.

Notou Dilah no batente, a aprovação nos olhos dela.

Na cama dava para ouvir o sorriso na voz de Dilah quando ela falou:

— Tem algum lugar para o qual você quer ir? É só me falar, a gente se planeja e vai. Dá pra levar as meninas também. Você sabe, elas nunca saíram do país.

Freddy continuou calado, subitamente ciente de que estava com frio nos pés. Ele também nunca tinha saído do país.

— No que você está pensando? — indagou Dilah.

— Ah, sei lá — disse ele. Mas sabia, sim. — Estava me lembrando de uma estação de trem lá na Georgia. Fora de Atlanta. Tinha esse velho cavalheiro...

Freddy o chamou de cavalheiro por causa das roupas elegantes, ainda que levemente puídas.

— Ele estava sentado no chão, todo jogado, apoiado na parede, ainda que vários bancos estivessem vazios. Tocava um banjo detonado com unhas longas, grossas. E cantava. Uma voz áspera, arranhada, rouca. Eu mal conseguia ouvir as palavras da canção, mas juro que foi a coisa mais incrível que já escutei em toda a minha vida. Antes e depois daquilo. Assustador. Eu me aproximei e coloquei um pouco de dinheiro na cartola dele... sim, o cara tinha uma cartola... só uns trocados que eu tinha no bolso. Ele olhou para mim e parou de tocar, perguntando se eu queria me sentar um pouco com ele. Eu me apresentei. Ele sorriu e falou que já me conhecia, um diabo errante que nem ele. Falou: "Bem, não sou um diabo errante qualquer. Eu sou o Old Black Billy em carne e osso". Eu não fazia a menor ideia do que ele estava falando, mas fingi que estava entendendo.

"Ele me perguntou se eu queria saber o que viria na estrada adiante. Riu da minha confusão, parecendo até que estava cantando, com as cordas vocais enferrujadas, e me contou sobre o meu futuro. Falou que eu conheceria uma garota numa velha cidade mineira, a gente iria se apaixonar, e ela seria a garota certa."

Dilah ficou em silêncio por um momento, tão quieta quanto tinha ficado durante todo o tempo em que ele falara. Ela se aconchegou e puxou o queixo dele para baixo para que pudesse olhá-lo nos olhos.

— Tenho certeza de que isso é o máximo que você já falou sobre a Georgia.

— Desculpa.

— Não precisa. Amei a história. Eu amo todas as suas histórias. — Ela o beijou. — O velho Billy tinha razão. Pittsburgh é a melhor cidade mineira que existe.

— Então você acredita nele. Que ele conseguia ver o meu futuro.

— Eu creio que há coisas no mundo que estão além de causa e efeito. Ele te deu um destino do qual você gostou. Você veio para Pittsburgh e eu te encontrei. — Sorriu para ele, arteira, passando o dedo pela cicatriz antiga em sua clavícula. — E agora eu não te largo mais.

— Eu realmente amo você.

— Eu sei que ama.

Ela continuou sorrindo, com a confiança de alguém que tinha tido uma vida inteira de sorte, de gente que estava exatamente onde tinha que estar, de gente que se conhecia e sabia quem manter por perto e quem amar e como amar. O tipo de confiança que, se Freddy deixasse, poderia colocá-lo de joelhos, esmagá-lo até que se tornasse o tipo de homem que poderia ser tudo aquilo. Ele só precisava deixar.

— Qualquer lugar que você quiser ir... — ela repetiu, e ele achou que, de alguma forma, ela conseguia sentir o formigamento no crânio dele, sentir mesmo, vibrando debaixo deles.

A vontade de ir embora.

— Vou pensar num lugar — disse ele. — Talvez uma viagem curta para fora da cidade. Com as meninas.

— Eu adoraria — ela respondeu.

Freddy começou a fazer as malas no dia seguinte. Havia muito a ser feito, até mesmo para um homem que não tinha muita coisa no mundo. Ele estava ficando num quarto que sublocava de Carter, um branco um pouco mais novo do que ele que morava sozinho e, até onde Freddy sabia, não recebia visitas. O tipo de homem que Freddy um dia poderia acabar se tornando. Freddy era bem quieto na maior parte do tempo, mas, quando falava, tinha o poder de atrair a atenção das pessoas. Ele sabia disso e se maravilhava tanto quanto os outros. Suspeitava que fosse porque dizia exatamente o que pensava, mas só quando valia a pena dizer. Uma história ou um comentário ou uma piada na hora certa, e ele sempre sabia que hora era essa, porque conseguia sentir, como quando jogava sinuca e sabia que o ângulo para encaçapar a bola estava correto. Mas Freddy tinha jogado muito bilhar com homens parecidos com ele, mais velhos e sozinhos. Sabia que aquele futuro em algum momento o encontraria, se não sossegasse.

Freddy se perguntou se teria bons bares de sinuca em Detroit. Claro que sim.

Encheu o seu enorme baú marrom com roupas, pequenas bugigangas e livros. Toda vez que Freddy saía de algum lugar, ele se livrava da maior parte do que tinha acumulado, ou trocava por algo novo, se livrando de alguma coisa que tivesse pegado no lugar anterior. Freddy gostava de ter uma dúzia de tudo que fosse preciso ter mais de um. Doze camisetas, doze cuecas, doze calças, doze livros. Doze meias. Gostava de doze porque soava melhor do que dez e era um número abaixo do azarado treze. Catorze de qualquer coisa era demais. O baú já estava quase cheio, assim como as duas malas que ele precisava desesperadamente trocar. Tinha apenas três conjuntos de lençóis e cobertores que lavava regularmente e trocava na mesma ordem. Decidiu que ficaria só com um. Colocou-o dentro do baú.

Por último, cancelaria o plano de telefone, se livraria do celular e apagaria o endereço de e-mail. Começaria do zero. Mas precisava esperar até o último dia para se poupar de qualquer constrangimento. Dilah mandava mensagens o tempo todo e enviava artigos para leitura e TED Talks para ele assistir. Freddy não queria que nada voltasse ao remetente enquanto não tivesse saído da cidade.

Quando estava de saída naquela noite, acabou encontrando Carter subindo os degraus até o apartamento, com as mãos cheias de sacolas de compras. Freddy segurou a porta e aguardou.

Então falou:

— Eu queria te avisar que estou indo embora. No fim da semana.

Carter pareceu chocado.

— Já tá aí! — Os olhos dele se moviam de um lado para o outro. Pensando no aluguel do mês seguinte, imaginou Freddy. Suspirou e, por fim, disse: — Vai finalmente se juntar com a sua namorada? Ela já te convidou várias vezes.

Dilah tinha trazido o assunto à tona perto de Carter mais de uma vez. Jogando um verde ou esperando ganhar um cúmplice. Freddy não confirmou o palpite de Carter, mas o silêncio fez isso por ele.

— Que beleza — disse Carter.

Os dedos da mão direita seguravam uma sacola com firmeza, alças tão enfiadas na ponta dos dedos que eles começavam a ficar roxos.

— Não vou ficar te segurando — disse Freddy.

Dava pra ver que Carter queria falar alguma coisa. Havia algo no rosto dele. Freddy sabia o que era. Na estrada, Freddy tinha adquirido a habilidade de ler o clima no rosto dos outros: tempestuoso ou nublado, quente ou frio. Carter vivia sob uma chuva constante.

— Foi bom te ter aqui — disse Carter. — Um companheiro dos bons, e eu já tive alguns bem ruins. É uma pena te ver indo embora, mas fico feliz por você.

Freddy falou:

— No fim da semana, ou antes.

Buscou Dilah no trabalho e foram atrás de comida chinesa. Dilah pediu carne com cominho e Freddy pegou uma novidade do cardápio, almôndegas de porco com arroz. Como sempre, Dilah achou graça na escolha dele e quis uma mordida. Ela não pediu mais.

— Eu estava pensando naquela história que você contou — falou Dilah. — Quando contei ao meu irmão, ele achou bizarro. Foi bizarro quando aconteceu?

Freddy balançou a cabeça.

— Era só um velho. Ter passado tantos verões naquele calor da Georgia já tinha fritado o cérebro dele.

— O que você sentiu quando ele falou que você iria se apaixonar? Foi assustador?

Freddy fingiu que a boca dele estava cheia demais para falar. Por fim, disse:

— Não sei. Eu não me lembro exatamente o que senti.

— Não é estranho?

— Só se eu tivesse acreditado nele. O que não aconteceu.

Dilah não ficou satisfeita, mas deixou pra lá.

Começaram a falar do trabalho dela. Dilah não conseguia decidir se o odiava ou não. Mais uma vez Freddy a ajudou a concluir que, sim, ela odiava, sabendo que mudaria de ideia na manhã seguinte. Essas conversas eram exercícios para Dilah. Ela se comprometia com as coisas, até mesmo com as que odiava. Freddy tinha dúvidas se aquela era uma boa forma de viver a vida. Certamente, era comum. A palavra "comum" parecia julgá-la, e ele se sentia mal de limitá-la de tal forma. De muitas maneiras, Dilah era tão aventureira quanto ele.

Mais tarde, depois de deixá-la em casa, ele voltou para o apartamento ainda pensando na conversa. Ele poderia ir morar com ela, não é? Já tinha empacotado tudo. Seria uma transição fácil. Dilah aceitaria e ele poderia dirigir até a casa dela e tirar as coisas do porta-malas, ver o rosto dela se iluminar enquanto ele subia os degraus da frente. Ele só precisava virar a chavinha dentro da própria cabeça. Conversou consigo mesmo tal como conversava com Dilah sobre o emprego dela. Ele mudava de ideia várias e várias vezes. Para ele, a ideia de partir era mais fácil do que a de morar junto. Mas será que isso não era porque morar com Dilah era uma escolha melhor? Assustadora, mas mais correta?

Essa necessidade de estar em outro lugar. De repente dava a sensação de que tinha um nó dentro dele, um cisto, ou uma pedra contra a qual se esfregava, um objeto invasor que precisava ser removido. Por sua vez, ele via essa mesma necessidade como uma parte vital de quem ele era. Não conseguia decidir o que era mais verdadeiro.

O apartamento estava escuro, mas ele andou desviando da mobília como já tinha feito inúmeras vezes, a mente repassando a decisão de novo e de novo. Teria continuado andando até o quarto se não fosse a sensação de alguma coisa se enrolando gentilmente em seus calcanhares. Foi rápido e, por instinto, Freddy sacudiu a perna e se virou para olhar ao redor. No breu ele viu a coisa o soltando. Não conseguia discernir claramente, mas o seu cérebro tinha chegado a uma conclusão peculiar: uma aranha, de muitas pernas que se afunilavam em pontas afiadas. Uma aranha apoiada em facas.

Ouviu a porta de Carter se abrir e a luz acender.

— Você está bem?

Freddy se virou para Carter, viu a preocupação no rosto dele. Será que tinha gritado?

— Sim — disse. — Por um segundo achei que alguma coisa tivesse encostado na minha perna.

Olhou mais uma vez para o lugar onde tinha visto a aranha e, para a sua não surpresa, não viu nada.

— Isso já aconteceu muito comigo — disse Carter. — A mente pregando peças. Grandes mudanças de vida fazem isso. Te desestabilizam.

Pareceu uma coisa muito peculiar de dizer, uma visão das coisas que, de modo irracional, enfureceu Freddy.

— É — respondeu. — Deve ser. Claro.

O resto da semana passou muito rápido para o gosto de Freddy. Ele deu o seu aviso prévio no Bar Angelo, o restaurante italiano no qual trabalhava como garçom. Klaus, gerente do lugar desde antes de Freddy trabalhar ali, deixou um pouquinho da sua frustração à mostra — Freddy era a segunda pessoa a se demitir no mês —, mas ele gostava de Freddy e o resto da equipe também. Klaus aceitou a realidade a contragosto, e Freddy permitiu que Klaus o abraçasse.

Jantou com Dilah mais duas vezes, e os dois jantares correram bem. Dilah desistiu das conversas sobre a estação de trem, o que Freddy achou ótimo. A verdade era que Freddy tinha deixado de fora várias coisas quando contou a história para Dilah. Primeiro de tudo, o Old Black Billy usava óculos tão escuros que Freddy achou que o homem fosse cego. Quando Freddy olhou para os óculos de sol, pensou ter sido capaz de enxergar através da escuridão da lente preta, dentro dos olhos do homem, que não eram olhos coisa nenhuma, mas abismos negros, sem fundo. Freddy continuou olhando, esperando que a luz incidisse neles do jeito certo, mas o sol se manteve afastado daquela parte do rosto de Billy durante o tempo inteiro. No entanto, esse detalhe não era importante. A parte importante, o que Freddy deixou de fora, foi aquilo que o Old Black Billy disse após revelar que Freddy iria para uma velha cidade mineira e se apaixonaria.

Dedilhando uma melodia de três notas no seu banjo, Old Black Billy falou:

— Case-se com essa moça e terá uma vida longa e feliz. Mas se você largar ela, como é da sua natureza, já que descende daquele pilantra do seu vô, verá lugares que a sua mente nem imagina. — Quando o Old Black Billy fez sua previsão, ele deve ter visto alguma coisa da qual não gostou no rosto de Freddy, porque, de repente, o homem frágil se levantou e agarrou-o pelo colarinho. Billy tinha uma pegada forte, uma de suas unhas levantando uma tira de carne da clavícula de Freddy. — Sabe de uma coisa? Andarilhos que nem a gente podem ser engolidos pela terra e ninguém nem saberia por onde começar a procurar. Ou nem se preocuparia em fazê-lo. Gente que nem a gente... — limpou um pouco de pigarro da garganta — deixa uma trilha de corações partidos para trás. E um ressentimento longo e sombrio como a sombra do sol poente.

Subitamente aterrorizado pelo que poderia ver, Freddy desviou o olhar dos óculos do homem, voltando-se para o lugar no qual o banjo surrado descansava. Freddy não tinha visto quando o Old Black Billy colocou o banjo ali.

— Tá ouvindo, rapaz? Estou te falando aquilo que precisa ser dito. O que precisa ser dito.

Freddy se soltou dele, mas foi um gesto débil. Não estava com medo, ainda não; o momento foi tão rápido, e a mente de Freddy fez o oposto — foi diminuindo a velocidade até parar, mal conseguindo discernir o que o homem tinha dito para extrair algum sentido. Mas Freddy tinha ouvido as palavras. E ele as repassou muitas vezes desde então. De algum jeito Old Black Billy tinha conhecido o avô dele, sabia o futuro do próprio Freddy e conhecia Freddy o bastante para saber o apelo da segunda opção — a de ir a lugares que a mente nem imagina.

Mas, naquele momento, era coisa demais para digerir, e Freddy ficou sem palavras, de boca aberta e cabeça vazia.

44

Old Black Billy fechou a cara e se virou. Pegou o banjo dele e voltou a dedilhar a melodia de três notas.

— Dá no pé. Cá, um burro de fé.

Foi só quando se acomodou no assento que Freddy se deu conta de que a sua camisa estava rasgada e manchada de sangue.

O erro foi contar para o chefe. Freddy já tinha fugido de empregos uma dúzia de vezes, mas gostava de Klaus, gostava dos colegas de trabalho. E Dilah o tinha amolecido, suspeitou. Como ele tinha avisado ao chefe, deu tempo de Klaus contar para todo mundo. Como os colegas de trabalho conheciam Dilah, tinham o seu contato e já tinham comentado várias vezes sobre como ficavam bem juntos, alguém ligou para ela e a convidou para a festa de despedida.

Em seu último dia, ao fim do expediente, que era na hora de fechar o Bar Angelo, lá estava Dilah, vindo da chuva com o seu guarda-chuva azul e branco com bolinhas. Davie, que abriu a porta para ela, ficou ali parado e sorrindo para Dilah, que sorria de volta, não dando nem sinal de nada. Era só por conhecê-la tão bem, só por estar ligando as pontas, que ele conseguia enxergar o fingimento dela. Os olhos estavam focados nele, sem piscar, o segredo entre eles. Freddy segurava o pano que usava para limpar as mesas numa mão, apoiando-se numa cadeira com a outra. Sorriu com um pouco de atraso, mas Davie não seria capaz de notar. Todo mundo saiu dos fundos. Um bolo red velvet foi posto em cima da mesa que ele tinha acabado de limpar. Davie e Joel e Rita e Ducky e o gerente, Klaus, estavam todos ali, sorrindo para ele.

Não havia nenhum motivo para cantar, por isso não o fizeram. Mas Klaus tinha preparado um discurso:

— Você esteve aqui com a gente por um curto período de tempo, Freddy. Mas é um bom trabalhador e um ótimo colega. Engraçado quando quer, mas sempre confiável. E as suas histórias? Nunca vi uma pessoa com tantas histórias esquisitas para contar. Em qualquer ocasião. E sempre com uma lição a ser aprendida.

Será que era verdade? Freddy não achava que havia alguma lição a tirar das histórias que contava. Ele estava de olho em Dilah, que estava ao seu lado, mas prestando atenção no discurso de Klaus.

Quando finalmente olhou para ele, Freddy tentou dizer a ela, por meio de suas expressões, o quanto lamentava.

Ela se inclinou, falou:

— Depois.

Em algum momento Klaus terminou de falar. Todos aplaudiram. Freddy sorriu envergonhado; tinha perdido o final.

Todos se despediram com uma história própria com Freddy. Ele substituindo Rita quando ela precisou ir ao hospital para visitar o pai doente. A festa de aniversário surpresa que fez para Davie no fim do turno dela, o que tinha dado a ela a ideia para essa festinha. Freddy abraçando Ducky enquanto ele chorava por um término, não parecendo nem um pouco abalado com aquilo, sem oferecer nenhuma palavra de julgamento ou de encorajamento, só ficando ali.

Dilah contou a história da estação de trem, a previsão de que ela e Freddy iriam se encontrar, e como os últimos dois anos e meio tinham sido maravilhosos. Ela olhou para Freddy durante todo o discurso.

Quando foi a vez dele de falar — e Freddy tinha a obrigação de falar depois de toda a comoção deles —, ele agradeceu a cada um, contou uma de suas histórias, uma que tinha todos eles, daquela vez que teve uma tempestade de neve e todos foram trabalhar mesmo assim, e quando os clientes pararam de aparecer, ficaram ali por mais tempo do que deveriam, tomando algumas garrafas de vinho à custa de Klaus e ouvindo música nos alto-falantes do restaurante. No fim, até Dilah apareceu por lá para buscar Freddy, porque o carro dele estava na oficina, mas acabou ficando, e bebeu tanto que, quando a neve parou, ele precisou deixá-la em casa e passar a noite lá.

— Vou sentir falta de todos vocês — disse ele, e percebeu que estava falando sério.

— Para onde você vai? — perguntou Ducky.

— Detroit — disse ele, e deu de ombros.

Freddy não ousou olhar para Dilah. O seu estômago estava retorcido.

— Vou aceitar um emprego lá — falou Dilah.

E isso foi o bastante. Todos ficaram satisfeitos. Comeram o bolo, foram passando os pratinhos de sobremesa do restaurante. Alguém teria que lavar aquilo tudo. Alguém teria que arcar com uns probleminhas porque ele era um covarde. Dilah ainda sorria, o tempo inteiro, durante todas as conversas que tinha.

Quando acabou, ao ar livre do lado de fora do Bar Angelo, Freddy finalmente conseguiu respirar.

— Vim de ônibus, então você vai ter que me levar para casa.

— Claro, sem problemas.

No carro de Freddy, saindo do centro e adentrando Monroeville, ele buscava palavras. Dilah ficou em silêncio o caminho inteiro.

Quando pararam na frente do condomínio, Freddy falou:

— Eu ainda estava pensando no assunto.

E era isso que ele queria evitar, dizer aquelas palavras. Ainda que fosse verdade, nada do que ele fazia dava a impressão de um homem que ainda estava pensando em ficar. Com base em suas ações, ele ainda estaria ponderando quando já estivesse bem longe da cidade.

Pela expressão de Dilah, ela também não acreditava nele.

— Papai me avisou. Ele disse: "Aquele homem nunca teve consideração por ninguém em toda a vida dele". E eu te defendi. Porque não era isso que eu via. Achei que ele não o tivesse compreendido. Achei... — Alguma coisa cedeu na expressão dela. Ela o olhava, olhava e olhava, e tentava encontrá-lo ali, quem quer que fosse o homem que ela pensava amar. E ainda que fosse orgulhosa demais para implorar, o rosto a traía. — Me deixa pensar no assunto. Me dá uma semana. Você pode se mudar para cá enquanto isso. Só me deixa pensar.

Aquele homem poderia existir. Em algum lugar dentro de Freddy, lá estava ele.

— Tá bom — disse Freddy.

Ela vasculhava o rosto dele mais uma vez, hesitando em sair do carro.

— Vá pegar suas coisas e volte imediatamente.

— Eu vou. Já volto.

Ele conseguia ver que Dilah queria mudar de ideia, ir com ele. Mas não era só o orgulho dela que estava em jogo. Ela queria ser o tipo de pessoa que conseguiria confiar num homem como ele. Ela saiu do carro e não olhou para trás. Mesmo quando chegou à porta, onde, pelo jeito que estavam seus ombros e pela pausa antes de entrar, ele conseguia ver que era isso que ela queria fazer.

Freddy dirigiu até a casa dele. Subiu os degraus correndo. Carter não estava ali, o apartamento estava escuro e silencioso. Acendeu a luz da sala de estar e a de seu quarto. Pegou o baú e colocou no carro. Juntou seus últimos pertences. Voltou uma última vez para pegar a escova de dentes e o desodorante no banheiro.

Ele queria poder dizer que já estava completamente decidido. Tomaria a sua decisão final no carro, pensou, ainda que se visse inclinado a ficar com Dilah. Estava inclinado a viver a historinha na qual precisaria se encaixar por ela, aquela que era refletida para ele nos olhos dela. Ele queria viver aquela historinha por ela.

E, mesmo assim, mesmo de decisão quase tomada, ainda queria ir embora.

Freddy estava de volta ao corredor quando algo atingiu a sua perna direita. À luz fraca que brilhava na sala de estar, desta vez ele pôde ver: mãos, dedos longos e unhas em forma de garras. E ele já tinha visto aquelas mãos. Ele gritou, mas todo o grito entalado voltou para a boca do estômago, de onde não conseguiu retirá-lo. Agora estava afundando, primeiro pela perna direita — ele não conseguia mais ver as mãos —, e depois pelas duas, e então estava no chão até a cintura, o piso branco do corredor cedendo ao seu redor, ondulando, espumoso como leite quente. Mais uma vez falhou em gritar. Sentiu as mãos em volta da perna direita, cravando-se na carne — o que também parecia familiar — e puxando-o para baixo. E o lugar para onde ele estava indo não era o apartamento do andar de baixo. Esse outro lugar era quente e frio ao mesmo tempo... e pantanoso... e ele conseguia sentir o cheiro de enxofre vindo em sua direção. Seu peito, seu pescoço, sua boca e, por fim, somente os seus olhos restaram, aquele último pedaço de si mesmo, olhando para a sala de estar, a luz fraca dando-lhe um último vislumbre do apartamento antes de ser arrancado do mundo.

INVASÃO DOS
LADRÕES DE BEBÊ

Lesley Nneka Arimah
Tradução de Carolina Candido

Houve um tempo em que era possível diferenciar a gravidez de um alienígena da gravidez humana a olho nu, antes de eles terem entendido como as pessoas funcionavam. Naquela época em que a barriga inchava durante a noite depois da histerectomia, ou quando um monte de idosas engravidavam numa casa de repouso, daí todos ficavam, tipo, *como assim* grávidas? Grávidas *de quê,* exatamente? E só com isso as tropas já eram enviadas.

Seu bebê nasceu literalmente com cabeça de vaca? Catorze estômagos? Não parece certo. Pare de contar os cascos (cascões? Casconas?) e chame a porcaria das tropas.

Eles não faziam ideia de como nossos corpos funcionavam. Chegava a ser engraçado.

Mas é claro que aprenderam.

A mulher se parece tanto com a foto em seus arquivos que me surpreende. Sem linhas de expressão em volta da boca, sem olhos sombreados pelo cansaço, nenhum dos sinais de uma vida já vivida, aqueles que as câmeras escondiam de forma conspiratória. É tão adorável quanto a casa em que vive. Tirando a gravidez já bem avançada, é como se tivesse saído da foto e se acomodado na poltrona onde está sentada. Não há nenhum vestígio dos últimos quatro anos nela; até as mãos são macias e elegantes. Então é improvável que Olivia Schultz tenha passado por dificuldades ao longo desse tempo.

— Tem certeza de que não quer nada?

Ela é toda sorrisos e gentileza; a passagem em forma de arco atrás dela forma uma moldura encantadora. Pode até ser que eu caísse nessa alguns anos atrás, mas hoje? Sem chances. Já levei socos, chutes e mordidas. Já soquei, mordi e chutei. Agora dois agentes armados até os dentes me acompanham em todas as visitas.

Até mais, se eu pedir. Ver seguranças arrastando grávidas para vans da agência não é legal, mas depois do que aconteceu em Miami, eu é que não vou reclamar.

— Olivia Gladstone. Quando você desapareceu, era Olivia Schultz. Acredito que eu deva te dar os parabéns.

Ela diz *obrigada*, girando com irritação o anel evidentemente falso um pouco antes de esconder o nervosismo.

— Meu marido deve chegar em casa a qualquer momento.

— Me fale mais dele. Nome? Número de identificação genética?

— John Gladstone. A654390-778.

Apesar de já saber o resultado, digito o número no tablet. Ficamos nos olhando enquanto a máquina procura por A654390-778 na base de dados. Não dá em nada, o número mais falso do que o anel. Viro a tela para que ela possa ver.

— Deve ter alguma coisa de errado com os registros. Eu...

— Pare de palhaçada, Olivia. Ou você me passa um número genético real e a papelada de verificação, ou a agência vai levar você. As regras não mudaram desde que você fugiu. Quatro anos. Seus pais acham que você fez parte de um culto. — Pego mais pesado quando vejo o sorriso dela. — Tem trinta e seis cadáveres no Centro-Oeste que batem com a sua descrição e só sabíamos que nenhum deles era você porque seus pais foram lá fazer a identificação.

O sorriso está de volta, o olhar firme. Quero sacudi-la, talvez fazê-la espernear um pouco. Hora de mudar de tática.

— Olivia, você entende o que está acontecendo? Você sabe que não tem um bebê de verdade aí, certo? Não preciso nem te dizer o tamanho do problema em que se meteu. Venha para a agência, faça o exame de sangue e eu retiro todas as queixas. — Não vou retirar queixa nenhuma, mas ela não precisa saber disso agora. Não se pode tramar uma invasão alienígena sem esperar retaliações. — Você não vai precisar mexer um dedo sequer. Não estará sozinha. Não está cansada de fazer tudo isso sozinha?

Se aquele olhar inabalável não tivesse piscado, eu acharia que Olivia era uma estátua de cera. Espero que ela ceda, implorando com o olhar para que facilite as coisas pra gente e se entregue. As pessoas podem achar que não, mas amarrar uma mulher grávida está longe de ser o ideal.

Olivia não cede e, depois de uns sessenta segundos que mais pareceram sessenta anos, começo a falar, mas algo — um som? Uma respiração? — roça a minha orelha e todos os pelos do meu pescoço se arrepiam. Os pontos começam a se encontrar, a se interligar, a festejar.

Olivia Schultz tem fugido dos radares da agência há anos. (Ponto.) Não foi vista por nenhuma pessoa, câmera de segurança ou drone durante todo esse tempo, até que apareceu no feed de uma loja aleatória. (Ponto.) Olivia Schultz está em idade fértil agora e também estava quando desapareceu. (Ponto.) Olivia Schultz está agindo como alguém que quer ser encontrada. (Ponto.) Se ela estiver incubando agora... (extremamente relutante: Ponto.) É um tiro no escuro, mas aproveito a chance.

— Olivia, estamos a sós?

Tudo se apaga, o sorriso dela, a luz em seus olhos, até sua postura vacila.

Certo. Tudo bem.

— Olivia, eu vou me levantar. Você vai se levantar comigo. Então, vamos de costas até a porta e vamos sair.

Um som baixo, semelhante a um lamento, vem do corredor atrás dela.

Eu me levanto, devagar e com calma.

— Olivia? — Ela está chorando agora, em silêncio. — Venha comigo, vai ficar tudo bem, eu prometo.

Ela balança a cabeça. Sussurros.

Continuo caminhando em direção à porta da frente, anos de treinamento se fazendo valer. Nunca dê as costas para eles. Já vi muitas fotos do que acontece quando se faz isso.

— Olivia. Isso pode acabar agora mesmo. Por favor. Se levante, venha até mim.

Dois lamentos desta vez, um de Olivia, torturada pela indecisão, e outro de... Eu tateio atrás de mim em busca da maçaneta. Da segurança da varanda, vejo Olivia com a pose enrijecendo. E na passagem atrás dela, uma mão pequena deslizando pelo arco. Não há nós dos dedos e nem unhas. Subindo, subindo, mais alto do que qualquer criança com mãos daquele tamanho conseguiria alcançar.

Eu chamo as tropas.

Eles melhoraram as habilidades em nos recriar. Para começar, agora optam por mulheres em idade fértil. Acabaram os dias de sacrificar um bando de caras que descobriam que estavam de sete meses após uma noitada com os amigos. Mesmo naquela época, os espécimes incubados sempre eram meio estranhos — não tão estranhos quanto uma *cabeça de vaca*, mas com algumas bizarrices, tipo não ter articulações (estrelas-do-mar) ou ter articulações demais (que-porra-é-essa). Muitos natimortos com molares nos joelhos e dedos do pé no lugar dos olhos.

Dois anos atrás, um recém-nascido em um hospital da Flórida escancarou a mandíbula e comeu metade do rosto de uma enfermeira. Daí você pensa: "Ah, é Miami, esse tipo de coisa acontece mesmo", até que vê o vídeo. Um dos frames dessa primeira gravação acabou virando o plano de fundo não oficial dos dispositivos da agência.

Foi logo depois de a mulher que estava filmando dizer para a esposa exausta sorrir, logo depois de pedir à enfermeira para segurar o bebê, para que os parentes espalhados país afora pudessem ver o que as garotas de Tallahassee eram capazes de fazer. É bem aí que a reviravolta acontece. A dicotomia de querubim/gremlin do rosto de um recém-nascido interrompida pela peculiar aparição de muitos dentes, a boca se abrindo tanto que o queixo chegou a cobrir o umbigo.

A agência chamou a todos — até mesmo os monstros da Pesquisa, que ficaram *empolgados*, veja só, com esse novo desdobramento. "As possibilidades", disseram, "as coisas que poderemos aprender com a vida alienígena mais evoluída até hoje", blá-blá-blá.

Todo dia surge alguma coisa diferente nos noticiários a respeito de dimensões alternativas e ideias fantasiosas para construir portais para chegar lá. E tudo isso pode até ser ótimo, mas quando encontrarem o portal da viagem no tempo, vou voltar naquela noite e cortar a garganta de cada um dos monstros que insistiram na extravagância de "capturar vivo".

A UTI neonatal, as famílias ansiosas para conhecerem os novos membros, os médicos que verificam seus pagers, as enfermeiras que vão ver como os pacientes estão. São eles que estão pagando por isso.

Trinta minutos após o chamado, a casa Schultz está cercada e toda a subdivisão já foi evacuada. Passo por um quase interrogatório até que todos que precisam saber saibam o que eu sei. Ninguém gosta quando conto da mão desarticulada, de vê-la subir, subir, subir. E odeiam mais ainda a última coisa que Olivia sussurrou quando implorei para que saísse:

— Aquilo não deixa.

Logo minha presença se torna desnecessária, e todos que têm posições acima da minha me olham para ter certeza de que sei disso, mas não vou a lugar nenhum. Se Olivia sair viva dessa, serei sua carona. Bem, a ambulância da Admissão é a carona, mas eu sou responsável por ela, então... Aceno para os médicos, pego uma xícara de café e empaco bem ali no meio. Podem até me querer fora do caminho, mas não podem me obrigar a ir embora, então é isso. Aviso ao meu marido que hoje ele ficará sozinho e ele responde com um emoji de joinha. O emoji de cabeça de alienígena é um modo de informar que a coisa é séria, não uma noite das garotas decidida de última hora ou uma vontade de tirar um tempinho pra mim.

Fico à espreita enquanto beberico o café. Invadir ou não a casa? Será que vão tentar tirar Olivia Schultz viva? O negociador liga para ela, e o telefone só toca. Quero dar a minha opinião, mas fiz um ótimo trabalho em me tornar quase invisível e não quero que ninguém lembre que ainda estou aqui. Uma das monstras toma partido e diz que aquilo seria muito interessante para a Pesquisa, mas todo mundo ignora seus motivos para querer capturar o "espécime maduro" vivo.

— Ninguém nunca viu um assim tão velho. *Quatro anos.* Isso é quase um ancião para essa espécime. É como se vocês estivessem cortando a última sequoia viva. É a única chance que temos.

Ela tenta fazer contato visual comigo, tentando arrumar uma cúmplice mais civilizada — até parece —, e eu ligo meu tablet, recebendo algumas tantas mensagens do meu marido e uma de Teresa, me criticando por o que quer que eu tenha deixado escapar que fez com que a Pesquisa viesse até o local.

A diretora interina Teresa Haaki-Byrd (chamada de Treta Happy-Bisca pelos monstros) tem toda uma vibe de salvem-as-pessoas-e-atirem-em-todos-os-aliens que eu, como pessoa, dou total apoio. Quando a nossa única tentativa de capturar "um vivo" terminou com metade de uma enfermaria em sacos para cadáveres, a agência adotou uma política inegociável de "E se nós só atirássemos neles?". Ninguém sensato que esteve lá ou viu as consequências se oporia. O relatório final de Miami inclui palavras como "polpa" e "pasta", que nunca deveriam ser usadas para descrever restos mortais humanos.

O login no portal de informantes rende ainda mais mensagens dos delatores — um apelido que os agentes são desencorajados a usar, mas um dos analistas chamou o programa de "caderno de delações" no dia do lançamento e o apelido ficou. O informante de Olivia me envia mensagens como se soubesse que estou online.

Informante: Acabei de ver no noticiário! Ela mora lá mesmo, né? Quando vou ser $$$pago?

Não digo o que quero dizer e continuo minha sequência de vitórias de cinco meses sem advertências.

Eu: Assim que a papelada da contratação for finalizada, os fundos irão aparecer na conta que você forneceu de 7 a 10 dias úteis.
Informante: Mas eu estava certo? Ela está procriando invasores?

E já pariu um alguns anos atrás, sim. Mas não vou dar a chance de esse cara pedir um centavo além dos quinhentos dólares padrões. Não me leve a mal, informantes e observadores são uma parte essencial disso tudo, mas quando se lê tantas notícias sobre pessoas ganhando o dobro do seu salário com delações... bom, não diria que rancor é a palavra, mas chega bem perto.

Eu: Se for confirmado que era um invasor, alguém vai entrar em contato com você.

São as mesmas respostas que eles encontram na aba de perguntas mais frequentes do site, o que deve ser irritante, mas não dá para dizer que não fui profissional.

Ignoro a resposta pendente e guardo o tablet quando o celular, *nosso* celular, toca.

O negociador atende. É a Olívia. Não consigo ouvir o que está dizendo, mas há pânico em sua voz. O negociador não consegue abrir a boca. Novato.

Olivia Schultz sumiu do mapa havia quatro anos. Os pais relataram seu desaparecimento, mas ela era adulta e tinha esvaziado a conta bancária. Nenhum potencial suspeito, e os amigos achavam que ela havia mencionado uma viagem. Nenhum sinal de crime. Trabalho de culto, tava na cara.

Os chamados "cultos de renascimento" acontecem quando pessoas abandonam o time das pessoas e vão jogar do outro lado. A gente via bem menos quando eram só cabeças de vaca e línguas cheias de plumas, mas depois que *eles* começaram a se parecer conosco, o povo perdeu a cabeça. Juro, deve haver algum poço genético de baixa autoestima que faz com que os humanos procurem algo, qualquer coisa, para adorar. É só ter um vislumbre de uma entidade senciente e mais poderosa que alguns de nós oferecem até nossos próprios úteros como incubadoras. Esses cultos atraem, fazem uma lavagem cerebral ou sequestram mulheres em idade fértil, embora provavelmente já tivessem voluntárias o bastante para isso. O fato de Olivia estar sozinha sugere um culto daqueles, e deve ser por isso que ela nos evitou. Eles não abandonariam alguém tão perto do parto.

O negociador estala os dedos tentando chamar atenção e olha em volta até me ver. Ele estende o celular, que poderia muito bem ser um holofote — todo mundo me olha.

— Ela quer falar com você.

Largo minha xícara de café da invisibilidade, que de repente se tornou inútil, e pego o celular. A monstra da Pesquisa quer tanto me dizer alguma coisa que posso sentir a energia irradiando dela. Ouvi-los falar, as muitas amostras de tecido, cadáveres inteiros: nada disso é suficiente. Eles querem capturar um vivo.

— Olivia, sou eu. O que você precisa que eu faça? — Espero que o negociador esteja anotando para aprender.

Não ouço nada por uns bons segundos, e então... A melhor forma de descrever é *papel-alumínio*. Uma voz tão metálica quanto papel-alumínio amassado diz meu nome. Ela repete mais uma vez quando não dou — não consigo dar — nenhuma resposta, e continua dizendo meu nome de novo e de novo como se soubesse o roteiro desse tipo de conversa e decidisse insistir até eu falar a minha parte. Quando falo, minha voz soa como se eu tivesse tentado engolir minha língua.

— O que você quer?

Essa é A pergunta, aquela que todos, dos biólogos que estudam evolução até os mais eruditos dos noticiários, querem que seja respondida: *o que os alienígenas querem?* Sabemos do que são capazes, até porque os vimos analisarem o genoma humano por mais de uma década para aprender sobre nós, para se *transformarem* em nós.

Mas *por quê?*

Uma comoção de meia dúzia de vozes gritando algo do tipo "cessar fogo!" na porta da frente chama a atenção de todo mundo. Uma das vozes é a de Olivia. Eu a vejo, mãos para o alto, barriga protuberante. Isso não é mais uma situação de alguém sendo mantido como refém.

Aquilo não deixa, dissera ela. Ainda assim, ali estava Olivia. Por quê? Como?

Então: um som quase sussurrado.

Um lamento?

Um choro?

Uma risada.

Aquilo está rindo.

A coisa toda ficou séria depois de Miami, quando viralizou uma gravação não autorizada do que parecia ser um bebê saltitando de quatro pelo corredor de um hospital, tão sorrateiro quanto um gato. Naquela época, a agência tinha cinquenta funcionários e o orçamento mal permitia que tivéssemos um estoque de papel higiênico. Ao integrarmos o exército, passamos a ter acesso a um bom financiamento e a papel de folha tripla, tão macio quanto nuvens. Hoje somos cerca de trezentos e cinquenta funcionários principais, divididos entre Admissão, Análise e Pesquisa, o que ainda não é muito, mas já nos possibilita mobilizar basicamente qualquer entidade governamental para varrer para debaixo do tapete o que não deve vir à público e atirar no que precisa levar tiro.

Estou hiperventilando enquanto os médicos da Admissão flutuam ao meu redor, oferecendo oxigênio — que respiro em grandes arfadas —, e remédios, que engulo. O novato está lidando bem com tudo, mas Mateo nunca me viu assim antes, desesperada, balbuciando. É a primeira vez que me sinto tomada por aquela mesma curiosidade que assombra a Pesquisa, querendo tanto as respostas que considero deixar viva uma daquelas coisas. Ele estava só zoando com a minha cara ou teria um motivo específico para dizer o meu nome? Se precisarmos fazer perguntas a ele — "o primeiro de sua espécie que sabe falar!", afirma o monstro —, qual a melhor forma de capturá-lo? Então vejo Olivia em uma maca, com o cobertor até a cintura, ainda chorando em silêncio enquanto o novato verifica suas pupilas. Estava me encarando esse tempo todo.

Aquilo não deixa.

Leva alguns minutos, mas Olivia e o que quer que Mateo tenha me dado me acalmam e eu volto pro time salvem-as-pessoas-e-atirem-em-todos-os-aliens-até--que-morram. Começo a fazer anotações mentais para o relatório, o que diminui um pouco o meu pânico. É difícil se concentrar no trabalho enquanto imagino aquela coisa me olhando, pensando em mim, então decido ir para casa mais cedo. Sei que, de forma unânime — o pessoal da Pesquisa não conta —, eles irão decidir seguir as ordens-padrão da agência: bombardear o prédio e aniquilar qualquer coisa que tente rastejar para fora.

Já está de tarde quando acordo, e meu celular tem dezessete chamadas perdidas. Quinze delas são de Teresa. Leva um minuto para o alarme estourar a minha bolha de calma induzida por remédios, marcada por lembranças da minha chegada em casa ontem, com Nnamdi me ajudando no banho, abraços cansados. Meu Deus. Esfrego os olhos, (quase) desperta. Uma nova ligação de Teresa e seu quase cumprimento terminam de me acordar.

— Onde caralhos está Olivia Schultz?

— Que...? A Admissão está com ela. Ontem à noite...

— A Admissão não sabe onde ela está. Não tem nenhum relatório...

— Eu ia entregar hoje de manhã.

— ... só a merda de um relato pela metade porque os médicos estavam esperando você assinar. A manhã acabou faz duas horas. Cadê o meu relatório e cadê Olivia Schultz?

Merda.

Merda, merda, merda. Reviro as anotações que fiz antes de capotar, procurando o resumo coerente que devo ter escrito só em meus sonhos. Teresa desliga. Não precisa nem dizer que a discussão vai continuar pessoalmente. Paro de revirar as páginas, uma palavra chamando minha atenção, e então me dou conta.

Pesquisa.

Os monstros estão com Olivia.

Há um aspecto da Pesquisa que preciso defender — e, veja bem, é o único —, o teste de identificação. Depois de Miami, os monstros levaram o espécime-pra--lá-de-morto e fizeram o que monstros fazem: rasgaram-no em pedacinhos, fatiaram, rasparam, usaram laser, radiação e centrifugaram, até descobrirem uma estrutura de proteína que simplesmente não existia no proteoma humano. A engenharia reversa que fizeram na análise da proteína invasiva foi de grande ajuda para a agência. Fomos de — em uma citação literal — "um bando de babacas que importunam bebês" para salvadores da humanidade. (Essa citação veio da minha mãe. Em pleno Dia de Ação de Graças. Não quero falar disso.)

Os financiamentos começaram a chegar de todos os lados. Alguns dos monstros receberam um Nobel. O diretor da agência apareceu em todos os noticiários, ganhou uma reportagem dedicada a ele, e somente a ele, no *60 Minutes*. Com uma simples amostra de sangue fetal em um complicado espectrômetro de massa, era possível saber se o seu bebê iria tentar te devorar. Agora cada hospital e maternidade tem um desses. Finalmente tínhamos um plano para impedir a invasão.

O que esses repórteres puxa-saco não sabiam é que a confusão em Miami poderia ter durado metade do tempo, com um número bem menor de mortes, se tivéssemos atirado assim que vimos aquela coisa. Se o diretor, recém-promovido da área de Pesquisa — mesmo depois de ver aquela papa que um dia foram duas mulheres de Tallahassee —, não tivesse mandado cessar fogo assim que aquela coisa escapou pelas aberturas da ventilação.

— Conseguimos conter. A Pesquisa tem equipamentos próprios e a assinatura térmica nos dirá exatamente onde está e nos avisará quando se mover. Vamos esperar um minuto e ver o que acontece.

Mentiras. Tudo porque queria capturar "um vivo".

Então, sim, que se foda a Pesquisa.

Teresa está quieta de um jeito assustador quando chego em seu escritório. Mateo está saindo quando entro, e ele evita contato visual.

Como esperado, Teresa me joga na brasa, me vira e assa o outro lado até me queimar. Não vale a pena tentar me defender, e mesmo que eu tivesse algo a dizer, guardaria para mim mesma. Não posso nem insinuar quais são minhas suspeitas. Se o que sinto pela Pesquisa é rancor, o sentimento de Teresa pode ser descrito como uma batalha sanguinária. Ela só precisa de qualquer mínimo motivo para desmontar as instalações com as próprias mãos. Teresa havia recebido a proposta de promoção para o cargo de diretora e recusou para criar a Análise do zero. A metodologia, o treinamento, os principais conjuntos de dados, tudo isso partiu dela. Então ela sabe, em números exatos, quantas vidas teria poupado se estivesse na liderança em Miami.

Tudo bem, ela está praticamente no comando agora, já que o diretor se tornou o centro das atenções, mas sempre há uma chance de ele fazer uma pausa nas comemorações para pegar o celular e criar problemas. E a agência *precisa* de Teresa.

— Quem quer que tenha levado Olivia Schultz, já tinha tudo planejado. Van falsa da Admissão, funcionários falsos. Tudo já tinha sido verificado quando os médicos examinaram a papelada. Isso não é algo que se faz da noite pro dia. Tudo o que precisavam era que a Admissão cometesse algum erro. E é aí que entra você, nosso erro. O que se passou pela sua cabeça para abandonar uma cena de invasão como aquelas? Isso aí que você acabou de fazer foi tentar responder a uma pergunta retórica? Você acha que isso é uma *conversa*?

E assim por diante.

— Da próxima vez que eu vir sua boca se mexendo, é melhor que seja para trazer uma solução. Até lá, pode ir se foder.

Não vou mentir, choro um pouco a caminho do meu escritório, e muito depois que fecho a porta.

Meu escritório é uma organização orgânica de arquivos e papéis soltos que um olhar desavisado provavelmente chamaria de "bagunça". São, sobretudo, publicações e panfletos sobre cultos, alguns tão antigos ou obscuros que nunca nem foram digitalizados. Somos incentivados a assumir projetos paralelos na Admissão, e o meu projeto paralelo é ser transferida para a Análise. Estou cansada de importunar bebês.

Coloco alguns alfinetes num mapa eletrônico, uma tarefa que me acalma. Estou trabalhando em uma teoria a respeito de lugares onde cultos costumam ser feitos, mas os dados que tenho não me revelam padrões relevantes em relação aos cultos de renascimento. A rotina mecânica de mapeamento logo faz meu cérebro sintonizar os pensamentos. A única forma de consertar esta merda na minha carreira é encontrando Olivia Schultz. Meu palpite de que a Pesquisa está por trás do desaparecimento dela é forte, mas também *quero* que sejam eles, quero tanto que não dá nem pra confiar só nas minhas suspeitas pessoais. Os cultos também são ágeis e astutos e isso não seria atípico deles.

O que fazer: voltar ao local? Questionar todos que estavam lá naquela noite?

Chega uma notificação no meu tablet. Uma mensagem interna de um amigo analista leal ou estúpido o suficiente para ainda me enviar seus gráficos.

Ekert: Quer ver uma coisa interessante?

Agradeço por não estarem me isolando como se eu tivesse lepra; ainda assim, preciso dar a ele a opção de sair fora.

Eu: Tem certeza de que quer fazer isso? Vai aparecer na perícia.
Ekert: Isso é um sim? Me ligue depois de ver isso.

É um gráfico em camadas que mostra a progressão de cada incubação registrada ao redor do mundo. Percorro a versão com apenas imagens e é como folhear um caderno onde alguém fez um desenho animado em cada página. As mudanças são sutis, mas depois de cento e cinquenta gráficos, meus pelos do pescoço começam a fazer o mesmo de sempre. Há uma diferença entre o conhecimento abstrato que aprendemos com os invasores e ver os avanços lentos e persistentes. São pouco menos de mil imagens. O que quer que queiram de nós, querem demaaaais.

Mudo para o mapa de locais de incubação e coloco o meu mapa de locais de cultos por cima. Nada. Leio as anotações sobre pequenas mudanças anatômicas até meus olhos cansarem. Já está tarde e escuto agentes indo e vindo, sem dúvida designados para arrumar a confusão que fiz. Mas consigo sentir o limite de euforia de que os analistas tanto falam, aquele momento em que a nossa mente é mais maleável. Troco para os conjuntos de dados de culto da Análise, que não é nada parecido com o meu.

Eles criaram layouts de cada complexo de culto que nós invadimos, e bastam alguns para ver o padrão, até porque há certa limitação nas formas de um grupo organizar um espaço.

Mas tem algo estranho no layout do culto de renascimento que está me tirando do sério... até que percebo que a parte mais vulnerável — as incubadoras — ficam *na entrada* do complexo. Seus cuidadores se espalham por trás delas como os sulcos deixados por unhas arrastadas desesperadamente pela terra.

As luzes do escritório diminuem com a inatividade. Uma hora inteira se passa sem que haja qualquer outro som humano, enquanto isolo o layout do renascimento em uma camada transparente. Oculto e reexibo várias vezes. Puxo as plantas de construção da agência para projetar uma linha de base neutra. As coloco por baixo da planta da Admissão. Por cima da feita pela Análise.

Por fim, coloco o layout do renascimento por cima do da Pesquisa.

Bom, fodeu.

Depois de Miami, depois que o diretor partiu em sua turnê mundial, Teresa isolou a Pesquisa. Eles tinham instalações próprias e um orçamento considerável. Cada centavo recebido precisava ser contabilizado, e a vice-diretora Teresa H-B tinha que autorizar por escrito qualquer pesquisa. Todos os obstáculos no mundo que conhecíamos precisavam ser atravessados para que a Pesquisa obtivesse dados de outros departamentos, e cada detalhe de suas descobertas pertencia a nós. Teresa talvez tenha sido um pouco mais mesquinha do que deveria? Pode até ser, mas eles teriam que recuperar a confiança dela. A Pesquisa, defensora vaidosa de uma missão que o resto de nós não conseguia ver, deve ter se sentido isolada e perseguida. Não poderíamos ter dado um presente melhor para um culto.

Tiro um print da sobreposição dos dados do renascimento com os da Pesquisa e examino as fotos dos funcionários até localizar a monstra de ontem. Mando a imagem e uma mensagem por e-mail.

— Rachel, precisamos conversar.

O layout do renascimento aparece por completo visto de cima, mas sinto as gavinhas dos edifícios serpenteando por trás da grande construção de vidro que dá as boas-vindas a todos os visitantes. Se o layout for verdadeiro, Olivia Schultz está neste prédio. Um complexo de renascimento de tamanho normal pode ter oito incubadoras, no máximo doze. Em uma instalação tão grande? Sabe-se lá quantas.

"Não empunhamos armas" parece menos uma defesa de princípios e mais uma posição antiquada diante da possibilidade de se confrontar com um enxame de "vivos" devorando o nosso corpo. Trago duas armas de choque, a ilegal que Nnamdi comprou quando voltei a correr e a de sempre. Isso vai me fazer ganhar certo tempo.

Tento falar com meu marido de novo, mas volto a ser encaminhada para a caixa de mensagens.

— Eu te amo, idiota, não me espere acordado.

Rachel me leva para dentro do prédio. Os cultos me prepararam para portas enfeitadas com cordões umbilicais secos e palmas ensanguentadas impressas nas paredes, mas o lugar é tão estéril quanto um centro de pesquisa de última geração deveria ser. Passamos por um escritório aberto onde uma voz grita:

— Essa chucra está armada? — E Rachel grita que acha que não.

É aí que me sinto nervosa: a forma casual de eles falarem, tão perto de mim, a audácia de me chamar de chucra (chucra!) na minha cara, sem um pedido de desculpas pela piada interna. Como se eu nem fosse gente.

Ela me leva até seu escritório e se apoia na mesa, de braços cruzados. Uma grande janela inteligente de vidro a flanqueia, o laboratório adjacente ficando branco. É meia-noite e o prédio deveria parecer vazio, mas não está. Antes que o que quer que esteja prestes a explodir exploda, quero respostas.

— Onde está Olivia Schultz?

Rachel aperta um botão e a janela de vidro muda. Olivia está ajoelhada em uma cama de hospital meio reclinada, com as pernas abertas. Ela está virada, com os antebraços apoiados na cabeça, nua e coberta de suor. Quando me vê, ela acena.

Aquilo não deixa. Sou uma idiota.

— A Admissão interceptou antes que pudéssemos chegar até ela, mas deu certo — responde Rachel.

Interceptou e se atrapalhou toda. Sou uma bela de uma idiota.

— E se a tivéssemos acolhido?

— Você não teria feito isso.

— Mas e se tivéssemos?

Ela permanece em silêncio. Já respondeu à pergunta.

— Por que eu? Por que aquela, aquela... coisa chamou meu nome?

— Você não ia deixar Mateo te dar uma dose se não estivesse assustada, então te assustamos.

Mateo? Maldito Mateo.

Rachel ri. Ela não é a monstra prestativa e chorona que parecia ser do lado de fora da casa dos Schultz.

— Sim, ele também está com a gente. Temos parte da Admissão conosco.

Sento. Preciso de todo o meu esforço para pensar. Olivia rosna durante uma contração e Rachel desliga o som como se estivesse tentando me ajudar.

— E a Análise? — São dados demais para cair nas mãos do renascimento/Pesquisa. Todas as estratégias à disposição da humanidade? Não dá.

— Em breve.

Nós duas assistimos à pantomima absurda de Olivia ficando tensa e resmungando no mudo.

— Por que fazer isso? Por que ajudar a eles?

— Eles? — A decepção de Rachel é verdadeira. — Você ainda não entendeu.

Estou tentando, mas um zumbido atrapalha. Tento pensar por cima do som. Melhorias significativas a cada novo espécime, até Miami, um espécime que parecia um ser humano até não ser mais. Matamos todos os espécimes invasores depois disso, custasse o que custasse. Uma tarefa facilitada por... uma máquina em cada hospital, em cada maternidade. Um exame de sangue obrigatório implementado no mundo inteiro. Um diretor famoso da agência, da área de Pesquisa, pregando a necessidade disso.

A princípio, penso que estou hiperventilando, mas a lufada de ar vem da porta aberta do laboratório onde Rachel confere como Olivia está. Ela volta com um estetoscópio e levanta um pouco a minha camiseta. Ela coloca o metal frio em meu abdômen e escuta.

Eu entendo e sinto vontade de morrer.

— Quando? — sussurro.

— Pare pra pensar — sussurra ela de volta.

Decide ser bondosa antes de sair.

— Enquanto você ainda se lembra quem é, faça as pazes com o que está acontecendo. Torna tudo mais fácil.

Como se algum dia eu fosse seguir o conselho de uma monstra.

Enquanto ainda me lembro de quem sou, pego a arma de choque de Nnamdi. Chego até a porta enquanto Olivia agarra o topo da cama e grunhe, faz força, grita.

Eles continuaram tentando até que nos entenderam completamente. Mas não pararam por aí. Destruímos cada espécime nos últimos dois anos. Penso em meio aos sentimentos agridoces, para além dos zumbidos. Pense. Analise. *Aquilo não deixa.* Nada para analisar. Não temos dados anatômicos. Não fazemos ideia do que mudou, das "melhorias" que fizeram de Miami pra cá. *Saltitando de quatro.* Não fazemos ideia das coisas para as quais estão se preparando. E, como um sinal de alerta cuja fonte acabo de descobrir, esta súbita epifania me faz voltar à consciência.

Eles estão se preparando para algo ao qual o corpo humano não sobreviverá.

A OUTRA

Violet Allen
Tradução de Gabriela Araujo

Fumando no telhado, olho para o céu sem estrelas. Já passa da meia-noite, mas comecei a temer o sono, especialmente o intermeio obscuro entre o estar acordada e o sonhar. Venho ficando assustada desde que Oglethorpe foi embora, redescobri o infantil medo da morte. À noite, deitada na cama, quando tudo está calmo, silencioso, confortável e aconchegante, sinto a gravidade do vácuo, o puxão gentil da inevitabilidade, e desperto num sobressalto toda vez que percebo que estou adormecendo. É algo atávico, quase um reflexo. Aquela escuridão desprovida de pensamentos e de sentidos, é como observar o mapa de um país inexplorado, e é apavorante perceber que, a cada noite que passa, memorizo um pouco mais o formato daquele território. Se de alguma forma eu consigo dominar o sono, será que também conseguiria dominar a morte? Não exatamente viver para sempre, mas sim dominar a coisa chamada "morte", que destrói a vida, o mundo e suas associações, a visão, o som e o gosto da nulidade. Talvez assim eu conseguisse ser alguém sem medos e sem sentimentos.

Mas enfim.

Tem duas moscas fodendo na beirada do telhado. Suponho que talvez estejam brigando ou se envolvendo em outro tipo de contato platônico, mas prefiro imaginar que estão no meio de uma foda. Me pergunto quanto tempo de vida uma mosca passa fodendo. O que é passar algumas horas fodendo quando sua vida dura só um mês?

Mando uma mensagem para Oglethorpe:

> como deve ser passar um ano inteiro sem fazer nada além de foder?
> como deve ser foder até morrer?

E ele não responde.

Mas pelo menos ainda não me bloqueou.

63

Trago o cigarro até sobrar só o filtro. Restam poucos no maço. Eu os roubei da mesa de cabeceira do quarto — do quarto *novo* no apartamento *novo* — dele. Ele largou o cigarro dois meses atrás e me largou três semanas atrás. Mas quem consegue resistir a um mimo de vez em quando? Então que bom que estamos juntos agora, esses cigarros e eu. Mesmo que eu os fume até sumirem, um por um, eles se tornam parte de mim e eu me torno parte deles: o alcatrão, as cinzas, o alívio e a teoria da Gestalt de células mutantes em meus pulmões imitando as manchas de batom nas bitucas descartadas. É óbvio. Ele me transformou em um maço de cigarro, logo serei para sempre um maço de cigarro. Resquícios de Faulkner ("minha mãe é um peixe") e dos versos de Ovídio ("uma pedra ocupava a garganta, endurecera o rosto: uma estátua sem vida sentada").

Do que que eu tô falando, caralho?

A pós-graduação fode com a nossa cabeça.

Meu celular vibra. Minha respiração acelera.

Ele respondeu.

De início, meu coração parece tão leve que pode até escapulir da gravidade da minha alma, mas então pesa de novo com a compreensão, a inevitabilidade. Ô, sua piranha idiota, ele não vai voltar contigo. A mensagem é só para mandar você deixá-lo em paz. Se eu fosse inteligente e madura, ignoraria a resposta, ignoraria ele, ignoraria tudo.

Se eu fosse inteligente e madura, o que não sou.

Então checo:

kkkkkkk tá mandando mensagem pro meu namorado pq?

Quê?

Quê?

Faz pouquíssimas semanas. Como é possível que ele já esteja com outra pessoa? É dela que ele costumava falar?

Que porra é essa?

quem é você?

quem é VOCÊ?

você tá namorando com o oglethorpe?

kkkkkkk

você que é a angela?

Largue o celular e vá dormir. Eu devia largar o celular e ir dormir. Não tem como sair nada de bom dessa conversa.

aham

quem é você?

kkkkkkk

vem me encontrar no apê dele

traz grana

quê?

como assim??

me responde

Fico ali sentada por um instante, perplexa, então me vejo, de maneira estúpida e automática, voltando para dentro, descendo a escada, saindo pela porta, atravessando a rua, e assim por diante. Eu penso *isso é burrice* e *não vai a pé sozinha, pelo menos pega um ônibus*, mas são pensamentos demais passando pela minha cabeça, e focar um único, por mais sábio que seja, é impossível.

Patético. O que é que tem demais nele, afinal? Oglethorpe é um nome ridículo. É ridículo, e nem dá para criar um apelido decente. Ogly? Que lixo. Thorpe? Não é nem apelido. Daí toda vez tem que falar a palavra feia por inteiro. Oglethorpe. Oglethorpe. Oglethorpe. Mel na língua, veneno nos ouvidos. Quando nos conhecemos, debochei do nome dele, e eu não estava brincando, mas acho que ele pensou que fosse um flerte e uma coisa levou à outra. Não é uma merda?

Meu celular vibra, eu dou uma olhada.

Ela me mandou a foto de um coração, um coração de verdade, sangrento e carnudo, em cima da nossa... da mesa de centro dele. Parece bem real, tão real que derrubo o celular assim que vejo.

— Caralho!

Depois de me recompor, pego o celular. Ainda está funcionando, mas agora uma rachadura comprida atravessa a tela, dividindo a foto do coração.

que porra é essa?

isso aí é photoshop?

tá maluca?

kkkkkkk

olha quem fala

Não enlouqueci. Não mesmo. Já tive problemas de saúde mental? Lógico, quem nunca? Mas não enlouqueci. Não sou eu quem está mandando foto de coração para os outros no meio da noite. Não sou eu quem está agindo como se aquilo tudo fosse uma piada, caralho.

> qual a porra do seu problema?
> achei que você fosse gostar de ver o coração dele
> o que eu roubei
> kkkkkkk

Jesus.

Eu deveria ir para casa. Que bizarrice do caralho. E pior, é coisa de gente do *interior*. Confrontar a mulher que roubou seu homem no meio da noite? É o tipo de atitude que minhas irmãs teriam, não eu. Eu sou a boazinha. Sempre fui a boazinha, a que não se metia em problema, a que saiu do interior e foi para a faculdade, depois para a pós-graduação, e agora faz o ph.D. "Angela, a Anja." Não era a ofensa mais criativa, mas quando eu era criança ela me magoava, então acho que era boa o bastante.

Se alguém roubasse o namorado de Bernice, ela não hesitaria em sair na mão com a pessoa. Quando eu estava no ensino médio, tive que convencê-la a não partir para cima dos garotos que me magoavam. E Bria? Não consigo nem imaginar o que Bria seria capaz de fazer. Mas com certeza seria algo que terminaria com todo mundo no hospital ou na cadeia. Eu as amo, mesmo, mas elas não sabem se controlar, não sabem agir decentemente quando as coisas dão errado.

Viro uma rua. Geralmente gosto de caminhar pela cidade, mas neste momento parece menos que estou desbravando e mais que estou tentando atravessar um labirinto. Sei onde fica o apartamento dele. Já memorizei. Às vezes passo por lá, só para o caso de cruzarmos um com o outro. Para o destino se encarregar do resto, sabe? Seria patético se eu ficasse esperando ou procurando ele por aí, mas se acontecer de eu estar *passando* pelo prédio dele a caminho do trem, da biblioteca ou do café que gosto, e se *acontecer* de eu vê-lo, é coisa do destino. Se ele não queria me ver pelo bairro, deveria ter se mudado para mais longe.

Eu sei, eu sei.

Sei que não estou parecendo a heroína desta história. Na melhor das hipóteses, isso é coisa de gente trouxa, se não coisa de gente depravada. Mas eu só quero vê-lo, entende? As coisas acabaram tão de repente, do mais absoluto nada. Qualquer pessoa no meu lugar agiria meio esquisito depois de uma porra dessas.

Meu celular vibra de novo.

Dessa vez é um vídeo. O mesmo coração na mesma mesa, só que agora está batendo. Devagar, de modo sutil, mas sem dúvida batendo. *Tum, tum, tum*, um borbulho de sangue escorrendo a cada batida.

> você achou que a foto era falsa
> então aqui vai a prova
> kkkkkkk

Paro. Paro. Paro e assisto ao vídeo, várias vezes. É nojento. Não pode ser real, pode? Um coração de verdade? O coração de Oglethorpe? Deve ser alguma pegadinha.

Mas parece de verdade. Não tem nenhum sentido lógico, mas a sensação, a forma como segue todo o resto, parece de verdade.

ele está bem?

óbvio que não
sua idiota
o coração é pra ficar do lado de dentro
essa é, tipo, a regra número um
dos corações

você o matou??

não
ele vai sobreviver
vem encontrar a gente
(traz dinheiro)

Que se foda essa porra, na moral. Isso é o cúmulo do absurdo. O que quer que esteja acontecendo, não quero entrar nessa. Ligo para o Oglethorpe de manhã, talvez dê uma passada no apartamento dele. Vou só esperar até o sol aparecer, e as pessoas aparecerem, e o mundo voltar a fazer algum sentido. É desse jeito que o povo acaba morto. São atraídos para algum lugar por algum degenerado esquisitão e nunca mais se sabe deles. O vídeo também é falso. Não é como se fosse difícil simular um vídeo. Ela só está tentando mexer com a minha cabeça, fazer minha imaginação me dominar.

Dou meia-volta e começo a andar de volta pra casa.

Plim.

o que você tá fazendo?
mandei vir encontrar a gente

tô indo pra casa
você tá tirando com a minha cara
mandei vir encontrar a gente

E mais nada por um tempinho, então outra vibração, outra foto. Duas fotos. A primeira é de Oglethorpe, sentado sozinho na cama, olhando para a câmera com o rosto inexpressivo. Há uma mancha escura no peito dele, mas é difícil distingui--la com a iluminação fraca. A segunda é da mancha mais de perto, revelando que há um buraco, um buraco enorme e sangrento ao redor do coração, ou de onde o coração deveria estar. Tem outra coisa: pontinhos pelo corpo inteiro.

formigas
sabe como é difícil afastar formigas?
depois que você vê uma, já era

que porra é essa?
que porra é essa?
o que é você?

um fantasma?
uma bruxa?
um experimento que deu errado?
um monstro?
quem sabe?
o que é VOCÊ?

isso é loucura
mais loucura do que quando vc foi parar no manicômio?
ou menos?
dá pra classificar em uma escala de zero a tentar se matar?

como você sabe disso?
ele te contou?

talvez
ou talvez eu só saiba
talvez você seja bem óbvia
o tipinho de gente intelectual que se odeia, não é muito raro
mas é engraçado
a maioria das pessoas, se contasse isso que tá acontecendo pra alguém
o povo só ia dizer que elas estavam sonhando
mas se um dia você contar pra alguém
vão te mandar de volta pro hospício
eu podia ligar agorinha pra emergência
e contar que a ex do meu namorado tá perseguindo a gente
parada do lado de fora
e agora mandando mensagens malucas
quantos dias eles iam te manter lá dentro
quanto tempo até a cuca deixar de ser lelé
e eles enfim te deixarem sair?

Não.

o que você quer?

vem encontrar a gente
e não esquece da grana

Passo um bom tempo sem responder nada, mas enfim escrevo:

ok.

Volto a andar na direção do apartamento de Oglethorpe. É por isso que não fiz nada quando tudo começou, quando ele passou a agir daquele jeito esquisito. No início era simples, mas na época, pareceu ser a pior coisa que poderia acontecer comigo. Certa noite, deitados na cama, ele se inclinou em minha direção e disse:

— Eu não te amo.

Desse jeito, como se fossem só palavras, só sons, insignificantes, inúteis e sem nenhuma consequência. Fiquei arrasada, porque nunca tinha vivenciado aquele tipo de amor, e fiquei chocada, porque eu achava que não tinha como ser mais feliz do que nós éramos.

Ele disse "desculpa", e eu falei "por favor" e "por favor" e "por favor".

E ele ficou me abraçando enquanto eu chorava. Em algum momento ele pegou no sono, ainda me abraçando, mas fiquei acordada, nem que fosse só para prolongar nosso tempo juntos, que de repente se tornara precioso, sem querer confrontar as especificidades e questões práticas do amanhecer sem ele.

Mas então, quando ele acordou, perguntou por que eu estava chorando, por que eu estava o apertando tanto e por que eu estava o olhando daquele jeito.

— Você sabe o porquê — respondi.

Mas ele não sabia.

Ele disse que eu tinha sonhado e riu de mim. Não questionei. Em vez disso, ri com ele. Lógico, lógico, lógico. Um pesadelo, óbvio. Tinha parecido tão real, mas lógico que não poderia ter sido verdade. Lógico que ele me amava.

O dia se passou, em paz, mas naquela noite, outra vez, ele sussurrou que não me amava mais, e ainda pior, que amava outra pessoa. Eu me belisquei. Literalmente, me belisquei e cravei as unhas no pulso o mais forte que consegui, e fiquei de olhos bem abertos, por tanto tempo que comecei a sentir dor. E ainda assim, não confiando que estava acordada, perguntei a ele:

— Isso é um sonho?

Ele disse que não, de forma vazia e apática, como se estivesse descrevendo o clima de um dia nublado.

Fiquei acordada de novo, dessa vez para ver se as coisas voltariam ao normal na manhã seguinte, e voltaram. Ele me deu um beijo quando acordou e seguiu o dia como se nada tivesse acontecido. Tinha sido um sonho, afinal? As meias-luas ensanguentadas em meu pulso desmentiam. Talvez ele tivesse virado sonâmbulo, sonofalante, sonalgumacoisa? Ele nunca tinha feito nada do tipo, mas com frequência as pessoas nunca fazem algo antes de começarem a fazer sempre.

Resolvi não falar com ele a respeito.

Você tem que entender que eu tenho um problema. Um problema com um nome feio. Um dos sintomas desse problema feio é que temo, profundamente, ser abandonada. O médico diz que esse medo é irracional, mesmo que eu já tenha sido abandonada antes. Sei que Oglethorpe pensaria que eu estava sendo irracional, boba e feia. Desconfiada. Ciumenta. Grudenta. Características que o fariam *de fato* deixar de me amar.

Daí na noite seguinte, e na seguinte, e na seguinte, ele me falou de novo que não me amava. Nunca elaborava, nunca dizia o porquê. Só soltava, várias e várias vezes. Às vezes ele mencionava o amor por "ela", mas nunca explicava, nem se eu perguntasse. Comecei procurar malícia em seu tom de voz, qualquer indício de maldade ou de crueldade. Isso faria algum sentido se ele estivesse com raiva de mim, submerso em algum ressentimento que seu subconsciente não conseguia evitar colocar para fora em meio à escuridão. Mas não, ele estava bem calmo, e, se suas palavras não tivessem sido tão duras, poderia até se dizer que ele tinha sido terno.

Então tentei ignorar. Eu sabia que não era a intenção dele. Era só alguma falha no cérebro. Sei que isso não soa bem, mas ele era tão gentil durante o dia, tão compreensivo, engraçado, lindo e bacana. Ele era o namorado perfeito à luz do dia. Perfeito.

Mas então, certa manhã, ele me perguntou por que eu ainda não tinha ido embora.

E foi isso.

Não contei a ninguém porque sabia que ninguém acreditaria em mim. É exatamente o tipo de baboseira grudenta que faz com que eu me encrenque. Esse lance de agora, com o coração e as formigas, não faz muito meu estilo. Nunca tive alucinações nem ilusões. Mas depois que alguém bebe da fonte da "maluquice", as pessoas não veem diferença nenhuma, é tudo maluquice.

Angela, a Anja, é tão psicopata quanto as irmãs, só que de um jeito burguês.

Meu celular vibra quando viro no quarteirão de Oglethorpe.

Antes de ler a mensagem, noto um fluido vermelho e pegajoso na tela, transbordando da rachadura. Deixo o celular cair de novo, a rachadura se alastra por todas as direções, e o líquido vermelho começa a vazar também das novas fissuras.

Respire. Só respire. Isso é estranho, mas logo vai acabar.

Certo?

Pego o celular e leio as mensagens.

> compra uísque e cigarro pra mim
> uma puta roubou meu último maço
> (você é a puta)

Tem uma loja de bebidas do outro lado da rua; compro o que ela quer. A porta do prédio de Oglethorpe está destrancada. Entro. Mantenho a respiração o mais longa e lenta possível enquanto subo os degraus. Vai ficar tudo bem. É esquisito, mas deve ter algum tipo de explicação. Vou ficar bem. Isso é real. Não sou maluca. Vai ficar tudo bem.

Plim.

Enfio a mão na bolsa, mas assim que toco o celular, sinto algo me morder forte. Tiro a mão e vejo que meu dedo indicador está cheio de sangue, com um corte comprido indo da ponta até a segunda articulação. O celular continua vibrando, e tento de novo, dessa vez com mais cautela. A rachadura se abriu, mas por dentro não há um sistema eletrônico e placas de circuito, e sim uma boca, uma boca úmida e sangrenta. Está abocanhando, e eu solto o aparelho bem a tempo de evitar levar outra mordida.

De alguma forma, a tela continua funcionando, continua acesa no escuro, e observo o abocanhar dentro da bolsa.

> deixa as coisas na frente da porta
> e vaza
> vai pra casa
> pra mim já deu de você

Deixo a bebida e os cigarros na porta como ela manda, mas não vou embora. Não posso simplesmente ir embora. Porra nenhuma. Não depois de tudo isso. Vou andando pelo corredor, faço a curva e agacho atrás da parede, observando.

A porta se abre um tico, e um braço comprido e esguio se estica para fora, depois outro, e outro. Cinco, seis, sete braços se esticando na escuridão. Por fim, um deles toca a sacola, e todos os outros a seguram como animais selvagens arrastando uma carcaça. A sacola desaparece e a porta se fecha.

Vou até a entrada. Oglethorpe está lá dentro. Tenho que ajudá-lo. Tenho que salvá-lo. Faço menção de bater, mas no último segundo afasto a mão e tento a maçaneta. O objeto cede e a porta se abre para a escuridão. Entro, e ela se fecha sozinha atrás de mim.

Está escuro, escuro demais. Lá fora há postes de iluminação e neon, mas aqui dentro a escuridão é só penumbra, parece infinita.

— Oglethorpe! Você está aqui? Sou eu!

Nada.

Já estive aqui antes, mas é diferente tentar transitar no escuro. É como se lembrar de um sonho. Cambaleio ao redor, trombando com objetos, batendo o joelho e topando o dedo do pé. Vejo algo pelo canto do olho, algo se mexendo. Algo na parede, de repente se abrindo e fechando. Continuo andando, e vejo de novo em outra parede, dessa vez com mais nitidez. Um olhinho, piscando.

E uma voz rangente e sólida sussurra:

— Vá embora.

Mais olhos aparecem nas paredes e no teto ao meu redor. Acho que estou chegando perto.

— Oglethorpe! — grito.

— Ele não ama você — declara a voz.

Não consigo distinguir de onde vem, mas está perto.

— Eu o amo! É isso que importa!

Não há resposta. Chego à porta no fim do corredor. O quarto dele. Respiro fundo e giro a maçaneta. Oglethorpe está sentado na cama, olhando bem para a frente. Em seu colo está o embolado de braços. Não vejo corpo nenhum, só braços enrolados como um monte de cobras.

— Deixe-nos em paz.

Olho para a bolsa. Enfio a mão lá dentro de novo. O celular, ou o que quer que agora seja, me morde, mas dessa vez não recuo. Só tiro ele de lá e olho para o aparelho.

— Vá para casa — diz a coisa, os estilhaços de vidro imitando lábios.

— Foi você que me fez vir aqui. O que tem de errado? Achei que quisesse me encontrar!

— E agora eu quero que vá embora.

Coloco o celular no chão e começo a vasculhar a bolsa. Minhas irmãs me deram um presente quando saí do interior. "A cidade não é segura", disseram elas. "Você precisa saber se defender".

Eu as ignorei, mas guardei o presente. Uma faca. Robusta, cara, afiada.

Encontro-a no fundo do bolsinho que nunca uso.

— Não me machuque — pede o monstro.

— Que porra é essa? — grito, apontando a faca para os braços. — O que você quer de mim? Você passou a noite toda me torturando, e agora simplesmente quer que eu *vá embora*?

— Eu queria ver como você era — explica o monstro, depois de uma longa pausa. — Ele ainda fala de você.

— E? Daí quando chego aqui, você fica com medo?

A coisa não diz nada, mas sei que a resposta é sim. E de repente entendo. Entendo. Desconfiada. Ciumenta. Grudenta. Essa coisa, o que quer que seja, é igualzinha a mim. Tudo em mim é errado, pútrido e nojento. Só um monte de mãos ávidas, tomando, tomando, tomando.

Então faço um favor à coisa: uso a faca. Oglethorpe fica lá sentado, plácido, enquanto o resgato. Mate o monstro, salve o príncipe. Talvez no fim das contas eu seja sim a heroína desta história.

— Vou te mostrar quem é maluca — sussurro.

E corto a coisa até não sobrar mais nada para cortar, deixo a faca cair e abraço Oglethorpe. Sinto as formigas nele e agora em mim, mas não me importo. Continuo abraçando.

Ele não responde ao meu toque.

Olho para a cômoda. O coração está lá, pulsando suavemente. Vou até ele e pego. É nojento. Se eu colocá-lo no peito dele, tudo vai voltar ao normal, certo? Ele vai me amar de novo, e vamos morar juntos de novo, e vai ficar tudo bem, certo? Como em um conto de fadas.

Mas... ele parece estar bem sem o coração. Não ótimo, mas bem. Está vivo. Ele com certeza consegue viver sem ele. E então me ocorre: se eu estiver com o coração dele, ele tem que me amar, certo?

Não importa o que aconteça.

Não faz sentido, mas faz tanto sentido quanto qualquer outra coisa. Funcionou para o monstro.

Olho para os olhos de Oglethorpe. Estão vazios, quase mortos. Olho para o coração, coberto de sangue e se contorcendo a cada batida. Sei o que deveria fazer. Sei mesmo. Eu deveria agir com decência. Me controlar e agir com decência.

É tudo o que precisa fazer. *Só dessa vez*, faça a coisa certa. Posso fazer isso, não posso?

Não posso?

Para o jantar, preparo a comida preferida de Oglethorpe: frango ao curry com batata assada. Quando levo o prato, ele abre um sorriso tão grande para mim que meu coração se derrete todo.

— Obrigado, meu bem — diz ele. — Eu te amo.

— Também te amo.

Ele está bem melhor desde que a... criatura foi embora. Depois que nos salvei, tudo voltou ao normal, do jeito que eu queria. Ele não se lembra do que aconteceu, e acho que é melhor assim. Ela estava sugando a energia vital dele, fazendo com que ficasse fraco e vazio. Agora, a cada dia ele fica mais forte.

— Também te amo — responde ele.

— Eu sei — afirmo. — E eu te amo.

— Também te amo — responde ele.

Às vezes ele fica preso em um loop por um tempo. É só esperar que passa.

Bato com a mão na mesa. Malditas formigas. Elas realmente estão por toda parte. Toda parte. Já tentei de tudo para me livrar delas, mas tem sempre tanta, tanta formiga.

— Eu te odeio pra caralho, Angela — diz ele.

Balanço a cabeça, dando um sorriso gentil. Às vezes ele se confunde.

— Não, você me ama.

Ele me encara por um instante, então concorda com a cabeça, compreendendo devagar.

— Ah, é. É verdade. Eu te amo.

— Eu também te amo — respondo, olhando pela janela para o céu que escurece, sentindo uma leveza indescritível no peito.

Nosso amor nunca morrerá, e foi assim que dominei a própria morte.

— Para sempre.

LASIRÈN

Erin E. Adams
Tradução de Thaís Britto

Toda vez que meus lábios se movem para contar uma história que eu não deveria estar contando, sinto um gosto amargo na boca. A única forma de adocicar? Dizer algumas verdades antes da mentira. Eu sou a primeira filha da minha mãe. Verdade. Tenho duas irmãs mais novas, Lovelie e Marie. Verdade. Moramos numa ilha. Parcialmente verdade. Todo pedaço de terra, não importa o quão grande seja, de certa forma é cercado de água por todos os lados. Este idioma é a mentira. Tudo se organiza primeiro na minha língua nativa e depois se molda para a que estou usando agora: inglês. Já esqueci quase tudo do meu idioma nativo, crioulo haitiano. Eu me lembro das músicas. As melodias ficaram porque bem antes de entender de fato o que significavam eu já as tinha decorado.

Lasirèn, labalèn. O barulho do mar foi a minha primeira canção de ninar. *Chapo'm tombe nan lamè*. As músicas de pescaria do meu pai vieram em seguida. *M'ap fe kares pou lasirèn*. Logo minha mãe compreendeu que os versos que meu pai cantarolava eram a única coisa que me fazia dormir. *Chapo'm tombe nan lamè*. Quando Marie, minha irmã do meio, nasceu, minha mãe disse que eu cantava as músicas dele para acalmá-la quando ficava agitada. *M'ap fe kares pou lasirèn*. *Chapo'm tombe nan lamè*. Na época que minha irmã mais nova, Lovelie, chegou, aquela canção era tudo o que sobrara do nosso pai. Éramos as únicas para quem ele cantava. As músicas o lembravam de um tempo em que podia passar dias e dias no oceano sem ser obrigado a voltar à terra firme. No fim das contas, não foi a água que o tirou de nós. Foi uma mulher da terra firme, que morava a duas aldeias de distância. Ele largou minha mãe com três meninas que cantavam suas músicas.

Minha mãe nunca chorou pelo meu pai. Em vez disso, ela se dedicou por completo a cuidar de nós. A nos alimentar. A nos ensinar. A arrumar nossa bagunça. Sei que ela brincava conosco também, mas não me lembro bem de quê. Reviro a mente em busca de todas as brincadeiras e ela não está em nenhuma. Para mim, ela era adulta demais para isso. Mas nunca foi velha demais para nos contar histórias. Adorava costurar suas narrativas com verdades. Abaixava a voz e nos obrigava a chegar mais perto. *Nunca confie numa mulher sozinha na água.* Levantava o dedo indicador, em sinal de alerta. *Ela vai ter a pele escura como a nossa e os cabelos lisos como os deles.* Nós e eles. Os que nasceram nesta ilha e os que a coroaram como a joia de um império. *Se ela chamar vocês, corram antes que ela consiga falar. Se forem tolas o suficiente para ouvir, devem fazer o que ela manda.* Ela sempre segurava minha mão nessa parte. *Ouçam-na com atenção! Ou então ela vai levar vocês e deixar uma concha no lugar.* A história continua, mas eu sempre tapava os ouvidos de Lovelie depois dessa parte. Ela se envolvia muito com as histórias, especialmente se já as tivesse ouvido antes, e passava semanas tendo pesadelos. Já tínhamos ouvido o suficiente para entender qual era a verdade dentro daquela narrativa: tragédias podem acontecer de repente, sem qualquer motivo e sem que tenha qualquer lição por trás.

Se vir uma mulher sozinha na água, corra antes de ouvir sua voz, mas se ela falar, daí é para escutar? A história fazia sentido para mim naquela época porque eu ainda tinha paciência para a lógica infantil. Uma desculpa para burlar as regras. Um jogo de palavras. Lovelie e Marie eram muito boas nisso. Conseguiam deturpar minhas palavras para ficar acordadas lendo até mais tarde. Usando esse tipo de lógica, elas passavam várias horas do dia que deveriam ser dedicadas ao dever de casa indo vasculhar a praia em busca de conchas. Quando voltavam, imploravam para que eu amarrasse as conchas arco-íris e as transformasse em colares. Eu fazia as joias com um sorriso no rosto. Já estava velha demais para brincar como elas, mas brincava mesmo assim. Isso é verdade. Os colares? Também são verdade. Mas que eu os fazia sem reclamar todas as vezes? Aí está a mentira.

Um dia, Lovelie chegou em casa encharcada, com uma concha de abalone escura em cada mão, e sem a minha outra irmã.

— Nós ouvimos! — disse, chorando, para minha mãe. — Quando estávamos voltando para casa, depois de catar conchas, vimos uma mulher sozinha na água. Ela nos chamou, exatamente como você disse, e nos mandou entregar uma ou então ela tomaria as três. Nós ouvimos! Entregamos uma das conchas, mas ela levou a Marie!

O rosto de Lovelie ardia com as lágrimas e com a dura lição aprendida: os jogos de palavras dos adultos normalmente não são muito inteligentes e quase nunca acabam bem. O que ela queria dizer com "uma" — uma concha ou uma criança? Eu e minha mãe nem tentamos esmiuçar as palavras da mulher, porque não importava o significado, ela tinha levado aquilo que minhas irmãs não estavam dispostas a entregar. Procuramos por Marie, mas os dias foram passando, não a encontramos e ela também não retornou. A mulher na água passou a ser a mentira que contávamos a nós mesmas no lugar da verdade. Alguém tinha levado minha irmã e, não importava o quanto procurássemos, ela se fora.

Depois disso, minha mãe passou a me chamar só pelo nome, sem apelidos. *Wideline*. Nossa casa se transformou numa lista de regras. Inflexíveis. Nada de sair à noite. Nada de contar histórias. Nenhuma distração dos deveres: escola, casa e igreja. Eu sentia falta do único lugar para onde sabia que nunca mais poderia voltar: o mar. Estaria para sempre presa à terra firme. Eu não sabia qual tinha sido o destino da minha irmã, mas às vezes eu imaginava, de um jeito meio leviano, que fora melhor do que o meu. Às vezes sinto falta do egoísmo da adolescência.

Guardei as conchas que Lovelie trouxe para casa no lugar de Marie. Começaram a juntar poeira depois de um mês. Depois do segundo mês, passei a incluir sua limpeza nas minhas tarefas diárias. No primeiro dia do décimo segundo mês, uma delas caiu e se espatifou em pedaços. Coloquei a concha que sobrou no centro da minha cômoda. No começo do segundo ano, a madeira ao redor dela empenou, formando uma espécie de berço. Ela nunca crepitou, escorregou ou caiu. Simplesmente ficou ali.

Tum. Tum. Tum. Três anos depois do dia em que Marie desapareceu, acordei ouvindo um som irreconhecível. *Tum. Tum.* A concha se balançava sob a luz da lua. *Tum.* O brilho fraco refletia pelo quarto, mas não conseguia penetrar a sombra que tinha se instalado no canto.

Se eu fosse mais nova, teria gritado. Em vez disso, fiquei preocupada, porque a sombra estava muito perto de Lovelie. Meus olhos entraram em foco e a encarei diretamente, tentando dissipá-la. O braço da sombra se esticou até os pés da cama de Lovelie. Levantei da e puxei Lovelie de debaixo das cobertas. Ela começou a resmungar comigo por tê-la acordado, mas gentilmente tapei sua boca e virei seu rosto na direção daquela coisa no canto. No momento em que a viu, ela me apertou com força. A sombra deu um passo em nossa direção e empurrei Lovelie para trás de mim.

— Vá embora — sussurrei, sem querer acordar minha mãe. A sombra deu mais um passo em nossa direção. Tomei fôlego para gritar.

— Não!

A sombra estendeu a mão sob a luz da lua. Um arco-íris escuro cobriu todo o quarto. Lovelie soltou minha mão e ficamos as duas deslumbradas com as cores. A pele da sombra era escura, como a nossa, mas de um preto ainda mais profundo. Ela deu um passo e seu corpo inteiro ficou sob a luz da lua. Os dedos palmados apareceram primeiro. Depois as longas pernas escuras. Havia músculos firmes sob a pele. As algas enroladas ao redor do corpo esguio pareciam um vestido. Os cabelos ruivos, longos, lisos e molhados pendiam sobre os ombros. Mas foi o rosto da sombra que nos emudeceu, Lovelie e eu. Nós a reconhecemos. Estava crescida, mas o nariz, os lábios e o rosto em formato de coração eram inconfundíveis.

— Marie? — A voz de Lovelie vacilou de emoção. Ela fez menção de sair de trás de mim, mas a segurei. Eu finalmente vira os olhos da sombra. Eram completamente pretos e, ao piscar, havia duas pálpebras em cada olho.

— Ela voltou! — Lovelie tentou ir até ela de novo.

— Shhhh. — Segurei-a pela cintura. — Essa não é a Marie.

— É sim! — É claro que nem diante do perigo minha irmã mais nova conseguia ficar sem discutir comigo.

— Ela nos disse para entregar uma ou então ela tomaria as três. — A coisa falou. Sua voz parecia a de Marie. — Eu me lembro.

Não podia ser ela.

— Quem é você? — perguntei.

— Eu sou... — A boca se curvou num sorriso triste. — Eu não sou a Marie, ainda.

— O quê? — Franzi a testa com tanta força que minha sobrancelha chegou a doer. Aquela coisa que dizia não ser minha irmã conseguia me irritar igualzinho a ela.

— Eu serei ela em breve.

— Ah, é? E agora? — Resmunguei. — Agora você é a Não-Marie?

Ela cerrou os dentes, como se estivesse pensando no assunto.

— Sim. Esse é um bom nome para mim.

O sorriso de Não-Marie desapareceu.

O cheiro de Não-Marie preencheu o quarto. Ela tinha cheiro de mar.

Não era um cheiro ruim de peixe.

Não-Marie tinha cheiro de liberdade.

Eu me coloquei na frente de Lovelie mais uma vez.

— Como você entrou aqui?

Não-Marie chegou mais perto de nós. Fiquei observando enquanto ela tentava encontrar as palavras. Não. Ela sabia as palavras, mas havia algo nelas que... a machucava.

— Vem que eu te mostro — sussurrou.

Lovelie enfiou as unhas em meu braço e me agarrou com o corpo inteiro. Com o seu peso e o meu suor, eu ia ficar cheia de marcas da camisola dela. Saímos de casa e fomos atrás de Não-Marie pelo caminho que dava no mar. Logo a estrada se transformou numa trilha. Havia areia entre as pedras e foi ficando tudo mais estreito. Não-Marie ia iluminando o trajeto na escuridão. Um brilho fraco e azulado emanava das anteriormente invisíveis cicatrizes de sua pele, como adornos que completavam o formato dos músculos. Pontinhos realçavam as maçãs do rosto. Os olhos continuavam pretos.

Diminuí o passo. Lovelie vinha atrás de mim como uma sombra. Antes que a trilha chegasse à praia, de repente Não-Marie se virou e começou a andar por um caminho estreito que eu nunca tinha visto.

Ao observar os movimentos de Não-Marie, notei uma estranheza em seu corpo que me era familiar. Puberdade. O "ser mulher" havia chegado para mim de um jeito dolorido, cru, grosseiro. Minhas costas se curvavam com o peso dos seios crescendo e esticando minhas roupas. Não-Marie se mantinha ereta, a feminilidade caindo sobre ela como uma luva, graciosa. Eu tentava andar como ela e meus músculos doíam. Aquela criatura me lembrava não apenas da minha irmã, mas de como meu corpo havia se transformado naquele novo e estranho receptáculo para a minha consciência. Eu tremia de cansaço e de medo enquanto íamos atrás dela. Não, isso é mentira. A verdade é que a inveja dissipou qualquer temor em mim, e a curiosidade me fez seguir em frente.

— Aonde estamos indo? — perguntei.

Não-Marie foi se embrenhando mais fundo entre os arbustos.

— Estamos chegando.

Nós a seguimos em meio às arvores, pé ante pé. Logo chegamos a uma caverna. Não-Marie se virou, olhou para nós e então desapareceu na escuridão. Uma câmara oca e escura se avultava à nossa frente. Dei o primeiro passo. Meus pés tocaram pedras frias. Senti o cheiro da escuridão profunda da gruta antes mesmo de vê-la. Quando passamos da entrada, descobrimos que a caverna não era desprovida de luz. Um buraco no topo mostrava a lua cheia. Os raios prateados refletiam na água. Diferentemente do azul pálido do oceano, essas águas eram tão escuras que pareciam quase pretas. Havia camadas de pedras, como se fossem prateleiras, que iam até o fundo. Sem pensar duas vezes, Não-Marie se jogou lá dentro. Depois que nossos olhos se acostumaram, Lovelie e eu nos aproximamos da beira do buraco.

Não-Marie não era como um peixe na água, ela era a própria água. Suas escamas iridescentes a faziam parecer um golpe de vista da luz. Ela mergulhou fundo. Comecei a contar minhas respirações. *Um.* Seus pés com barbatanas atravessaram as correntezas lentas e espessas sem dificuldade. *Dois.* Ela mergulhou ainda mais fundo. Eu mal conseguia distinguir suas formas. *Três.* Seus cabelos ruivos eram a única parte do corpo fácil de enxergar. *Quatro.* Na água, eles pareciam brilhar como se fossem brasas. *Cinco.* Ela foi ainda mais fundo suavemente, mal formando uma onda. *Seis.* Chegou às profundezas da gruta, onde a luz da lua não alcançava. *Sete.* A única coisa que continuava visível era seu brilho. *Oito.* Quem não soubesse, poderia imaginar que ela era parte do recife de corais. *Nove.* Ou das algas. *Dez*. Tremulando com a correnteza. *Onze*. Ela mergulhou ainda mais. *Doze*. Um pedacinho de brasa no meio das profundezas sem fim. *Treze. Catorze. Quinze. Dezesseis*. Ela alcançou o fundo da gruta. *Dezessete*. Os cabelos de brasa iluminaram seu rosto. *Dezoito. Dezenove. Vinte*. Não-Marie se virou para cima e nos olhou, ali na terra firme, e eu entendi. Profundidade. Tempo. Ar. Nada daquilo importava para ela. Parei de contar.

Com alguns poucos chutes rápidos, Não-Marie impulsionou o corpo de volta para cima. Ela emergiu tão rápido que Lovelie e eu chegamos a cambalear para trás. Deslizou para a superfície sem fazer um som sequer, nem um esguicho de água ao emergir.

— O que você é? — perguntei.

— *La sirèn!* — Lovelie riu, se divertindo. O som ecoou pelas paredes de pedra da gruta. Antes que eu pudesse impedi-la, Lovelie sentou numa pedra estreita e mergulhou os pés na água.

Não-Marie se acomodou na margem rochosa.

— Sim.

Ao responder aquilo, ela relaxou. Alguém finalmente tinha dito o que ela não conseguira pronunciar. Um jogo de palavras sem palavras solucionado por Lovelie. Não-Marie levantou uma sobrancelha, um olhar vitorioso prematuro. Ainda ia ter que se esforçar mais para me convencer.

— Você esteve a poucos passos de distância durante esses três anos?

Eu me agachei ao lado de Lovelie, ficando entre ela e Não-Marie.

— Isso, Widi — ela disse meu apelido do mesmo jeito que os americanos que construíram um poço em nossa aldeia depois do terremoto: o crioulo bem acentuado.

— Por quê?

Ela contorceu o rosto, como já tinha feito antes.

— Ela disse para entregar uma ou então ela tomaria as três. Eu não sabia que estava negociando anos, e não conchas. Amanhã acaba. Não serei mais assim e queria que vocês soubessem.

Fechei a cara.

— Quem te levou? — *Lasirèn* era a mentira. Eu sabia disso. Mas examinei todas as verdades que estavam diante de mim e... ainda que uma criatura do mar fosse a culpada, ainda estava faltando algo. — Quem? — perguntei de novo. Se isso era mais um enigma num jogo de palavras, era eu quem precisava descobrir a verdade ali. Lovelie sempre acabava sendo levada pelas histórias.

— Eu... eu... eu... — Não-Marie olhou para mim, depois para Lovelie, depois para mim de novo. Abriu a boca e fechou em seguida. Tentou de outra forma. — Ela é... Ela quer... — Seu corpo todo tremia tanto que, por um momento, preocu-

pada, estendi a mão para ela. Parei ao lembrar que aquela não era a minha irmã.
— Ela... me levou e... — Não-Marie segurou na beira da gruta para se equilibrar. Seus olhos se encheram de lágrimas escuras. — Não consigo contar tudo a vocês. — Um rastro de tinta caía pelo seu rosto. Não é que ela não quisesse falar, ela não conseguia. Suas lágrimas mancharam a água. Seu rosto molhado devia ter me acalmado, mas só me deixou com mais raiva.

— Onde está a Marie? — Minha voz retumbou pela caverna. O tom ríspido fez Lovelie tapar os ouvidos.

— Sou eu. Eu era... — O corpo de Não-Marie voltou a tremer. — Isso dói, Widi. Por favor.

Meus olhos arderam e eu pisquei para evitar as lágrimas.

— A *manman* ainda chora todas as noites. Ela acha que não escutamos, mas... — Minhas palavras começaram a falhar com os soluços. — Você disse que ia nos mostrar. Cadê a Marie? — Não-Marie me lembrava dos pesadelos que Lovelie tinha. Me lembrava das orações não atendidas da minha mãe. Quanto mais eu olhava para ela, mais meu coração doía. E não era de tristeza, era de raiva. — Devolva ela!

— Para! — pediu Lovelie, encolhida e choramingando.

— Sou eu! — O tom de voz de Não-Marie subiu rapidamente, como um pássaro alçando voo. Aquele som agudo perfurou meu corpo. Ao dizer a palavra "eu", Não-Marie contorceu o rosto. As laterais dos lábios se rasgaram até as orelhas e revelaram fileiras e mais fileiras de dentes afiados. A umidade da boca os tornava reluzentes. A segunda pálpebra se virou e então seus olhos negros se transformaram num cinza enevoado. Qualquer similaridade que eu tivesse visto com minha irmã perdida desapareceu. Meu coração batia acelerado. A verdade daquela situação de repente me arrebatou. Minha irmã e eu estávamos numa caverna com um monstro. Nós caímos na dele. Permitimos que nos trouxesse aqui com uma história que contamos a nós mesmas para diminuir a dor da perda. Comecei a soluçar. Meu nariz escorreu e o líquido desceu até meus lábios fechados. Lovelie e eu estávamos prestes a pagar o preço de acreditar numa mentira. Não-Marie se lançou em nossa direção à beira da gruta.

— Marie, pare! — Lovelie encolheu seu corpinho ali na pedra onde estava.

Não-Marie não deu ouvidos. Com seus membros fortes, tomou impulso e saiu da água com facilidade, ficando na porção de terra diante de nós. Levei o braço para trás para me equilibrar e acabei encostando numa pedra do tamanho da minha mão. Me estiquei, pronta para quebrar aquilo no rosto dela, mas mesmo com os dentes, os olhos, as escamas — mesmo tendo concordado com aquele nome —, Não-Marie ainda me lembrava a minha irmã. Mesmo sabendo que era algo irracional, fechei os olhos para evitar tentar negociar comigo mesma.

Marie. Não-Marie. Marie. Não-Marie. Não importava qual dos dois ia acabar me consumindo: o monstro diante de mim ou a dor que ardia por dentro. Joguei a mão para a frente. A pedra se desprendeu dos meus dedos. Abri os olhos a tempo de vê-la passar pela cabeça de Não-Marie sem atingi-la. Ela mal se mexeu. Eu me preparei para o que viria a seguir.

Tum! O som da pedra atingindo alguém nos fez parar. Nós duas nos viramos bem na hora que Lovelie levou a mão à testa, onde a pedra a havia atingido. Antes que os dedos chegassem ao ferimento, ela revirou os olhos, cambaleou e caiu dentro da água. Inconsciente, despencou direto até o fundo. Não-Marie ficou paralisada. Eu pulei atrás da minha irmã.

Assim que o fiz, meus pés bateram numa rocha pontuda. Engoli a dor e mergulhei. Já havia três anos que eu não entrava no mar e quase chorei de alegria quando a água salgada atravessou minhas roupas. Minhas pernas foram banhadas de memórias. Eu tentava alcançar Lovelie a cada braçada. Lancei-me para a frente e a agarrei pela barra da camisola. Olhando para além dela, a gruta parecia se estender a perder de vista. Logo abaixo dos pés de Lovelie terminavam os fracos raios de luz da lua e começava a escuridão profunda. Olhei para cima e vi que a superfície estava longe demais, era impossível chegar. O rosto escuro de Não-Marie nos encarava de lá. Ela observava, mas não fazia qualquer menção de mergulhar ou ajudar. Meus pulmões queimavam. O coração estava acelerado pelo cansaço. Impulsionar o corpo de volta custou o dobro do esforço que eu tinha usado para mergulhar, mas a necessidade de sobrevivência me empurrava para cima na força do ódio. Fui me arrastando com dificuldade enquanto segurava minha irmã. Quando cheguei à superfície, inalei água e ar. Meu corpo tossiu e engasgou, mas usei cada movimento que me restava para empurrar Lovelie até a margem.

Na testa dela, um ferimento grande e vermelho sangrava. Em meio ao sangue, vi um relance de osso. Ela não se movia. Não respirava. Já tinha visto pescadores tirarem a água do pulmão de um homem, mas nunca tinha feito isso eu mesma. Pressionei o peito de Lovelie com força, com as duas mãos. Então tapei seu nariz, coloquei minha boca sobre a dela e assoprei ar em seus pulmões. Senti seu peito encher. Quando olhei de novo para seu rosto, ela estava pálida. Respirei por ela de novo. Nada. Em pânico, bati em suas bochechas, como se pudesse acordá-la de um pesadelo. Um esguicho chamou minha atenção. Os cabelos em brasa de Não-Marie balançaram na água quando ela mergulhou. Dessa vez, ao chegar ao fundo, o vermelho também desapareceu.

Sozinha ali, continuei tentando ressuscitar Lovelie. Pressionava e respirava. Pressionava e respirava. A cada vez ela ia ficando mais e mais fria nos meus braços, sozinha. Não parei. Eu não podia parar. Não ia perder outra irmã. Enquanto tentava mantê-la comigo, os sons dos meus esforços ecoavam na gruta vazia. A cada segundo eu lutava para não me tornar aquilo sobre o qual nossa mãe sempre nos alertou: uma mulher sozinha na água.

Estava tão concentrada que nem percebi quando Não-Marie voltou e me chamou.

— Wideline?

— Nos deixe em paz... — Minhas palavras ficaram presas na garganta. Na água, atrás de Não-Marie, havia uma mulher. Tinha cabelos longos, lisos e translúcidos, os olhos negros. Diferentemente de Não-Marie, ela nem fingia que era humana. Tinha o cheiro das ondas profundas. Aquele tipo que você só vê quando se afasta no oceano a ponto de nem ver mais o continente. Onde você é, ao mesmo tempo, pequeno e infinito. Ela veio deslizando pela água em nossa direção. Eu segurei Lovelie.

Ela nos disse para entregar uma ou então ela tomaria as três.

Comecei a analisar melhor o jogo de palavras. A mulher não quisera *uma* coisa que demos a ela, a concha. Em vez disso, ela tinha pego aquilo que realmente queria, Marie. *Três?* Meu coração batia acelerado tentando alcançar minha mente. Esse não era um reencontro feliz. Não-Marie não estava nos observando na água, estava olhando para a criatura atrás dela. Fiquei quieta sentindo o ardor da traição. Assim como os jogos de palavras dos adultos, esse não era inteligente e não acabava bem. Lovelie achara que a mulher estava pedindo as conchas. Não-Marie achou que ela estava falando dos anos. A mulher falava de *nós*. Nós três. Ela não conseguiu levar Lovelie e Marie sozinha. Mas, com tempo e treinamento, Não-Marie era o que ela precisava para juntar as três onde queria.

— Ela pode ajudar Lovelie — Não-Marie mentiu. Soava como verdade em sua boca porque a pobrezinha realmente acreditava. A alegria genuína em seu sorriso me fazia pensar que ela ainda não entendera tudo o que tinha feito. Lovelie estava fria e pesada em meus braços. Apavorada, mas sem escolha, deixei a mulher chegar perto. Ela aproximou o ouvido do peito de Lovelie. Seus cabelos frios se espalharam sobre nós. As mechas pareciam gavinhas de luar que iam esmorecendo até apagar na escuridão de sua pele. Minha respiração foi ficando mais lenta à medida que eu entendia. Estávamos ali nas profundezas, e ela nem precisou nos levar até lá.

— Tr-ês n-ão — sussurrou a mulher. Ela esperou para poder negociar. Mais uma oportunidade para nos enganar. — Cin-co. — O crioulo dela parecia enferrujado, como se estivesse se lembrando de palavras que soubera muito tempo atrás. Fiquei imaginando se ela já tinha brincado com jogos infantis antes de ser uma criatura que enganava almas insuspeitas atraídas por suas palavras.

— Você prometeu ser justa. — A voz de Não-Marie era profunda em seu peito. A mulher a encarou sem piscar. Apertou o pulso de Lovelie.

— Para salvar a cri-aaaaan-ça preci-so de pelo menos se-is — resmungou. — Se-is-cen-tos.

Senti um buraco no estômago.

— Pessoas ou anos? — perguntei.

— Cinco... Cinco... Cinco *anos*! — Não-Marie engasgou ao tentar negociar. — Anos! Você quis dizer anos. — Seus olhos se arregalaram e ela perdeu o ar ao se dar conta do que estava acontecendo. Tinha sido autorizada a nos visitar. A nos levar ali. A mulher nunca planejou libertá-la. Para um ser como aquele, pessoas e tempo eram apenas moedas de troca.

— Se-teeeee-cen-tos. — A mulher se recusava a ser mais clara. Estava imóvel. Não-Marie curvou as costas do jeito tímido que Marie sempre fazia quando conhecia alguém novo. As mãos tremeram do jeito que as de Marie tremiam quando ela não conseguia escolher um doce só. Não-Marie foi passando por uma série estranha de movimentos humanos. Absolutamente infantis num momento e monstruosamente aterrorizantes no outro. A cada vez ela tentava se manter mais tempo nas posturas humanas, mas elas faziam os músculos de seu corpo monstruoso doerem. Não--Marie sentia falta da terra firme do mesmo jeito que eu sentia falta do mar. *Ela nos disse para entregar uma ou então ela tomaria as três*. A resposta estava na dor.

De repente, a palma das minhas mãos estava pegajosa e escorregadia. Foi só aí que me dei conta de que eu tinha avançado e segurado a mão da mulher.

— Eu entrego. — Segurei sua palma da mão escorregadia. — Assim você não precisa tomar nada? Se salvar Lovelie, eu me entrego a você.

Nem precisei explicitar os termos, porque a resposta era devastadoramente simples. Se eu entregasse uma — se eu entregasse a mim mesma —, não haveria razão para ela tomar nada.

Ela olhou nos meus olhos.

— Teeee-mos um combi-na-do — disse as palavras num gemido, como um pensamento tardio.

Levou a mão livre ao peito de Lovelie, que se arqueou em direção à sua palma. A mulher moveu a mão para cima, até a garganta de Lovelie, e estalou os dedos acima da boca. A água nos pulmões fluiu para fora. Subitamente cheia de vida, Lovelie começou a tossir. E então a mulher segurou meu braço com sua mão fria e me puxou para baixo da superfície.

Fui contando enquanto descíamos. *Um. Dois.* A luz da manhã que chegava iluminou a gruta. *Três. Quatro. Cinco.* A luz revelou a verdade. *Seis. Sete. Oito. Nove.* As escamas de Não-Marie começaram a desaparecer. *Dez.* Seus dedos se separaram. *Onze.* Os cabelos em sua cabeça escureceram e cachearam. *Doze.* Embora seu rosto estivesse mais comprido, ela sem dúvidas era Marie. Minha irmã. *Treze. Catorze.* Quando o dia raiou, o tempo dela havia acabado, e o meu, começado.

* * *

A partir daqui, só consigo cuspir algumas verdades amargas e algumas mentiras melhores. Marie voltou depois de três anos fora sem nenhuma memória de onde estivera. Sequestradores devem tê-la levado. Pobrezinha. A memória se dobrou para protegê-la do indizível. Depois de um ano, minha mãe finalmente a deixou sair de casa novamente, mas apenas para ir à escola e voltar. Às vezes ela sonhava com peixes estranhos e litorais estrangeiros. Quando Marie chegou ao primeiro ano do Ensino Médio, as freiras descobriram que ela falava inglês, espanhol e italiano perfeitamente. O medo fez minha mãe criar uma mentira sobre o meu desaparecimento em sua cabeça. Imaginou que eu tinha fugido com algum garoto e estava destinada a ter uma gravidez precoce e a viver na capital. Quando se sentia corajosa, ela sussurrava histórias sobre o mar para si mesma enquanto cozinhava. Verdade. Lovelie sempre teve uma cicatriz na cabeça e uma lacuna na memória. Verdade. Marie só se lembrava do que tinha acontecido depois do nascer do sol. Verdade. Nunca senti falta de casa porque as memórias eram tudo de que eu precisava. Essa é a mentira.

Durante anos, a cada lua cheia, minhas irmãs fugiam para catar conchas de abalone na praia. Andavam até a gruta ali perto. Então, davam as mãos e as jogavam na água. Debruçavam-se sobre a margem e ficavam observando os cascos de arco-íris mergulharem nas profundezas. Sempre tomavam cuidado para não chegar muito perto da superfície e nem se inclinar muito longe da beirada. Verdade perigosa ou mentira doce, a água naquela caverna era muito mais funda do que parecia. Podia sugá-las de repente, de uma vez só. Ainda assim, elas observavam e esperavam. E, se fossem pacientes, todas as vezes, logo depois que as conchas passavam do ponto onde a luz do luar ainda alcançava, havia uma ondulação na água antes que desaparecessem de vez.

O VIAJANTE

Tananarive Due
Tradução de Carolina Candido

MAIO DE 1961

A balconista de cabelos grisalhos da estação Greyhound, em Tallahassee, olhou feio para Patricia Houston quando ela e a irmã, Priscilla, se viraram para caminhar em direção aos bancos de madeira reluzentes na área de espera Só para Brancos. Balançando juntas as saias que combinavam, elas ignoraram a placa vermelha que indicava PESSOAS DE COR com a letra tão cintilante quanto manchas de sangue. Não eram gêmeas, mas bem que poderiam. Pat era mais nova em idade, mas mais velha em temperamento. Vinham de lugares diferentes e viam o mesmo mundo novo.

E estavam a caminho para se juntar aos Viajantes da Liberdade em Montgomery.

As duas tiveram a ideia naquela manhã. E lá estavam elas, membros do Congresso de Igualdade Racial, veteranas de protestos e da prisão de Tallahassee, com sua comida sem graça e suas camas finas. Participaram de uma turnê publicitária com a mãe, foram convidadas ilustres em festas organizadas por Eleanor Roosevelt e Harry Belafonte — e os Viajantes da Liberdade prometiam chamar ainda mais atenção para o movimento.

Pat dobrou sua cópia do *Tallahassee Democrat* e sentou em cima para ter mais conforto no banco segregado de madeira, preparando-se para os gritos, mas a estação estava vazia, a não ser pela balconista e por um zelador negro, e nenhum dos dois disse nada. O olhar tímido da funcionária sugeria palavrões não ditos, mas ela manteve a boca fechada. Aparentemente, esperaria o próximo turno para colocar o Jim Crow em prática.

— Ela deve estar se coçando pra vir aqui fazer alguma coisa — brincou Priscilla. — E, se fizer, vai desejar não ter feito nada.

Pat baixou os óculos escuros para encarar a irmã. A armação com olhos de gato de Priscilla estava na moda, mas Pat usava a dela mesmo dentro de casa porque seus olhos eram muito mais sensíveis à luz desde que aquele policial caipira espirrou uma lata de gás lacrimogêneo em seu rosto no ano passado. *Eu quero você*, ele disse, vermelho de malícia. Ela passou horas sem conseguir enxergar e sentiu os olhos queimarem por uma semana inteira.

— Estamos fazendo um protesto *não violento* — reclama Pat. — Lembra?

— Vamos ver aonde você vai chegar com a não violência.

Depois de todo o treinamento com o Congresso de Igualdade Racial, o CIR, e do exemplo do reverendo sobre como abaixar a cabeça, com instruções estritas para não revidar, Priscilla deveria se envergonhar. Pat não concordava com a filosofia de não violência do reverendo, quase um Gandhi, mas acreditava na tática. Tinham ido longe demais para correr riscos.

— Priscilla, você tem que lembrar que...

Pat parou de falar assim que uma sombra apareceu no chão ao lado delas. Ambas olharam para cima e viram o zelador negro se aproximando com sua vassoura longa, um jovem com cara de estudioso, óculos redondos e um rosto suave, agradável.

— Vocês estão com os Viajantes da Liberdade vindos de Nova York? — perguntou o homem.

— Vamos nos encontrar com eles em Montgomery — respondeu Priscilla. Pat não teria dado tantas informações para um estranho, independentemente da cor de sua pele. Como ele sabia tanto a respeito dos planos do movimento de direitos civis, afinal? Até onde elas sabiam, o homem poderia ir correndo ao gabinete do xerife para denunciá-las em troca de uma recompensazinha qualquer.

Ele tinha cerca de vinte e seis anos, cinco ou seis a mais do que elas, mas a preocupação paterna enrijecia sua mandíbula.

— E as senhoritas vão pegar o ônibus sozinhas? Talvez seja mais seguro ir dirigindo. Montgomery fica a poucas horas de carro.

— Você vai nos levar, bonitão? — brincou Priscilla, exibindo os dentes brancos e brilhantes para ele. Pat deu um olhar de *é sério isso?* para a irmã.

Mas o homem não retribuiu o sorriso.

— Vocês são as irmãs Houston, certo? Sei quem são.

— Olha só, Pat, estamos famosas!

— Está mais para infames — murmurou Pat.

Ele virou para a balconista, que ainda olhava na direção delas.

— Estou com vocês nessa. Digo, nisso que estão fazendo... tentando melhorar as coisas — disse ele, com a voz baixa. — Mas os brancos em Montgomery? Eles são loucos. Se jogaram de cabeça na Klan lá pra aqueles lados. Tenho um primo de lá e ele me disse que correu a notícia de que os Viajantes da Liberdade estão chegando, agora tem vigias em todas as estradas à procura deles. Eu não me meteria nessa confusão, a não ser que quisesse ter minha cabeça partida ao meio. — Ele olha diretamente para Pat, a intuição dizendo que ela deve ser a mais razoável entre as duas. — Algumas cicatrizes não desaparecem.

A lembrança do gás lacrimogêneo faz Pat piscar, subitamente em dúvida. Esperava que não estivesse visível por trás dos óculos escuros.

— Não temos medo desses delinquentes — retrucou Priscilla. — Quando Deus e a justiça estão do seu lado, você não precisa de mais nada.

O estranho examinou o rosto das duas com a consternação que Pat reconhecia nos negros que não entendiam o movimento ou tinham medo demais para se dar conta de que teriam que lutar por cada centímetro de espaço. Avisos como esses eram só desculpas para explicar por que não marchavam ou viajavam também.

— Bem... se vocês quiserem pegar o ônibus, vão ter que sentar na sala de espera para Pessoas de Cor. A srta. Mary só não reclamou de vocês sentadas aqui ainda porque os policiais chegam às sete.

Pat olhou para o relógio de parede da estação: eram dez para as sete. Tinham planejado partir no primeiro ônibus do dia, então chegaram cedo.

— Vamos esperar lá fora, então — anunciou Pat.

O estranho balançou a cabeça, observando Priscilla passear pelo terminal sem se importar com nada. Caminhava como se fosse o dia de sorte de qualquer pessoa que tivesse o privilégio de vê-la. Ela brilhava tanto que seu irmão, Walter, a chamava de Safira.

— Espero que vocês não sejam assassinadas — disse ele.

Somos dois, pensou Pat.

Ninguém além delas estava esperando no gradil do lado de fora.

O ônibus que indicava MONTGOMERY, na plataforma três, acordou, o sopro de fumaça saindo do escapamento quando o motorista largou a garrafa térmica e ligou o motor. O gigante metálico estremeceu em sua vaga de estacionamento. O slogan pintado do lado — É TÃO CONFORTÁVEL VIAJAR DE ÔNIBUS — fez Pat rir.

Logo em seguida ela tossiu. Até a mais leve das fumaças fazia seus olhos e garganta arderem depois do gás lacrimogêneo. A dra. Bess dissera que ela poderia sentir os efeitos daquilo pelo resto da vida.

Dois policiais magros chegaram, como o zelador dissera, e olharam feio para elas enquanto saíam da viatura, apesar de Pat e Priscilla nem terem tido tempo de fazer sinais de protesto. É, aqueles policiais as reconheciam. Elas sempre usavam vestidos bonitos nas manifestações — e os homens vestiam ternos e gravatas —, mas tudo que os brancos viam era a pele negra. Talvez a maioria fosse ver apenas isso *para sempre*.

Um policial se aproximou de repente, assustando Pat antes de passar correndo por ela com cheiro de tabaco de mascar. Ele bateu na porta do ônibus, que chiou ao se abrir. O policial subiu os degraus íngremes para falar algo no ouvido do motorista, e Pat não deixou de notar que este olhou para ela e para Priscilla. Será que se recusaria a levá-las?

Mas depois que o policial desceu, dando um sorriso forçado para Pat, o motorista gritou:

— Todos a bordo para Montgomery! — falou para o nada, sem olhar para as duas únicas passageiras. Pegou as passagens delas sem dizer uma palavra. O boné e a camisa branca pareciam pequenos demais para ele, apertando o corpo volumoso de um homem de meia-idade que pode, um dia, ter sido um atleta.

Lá dentro, o ônibus se estendia em fileiras duplas de assentos marrons vazios.

Priscilla fez menção de sentar nos assentos só para pessoas brancas na terceira fileira, mas Pat bateu em seu ombro e apontou com a cabeça para que ela continuasse andando até o fundo do ônibus. Os policiais as observavam pelas janelas, esperando qualquer oportunidade para colocar as mãos nas duas, e ainda era cedo demais. *Agora não,* disse Pat com os olhos. *Ainda não.*

Priscilla enrijeceu, mas continuou andando com a cabeça erguida. Pat a seguiu e as duas começaram a cantarolar a melodia de "Old Black Joe", que haviam reescrito como uma canção de protesto na prisão de Tallahassee:

Lá se foram os dias
Em que a tradição tinha valia
Agora é hora
do Sul se integrar.
Vamos marchar
Para uma terra melhor
Como a Constituição diz
Vamos marchar, vamos marchar.

O motorista do ônibus não ia conseguir notar o desafio na melodia antiga que cantarolavam — "Old Black Joe" é o caralho! —, mas a música estimulava Pat, fazia com que se sentisse parte de algo maior. Em Montgomery, elas não estariam sozinhas no confronto. Só precisavam chegar até lá.

Como sempre, Pat sentou-se na janela. Fora uma estudante universitária despreocupada antes do CIR, mas agora se sentia uma soldada, perscrutando tudo à sua volta. Em vez de gangues, via apenas prédios de escritórios, lojas e motoristas que acordavam cedo. A janela aberta a ajudava a se proteger do cheiro de cigarro e de suor de dentro do ônibus (fora o cheiro de urina vindo do banheiro). Talvez

Priscilla não conseguisse sentir... mas Pat conseguia. Quando o ônibus saiu da rodoviária, Pat segurou a mão da irmã.

O cansaço a embalava no ritmo do ônibus. Estivera tão animada com a viagem repentina que dormira umas duas ou três horas, no máximo. Jogou algumas roupas com pressa na mala azul-clara que agora estava acomodada no bagageiro acima dela.

— Aposto que você vai dormir primeiro — disse Priscilla. — Você sempre dorme. E *ronca.*

— Você sempre diz isso, e sempre está errada, todas as vezes.

Priscilla adormeceu primeiro, com a cabeça apoiada no ombro de Pat, a respiração escapando em assobios fracos. Pat sorria para si mesma momentos antes de sentir que também começava a cochilar, e logo estava com a bochecha apoiada no couro cabeludo quente de Priscilla, sonolenta. Poderia ser seguro dormir, desde que não houvesse outros passageiros a bordo para assaltá-las ou ameaçá-las.

Mas quando o ônibus parou num farol vermelho em Monroe, onde o tráfego matinal barulhento começava a despertar, Pat endireitou-se com um pensamento tão certo quanto qualquer outro que já tivera: *algo vai dar muito errado nesta viagem.* Priscilla se remexeu, mas sem acordar.

Talvez tenham sido as lembranças ruins que a perturbaram. Tivera gás lacrimogêneo jogado em sua cara bem ali, em Monroe. Ainda cantarolando a música de "Old Black Joe", Pat combateu o pânico sem explicação e se juntou à irmã em seu sono.

Pat acordou sentindo alguém sacudi-la, e logo foi tomada pela lembrança de um policial corpulento agarrando seu braço para tirá-la do banco na Woolworth. Mas era só Priscilla.

— Pat, onde estamos?

Pelo brilho do sol, deveriam ser umas oito da manhã; fazia uma hora que estavam na estrada. O vazio do ônibus ficava mais evidente nas sombras que protegiam seus olhos.

Pat olhou pelas janelas. O ônibus era quase grande demais para a estrada estreita de mão dupla, metade terra e metade asfalto. Os pneus passavam por lombadas e buracos que faziam o assoalho do ônibus ranger. O ar estava visivelmente mais abafado, parecia que elas estavam respirando água morna. A grama do pântano, na altura dos ombros, passava depressa. Além dela, manguezais íngremes pareciam árvores penduradas.

— Essa não é a 27 Sangrenta? — perguntou Pat. Todos chamavam a Rodovia Estadual 27 assim porque ela se alimentava de acidentes de carro. O estado estava construindo uma rodovia melhor, a Interestadual 10, mas não havia nada de moderno *nesta* rodovia.

Priscilla observou mais atentamente o mapa.

— Acho que não...

Uma placa de trânsito apareceu — feita de madeira e pregada em um poste com uma escrita precisa que, apesar de simples, era soberba: ROTA 6. Priscilla murmurou o nome enquanto lia a placa, tentando encontrá-la em seu mapa. Uma segunda placa se seguiu, com escrita idêntica: ÁREA DE RECUPERAÇÃO DO PÂNTANO.

Priscila balançou a cabeça.

— Ah, mas nem a *pau*. Este não é o caminho certo.

— Senhor? — Pat chamou o motorista, erguendo metade do corpo no assento.

Em vez de responder, o motorista aumentou a velocidade. Pat quase perdeu o equilíbrio.

— Vou lá falar com ele — anunciou Pat. — Ele está bêbado? Isso é ridículo. Esse maldito babaca nos trouxe para o pântano. — Pat agarrou a barra do bagageiro acima dela para se levantar de vez.

Havia um homem parado no meio da rodovia bem à frente.

A figura parecia vaga à distância, como se pudesse ser um caroneiro — mas Pat tinha certeza de que não era. Estava plantado no meio das duas pistas. Balançava de um lado para o outro discretamente. Vestia roupas escuras: calças largas e um casaco com o capuz erguido.

A cabeça estava abaixada, como se rezasse, as mãos cruzadas na frente do corpo. Sem prestar atenção no ônibus acelerando em sua direção, a apenas quarenta e cinco metros de distância. Trinta e seis metros.

— *Cuidado...* — alertou Pat, mas o guincho dos pneus abafou sua voz. O ônibus pesado derrapou, e Pat ficou ofegante ao se lembrar das histórias de Papai Marion, da época em que ele dirigia o ônibus escolar, sobre como tinha que deixar bastante espaço para frear. Pat caiu em seu assento, esbarrando em Priscilla, e observou a traseira derrapar, a só alguns centímetros de uma vala lamacenta antes de o ônibus parar. A frente do veículo estava a poucos metros de distância do homem, que aparentemente não havia se mexido. Só a parte de cima do capuz estava visível agora, com o ônibus tão grudado nele.

— Obrigada, Jesus — sussurrou Priscilla. As duas se inclinaram para olhar, pela janela, para o barranco coberto de grama que teria feito o ônibus rolar como o giro da morte de um crocodilo.

O motorista não olhou para saber se estava tudo bem com elas. Assim como o homem na estrada, ele passou uma quantidade anormal de tempo sem se mexer. O ônibus estava parado, o motor roncando de forma irregular. Um exército de mosquitos do lado de fora encontrara as janelas abertas e começara a rodear as irmãs, mas Pat estava nervosa demais para espantá-los.

Ela, Priscilla e os mosquitos eram as únicas coisas que se moviam em um mundo congelado. Pat não compartilhava do amor sincero de Priscilla pela igreja, mas acreditava em Deus — ao menos em alguma versão dEle —, e se sentiu movida a dizer "amém". Sentiu que precisava dizer muito mais; deveria ter implorado por proteção antes de o ônibus começar a viagem.

— Ele poderia ter nos matado! — reclamou Pat, tentando fazer o motorista silencioso responder. Talvez uma experiência compartilhada fizesse um branco se esquecer da cor, ao menos por um tempo. Os Viajantes da Liberdade não eram mais o maior problema deles.

A não ser que...

O casaco com capuz! Não era um manto branco do Klan, mas e se esse homem não tivesse aparecido por acaso? E se o motorista as tivesse levado para aquele caminho abandonado de propósito? Ela se lembrou do policial que subiu no ônibus e sussurrou no ouvido dele, quase sorrindo para ela ao descer. A língua e as bochechas de Pat ficaram secas.

Como se respondesse aos pensamentos assustados de Pat, o motorista se virou para elas, apoiando casualmente o braço no encosto do banco.

— Aquela nova rodovia? Ela atravessa a Área de Recuperação do Pântano. Pessoas boas viviam ali, fossem elas negras ou brancas. Não precisavam de outra lei que não fosse a delas. Faziam a própria paz. A própria justiça. Na Recuperação do Pântano, você enfrenta seus próprios julgamentos.

Priscilla esmagou um mosquito no braço.

— Do que diabo ele está falando...?

Pat não sabia, mas não estava gostando nem um pouco daquilo. Tinha algo de errado no olhar dele, para começar: não estava piscando. E a voz! Uma voz de homem, sim, mas tão áspera quanto a rodovia, com a qualidade de um rádio que entra e sai de sintonia.

Pat se inclinou para sussurrar para a irmã do mesmo modo que o policial havia sussurrado para o motorista.

— Tem alguma coisa errada — disse. — Segure sua bolsa. Numa emergência, podemos usar a...

A porta da frente do ônibus se abriu quando o motorista puxou a alavanca. Quando Pat olhou para o para-brisas novamente, o homem não estava mais bloqueando a estrada.

Estava na porta do ônibus.

Pat sentiu seu cheiro antes de vê-lo: fedia como um pântano ambulante. Seu primeiro passo foi tão pesado que fez o ônibus balançar com mais peso do que ela teria imaginado para alguém daquele tamanho. Ele tinha facilmente um metro e oitenta de altura — mas era esbelto, não robusto. Ainda assim, seu segundo passo também fez o veículo sacudir.

Pat abafou a tosse presa na garganta. Também tinha sensibilidade a cheiros desde o gás lacrimogêneo e o odor dele a fazia querer vomitar. Quanto mais perto ele chegava, mais a catinga dominava o ônibus. O fedor do banheiro era uma bênção em comparação. Pela primeira vez, Pat ficou feliz por estar na seção de Pessoas de Cor.

O Viajante sentou na primeira fila, do lado oposto ao do motorista. Mas enquanto andava pelo corredor, ela não tinha visto uma pontinha de marrom por baixo do capuz? Qualquer que fosse a aparência daquele rosto, ele não parecia ser branco. Ainda assim, estava aliviada por ele não ter sentado lá no fundo, perto delas.

— Nenhuma surpresa — murmurou Priscilla. — Você acha que ele deixaria um negro entrar com *esse* cheiro? E depois de quase fazer a gente bater o ônibus. Sério, qual o problema das pessoas?

— Não acho que ele seja — *humano*, quase disse, inexplicavelmente — branco.

O sorriso de Priscilla voltou, já tinha esquecido o susto.

— E ele bloqueou a estrada daquele jeito! Adorei essa tática. Bem corajoso, não? Deve ser um Viajante da Liberdade também. Vamos lá com ele.

— Ele não é um de nós — respondeu Pat. — Por que o motorista o deixaria entrar? Ele não tem passagem.

O sorriso de Priscilla desapareceu. As irmãs o encararam, juntas.

As roupas do homem pareciam grosseiras, como estopa costurada com fios tão rígidos que poderiam ser trepadeiras. Pat nunca tinha visto nada nem parecido. Mas as roupas eram só uma das coisas estranhas nesse novo viajante.

Cara estranha.

Cheiro estranho.

Tudo nele era estranho.

O motorista também. Mal tinha se mexido desde que parou, a não ser pelo discurso bizarro que fez e pela hora em que abriu a porta do ônibus, o que não deveria ter feito.

— Senhor? — Pat chamou o motorista. — Você pretende continuar dirigindo? Senhor?

Pat tinha aprendido que poderia fazer perguntas pontuais aos brancos, repletas de "senhor" e "senhora".

Os ombros do motorista se curvaram como se ela tivesse interrompido um cochilo. Ele estendeu a mão para a alavanca da porta e a fechou com um chiado.

O motorista do ônibus fitava Pat com os olhos arregalados pelo espelho retrovisor.

— Você os verá daqui a pouco, mocinha — respondeu o motorista com a mesma voz pouco natural. — A justiça vem com o tempo, como todas as coisas.

— Do que ele acabou de te chamar? — sussurrou Priscilla, achando graça. — Agora sim acho que já ouvi de tudo.

— *Quem* eu verei daqui a pouco, senhor? — perguntou Pat para o motorista. Sentia o coração batendo na ponta dos dedos enquanto se agarrava ao assento da frente.

O ônibus avançou e se endireitou na pista, ganhando velocidade rapidamente.

Mas o motorista não parava de observá-la pelo retrovisor, os olhos fixos nela, arregalados.

— Olha! — disse Pat. — Ele nem está olhando para a estrada!

Pat chegou para o lado para se levantar, com Priscilla logo atrás de si.

— Ei! — falou Priscilla, passando por Pat em direção ao motorista.

Deu só dois passos antes de perder o equilíbrio com o movimento do ônibus, tendo que se segurar.

— Pare este ônibus!

Pat estava pegando a mala, notando, alarmada, que o ônibus já poderia estar a cinquenta ou sessenta e poucos quilômetros por hora. Se conseguissem fazer com que ele diminuísse um pouco a velocidade, poderiam pular pela saída de emergência. O ônibus não precisaria estar tão devagar assim, desde que conseguissem sair...

— *Pare!* — gritou o motorista de repente. — Por favor! Me desculpe! Me deixe em paz! Eu acredito no Sangue do Cordeiro! Só fiz o que eles pediram! Rota 6, eles disseram!

Para Pat, aquele ataque súbito parecia só um monte de frases aleatórias em sequência. Mas a voz estava diferente (voltara a ser a dele?). A pessoa que discursara antes e a chamara de "mocinha" havia desaparecido, ainda que essa versão dele soasse como um lunático. O motorista de repente ficou tão vermelho que o pescoço parecia arder.

Ele uivou, um som diferente de qualquer outro que ela já tinha ouvido da boca de uma pessoa. Um pouco por empatia e um pouco por surpresa, ela e Priscilla gritaram também.

O ônibus deu uma guinada violenta quando o motorista se inclinou sobre o volante, tremendo inteiro no assento.

— Ele está tendo uma convulsão — declarou Priscilla —, ou um ataque cardíaco.

Isso explicaria tudo. Ele estava delirando. Explicações a ajudavam a aplacar o medo.

O ônibus enfim estava diminuindo a velocidade, como ela queria, mas Pat soltou a mala e correu na direção errada — a do motorista. Queria ajudá-lo de alguma forma ||*por mais que ele não fosse erguer um dedo sequer para ajudar se nos visse pegar fogo*||. Esse pensamento pareceu mais uma invasão do que inspiração, como se tivesse vindo de fora dela. Mas Pat só se preocupava em não perder o equilíbrio enquanto o ônibus se movimentava bruscamente; ela e Priscilla se firmavam assento por assento ao se mover na direção dele.

— Senhor? Tente manter a calma — pediu Pat, alcançando o ombro corpulento dele, a camisa encharcada de suor grudada na pele. — Pare o ônibus, está me ouvindo?

Ele *não* estava ouvindo. Pat se assustou de novo ao ver o pé dele ainda pressionando o acelerador, o volante balançando sob o peso de sua barriga. Ela se esforçou para agarrar o volante por cima do encosto do banco, segurando-o com tanta força que as unhas cravavam na palma das mãos, causando uma dor intensa. Os movimentos do motorista obstruíam a visão do para-brisas, mas ela tentou endireitar a trajetória do ônibus, que desviava em direção à vala do lado oposto da estrada.

A virada brusca fez Priscilla gritar atrás dela. Quando Pat perdeu o equilíbrio, seu rosto bateu nas costas escorregadias do motorista e ela viu o sangue: havia machucado o nariz. Mas não conseguia sentir nada, a não ser a adrenalina que a inundava.

— Tire o pé dele do acelerador, rápido! — ordenou Pat.

Priscilla se segurou com firmeza na grade para saltar na cabine do motorista, à procura de um ângulo melhor do pé, inclinando-se para longe da vista de Pat. Para o alívio de Pat, a velocidade do ônibus diminuiu no mesmo instante. Sim, elas eram as famosas (mais para infames) irmãs de Houston! Suas mentes agiam juntas — seja numa manifestação ou num ônibus desgovernado.

O peso do motorista puxava o volante conforme ele começava a escorregar devagar no assento, caindo no chão. Pat assumiu a direção quando ele caiu, segurando-a com força.

O ônibus enfim estava parando, mas como ela iria estacioná-lo? Já havia viajado no ônibus de Papai Marion diversas vezes, mas o painel daquele era um mistério para ela.

— Aquele, Pat!

— Qual? — A visão de Pat estava embaçada, e ela lamentou estar com óculos tão escuros.

— Olhe para onde estou apontando... o câmbio!

Lá estava, milagrosamente: o câmbio, era óbvio. O ônibus não estava parado, mas Pat puxou o câmbio com as duas mãos para manobrá-lo e estacionar. As engrenagens gemeram e reclamaram. Pensando melhor, ela esticou a perna e enfiou o pé na embreagem. Com tudo. Depois no freio. Após um último choque que sacudiu seus braços, a fera gigantesca enfim ficou imóvel.

Pat tossiu enquanto o ônibus era impregnado com o cheiro de fumaça e borracha de pneu.

— Acho que você o quebrou, garota... — murmurou Priscilla, mas Pat mal a ouviu. Ajudou Priscilla a segurar o motorista, para impedi-lo de escorregar escada abaixo. Priscilla se levantou. Ambas grunhiram, tensas, enquanto o deitavam no chão no corredor.

Seus olhos ainda estavam bem abertos. E o rosto! As bochechas pareciam murchas como as de um cadáver. A pele estava marcada por veias vermelhas, tão ressaltadas que podia traçá-las com o dedo. A boca tremia enquanto ele ofegava, hiperventilando.

— Está tudo bem — disse Pat, ainda que não estivesse nada bem. Ele parecia estar morto. Assim, de perto, via que os olhos dele eram verde-azulados. Tinha a palavra RICH bordada em sua camisa.

— Sr. Rich? Se acalme, por favor. Você está bem. Vamos buscar ajuda.

Priscilla olhou para ela: *como diabo vamos buscar ajuda?*

A boca dele pronunciava palavras que Pat não conseguia distinguir. Ela se aproximou tanto que os lábios secos do motorista roçaram seu lóbulo. O hálito azedo a escaldou.

— Faça... ele... parar... — sussurrou ele.

— Fazer *quem* parar — Pat começou, mas seu corpo enrijeceu. Com a orelha grudada no rosto de Rich, olhava os assentos vazios atrás dela. Durante algum tempo, se esquecera que ela e Priscilla não estavam sozinhas com o motorista. Pensara que o Viajante tinha desaparecido. Não se lembrava de tê-lo visto quando correu para a frente do ônibus.

Mas ele ainda estava lá... tinha se *movido* um pouco. Um fedor de peixe podre fez Pat levantar a cabeça e olhar diretamente para a fileira atrás do banco do motorista, de onde acabara de subir para assumir o controle do ônibus.

O Viajante não estava sentado ali minutos atrás. Agora estava. Onde ela estivera.

— Que... — disse Priscilla.

Faça. Ele. Parar.

Pat não precisou perguntar quem estava aterrorizando Rich. Quem o estava matando lentamente. Lá na frente do ônibus, agora via o que a distância havia escondido.

Vislumbrou o perfil dele antes de desviar o olhar — sabendo, por instinto, que precisava desviar —, mas foi o bastante para ver que seu rosto marrom-acinzentado não era feito de pele. O rosto era de uma madeira nodosa, com lacunas redondas onde deveriam estar a boca e os olhos. O que ela confundiu com roupas era um ninho de folhas e detritos ainda úmidos do pântano, em forma de capuz. Costurada por trepadeiras, como se no fundo ela já soubesse.

O motorista do ônibus havia parado para ele. *Permitido que ele subisse.*

Pat recuou tão rápido que tropeçou em Priscilla, que se aninhara com ela na escada estreita. Priscilla estava puxando a porta teimosa, mas Pat não conseguia se obrigar a chegar perto o bastante do Viajante para puxar a maçaneta, que parecia estar a quilômetros de distância delas.

Pat não chorava com frequência, mas agora as lágrimas escorriam de seus olhos. Ela não conseguia nomear o que era aquela coisa, mas saber de sua existência acabou com a vida que poderia ter levado, em que uma criatura como aquela estava restrita a pesadelos e histórias de conjuração — e, logo, logo, ela e a irmã poderiam morrer sufocadas assim como o motorista.

De alguma forma, cruelmente, Rich ainda estava acordado. Os olhos continuavam bem abertos.

— Eles estão esperando lá na frente — disse Rich, sua voz subitamente firme e nítida, apesar de a qualidade semelhante à estática ter retornado. — Os policiais ligaram para alguns amigos e disseram que vocês viriam pela Rota 6. Eles têm planos pra vocês, mocinhas. Planos *bem feios.*

Os ouvidos de Pat zumbiram. A voz veio dos lábios de Rich, mas era como se estivesse vindo do próprio ar. Do *Viajante.* Era a voz do Rich, o jeito de falar do Rich ||*mas aquela coisa está fazendo ele dizer isso, fazendo ele contar a verdade sobre si mesmo porque gosta que a verdade seja dita*||.

O braço de Priscilla envolveu a cintura de Pat de forma protetora enquanto as duas se pressionavam contra a porta emperrada. Podia ser que a porta não abrisse, ainda que elas tentassem, ||*porque aquilo queria que a gente ficasse no ônibus. Ainda não havia acabado o que tinha vindo fazer*||.

Ideias e conhecimentos que não eram seus ocupavam a mente de Pat. Tentou abafar os pensamentos porque acreditava que compartilhar tanto assim iria prendê-la, mas não queria morrer sem entender o porquê.

O canto dos grilos enchia seus ouvidos, ||*porque aquilo veio do pântano e ao pântano retornará, seu nome era chamado por gerações pelo povo do pântano que pescava, vivia e morria sem conhecer a lei. Costumava dormir até ser invocado, mas as máquinas que constroem a rodovia o acordaram e devastaram seu leito, e ele não voltará a dormir até*||...

— Pat!

A voz de Priscilla estava tão estrangulada e assustada que Pat teve certeza de que a criatura a havia levado. O som dos grilos desapareceu e o ônibus de repente se iluminou, apesar dos óculos escuros. Sua mente estava vagando para algum lugar, exatamente como ela temia.

Priscilla estava apontando para longe da criatura, em direção à estrada.

Pat tirou os óculos escuros para ver o que quer que tivesse chamado atenção da irmã, desviando seu horror do Viajante. Quarenta e cinco metros à frente, quase invisível na curva que se aproximava, uma caminhonete e dois ou três carros bloqueavam a estrada. Homens brancos rodeavam os carros estacionados e, mesmo à distância, Pat via seus bastões e espingardas. Uma dúzia deles. Ou mais.

Pat já se imaginara morrendo muitas vezes, mas ver o momento se desenrolar pelo para-brisas de um ônibus era diferente. Não havia ninguém ali para ajudá-las. No pântano, seriam apenas mais duas criaturas que virariam caça, em nada diferentes da coitada da presa que se aproximava demais das mandíbulas de um crocodilo.

— Precisamos fazer o retorno — anunciou Priscilla.

Mas a estrada era estreita demais, ||*construída para cavalos e carroças, não para esta máquina monstruosa*||. Quando o Viajante lhe enviou aquele pensamento, as têmporas de Pat contraíram-se com uma dor de cabeça. A incitava ||*porque você sabe o que deve acontecer agora e deve estar pronta pra isso*||.

Pat subiu os degraus e voltou ao banco do motorista. Ela reuniu forças para alcançar a embreagem com pressão o suficiente para apertá-la. Então, puxou o câmbio manual enquanto, em suas lembranças, surgia uma imagem perfeita do Papai Marion dirigindo seu ônibus escolar, comandando os controles com maestria, nítida como um show de imagens.

Não havia desligado o motor. Durante o tempo em que ficou parado, o ônibus estava reclamando, mas as reclamações cessaram assim que ela engatou a marcha.

— Você vai fazer o retorno? Tem espaço para isso? — perguntou Priscilla.

Pat balançou a cabeça.

— Segure firme.

Ela deu o olhar que devia a Priscilla. Sem os óculos escuros, sabia que a irmã veria tudo o que precisava saber escrito em seus olhos. E Priscilla viu. Seu rosto relaxou com resignação. E claro, medo. Lágrimas também surgiram nos olhos de Priscilla. Se houvesse tempo, elas teriam se abraçado.

Priscilla passou por cima do motorista ofegante e sentou-se no banco do outro lado do corredor do Viajante. Ela não olhou para a criatura, tão perto dela, segurando-se firme na grade com as duas mãos.

Se preparando. Elas sempre estavam se preparando, sempre. O próprio diabo poderia estar dirigindo com elas, mas o Viajante não era um demônio maior do que aqueles que as esperavam na estrada à frente.

O ônibus rugiu.

Pat mal percebeu que havia passado o pé do freio para o acelerador, mas gostou da sensação e pressionou com mais força. À sua frente, compreendeu melhor o que as esperava: os pneus enlameados, a luz do sol brilhando em um espelho brilhante, o grupo de adolescentes na carroceria da caminhonete, a bandeira confederada tremulando na ponta de uma Remington. Pat viu tudo ||*como acontece há milênios, vindo só quando chamado por quem sabe seu nome e faz as ofertas certas*||.

Até o último instante, os bandidos que esperavam tinham certeza de que o ônibus ia parar.

Mas eles não sabiam do Viajante, que guiava o ônibus e o coração traumatizado de Pat. ||*Ainda estaria dormindo, mas as máquinas que constroem a rodovia o acordaram e devastaram seu leito e ele não voltará a dormir até que cumpra seu propósito*||...

Priscilla estava recitando o pai-nosso com soluços silenciosos. Mas com a ajuda do Viajante, Pat não sentiu desespero ou medo. O sorriso que se alargava em seu rosto em grande parte não era dela. Em grande parte.

O homem atarracado mais próximo do para-brisas, quase sem pontaria para atirar, só se virou para correr quando viu que era Pat, e não Rich, quem guiava o ônibus na Rota 6 naquele dia.

— ||*não voltará a dormir até que cumpra seu propósito de proteger inocentes do perigo*||.

Gritos ecoaram por todo o pântano enquanto o ônibus atravessava a barreira na estrada.

Pat enfim criou coragem para olhar pelo retrovisor e viu os veículos espalhados como carrinhos de brinquedo. Tentou ignorar o sangue e os corpos dilacerados.

Quando arriscou olhar por cima do ombro, o assento atrás dela estava vazio.

Ela espiou pelo retrovisor. O Viajante estava novamente parado no meio da estrada — desta vez, atrás do ônibus.

Pat esqueceria muitas coisas do resto daquele dia, mas dirigiu até o ônibus fazer barulho e começar a engasgar, não muito longe da divisa do estado, e parou quando viu uma rodoviária. Até aquele instante, não havia nada que pudessem fazer por Rich, cujo coração já tinha parado de bater havia muito tempo. Elas o deixaram onde havia caído e torceram para que ele mesmo levasse a culpa.

O professor negro e grisalho que as viu pedindo carona e levou-as até Tallahassee — desta vez pela Rodovia Estadual 27, não pela Rota 6 — achou a companhia delas encantadora. Pat não sabia se alguém as vira sair do ônibus, ou se as reconhecera, até que a notícia apareceu no *Tallahassee Democrat* dois dias depois. TRAGÉDIA NA ROTA 6, anunciava a manchete.

De acordo com a história, o motorista de ônibus Rich McClellan estava a caminho de Montgomery quando teve um ataque cardíaco e acidentalmente bateu em uma barricada em uma estrada abandonada chamada Rota 6. Moradores locais, dizia a história, haviam bloqueado a estrada por conta de boatos de que uma mulher branca havia sido estuprada por um negro que talvez estivesse no ônibus em questão (os boatos eram falsos, um dos sobreviventes disse ao repórter). Ao todo, seis pessoas morreram na estrada naquele dia; o mais velho, um suposto "pastor", tinha sessenta e três anos. O mais novo tinha dezesseis. Pat duvidava que algum deles teria morrido se não tivessem o espírito assassino em seus corações. Nenhum dos sobreviventes entrevistados pelo jornal disse ter visto duas mulheres negras ou que, na verdade, uma delas dirigia o ônibus.

Talvez o Viajante os tivesse feito ver o que queria que vissem.

Outras notícias daquela semana mostraram nuvens de fumaça subindo dos ônibus dos Viajantes da Liberdade bombardeados no Alabama. Negros e brancos foram espancados até quase morrerem ou trancados dentro de ônibus em chamas. Por algum milagre, nenhum deles morreu. Pat sabia que não teria sido diferente com ela e com Priscilla — ou teria sido muito pior, no pântano, onde nenhuma câmera capturaria a violência para contar história.

Quando as aulas começaram, no outono, Pat reconheceu o zelador no campus e descobriu que era um estudante de direito chamado John Graham. Ele a convidou para tomar um café e ela aceitou.

— Ainda bem que você não foi naquele ônibus — disse sem ironia, e Pat concordou.

Ela percebeu como ele era bonito, os cabelos caindo sobre a testa. Em parte, concordou em tomar café com ele porque estava de luto e se sentindo sozinha após Priscilla ter decidido se mudar para Gana a convite do próprio presidente pós- -independência, Kwame Nkrumah. Em sua primeira carta, dissera a Pat que toda vez que pensava em voltar para os Estados Unidos, a pele ficava cheia de brotoejas.

Pat sabia que nunca poderia deixar o movimento até o fim das leis Jim Crow, mas, quando olhava para John, conseguia imaginar um futuro com uma casa às margens de um canal e três meninas cujos cabelos ela prenderia em rabos de cavalo e presilhas, longe da fumaça e do sangue. Talvez um dia contasse a ele sobre o Viajante e o que de fato aconteceu na Rota 6.

Mas ainda não tinha certeza se havia atropelado aqueles carros na estrada por causa da maldição do Viajante ou por sua própria coragem, e talvez nunca tivesse.

Pode ser que, pelo resto de sua vida, essa pergunta permanecesse escondida nas sombras de seu coração, da mesma forma que os óculos escuros sempre cobririam seus olhos.

O ESTETA

Justin C. Key
Tradução de Thaís Britto

Perguntei à minha Criadora sobre o Colecionador assim que o meu primeiro ano do Ensino Médio acabou. Eu passava meus verões na casa dela, ao norte de Nova York, aproveitando o imenso jardim. Longe dos espectadores que assistiam — e comentavam — constantemente os dados sensoriais do meu feed neural, eu podia absorver sua sabedoria sem intromissões.

Minha Criadora parou para podar uma cerca viva que não precisava de poda. Seu jardim era um labirinto circular de zínias, ásteres, amores-perfeitos e cosmos. No meio estava o prêmio: um muro longo e curvilíneo de rosas de várias cores meticulosamente plantadas. Não havia nem sinal de modificação genética no jardim. Eu era sua única criação? Nunca perguntei.

— Você quer saber mais sobre o Colecionador? — perguntou ela.

— É errado eu querer?

Ela guardou a tesoura no bolso e segurou minhas mãos. O conforto foi imediato. Sua pele marrom-escura tinha o mesmo tom da minha. Não foi a primeira vez que me perguntei se a minha reação a ela tinha sido inscrita em meu DNA. E, não pela última vez, me perguntei se aquilo tinha importância.

— O que você ouviu dizer?

— Que ele é um Criador frustrado que aterroriza as Artes que não conseguiu fazer. Que compra órgãos no Mercado Branco e vende a cirurgiões que fazem implantes VIP. Os pais de Joey disseram a ele que é uma forma do governo se livrar de Artes defeituosas.

— E o que você acha?

— Acho que ele é só um nome para o mal. Não acho que seja uma pessoa só. São pessoas horríveis fazendo coisas horríveis porque nos odeiam. Odeiam Arte. "O Colecionador" é um nome para isso.

— Parece mórbido. Isso te preocupa?

— Eu leio os comentários no meu feed — respondi. Peguei uma rosa murcha, recém-cortada. — Sou absolutamente normal.

Caminhamos do muro de rosas até uma clareira no meio de um canteiro redondo de flores diversas. Aqui, em plena luz do dia, eu via o quanto minha Criadora envelhecera nos últimos nove meses.

— Preferia que eu tivesse lhe dado olhos de coruja? Ou uma mandíbula deslocada? Você ouviu falar daquela pobre criança que se engasgou com um pedaço de pão por causa de um desafio?

— Para alguém, isso é Arte.

— Morte não é Arte. — Minha Criadora desacelerou o passo. Eu tinha ficado para trás. Mantive a distância. — Todos nós nascemos quase iguais. E há tantas maneiras de morrer quanto há pessoas no mundo.

— Então o que *é* Arte?

— Você é, seu bobo. Você é minha Arte. E sua própria Arte. Só de ser observado, você é a Arte do universo.

— Digamos então que *haja* um Colecionador. O que ele ia querer comigo?

— Tudo. Você é tudo menos normal. — Ela parou diante de uma rosa amarela crescendo no meio de um canteiro de girassóis. Estava em plena floração, as folhas viradas para o sol. Minha Criadora cortou-a na altura do caule e a colocou na bolsa. — Felizmente, ele é só uma lenda. E, além de tudo, o mundo já é um Colecionador.

MUITOS ANOS DEPOIS...

Depois da paixão vinha a desconexão. Era a única maneira de sobreviver. A mulher ao meu lado se inclinou para silenciar o celular e depois voltou para debaixo das cobertas. Bom. Desfrutar o momento. Vislumbres de mágica numa existência entediante.

Cochilando ao lado daquela respiração profunda, fui completamente despertado ao pensar no quanto aquela sensação era *boa*. Nós nos conhecemos num evento a trabalho. Foi a pele dela que me atraiu. Marrom-escura como a minha, uma tonalidade que mudava de acordo com o humor. Rapidamente nos identificamos, porque éramos muito normais se comparados a outras Obras de Arte. Embora no geral fosse eu quem fizesse as perguntas, ela de alguma forma conseguiu arrancar a minha história de vida. Lembro vividamente de quando ela tocou minha mão e eu senti uma conexão que não experimentava desde antes de a minha Criadora morrer. Agora como fomos parar em seu apartamento conjugado, que tinha uma única janela virada para um beco úmido, eu não sabia muito bem.

Sasha. Esse era o nome dela. Por que uma noite juntos parecia uma vida inteira? Fragmentos dos sonhos pós-coito flutuavam na superfície. Filhos. Felicidade.

Ilusões tolas e perigosas. Aqueles pensamentos nunca trouxeram nada de bom. Era hora de ir embora.

Eu me virei para a beirada da cama. O brilho alto do sol vazava pelos cantos das cortinas; o dia estava em pleno vapor. Vesti minha calça jeans. A fivela do cinto bateu no chão. De todas as edições feitas cuidadosamente pela minha Criadora, sutileza não foi uma delas. Sasha se mexeu e então gemeu. Olhou para mim surpresa e desorientada. Limpou a boca e se levantou. A pele ficou opaca.

— Você simplesmente fode e vai embora? — perguntou.

— É. Esse é o plano.

— Típico.

Eu esperava amargura. Mas isso... Isso era decepção. A maioria das minhas transas casuais ficava ansiosa para me mandar embora pela manhã.

Ela me examinou de cima a baixo, virou de lado e abriu o aplicativo dos espectadores. Três notificações apareceram no ar antes de ela silenciar. Comecei a transmitir para os meus espectadores também. Se isso ia virar uma briga, melhor ser pago por ela.

— Fique ao menos para o café da manhã — disse Sasha. — Talvez sua língua funcione melhor numa conversa.

— Você gozou.

— Será?

Dava para ouvir o sorriso em sua voz. Estava jogando comigo. E ganhando. Elas sempre chegavam ao orgasmo. Eu me certificava disso. Aquela habilidade vinha da minha própria prática, nada de edições. Eu a tinha *aperfeiçoado*.

É claro que ela gozou.

— Fique — disse ela, o sorriso quase virando uma gargalhada. — Podemos debater isso no café da manhã.

É, fica aí, comentou um espectador.

Fazia tempo, hein?! Até no meu casamento tem mais sexo!, apareceu outro no meu campo de visão.

Desabilitei a exibição dos comentários.

— Eu não como — respondi.

— Você deixou isso claro ont...

— Comida. Eu não como comida.

Ela se sentou, com um apetite que não era carnal em seu olhar.

— Fotossíntese?

— Sim — respondi, desviando o olhar. Ótimo. Ela não era tão esperta quanto eu imaginava. — Minha Artista podia ao menos ter me dado papilas gustativas.

A maior parte das Obras de Arte tem um reflexo excepcional. Minha Criadora tinha outras prioridades; então não vi o travesseiro vindo na direção do meu rosto.

— Que porra é essa? — perguntei.

Ela riu. A pele ficou mais escura pela diversão.

— Desculpa. Achei que você fosse desviar.

— Sério. Que porra é essa?

— Fotossíntese? Sério? Acha que eu sou idiota? Se não quer comer, é só me falar. Que merda.

Ela sentou na beirada da cama, de costas para mim, e rapidamente vestiu a camisa. Eu só precisava de um vislumbre para armazenar informação visual. Não era bem uma memória fotográfica — já ouvi falar de Obras que enlouqueceram por causa desse "dom" —, mas minha Criadora me deu a habilidade de registrar os sinais sensoriais. Sempre que eu os recuperava, podia revivê-los em tempo real.

Em outras palavras, tive tempo mais do que suficiente para ver o sinal revelador que ela tinha entre a terceira e a quarta costela.

Fiquei ali, inseguro, enrolado com minhas roupas.

Ela olhou para trás.

— Não está esperando que eu te pague, né?

— Cento e cinquenta. Não, espera, você gozou. Duas vezes. Trezentos. — Sentei do lado oposto da cama. — Quanto tempo você tem?

— Até que para uma Obra você é observador. — Ela abriu aquele tipo de sorriso que não é de felicidade. Colocou os dedos na lateral do corpo, como se para protegê-lo do mundo. — Estou esperando uma cura. Ingênua, né?

— Eu não acho — disse, sentindo na boca o gosto da mentira. Os cientistas tinham dificuldade não apenas para compreender, mas também para tratar o câncer desastroso que vinha sendo predominante nessa geração de ODAS. Os Criadores se esforçaram para promover uma narrativa de esperança na tentativa de evitar um tumulto generalizado. — O que está a fim de fazer?

— Não faça isso. Não vá estragar a diversão que tivemos só porque está com pena.

— Eu me apaixono. Forte, rápida e facilmente.

— ArtLover309 acabou de comentar isso. Você parece um típico apaixonado.

— Eu era. É incrível como as pessoas pagam para ver tragédias em tempo real.

— E agora?

— Vou embora antes do sol nascer. Sem recompensas, sem sacrifícios. Você pode não ter muito tempo aqui, então não vou me apegar.

Ela pensou a respeito e então desligou os espectadores, bem na hora que ia atingir o tempo mínimo de dez minutos para monetizar. Desliguei os meus também.

— Não quero uma refeição por pena. E acabei de perceber que estou muito nervosa para comer. A corte vai votar hoje a Lei do Direito à Vida. Está acompanhando?

— É difícil ficar animado com direitos dos quais não podemos desfrutar.

— Fale por você. Eu pretendo ter filhos um dia, se Deus quiser.

O silêncio que veio em seguida foi como uma porrada. Todas as ODAS nasciam estéreis. Qualquer um que pensasse diferente estava apenas se enganando.

— Você não é muito fã de ter esperanças, já entendi — disse ela. — Quer saber? Nada de política no primeiro encontro. Que tal um jantar? Assim você pode escapar facilmente. E me dá tempo de falar sobre você na terapia.

— Você vai falar com seu terapeuta sobre mim? Uau. Agora eu *tenho* que te levar pra jantar.

— Pare com isso. — Ela deu de ombros. — Eu gostei de você. Não sei por quê. Ainda. É algo que não consigo explicar direito. Você sentiu também?

Senti. E antes que pudesse responder, ela olhou para mim e isso foi o suficiente. Ela se levantou e ajeitou a camisa.

— Me encontre aqui. A hora que for, venha me encontrar, estarei pronta. Ou não. Não vou culpar você por isso.

— Então você conheceu alguém? — A dra. Ochoa se inclinou na direção da câmera, tapando a rosa sempre presente na pintura ao fundo. Eu ajeitei a postura e olhei ao redor do vagão do metrô parado, como se alguém se importasse. Os protestos por conta da decisão do Direito à Vida travaram a cidade. Todos os outros passageiros estavam imersos em seus aparelhos. É possível que metade deles estivesse em sua própria sessão de terapia e a outra metade ligada como espectadora, vivendo por tabela no mundo da Arte. Já havia quatro observando a minha sessão com a dra. Ochoa. A transmissão regular era parte obrigatória do nosso acordo.

— Como você sabia? — perguntei.

— Você acabou de me contar. — ela sorriu. Havia rugas suaves ao redor de sua boca. — Não está feliz de ter ido?

— Sim, sim. Você tinha razão. É um lugar legal. Pera aí, foi você que nos juntou?

— Isso seria passar dos limites. Até mesmo pra mim. Me conte sobre ela. Ou elu?

— Ela. Ela é Arte, assim como eu. Tem uma pele linda, você precisava ver.

— Parece que gosta dela.

— Eu gosto. Mas... ela tem câncer.

— Ah. Ela te contou?

— Ela tem a entrada, bem na lateral do corpo. Já vi várias delas e reconheci. Ela acha que vai se curar. — Recostei no banco e olhei para o teto branco em busca de respostas. — Minha Criadora me ensinou a ser mais realista.

— Talvez a Criadora dela tenha lhe ensinado sobre esperança. — Não respondi nada e a dra. Ochoa continuou: — Que belo primeiro encontro. O que está pensando? Bagagem demais? Menos compromisso?

Eu amo a dra. Ochoa, apareceu um comentário na tela. **Quase me faz querer voltar a fazer terapia. Quase.**

Eu ri.

— Foi o que eu disse a ela, que pelo menos sei que vai ser algo curto. — Pensei em mencionar o sonho, aquele da família, mas achei melhor não.

— Um pouco de amor e de perda podem ser bons pra você. E eu estarei aqui para te ajudar a lidar com as emoções incômodas.

— Eu salvei uma memória dela. Mesmo sabendo que não é uma boa ideia.

— O rosto dela?

— Não. Graças a Deus.

A dra. Ochoa assentiu de um jeito que parecia estar agradecendo a Deus por isso também. Em nossos oito anos de terapia, que começaram com a morte repentina da minha Criadora, navegamos por muitos relacionamentos difíceis. Meus espectadores despencaram desde que eu resolvi "focar em mim mesmo". Fiquei surpreso que a dra. Ochoa tenha continuado comigo.

— Falando em amor, você viu que eles chegaram a um veredito?

— Parece que eu sou a única pessoa que não está dando atenção pra isso.

— É algo bem importante. A corte rejeitou. Provavelmente haverá apelação, mas não deve dar em nada.

— "Direito à Vida". Eu li que a criança pela qual estão lutando não vai nem poder se alimentar. Qual é o objetivo? Os Criadores transformarem a reprodução humana em mais uma coisa a ser exibida? Algo a mais para ganhar dinheiro?

Isso é triste. Ele já está perdido. Você deveria ter o direito de ter filhos.

Arte precisa ser regulada, como qualquer outra coisa, comentou um espectador de longa data. **Estou falando sério, a gente é capaz de embrulhar nossa própria extinção pra presente se isso render algum dinheiro. #DireitodeSerHumano**

— Um primeiro passo já é um passo — disse a dra. Ochoa.

— Foi isso que Sasha disse.

— Eu já gosto dela.

— Então — falei, feliz em mudar de assunto. — Devo encontrá-la de novo?

* * *

Fechei o link alguns minutos antes de entrar no local. O bonde elétrico passou por uma multidão de manifestantes espalhada num cruzamento. Uma manchete era exibida sobre suas cabeças: SUPREMA CORTE DESCARTA LEI DO DIREITO À VIDA. HANSEL, PRIMEIRO BEBÊ ARTE DE NASCENÇA DA HISTÓRIA, TERÁ OS APARELHOS QUE O MANTÉM VIVO DESLIGADOS. O DESTINO DA REPRODUÇÃO A PARTIR DE ARTES ESTÁ POR UM FIO. Desliguei a visualização expandida. Como Obra de Arte, eu não tinha autorização para protestar. Nem mesmo os pais de Hansel podiam falar publicamente. O privilégio da voz ficava com nossos aliados.

Minha cápsula saiu do bonde, desceu até o nível do chão, virou numa pequena rua e me deixou no lugar. Entrada pelos fundos, prédio de um andar na periferia da cidade. Um evento pequeno. Chance de ganhar dinheiro, mas precisaria me esforçar.

— Este é um evento privado — disse a segurança. Com dois metros e meio de altura, ela tinha tranças coloridas longas o suficiente para envolvê-la ao redor da cintura.

— Eu sei. Vim trabalhar.

Ela me olhou de cima a baixo. Eu era diferente. Sou mais velho do que a maioria das Obras de Arte e não tenho muitos indícios de modificações genéticas. Ao mesmo tempo, se eu estivesse tentando enganá-la, estaria fazendo um péssimo trabalho. Ela decidiu checar minha identidade sem criar muito caso.

— Seu aplicativo de espectadores está desatualizado — disse. A voz ficou mais suave, como um veludo macio. Ela encolheu uns quinze centímetros. Os olhos mudaram de azul para castanho-claro. — Você deveria atualizar. Com esse caso do Hansel, tem havido muitos neuroataques dos extremistas do Direito de Ser Humano. Precisa desligar para entrar. Por questões de segurança.

— Se eu tivesse gente assistindo, não precisaria estar aqui.

Uma vez lá dentro, circulei pelo espaço. Era uma espécie de arrecadação de fundos para algum político. Eu tinha começado a trabalhar neste circuito depois que os advogados de espólio bloquearam o testamento incomum da minha Criadora e meu dinheiro com os espectadores privados começou a rarear.

Fiquei de cabeça baixa, observando. Ume ODA não binárie — com um metro e vinte de altura, de salto — fazia uma serenata com sua voz de outro mundo para um pequeno grupo. Um homem ODA que vestia apenas um pano fino sobre as partes íntimas exibia sua pele camaleônica. Uma ODA de cadeira de rodas retirou rapidamente sua máscara de oxigênio para dar um gole num drinque gasoso. Então ela torceu o cotovelo por trás da cabeça. Seus ligamentos flexíveis com certeza lhe garantiram uma juventude cheia de espectadores ricos e ávidos. Mas toda modificação tem seu preço.

De pé ao lado da mesa de aperitivos, encontrei um espectador de meia-idade que, na melhor das hipóteses, estava desconfortável e, na pior, desinteressado. Vestia a riqueza casual como se fosse um casaco. Minha Criadora descrevia esse tipo de homem como os primeiros "clientes" dos humanos geneticamente modificados. Alguns queriam a experiência de ser pai solo. Outros queriam um novo par de mãos que pudessem ser treinadas.

— Você parece entediado — falei.

Uma leve expressão de agrado. Qual seria o meu truque? Que parte acessória da anatomia humana eu tinha para oferecer? Ele se envolveu nessa expectativa e baixou a guarda para o poder da conversa.

Ele me contou muito mais do que eu queria saber. Depois de fazer fortuna com um aplicativo de encontros baseado no DNA, passou o começo da aposentadoria explorando a órbita da Terra em sua nave particular. Se arriscou na Criação e quase perdeu a fortuna depois da tentativa fracassada de criar uma Arte que acabou se suicidando aos nove anos. Bem antes, quando meu espectador tinha doze anos, ele espiava a mãe trocar de roupa pelo buraco da fechadura. Foi ao contar essa parte da história que pegou na minha mão.

— Sua pele. É maravilhosa. E seu cabelo...

Parei sua mão. Os poucos espectadores que prestavam atenção de verdade sempre ficavam fascinados por essas duas coisas. Um marrom cinzento e escuro que mudava de acordo com a luz. Cachos fechados que preenchiam minha cabeça. Adotado por uma família branca que queria um complemento étnico, eu cresci achando que esses meus atributos fossem exclusivos das ODAS. Meus colegas de classe geneticamente modificados — de todos os tons de marrom — também tinham pais brancos com cabelos lisos. Imagine o meu choque quando vi um pouco mais do mundo. O ressentimento bateu. Eu não era negro. Também não era branco. Algumas pessoas consideravam a minha pele, o meu próprio DNA, um tipo de "apropriação". A cultura ocidental não apenas tinha dominado a minha pele: a seus olhos, ela a tinha aperfeiçoado.

O bilionário me chamou para ir às salas dos fundos sem efetivamente convidar. Eu recusei. Ele foi sozinho.

Vaguei por ali. Uma contadora de histórias entretinha um pequeno grupo. Seu crachá dizia que ela era originalmente de Quantum Lane. Eu tinha ouvido falar de sua ascensão e queda por causa da minha Criadora, que fez questão de me educar nos fracassos relacionados às Artes, aqueles que não eram ensinados na escola.

A promessa da Quantum de criar em vinte anos a próxima geração de grandes contadores de histórias não foi cumprida. Os investimentos sumiram antes mesmo da prole atingir a puberdade. Sem contratos, as ODAS foram largadas para vagar pelo mundo por conta própria.

Apesar de ter pegado a história pela metade, não fiquei perdido. Era uma história de amor, costurada com muitos personagens, corpos, sangue e luxúria, centrada em duas pessoas que se encontravam num mundo ao qual não pertenciam. Sequei os olhos, subitamente consciente das minhas emoções. O medo, a paixão, a ternura. A falsa promessa de conforto, de um futuro. Os aplausos entusiasmados abriram a represa da minha mente para essas emoções fluírem. Eu perdi o equilíbrio, e então fisicamente me reergui no balcão ali perto, mas caí mentalmente na memória dela. O brilho de sua pele combinando com o tom de voz. O ar frio da manhã. O cheiro suave da luxúria e da paixão. As cores aparecendo, se misturando e sobrepondo o interior cinzento. A contadora de histórias agora estava sentada na beirada da cama de Sasha. De costas para mim. Percebi a linha com pontos entre suas costelas e mais uma vez me perguntei quanto tempo ela tinha. Os espectadores ao redor aplaudiram.

— Ela não está esperando a morte.

O bilionário — que voltou de seu momento de prazer, o primeiro botão da camisa aberto, o cabelo levemente despenteado — estava parado ao meu lado. Ele foi embora, assim como Sasha tinha ido. Uma mancha vermelha com a borda irregular apareceu na lateral direita do seu corpo. Dava para ver o sangue claramente, mesmo através da camisa preta.

— Só quer uma chance de vida.

Mordi minha língua. A dor aguda me tirou do delírio. O quarto de Sasha desapareceu.

A história acabou e todos os espectadores me olharam.

— Ela quer filhos. Vai fazer outro Hansel — disse um deles.

— Ela é ingênua — defendeu outro. — Esse câncer vai destruí-la.

— O objetivo é a cura. Certo? Certo?

Fui correndo em direção à saída. Não parei para falar com a mulher da entrada nem me preocupei com os olhares. Não diminuí o passo até estar longe o suficiente para que aquele lugar e aquelas visões fossem apenas memórias. Andei mais um quarteirão, entrei num beco, abri o telefone e liguei para a minha psiquiatra.

A dra. Ochoa não atendeu. Tentei de novo. Nada.

Posso ser seu psiquiatra.

Pensei que tivesse fechado esse maldito aplicativo. Respondi **vá se foder** e me desconectei.

Cheguei absurdamente cedo para o jantar.

Rolei a tela com a lista de apartamentos do prédio. Sasha... Sasha... Não sabia o sobrenome dela. Não havia ferramenta de busca. Para que serviam todos aqueles detalhes íntimos e complexos arquivados no meu córtex cerebral se eu não conseguia nem me lembrar se ela morava no quarto ou no quinto andar?

— Está perdido?

A mulher que saía do prédio me olhou com cautela e interesse. Seu pescoço fino e as narinas dilatadas não deixavam espaço para especulação: era uma Obra de Arte. "Arte de Alta Performance", e ela sabia. Seus lábios mal se moviam quando falava, criando uma ilusão de telepatia. Essas variantes outrora populares — chamadas de Ágeis — eram lindas na juventude. Mas as pressões biológicas se intensificavam com a idade. Imaginei que ela tivesse uns trinta e poucos anos, naquela transição entre a pura felicidade e o apego desesperado à mortalidade.

— Vim visitar uma amiga — respondi.

Ela inclinou a cabeça para o lado.

— Quem é seu Artista?

— Isso é um pouco íntimo, não?

Ela deu de ombros, já sem interesse. Me virei para segurar a porta e ela saiu.

— Para algumas pessoas. Tenha um bom dia.

— Você também. — Mas ela já tinha ido embora.

Chamei o elevador, esperei um pouco e então subi pela escada. Flashes da noite me voltaram à mente: também tínhamos ido pelo caminho mais longo até o apartamento de Sasha por causa da lerdeza do elevador. Lembrei de segurar o corrimão frio enquanto o corpo dela se inclinava sobre o meu. Eu me lembrei da excitação dela, e da minha. Essas memórias me levaram até o andar de Sasha.

Mas eu não consegui desfrutar delas, pelo menos não completamente. A experiência anterior do lugar ainda estava bagunçando a minha cabeça. Já tinha repassado o que acontecera ali muitas vezes na última hora. A distinção não estava na biologia e sim na anatomia. Alucinações eram incontroláveis, indesejáveis e, em última instância, um alerta. Uma violação? *Seu aplicativo de espectadores está desatualizado.* Eu não tinha nada que valia a pena roubar. Algum tipo de tumor?

Estava tão imerso nesses pensamentos que quase saí entrando no apartamento de Sasha sem bater. E eu podia ter feito isso: a porta estava entreaberta.

Conferi meu sensório. Realidade atual. Olhei para o longo corredor, silencioso e pouco iluminado. Além dele, apenas escuridão. Mas não parecia vazio.

— Sasha?

Aquilo era um vulto no escuro? Pisquei e cheguei mais perto. Era só minha imaginação.

Entrei no apartamento de Sasha. As luzes suaves do anoitecer banhavam a quietude da sala de estar e da de jantar. A água escorria dos poucos pratos que estavam na pia. Chamei o nome dela. Nada. Completo silêncio. O quarto parecia intocado desde a manhã. Levantei as cobertas me sentindo meio idiota.

Sasha não estava em casa.

Ela podia ter ido na rua comprar alguma coisa e esquecido a porta aberta. Ou podia estar no banheiro. Havia diversas explicações prováveis e racionais. Mas ainda assim...

Ali, enfiada debaixo do travesseiro, havia uma carta. Senti um aperto no peito. Não pude evitar uma risada. Conectei os espectadores. Havia centenas de seguidores a mais do que antes.

Ela me deu um perdido, postei.

Já dava quase para ver as letras ao desdobrar o bilhete escrito à mão. Mas ao ler o que de fato estava ali, olhei em volta, subitamente ciente do quanto estava vulnerável. A porta do banheiro, entreaberta na escuridão. Debaixo da cama. Dentro do armário.

O bilhete dizia:

Sasha está comigo agora.

— Colecionador

Meu aplicativo apitou. Eu gritei de susto e quase perdi o equilíbrio.

Saí do apartamento e voltei para o corredor do prédio. O vulto tinha voltado. Desta vez, pisquei e não desapareceu.

— Sasha?

Cheguei mais perto. O vulto cresceu e ocupou o espaço vazio. Uma brisa repugnante de memórias amaldiçoadas e de arrependimentos obstruiu meus sentidos. O vulto veio flutuando para mais perto.

Corri o mais rápido que eu pude.

Me recompus antes de entrar no meu próprio prédio do outro lado da cidade. Ao chegar lá em cima, conferi cada cômodo e armário, tranquei as portas e as janelas. Durante o banho, revi o quarto de Sasha e comparei o cenário da manhã com o da noite em busca de diferenças, de pistas. Nem tudo estava igual, como pensei de início. De manhã, havia um casaco de capuz azul com as palavras AQUELE QUE VÊ escritas nas costas, pendurado com cuidado na porta do quarto. Mais tarde, não estava mais.

Pelo menos eu sabia o que ela estava vestindo.

Analisei o bilhete da relativa segurança da minha cama. Os lençóis ajudavam a clarear as ideias. Sasha estava tirando uma com a minha cara. Era ela quem estava lá, na sombra. Eu tinha saído antes que ela se revelasse, com uma gargalhada.

Um barulho de notificação. Abri o aplicativo, relutante. Havia uma única mensagem de AestheticOne1, um espectador da vida toda, que tinha testemunhado até o meu nascimento. Pelo que eu saiba, AestheticOne1 tinha visto mais sobre mim do que qualquer outra pessoa. E nunca tinha enviado uma única mensagem nem curtido nenhum momento.

Até agora. Um link para uma reportagem. Cliquei. O MERCADO BRANCO ESTÁ MOVIMENTADO COM OS ÓRGÃOS DAS ODAS: O QUE ISSO SIGNIFICA PARA CRIADORES E SUAS CRIATURAS.

E então veio outro link, este era para baixar o Palm, um aplicativo que conectava ODAS a médicos especialistas. Já tinha ouvido falar que ele era o último recurso para ODAS desesperadas por dinheiro ou por uma cura.

Por que me mandou essas coisas?, digitei. O sinal me mostrou que quem quer que estivesse do outro lado leu a mensagem.

E então, nada. A pessoa se desconectou.

O celular vibrando em cima da madeira me acordou. Atendi à ligação.

— Oi. É a dra. Ochoa. Só conferindo se vamos fazer nossa sessão agora.

Sessão? Que horas eram? Lá pro meio da manhã, pela quantidade de luz que entrava pelas cortinas. As coisas começavam a se encaixar. Cem espectadores aguardavam o início da transmissão. Eu estava atrasado. Era estranho haver tantos deles. Deixei os comentários correrem no teto e me deitei de costas.

— Ainda dá tempo?

— Sim. — Eu me apoiei em um dos braços e tentei afastar o sono dos olhos. — Sim, espera só um minuto. Vou me conectar.

Travei no meio do movimento de sair da cama. Ali, do outro lado de onde eu dormi, havia uma reentrância no colchão. Examinei com cuidado, como se meus movimentos pudessem perturbar qualquer memória que estivesse ali. A incisão na lateral do corpo dela: aquilo dizia tudo.

— Vocês estão vendo isso? — perguntei, em voz alta.

A cama?

Esse ODA tá chapadasso.

Acho que ele está tendo um flashback daquela garota. Não, não estamos vendo ela.

Tentando ignorar, me ajeitei no meu "cantinho da terapia" e expandi o conteúdo do celular.

— Só um segundo. Vou fechar algumas coisas.

— No seu tempo — disse a dra. Ochoa.

Minimizei a reportagem sobre o Mercado Branco que ainda estava aberta no fundo, mas parei quando vi minha solicitação pendente no Palm. Cliquei no botão, enviei a mensagem para o grupo de médicos e fechei aquilo também.

O rosto sorridente da dra. Ochoa apareceu na tela.

— Perdi sua ligação ontem. Desculpe. Estava com outro paciente.

— Era sobre a pessoa que eu conheci. Mas outras coisas aconteceram de lá pra cá.

— Sou toda ouvidos.

Detalhei a noite anterior. A dra. Ochoa, mesmo depois de todos esses anos, me deu completa atenção. Eu quase me esquecia do caráter comercial da nossa relação. Quase. Ela pagava para ser minha terapeuta. Parte do dinheiro ia para o espólio da minha Criadora. Houve toda uma geração de "Arte" produzida em massa e utilizada para experimentos médicos. A aceleração do metabolismo e a expansão das propriedades de regeneração celular muito provavelmente contribuíram para a alta incidência de câncer. A novidade de que ODAS podiam ser tratadas tinha passado despercebida por mim.

— Ela não estava lá. — Parei antes de contar a ela sobre o bilhete, pensei e recostei na cadeira.

— Você acha que ela te deu um perdido?

— Não sei. Espero que não. Não, acho que não. Acho que ela quer que eu vá procurá-la.

Atrás da dra. Ochoa, atrás do celular, o buraco na cama ficou mais fundo. Movi a tela para bloquear a visão.

— Ela quer ser procurada? Ou é você que precisa procurá-la?

— Eu estou sempre procurando alguma coisa. Mas dessa vez é diferente. Posso realmente me machucar.

Não ouvi as palavras seguintes da dra. Ochoa. A fenda na cama tinha, de alguma maneira, se expandido e estava novamente no meu campo de visão. Dei um pulo que derrubou o telefone e com dois passos largos fui até o outro lado do quarto. Toquei a cama. Firme. Fria. Vazia. É claro.

Fiquei paralisado. Sem ar. Um som de respiração. Fraco, mas sem dúvida não era meu. Um trepidar suave no fim, o começo dos trabalhos. Minha pele se aqueceu com o calor do sexo e da paixão, e depois se arrepiou com o cheiro desagradável do condicionador de coco. Eu odiava coco. Teria notado isso se fosse de Sasha, não é? A respiração dela no meu pescoço. Virei de costas. Não havia ninguém ali.

Voltei para a cama. Ali, bem na beirada, à direita do buraco. Uma mancha de sangue. Toquei nela. Ainda molhada. A sensação permaneceu ali. Esperei que se dissipasse. Não aconteceu.

Eu não podia fazer um inventário dos meus pensamentos. Essa edição tinha sido banida antes da minha criação. Toda a linhagem de ODAS a quem foi dada a habilidade de catalogar pensamentos, emoções e memórias, como se fossem arquivos de computador, morreu de câncer no cérebro antes de atingir a puberdade. Mas eu sabia diferenciar uma recuperação sensorial arquivada de uma interação ativa com o ambiente. Essa visão estava registrada como real.

O calor do corpo de Sasha subiu pelo colchão até a minha mão parada. Eu me afastei, saí tropeçando e bati o tornozelo na mesa.

— Merda, caralho!

— Está tudo bem? — perguntou a dra. Ochoa. — O que está acontecendo?

O buraco sumiu. O calor sumiu. O cheiro dela sumiu. Sentei na cadeira, respirei duas vezes, peguei o celular do chão e voltei para a terapia.

— Você está tendo alucinações, não é? — perguntou a dra. Ochoa. Na parte esquerda da tela, embaixo, eu via o que ela estava vendo: minha cara péssima.

— É possível.

— Quando foi a última vez que você fez uma atualização neural?

— Há tempo demais, pelo visto. — Os dados dos espectadores percorreram minha visão. Centenas assistiam. Centenas julgavam. Desliguei tudo.

A dra. Ochoa se mexeu na cadeira, desconfortável.

— Devia ter me falado que queria uma sessão privada.

— Eu queria que todas elas fossem privadas. Mas um pedaço de carne pode querer alguma coisa? — Resolvi ir direito ao ponto antes que o silêncio ficasse desconfortável demais e a dra. Ochoa dissesse o quanto ela detestava que eu usasse essa frase. — Eu tenho um bom motivo.

— O que está te afligindo?

— Me diz uma coisa, você já ouviu falar do Colecionador?

O perfil do dr. Josiah Kelly no Palm era lotado de avaliações de quatro estrelas. Os pacientes elogiavam seu comportamento, sua experiência e a eficácia das cirurgias. Mas o que eu buscava não eram as remoções de câncer, os transplantes de órgão e nem o heroísmo.

— Seu histórico não tem nada — disse o dr. Kelly. — Nenhum osso quebrado, nenhuma ida à emergência, nem mesmo um casinho de pressão alta. E parece que você passou imune pela pandemia também?

Assenti. Aquilo era inédito, até mesmo para ODAS com o sistema imune muito bem construído.

O assistente — uma criação com quatro braços, orelhas grandes e pele translúcida — lhe entregou as imagens dos exames.

114

— Como está meu cérebro?

— Normal. Está preocupado com alguma coisa?

— Não. Só algumas dores de cabeça. De vez em quando. Acho que preciso de uma atualização neural. Pode fazer enquanto eu estiver inconsciente?

— Claro. — O dr. Kelly fez um gesto com a mão e, ao analisar outro slide, perguntou. — Você tem filhos?

A pergunta me desconcertou de tal forma que soltei uma risada.

— Ô, vários... Não. Sou estéril. Como todas as Artes.

— Conhece suas modificações?

— Tudo de importante na minha Arte está aqui. — Apontei para minha cabeça. — Pelo menos foi isso que minha Criadora disse.

O cirurgião abriu a boca e fechou em seguida. Olhou as imagens uma última vez e deixou-as de lado. Fiz uma anotação mental.

— Não é todo mundo que desenvolve câncer hoje em dia. Há diversas opções não cirúrgicas, de estilo de vida. Esse procedimento normalmente é para pessoas que estão na zona de perigo.

— A zona de perigo já é tarde demais. É quando o câncer já está no DNA. — Olhamos um para o outro. Fiz menção de ir embora. — Tudo bem. Você não é o único cirurgião da cidade.

Ele levantou a mão. Eu me sentei.

— Você conhece os detalhes do procedimento?

— Você vai colocar algo no meu... fígado?

— Rim.

— Isso. Pequenos computadores que extinguem o câncer. O rim filtra as coisas ruins e mantém os robozinhos circulando.

— É mais ou menos isso. Não é uma cura...

— Mas pode prevenir. Certo?

Ele fez que sim enquanto me analisava e avaliava suas opções. Diferentemente da dra. Ochoa, o dr. Kelly não fazia nenhuma questão de esconder sua avidez. Ele construíra sua carreira em cima de ODAS destruídas e desesperadas. Aquelas que não se importariam de acordar com uma parte faltando. Estavam satisfeitas em ter uma chance, uma esperança. Algumas se declaravam em dívida com o bom doutor a ponto de escolher trabalhar com ele para sempre. Eu era saudável. Tinha muita coisa a perder.

Era aquilo que me tornava tão atraente. Rebobinei sua expressão facial para o momento em que brinquei dizendo o quão "normal" minha anatomia era. A contestação na ponta da língua. A contenção. Passei para a frente. A pergunta sobre ter filhos. De alguma forma estavam relacionadas. Ele tinha visto alguma coisa que minha Criadora pusera em mim. Algo que me tornava desejável.

Um fiapo de dúvida. Tinha o rosto de Sasha.

— Vamos começar — disse ele.

Nenhum espectador assistiu a minha cirurgia. Pelo que soube depois, havia apenas outros dois profissionais na sala, um técnico e uma pessoa enfermeira, que disse:

— Tudo correu lindamente — e checou o ferimento na lateral do meu corpo.

Estremeci, mas não foi de dor. A dor era mínima. Revisei a informação sensorial que foi armazenada automaticamente enquanto eu estava sob anestesia. Junto com a sonda da enfermagem, mergulhei nos grupos de nervos que dispararam durante momentos diferentes da cirurgia. Uma pequena incisão no estômago, na lateral direita. Um disparo de fogo. E então, mais ou menos uma hora depois, o real motivo do dr. Kelly ter me aceitado como paciente. A dor repentina que se originou bem embaixo dos meus testículos. Meus olhos se arregalaram. Deixei escapar um gemido suave.

A pessoa enfermeira franziu a testa e então abriu um sorriso.

— A dor vai melhorar. Acredite, eu sei como é.

Elu levantou a camisa do uniforme o suficiente para mostrar sua própria cicatriz na barriga. Percebi que seus olhos eram enormes.

De volta ao presente. Nenhuma dor na minha virilha. Imaginei que não devesse haver nem cicatriz. Provavelmente era para eu ter notado só muito tempo depois da cirurgia. E a essa altura então, o que eu poderia fazer?

Vieram então as explicações sobre os cuidados durante a recuperação, que envolviam checagens presenciais dos ferimentos, e elu removeu o acesso intravenoso do meu braço direito. Depois de tudo isso, fiz minha jogada.

— Quero falar com o dr. Kelly — eu disse.

— O cronograma de recuperação parece assustador, eu sei, mas é importante se manter equilibrado. Está tudo na papelada que você assinou.

— Não é isso. Preciso perguntar uma coisa pra ele.

— Por que não pergunta pra mim?

— Claro. Eu posso ter filhos. Foi isso que ele viu na minha tomografia, não é? Talvez eu seja a única ODA no mundo com um par de ovos que funciona.

— Não posso discutir os detalhes do caso.

— Ele tirou os dois ou me deixou com um? E quanto é que ovos de ODA estão valendo no Mercado Branco hoje em dia? Você já ouviu falar no Mercado Branco, não é?

Seus olhos tremeram. Os cabelos, agora mais visíveis sob a touca, foram mudando de cor para vermelho e laranja. Olhou na direção do meu braço, onde havia apenas alguns minutos elu tinha injetado uma medicação calmante e registrado como parte do processo.

Sasha estava sentada, fria e atenta, na cama atrás da pessoa enfermeira, virada de costas para mim. Real ou não? Eu não sabia distinguir. Fazia diferença?

— Vou chamar o dr. Kelly.

Elu saiu com pressa. Eu me sentei e esperei.

— Perfeito.

O dr. Kelly relutou, mas confirmou minhas suspeitas. Meus exames mostraram esperma funcional com DNA resistente a mutações. Eles removeram um dos meus testículos para lucrar em cima do trabalho da minha Criadora. Embora tenha zombado da ideia da existência de um "Colecionador", ele concordou em trabalhar comigo no Mercado Branco. Atestou seu desprezo me dando alta com três analgésicos.

No dia seguinte, fiquei deitado na cama, oscilando entre estados de consciência e inconsciência. Minhas costas doíam. Minha virilha latejava com a perda.

Esperei por Sasha. Ela não veio. Invoquei o sensório dela e esperei que se espalhasse pela minha mente. Nada. Frustrado, tomei os três comprimidos e apaguei.

A noite trouxe lençóis encharcados de suor que depois viraram gelo em cima de mim. Tentei ficar confortável. Não consegui. Sasha continuava quieta. Ela não se importava? Não fez nada para me confortar.

Estendi a mão num momento de delírio. Meus dedos congelaram com o toque. Ela enfim tinha se virado para mim. Sufoquei um grito. Seu rosto era uma distorção horrível. Um buraco se abriu no meio do vazio. As palavras que saíram não combinavam com a vibração de seus lábios.

— O que diabos...?

Eu não esperava aquilo.

— Dra. Ochoa?

Sasha se dissolveu no ar. A cama ainda mantinha o formato de seu corpo. Me enrolei todo para pegar o telefone e abri o feed. Minha leal psiquiatra me encarava.

— Eu disse para você nunca, nunca mesmo, ir a um cirurgião.

— Como você soube? — perguntei.

— Recebi uma notificação de que você tinha sido hackeado. Parece que foi o pessoal do Direito de Ser Humano. Como sua profissional de saúde mental, tive acesso a seu sistema.

— Conteúdo extra pra você, hein?

— O quê?

Deitei de barriga para cima e coloquei minhas memórias favoritas para rodar no teto.

— Preciso encontrar o Colecionador. Ela precisa de mim.

— Quem? — perguntou a dra. Ochoa. — Quem precisa de você?

— Ela! — Apontei para o teto. A projeção sem rosto de Sasha me ignorava. — Quem mais, porra?

— Pare um pouco. Se recomponha. Estamos saindo do controle. O importante: estou preocupada com você. Venha me ver pessoalmente. Podemos resolver isso juntos.

Virei para o celular. O rosto da dra. Ochoa quase me derrubou. Ela tinha envelhecido com a preocupação. Fora aquilo que destruíra a minha Criadora também? Preocupação com o meu bem-estar?

O que eu estava fazendo? Aonde eu queria chegar com isso?

Ainda assim, havia algo que eu precisava saber.

— Por que você continua me atendendo?

— O quê? Não temos tempo pra isso.

Ela estava irritada. Dava para ver. Mas, caramba, a sessão era minha, e naquele momento nenhuma pergunta era mais importante que aquela. Perguntei de novo.

— Porque estou comprometida com você. Sou sua terapeuta há o que, oito, nove anos?

— Que papo furado. — Ameacei desligar o telefone.

— Espera. Você está certo, isso foi papo furado. Eu não sei por que ainda te atendo. Essa é a verdade. Eu... Eu me sinto completa sendo sua médica.

Examinei seu rosto buscando honestidade.

— É por isso que quero que venha pessoalmente — disse. — Podemos resolver isso. Juntos.

Uma mensagem quebrou o longo silêncio, antes que a verdade aparecesse.

Encontrei um comprador. Mando o endereço quando confirmar.

Passei o dedo pela mensagem.

— Está bem, eu vou.

Meu carro aguardava do lado de fora do apartamento.

— De que lado você está? — o motorista perguntou quando me acomodei. Levantei a sobrancelha pelo retrovisor. Ele explicou: — A cidade está um caos com esses protestos. Todo mundo neste momento ou está querendo confusão ou está querendo uma saída.

— Eu só estou querendo uma corrida.

Fogos de artifício iluminavam o céu, um visual perturbador para a sinfonia de tiros. A rua principal estava inacessível. Subimos o meio-fio, passamos por um pedaço vazio de calçada no fim do quarteirão até encontrarmos uma rua lateral relativamente tranquila.

— Só pra constar, eu sou Time Hansel — disse o motorista. Ele manteve as duas mãos no volante e não tirou os olhos da rua por mais de meio segundo. Valorizei aquele gesto, principalmente em meio ao caos. — Eu tenho três filhos. As Artes deveriam poder ser tão infelizes quanto o resto de nós.

Assenti e peguei o telefone. Passei o dedo sobre o endereço que o dr. Kelly havia me mandado. Um arrepio profundo surgiu na base do meu pescoço, desceu pela espinha e terminou com uma dor nas costas. Tentei encaixar as peças das últimas horas, dos últimos dias, da última década, da minha vida inteira. A morte da minha Criadora, oito anos antes, tinha tornado tudo um grande caos. Mais do que eu percebera. Olhei para o banco do passageiro meio que esperando — querendo — ver Sasha. Mas minha mente funcionava com clareza, para o bem e para o mal. Eu trouxe à tona sua memória, em vez disso. Ela ficaria de costas para sempre. Aquilo era parte de tudo? A vida seria insuportável com aquela imagem dela sendo a minha última? Eu precisava de mais memórias. Precisava saber se aquela sensação ao tocar a mão dela era um acaso ou... algo mais.

É algo que não consigo explicar direito. Você também sentiu?

Eu senti, Sasha, eu senti.

Abri as minhas configurações de espectadores, hesitei e então abri o feed. Centenas entraram. Uma chuva de comentários raivosos. Silenciei tudo.

O carro parou. Olhei para cima; a noite estava banhada de vermelho. Um pequeno escritório que um dia pode ter sido uma casa estava numa esquina triangular. O motorista se virou para mim. Vestia uma jaqueta azul. Debaixo da barba cheia, seu rosto era jovem e suave. Meus olhos examinaram suas características e constituição e rapidamente determinaram que ele não era Arte.

— Sessão de terapia? — Quando olhei surpreso, ele acrescentou: — Sou um espectador. Um muito leal, na verdade. Ignore os comentários negativos. Estamos todos torcendo por você.

Levei um tempo para responder.

— Estou fazendo a coisa certa?

— Você sente que é?

— Acho que ela talvez seja minha alma gêmea. Sei que soa bizarro, porque parece bizarro dizer isso também.

— Alguns diriam que Artes não podem ter almas gêmeas porque não têm alma. — Os olhos do rapaz pareciam enxergar dentro de mim. — Mas quem liga pro que as pessoas pensam? Se você sente que é certo, isso que importa. A reportagem ajudou?

Eu hesitei, depois assenti. Ele sorriu.

— Fico feliz.

Faróis iluminaram a noite. Um carro particular branco parou na nossa frente, na direção oposta. Meu motorista ligou os blecautes das janelas e ficamos sentados em silêncio. A porta do escritório se abriu. Os faróis altos tornaram impossível saber quem saiu do carro: um vulto de mulher desapareceu em meio à luz.

— Parece uma entrega especial — disse meu motorista.

Ele estava certo. Um leve latejar na minha virilha indicava que um pedaço íntimo meu havia sido repassado de uma mão a outra. A mulher voltou rapidamente para o escritório e o veículo de entrega partiu. O andar duro e meio paranoico dela não era nada natural. Segurava um pequeno pacote debaixo de um dos braços. Deu uma olhada em nossa direção antes de desaparecer pela porta. Vi o suficiente para saber que não era Sasha.

— Pode me esperar aqui? — perguntei. — Não vou demorar.

— É claro.

Meu celular tocou ao sair do carro. Dra. Ochoa. Não atendi. Olhei para o escritório de esquina. O pequeno jardim de rosas. O letreiro na porta. A cerca branca.

O portão se abriu. Eu entrei.

O casaco azul de Sasha estava pendurado no cabideiro da sala de espera. Eu o toquei, mas não precisei de uma verificação formal da realidade. Havia um detalhe que eu tinha deixado passar antes: a letra Q em AQUELE QUE VÊ tinha o formato de um olho. Era real. Sasha estava aqui.

O espaço era decorado com um longo sofá branco e duas poltronas confortáveis. Retratos enormes de ODAS, pintados em detalhes muito vívidos, me encaravam nas paredes. De algum lugar que eu não enxergava vinha um ruído constante. Havia uma sacola de papel numa mesinha ao lado de um dos sofás, bem debaixo de uma Ágil que sorria, ainda na ingenuidade da juventude. Abri a sacola e logo fechei novamente. Uma raiva quente me subiu à garganta.

Coloquei a mão na porta (*sussurros vinham de lá de dentro*) e entrei no consultório da dra. Ochoa.

— Ah.

As duas se viraram para mim. Sasha estava no sofá, de pernas cruzadas, o braço sobre uma delas. A dra. Ochoa estava sentada alguns metros à frente, inclinada, em posição de atenção. Registrei mentalmente este momento. A decoração do consultório para uma carreira fraudulenta. A surpresa de Sasha. A expectativa exausta da dra. Ochoa. O cheiro de condicionador de coco no ar.

A dra. Ochoa se levantou. Tive um sobressalto diante da plenitude de suas feições em tempo real. Havia tempos eu suspeitava que meu caminho levaria até ela; já tinha me conformado, ou até mesmo compreendido, durante a curta viagem até ali. Mas não tinha me preparado para a dissonância cognitiva que sua aparência causaria. As linhas de expressão profundas onde antes eu só via pele lisa. Os olhos caídos. A idade tinha derrubado um dos lados do rosto mais do que o outro.

Minha terapeuta de longa data tinha, de alguma forma, envelhecido quarenta anos desde que eu a vira uma hora atrás.

— Filtro? — perguntei. — Esse tempo todo?

A dra. Ochoa tocou o próprio rosto, refletiu por um momento e então soltou um palavrão.

— Sei que é muito para absorver — disse. — Precisava que viesse até aqui. Para podermos conversar. Você reconheceu o "AestheticOne1"?

— Eu confiei em você. A respeito de tudo.

— Acho que você foi vítima de um ataque neural. Alguém que conhece suas modificações.

Eu me virei para Sasha. Ela era a única coisa que importava.

— Não precisamos ficar aqui. Não temos que fazer nada do que ela diz. Vamos embora.

Em vez de pegar minha mão, Sasha se afastou. Eu me enchi de dúvidas. Não havia nenhum ferimento, nenhuma aflição, nenhum dano aparente. Apenas confusão. Ela tinha vindo por livre e espontânea vontade. Será que tinha ideia do risco que corria?

— A dra. Ochoa. Ela é a Colecionadora — eu disse. — Ela trouxe você aqui. Trouxe nós dois aqui. Não sei o que quer fazer conosco, mas coisa boa que não é.

Com os olhos arregalados, Sasha se virou para a dra. Ochoa.

— Do que ele está falando?

— Ela quer nos Colecionar, Sasha. Temos que ir embora.

— Por favor — disse a dra. Ochoa. — Ouça o que está dizendo. Não está pensando direito. Eu sou sua psiquiatra. Nada além disso.

— Então pra que o filtro? Por que aparecer para mim como algo que você não é?

— A sua Criadora insistiu. Eu era a terapeuta dela e prometi que cuidaria de você, de vocês dois, depois que ela morreu. Ela criou vocês para ficarem juntos. Você disse que sentiu alguma coisa, não foi? E Sasha, você me falou o mesmo.

Olhei ao redor. O consultório era pequeno e acolhedor. O celular da dra. Ochoa estava em cima da mesa. Atrás dela, a imagem emoldurada da rosa que eu tinha visto pela câmera ao longo dos anos. Meu olhar passou pela porta aberta e a sacola ainda estava na mesa ali fora. Senti o corpo endurecer.

A dra. Ochoa percebeu meu olhar. Pegou a sacola e estendeu para mim. Arranquei de sua mão.

— Não sei quem mandou isso pra mim — diz ela. — Mas, quem quer que seja, está tentando te enganar. É um momento muito perigoso para as ODAS. E pensando no que você e Sasha podem criar...

Ignorei minha psiquiatra, ignorei o fato de estar com meu testículo imprensado em meu peito, sentei ao lado de Sasha e segurei sua mão. Dessa vez, ela não recuou.

— Você confia em mim? — Pouca coisa precisava ser dita. Ela confiava em mim, assim como eu confiava nela, mesmo que nenhum dos dois tivesse um motivo lógico para isso. Minha pele tocou a dela e de repente eu estava de volta àquele jardim ao norte de Nova York. Ao longo dos anos, eu concluíra que *tinha* sido criado para me envolver com minha Criadora. Tinha a mesma sensação agora com Sasha. Tínhamos sido feitos um para o outro.

Eu me levantei. Sasha se levantou junto.

— Não façam isso — pediu a dra. Ochoa. — Eu não sou sua inimiga. Estou aqui para salvá-los.

— Você já fez o suficiente. — Então me virei para Sasha. — Vamos ficar bem.

E com isso, saímos. A dra. Ochoa não veio atrás. O carro esperava, com o motor ligado.

— É ela? — perguntou o motorista, o pescoço esticado enquanto preparava o carro. — Parada ali na porta? A Colecionadora? Caramba, vocês estão bem?

— Só dirija. Por favor.

Ele saiu. Depressa.

— Estou tremendo — disse Sasha. — Que loucura. Eu confio em você, mas não sei por quê. Talvez porque... não, eu sei que é por causa disso: eu sonhei com você naquela noite. Conosco. Tínhamos uma família.

— Eu tive o mesmo sonho. Você conheceu sua Criadora?

— O quê? Não. Ela morreu quando eu era criança. A dra. Ochoa a conheceu. Disse que eu era especial. — Sasha colocou a mão na barriga e se distraiu.

— Norte de Nova York? — perguntei.

Os olhos dela buscaram os meus.

— Sim, mas como...

— Nós fomos criados para ficar juntos. Para nos apaixonar. Para... criar. A dra. Ochoa — ou qualquer que seja o verdadeiro nome dela — quer usar isso. Ela quer nos transformar na Arte *dela*. Entende?

— Eu quero entender — respondeu Sasha. Olhou para trás, pela janela. — Ela é minha terapeuta há quase dez anos.

— Eu sei. Ela enganou a nós dois.

Verifiquei o conteúdo da sacola só para ter certeza, fiz uma careta ao colocá-la ao meu lado no assento e abri o celular para colocar o destino final no aplicativo.

Fiquei paralisado ao ver a última notificação não lida. Tentei me lembrar do que acontecera uma hora antes. Mas a memória não estava salva.

Aquilo era real?

— O que houve? — perguntou Sasha, inclinando-se para olhar a tela. — O que foi?

Seu carro não pôde esperar e sua viagem foi cancelada. Por favor, tente novamente.

O ponto de partida ainda era meu apartamento. A corrida que eu pegara não era a que eu tinha chamado.

Eu me inclinei para falar com o motorista, mas ele tinha levantado a divisória do carro.

— Está ouvindo isso? — perguntou Sasha.

Um zumbido fraco. O cheiro de coco no ar.

— Saia — eu disse. — Temos que sair daqui!

O pânico na minha voz incentivou Sasha. Ela fez força para abrir a porta.

— Está trancada!

Ela estava certa. Do meu lado também. Eu me debrucei sobre ela e forcei a maçaneta. Nada. Dei vários socos na divisória. O carro acelerou.

Recostei no assento, subitamente exausto com todo o esforço. Cada respiração arfante era preenchida com o cheiro de coco. Cores borradas dançavam sobre minha cabeça. Os sons ficaram distantes. As memórias se tornaram apenas fios de consciência. Soltei uma gargalhada. Sasha riu também. Seus olhos lacrimejaram.

— Isso é Arte — eu disse. — É lindo demais.

Queria que minha Criadora pudesse me ver. Tinha esperança de que ela pudesse, de alguma forma. Liguei o aplicativo de espectadores e virei a câmera para que vissem o que eu via. As cores. A paz.

Uma pausa. Alguém entrou no espaço virtual. AestheticOne1. O espectador de longa data que tinha me enviado o artigo. Agora eu reconhecia seu avatar, escondido antes sob o homem barbudo de rosto suave que agora conduzia a mais fundamental Obra de Arte em movimento. Uma citação debaixo de sua identificação dizia "Ser humano é SER humano! #DireitodeSerHumano".

Lindo, ele escreveu. Eu curti o comentário.

Segurei a mão de Sasha, fechei os olhos e absorvi o momento. Ela não segurou de volta. Estava imersa na Arte daquilo também. *Lindo.*

Sim. Era mesmo.

SOB PRESSÃO

Ezra Claytan Daniels
Tradução de Gabriela Araujo

Você ainda tem a sensação de estar com o ouvido entupido, desde o voo desta manhã. Você vem tentando aliviar a pressão auricular de tempos em tempos, engolindo com a boca escancarada. Sete horas depois, ainda sem sucesso, a ação se transformou num tique involuntário. É uma imagem ridícula que já virou piada na família, mas metade do churrasco é uma incógnita para você, porque sua audição continua abafada.

Ainda que seja uma distração, é um desconforto secundário considerando o quão perigosa foi a viagem aérea. Sua presença não era essencial no evento desta tarde, mas você suspeita de que essa tenha sido a última vez que conseguiu viajar para sua cidade natal com uma fé mínima de que o avião não será arrebatado do céu por uma trovoada, um redemoinho de fogo ou bolsões de ar.

A casa de sua tia não mudou nada desde a última vez que esteve aqui, mas você vai ter que esperar o dia seguinte para saber como os anos mudaram a mulher em questão. É bem típico que ela tenha insistido para você passar a noite e então deixado toda a responsabilidade de anfitriã para a filha, Katy. Embora passe só um pouco das oito da noite, já lhe precaveram sobre como a tia Libby abusava da estratégia mais barata e efetiva para lidar com a ansiedade existencial: dormir.

A sala de estar desta casa enorme é uma ilha de luz. Agora que você está aqui, "a Bondade, a Maldade e a Feiura", como há muito tempo seu tio Ted apelidou essa geração de primos que são filhos únicos, se reúnem pela primeira vez em quase dez anos. Você sente a diferença que faz o tempo, mas logo adentra a dinâmica familiar: retoma o papel que certa vez imaginou como o de alguém que "observa em silêncio", mas que os outros viam, Katy revelaria anos depois, como "bicho do mato metido".

Você manteve mais contato com alguns membros da família do que com outros, mas nenhum é mais natural do que o com Katy. Ela é a prima lésbica e você é o primo preto (miscigenado, mais especificamente, mas lido como preto) em um ramo da família Vance que no geral lembra perfeitamente o elenco das sitcoms da Era de Prata.

Em meio à alteridade, os dois ficaram próximos bem novos, mas enquanto você encarava o status de classe inferior como desafio para contrariar a expectativa negativa acorrentada ao seu tornozelo, Katy rejeitava até o mero conceito de "expectativa". Ela se rebelava à la adolescente de cidade pequena: cabelo colorido, camisas com frases afrontosas e piercings ousados o bastante para atrair olhares na rua, mas fáceis de esconder com o cabelo solto. Embora o tio Ted, de maneira diplomática, nunca tenha declarado oficialmente qual era o adjetivo de cada primo, ficava subentendido que essa fase garantira à Katy a alcunha de "má".

Você foi o primeiro da família para quem Katy se assumiu. Ela tinha catorze anos e você, dezesseis. E ela foi a única pessoa que ouviu o mais velho de vocês três, Andrew, te chamar de "neguinho" na sua festa de aniversário de sete anos. Andrew tinha oito e Katy, cinco. Ela ainda toca no assunto durante os telefonemas que vocês fazem para colocar o papo em dia, umas duas vezes por ano. Sempre com um longo suspiro e um balançar de cabeça que você não consegue ver, mas de algum modo ouve.

Katy, como prima caçula, foi terminantemente contra o seu plano de meter o pé desse muquifo de cidade do caralho assim que fizesse dezoito anos (palavras suas). Mas foi exatamente o que você fez. Depois que foi embora, restaram apenas ela e Andrew — que na época frequentava uma faculdade comunitária de vez em quando — como as "crianças" da família. Enquanto Katy se descobria e ficava cada vez mais confortável na própria sexualidade, Andrew se descobria e ficava cada vez mais confortável na própria homofobia.

Aqueles dois anos antes de a própria Katy meter o pé daquele muquifo de cidade do caralho, enquanto você estava alegremente cometendo os primeiros erros de adulto na cidade grande, representaram um vácuo no contato entre vocês. Foi nesse período que Katy se rendeu à verdadeira rebeldia, sobre a qual você só soube por terceiros e muito depois do ocorrido. Polícia fazendo visitas domiciliares, sumiços que duravam uma semana, uma briga física com a mãe. Katy encontrou conforto na comida, e engordou tanto em um período tão curto que teve um miniavc aos dezessete anos. A família passou a ter muito cuidado para não se referir à sua prima como "má" na presença dela.

Você ainda se arrepende de não ter estado lá para apoiá-la naquela época, mas sua família prefere evitar o assunto para não incentivar dores passadas: todo mundo já superou. Não vamos agourar. Katy está seguindo uma carreira satisfatória em uma organização sem fins lucrativos que converte terrenos desocupados em vilarejos permanentes para refugiados climáticos. Você é próximo o suficiente dela para nutrir um orgulho vicário pelo seu trabalho, mas, com as poucas vitórias que ela teve, é discutível se está conquistando alguma coisa além da ira daqueles que, de modo irracional, seguem preocupados com as "ondas de crimes provocados por imigrantes" ou com a segurança dos trabalhos "para americanos". Pessoas como Andrew, vamos ser sinceros.

Nem você nem Katy estavam ansiosos para rever Andrew. Não que estivessem esperando um confronto; Andrew é quem ele é, ou seja, difícil. Você nunca guardou mágoa por causa do incidente na festa de aniversário, foi coisa de criança. E o que quer que tenha acontecido entre ele e Katy que resultou em ela ter passado um tempo se recusando a participar de qualquer evento familiar em que ele estivesse presente não é da sua conta. Andrew é parte da família e, além disso, foi abrandado pela vida adulta. Ainda assim, ele sempre esteve a uma palavra de fazer a sua pressão arterial subir.

Por exemplo: certa vez, em um jogo de *Tabu* em família, Andrew tirou a carta "americano", e, como pista, disse: "não somos apenas *brancos*, somos...". Sempre que se lembra disso, e da falta de percepção dos presentes no local, você tem certeza de que foi nesse instante que adotou o papel de "bicho do mato metido" da família.

Andrew lhe informa que hoje está com uma leve dor de cabeça causada pela sinusite. Pode ser por isso que vem sendo mais ou menos tolerável, ainda que com frequência desvie o rumo da conversa com insinuações de mau gosto, não consiga silenciar, guardar ou dar um jeito no celular que vibra toda hora e, em geral, fale alto demais (lembre-se, a mãe de Katy está dormindo lá em cima).

Andrew sempre arrumava uma forma de dominar o espaço, mas, enquanto ele fala, você se pega analisando o lugar, distraído, como um convidado meio deslocado. Não é uma conversa melhor que você está procurando, mas Galope. A gata de estimação de Katy já deve ter quase vinte anos. Você não sabe se ela ainda está viva, mas torce para que esteja. Na verdade, especificamente neste momento de instabilidade, receber a notícia da morte dela lhe destruiria por completo.

Galope foi sua total rede de apoio nos anos em que sua alienação começou a parecer específica e nomeável. De maneira invejável, a gata ficava escondida durante todos os eventos familiares que aconteciam nesta casa. Em um quarto caso estivesse irritada ou entediada, ou debaixo do sofá quando se sentia ameaçada (assim podia ficar de olho na ameaça). Quando, na adolescência, você sentia os primeiros indícios de um agora familiar aperto no peito, por instinto se afastava das bandejas dos famosos cachorros-quentes do pai de Katy e fugia para as profundezas silenciosas desta mesma casa, em busca de Galope.

Você geralmente a encontrava no quarto de Katy, enroladinha ao pé da cama. Entrava, deitava-se no chão, e Galope, curiosa, pulava da cama e ficava alternando entre pressionar a bochecha em seu rosto e lamber seu cabelo comprido e crespo. Embora não tenha a menor vontade de voltar a ser o adolescente carrancudo

126

e neurótico de antes, às vezes sente uma desesperadora falta da liberdade de se retirar sem cerimônias de qualquer interação social, a qualquer momento e por qualquer motivo.

Hoje em dia, no geral, você consegue manter a ansiedade sob controle. O que na prática significa que aguçou sua capacidade de perceber e imitar a energia ao seu redor. Em outras palavras, você finge. Então, sorrindo, segue o exemplo de Andrew e de Katy e fala dos anos de dramas amorosos, empregos horríveis e seu trintar iminente. As histórias de fracasso de Andrew são as mais dramáticas, com mais de uma delas culminando em uma briga justificada. Narrar esses incidentes deixa o rosto dele vermelho e o corpo agitado como se estivesse vivenciando as experiências outra vez, então você evita comentar que era obviamente ele quem estava errado nas ocasiões. Dá para notar que todos os fracassos de Andrew têm a mesma origem: seu desprezo por receber ordens. E até então nenhum deles resultou em qualquer consequência real.

Embora tenha sido amenizado ao longo dos anos, você ainda vê o brilho de invencibilidade no olho de Andrew. No grupo Bondade, Maldade e Feiura, ele com certeza sempre tivera o papel de incorporar o "bom". Andrew remete à visão santificada do sucesso de todas as maneiras: a voz dele retumba e o peito se estufa. O sorriso é grande, certeiro e sem reservas. Seus ombros largos, mandíbula quadrada e pele rosada com bronze são refletidas em todos os filmes, séries e comerciais desde o início dos tempos como as características físicas de um herói. Um líder. Um chefe.

A única ambição de Andrew sempre foi ter tudo o que queria, apesar de não se destacar e nem dar duro para conquistar nada. Para a sorte de homens como ele, o mundo foi configurado para acomodar tal ambição. Embora você não se lembre do cargo dele, nem tenha vontade de ser lembrado, percebe que, inexplicavelmente, mas de um modo constante, ele foi subindo na hierarquia da empresa em que trabalha.

A apresentação desta tarde foi resultado da ascensão meteórica dele nos últimos cinco anos em uma das inúmeras startups que se materializaram com ideias desesperadas e mesquinhas para tirar proveito do declínio da humanidade. Pelo que pôde extrair do PowerPoint que acompanhou o discurso dele, essa aí é uma promessa charlatã de "estabilização localizada do clima via manipulação da pressão atmosférica", voltada para a mesma indústria agrícola que até bem pouco tempo atrás tinha tido a pachorra de estender o tapete vermelho para o fim do mundo.

Enquanto Andrew despejava jargões em uma plateia impressionável, todos os olhos focavam um ponto a alguns metros à sua esquerda. Lá, sob um holofote, protegido por um escudo de vidro reforçado, estava um foguete do tamanho de um carro e do formato de um pirulito. Ele apertou um botão que era cômico e cerimonioso de tão grande, e quem quer que de fato estivesse controlando o foguete o lançou no céu. O objeto subiu devagar em meio à fumaça e às chamas, desaparecendo em uma camada densa e escura de nuvens. Uma orbe de brilho verde suave apareceu e ficou pairando no céu. As nuvens pesadas então se separaram, revelando um dossel cintilante de reações químicas verde-neon na estratosfera. Andrew era só sorrisos enquanto o sol brilhava na plateia exuberante.

Assim que ele soltou a última leva comemorativa de bordões, um trovão ensurdecedor rematerializou a camada de nuvem num instante sinistro. As nuvens que voltaram eram mais pesadas, de cor iridescente, e se agitavam como um cobertor de óleo em suave revolta. A chuva que desabou era escorregadia e tinha cheiro de metano. Com exceção de Andrew e dos colegas, ninguém sabia o que o foguete deveria fazer, mas o rosto vermelho que nem pimentão de seu primo confirmou que a multidão fugindo em pânico não estava nos planos.

Agora ele está aqui chorando o leite derramado na segurança tranquila da casa de tia Libby, em vez de estar trocando consolos com os colegas em algum clube de strip, um bar ou algo do tipo. Sinceramente, você não dá a mínima para nada disso. Faz tempo que arrumou para si um lugar seguro sob a forma de um foco singular e egoísta na criação de arte. Sua presença neste fim de semana foi, em grande parte, a recíproca equivocada de um apoio que você sempre suspeitou ser dissimulado: Andrew parecia fazer um grande esforço para "curtir" todos os seus posts descarados de autopromoção nas redes sociais, e cada notificação, como se feita para isso, marcava mais um ponto em sua contabilização de culpa indefensável e totalmente unilateral.

Não é difícil imaginar a inveja cística por trás do convite insistente de Andrew. Afinal, as cartas estavam contra você. Você, o lembrete do caso entre uma dona de casa branca e íntegra de classe média e um homem negro misterioso e destruidor de lares passando pela cidade a caminho de algum lugar melhor. Você nunca admitiu para ninguém o quanto de sua gana está enraizada no desejo de provar à família que eles escolheram o primo errado para o posto de menino de ouro. Se Andrew considera seu sucesso uma ofensa pessoal, talvez ele esteja certo em achar.

Você não é o mais bem-sucedido financeiramente do trio Bondade, Maldade e Feiura, mas, até este fim de semana, seus sucessos foram os mais públicos. Embora tacos de rua de um dólar e vinte e cinco continuem sendo a base de sua dieta, uma crítica recente que saiu no *New York Times* sobre sua primeira mostra individual em uma grande galeria convenceu de vez sua família, até as sobrinhas e sobrinhos distantes, de que você é o maioral. Qualquer tentativa de corrigi-los é simplesmente sua humildade típica de gente do Centro-Oeste falando mais alto.

Você tira a mochila de detrás da cadeira estofada. Dentro dela há alguns catálogos da sua mostra. Com orgulho, você distribui, em meio a "ahs" e "uaus", souvenires de uma exposição a qual ninguém da família compareceu. Mesmo sob a conveniente forma de livreto cheio de imagens e entregue em mãos, você duvida que alguém aqui realmente vá dar atenção ao trabalho. De certo modo, torce para que seja esse o caso. Com certeza haveria uma dose de drama se alguém no recinto reconhecesse um reflexo desfavorável de si mesmo em uma das obras. E certamente o reflexo estava lá.

Você começa a responder a uma pergunta sobre a obra na capa com uma anedota que ninguém de fato quer ouvir. Nem pensa na mochila aberta e em suas coisas expostas até que Andrew, remexendo-se inquieto após as primeiras palavras de sua explicação, tira de lá um creme de barbear com aroma de manteiga de cacau que estava por cima. Você se prepara. É algo caro, que adquiriu só depois de anos de uma sequência dolorosa e onerosa de tentativas e erros. Vem dentro de uma lata de metal à moda antiga, e o rótulo tem um estilo de design estrangeiro. Implora para ser manuseado.

Não te surpreende Andrew nunca ter ouvido falar de manteiga de cacau, mas você fica surpreso pelo tom afoito na voz dele ao lhe questionar a respeito. O que outrora teria suscitado uma piada tosca com base em sua diferença — "Tipo, cacau porque sua pele é negra?" —, em vez disso soa como um interesse simples e genuíno.

Generoso, você deixa Andrew testar o creme. Ele espirra uma pequena nuvem branca crepitante na palma da mão e leva à frente do nariz, inflando as narinas. Diz que tem um cheiro muito bom. Você sabe disso. Ele passa o creme nas laterais do pescoço, o que é a última coisa que você consideraria fazer com o produto. A ação preenche o recinto com o cheiro doce e cremoso que todo mundo inala com serenidade. É um pequeno momento de conexão pelo qual você se sente grato, tanto porque não virou uma grande coisa quanto porque a distração foi suficiente para desviar a atenção de todo mundo de seu trabalho. O que foi, com certeza, a intenção de Andrew, conscientemente ou não.

Você enfia o creme de volta na mochila, dessa vez empurrando a lata para o fundo, debaixo de uma pilha de roupas, fora de vista. Fecha o zíper e a coloca de novo atrás da cadeira. Chega disso. A tangente indulgente de Katy sobre a própria rotina de cuidados com a pele entra em cena, mas ela se distrai com um som que descreve como um pequeno zunido. Você apura os ouvidos, em vão; mesmo que haja um pequeno zunido, seus ouvidos ainda estão tampados demais para captar qualquer coisa mais sutil do que uma voz bem próxima. Contudo, Andrew também ouve, e pelos instantes seguintes isso se torna um desafio: encontre a origem do pequeno zunido. Você se junta à busca, embora não ache que vá ajudar muito.

Depois de meio minuto divertido andando pelo cômodo com cabeças virando de um lado para o outro, o zunido ficou alto o suficiente para que até você consiga ouvir: como o guincho desesperado de uma chaleira. Enquanto ganha volume, ganha também estridência. Agora está alto demais para ser ignorado. A brincadeira do "identifique o barulho" não é mais a pausa cômica de uma conversa tensa, mas uma tarefa séria com implicações potencialmente perigosas. É um alarme? Um cano de gás estourado?

Andrew trata o mistério como uma competição a ser vencida com força bruta. Ele anda pela sala de forma indiscriminada, inspecionando objetos que jamais poderiam emitir tal som, como almofadas e porta-retratos. Talvez inspirado pela minuciosidade dele, você checa atrás da cadeira na qual se sentava. Na mesma hora que percebe que o som vem de sua mochila, ela infla com um estalo similar a um tiro. Há arquejos e gritinhos antes que as pessoas consigam se conter — não se esqueça, a mãe de Katy está dormindo lá em cima.

O choque gradualmente dá lugar a risinhos de adrenalina enquanto Katy lhe incentiva a abrir para olhar. Você cutuca a mochila, que murcha. Com cuidado, você abre o zíper e vê todas as suas coisas besuntadas em creme de barbear de manteiga de cacau. Todas as suas roupas. Seus livros. Você enfia as mãos lá dentro para resgatar o notebook, mas as puxa de volta quando uma lasca da lata de metal esfolada perfura seu dedo. Num reflexo, você coloca o dedo na boca e suga. O sangue está matizado de creme, que tem um gosto mais amargo do que você imaginava. O aroma da manteiga de cacau no recinto agora é avassalador e enjoativo. Você fecha o zíper novamente.

Há umas dez teorias rondando sua mente, mas todas elas começam com Andrew de alguma forma sabotando seu creme de barbear caro. Você o acusa, uma brincadeira com um fundinho de verdade, mas a reação furiosa — até mesmo para Andrew — e defensiva dele dissolve qualquer conexão que vocês tivessem formado nas horas anteriores. De modo diplomático, Katy sugere que a lata ficou sobrepressurizada no voo. Essa ideia casa mais ou menos com os seus próprios conhecimentos de pessoa leiga em física, e Andrew apoia a teoria com entusiasmo. Que bom que explodiu em sua bolsa, todos concordam, e não na mão de alguém.

Katy pede licença para ir ver como a mãe está. O tumulto pode tê-la acordado. Sua mente viaja, preocupando-se que o cheiro de manteiga de cacau vá para sempre conjurar lembranças desta noite, em vez daquelas do início da faculdade em que ficou acordado até tarde com os primeiros amigos pretos que teve na vida, descobrindo tudo o que não aprendera ao ser criado por uma mãe branca, em uma casa branca, em uma família branca, em uma cidade branca.

O silêncio não parece constrangedor até Andrew decidir quebrá-lo dizendo que está orgulhoso de você. A declaração parece forçada como quando, na infância, o pai dele o fazia pedir desculpas por bater em você ou em Katy. A conclusão séria faz você cogitar se ele está em algum projeto de gerenciamento da raiva ou controle de vícios que impusera a tarefa "faça as pazes com aqueles que você magoou". Ele chega bem perto, como se fosse lhe contar um segredo. O rosto dele fica corado e os olhos se enchem de lágrimas enquanto busca as palavras certas. De certo modo, você se sente mal por ele. Ele foi bastante despreparado para transitar por este mundo moderno de franqueza emocional.

Você percebe uma movimentação escura pelo canto do olho, e interrompe Andrew com um gritinho. É Galope, chegando para lhe salvar como sempre fez, o que dá vontade de chorar. O pelo cinzento comprido da gata está cheio de bolinhas brancas debaixo da barriga, e em volta dos olhos está molhado, mas não dá para julgar a velhinha. Ela é uma sobrevivente. Você faz sonzinhos e adulações, e sente que Andrew ficou magoado que não tenha tido a paciência necessária para ele pudesse expressar o que quer que o tivesse deixado daquele jeito.

Você pega Galope no colo quando, de maneira ofensiva, ela tenta passar por você para ir em direção a Andrew no sofá. Tudo bem que ele a viu com mais frequência nos últimos dez anos do que você, mas ela é sua amiguinha especial, não dele. Você prende em seu colo o corpinho sombriamente esquelético que se contorce, confiante de que a qualquer momento ela vai lhe reconhecer e pressionar a bochecha contra a sua com um miado nostálgico. Você acaricia o pelo empoeirado, tomando cuidado com o corte em seu dedo que ainda sangra.

Katy desce a escada acarpetada e sorri quando vê seu reencontro com Galope. Não se preocupe, a mãe dela não acordou; nem ao menos se mexeu. Katy dá boa-noite em meio a um bocejo, e você, provavelmente afobado demais, expressa a intenção de fazer o mesmo. Você não tem a menor vontade de deixar Andrew lhe encurralar de novo com as tais retratações. Você beija a cabeça de Galope e a coloca delicadamente no chão. Ela corre para debaixo do sofá. Você deseja boa-noite a Andrew e a Katy, e Andrew só dá um aceno.

Você se deita e chuta os cobertores para soltá-los das laterais da cama enquanto rebobina o dia em sua mente cansada. Lembra-se da determinação lisonjeira da pessoa que fotografava o evento em registrar seu rosto de todos os ângulos possíveis, e, num piscar de olhos, o verdadeiro motivo por trás do convite estranho e insistente de Andrew fica claro. Engraçado como essas coisas só lhe ocorrem quando um confronto, mesmo minuciosamente passivo-agressivo, não é mais conveniente.

De fato, você percebeu que só havia uma pessoa não branca além de você de pé na plateia: uma mulher alta e estilosa do Sudeste Asiático que não saiu de perto de um dos executivos. Ela se destacava, e você até sentiu uma pontada de inveja quando a pessoa tirando fotos foi para perto dela assim que terminou de tirar as suas. Você balança a cabeça para si mesmo, certo de que todos os registros do evento vão incluir predominantemente você ou ela — prova fotográfica da diversidade da empresa.

Acostumado como está em ser a única pessoa não branca em qualquer espaço, mesmo assim esse tokenismo lhe pega de surpresa. É especialmente doloroso ser usado por alguém tão próximo (ainda que seja um parente que você suporta menos a cada hora), mas também é tão raro que você seja fotografado por um profissional que precisa admitir que está ansioso para ver as imagens. Você estava bonitão hoje.

Felizmente, essa traição não foi surpresa a ponto de tirar seu sono. Você descansa bastante no colchão de visita velho e desgastado no qual pulou e dormiu dezenas de vezes ao longo dos anos. Sonha que está se afogando, com uma mão pequena mas poderosa segurando sua cabeça debaixo d'água. Você prende a respiração até sentir dor. Enfim, você inspira, imaginando que seus pulmões vão se encher de água e pôr fim ao sofrimento, mas o que entra é apenas ar. No sonho, você consegue respirar debaixo d'água.

Parece que faz só alguns minutos que está dormindo quando uma explosão de estilhaços de vidro lhe desperta em um solavanco. Você se senta, com o coração batendo tão forte que vai ficando cada vez mais difícil respirar. Você vai sorrateiramente até a porta para escutar, mas não ouve nada. Seus ouvidos seguem entupidos. Ao abrir a boca para engolir, uma dor elétrica e ofuscante assola seu crânio. Nunca ficou tão entupido assim. Enquanto abre a porta com cuidado, pondera se seria exagero ir à emergência.

Dali consegue ter uma visão clara da cozinha, onde Katy está parada, em choque. Vocês fazem contato visual, e ela lhe orienta a não se mexer — há vidro por toda parte. Você vê uma tampa azul de plástico no balcão, o conteúdo que estava no pote de vidro derramado debaixo dela como uma piscina de gosma branca. O resto do pote está espalhado pela cozinha toda.

Katy está com um pão de cachorro-quente em uma das mãos e uma faca na outra. Os pontinhos brancos em sua camisa são maionese. Em meio a uma risada, ela explica que estava com dor de cabeça e não conseguia dormir. As palavras saem embaralhadas pelo constrangimento. Essa é uma Katy que você não conhecia. Você enfia os pés descalços e suados nos sapatos, e nota que sua mão está toda pegajosa de sangue. O corte no dedo sangrou ao longo da noite — o cortezinho de nada para o qual você não deu atenção.

Você vai para perto de Katy, pegando pedaços de vidro visíveis pelo caminho. Ela descreve um lanchinho da madrugada e um pote de maionese que explodiu sozinho no balcão — o que dava para deduzir pelos gestos expressivos e desconsolados dela. Tomando cuidado para não elevar o tom de voz, você se compadece, afirmando que nunca viu algo do tipo, até perceber que já viu, sim. Katy, como era de se esperar, lista teorias físicas de como aquilo poderia acontecer, ainda por cima duas vezes na mesma noite, mas você não ouve uma única palavra. Nem se atreve a engolir de novo.

Com cautela, joga os cacos de vidro cheios de maionese na lixeira e, depois de um clarão repentino, a cozinha mergulha em um breu. Katy estremece, e você sente um pingo em sua cabeça. São pedacinhos de vidro no seu cabelo. A lâmpada no teto explodiu.

Agora, você se sente tomado por um medo que não experimentava desde a infância... aquele de fantasmas e demônios, de extraterrestres e bruxas perversas. É um medo irracional. Uma suspeita de que sua compreensão do mundo é fatalmente equivocada.

Katy move os lábios em meio à escuridão, orientando que você abra as janelas. Algo te lembra as vibrações desconfortáveis e oscilantes que sente em um carro quando as janelas estão abertas pela metade e ele está se movendo em certa velocidade. Há algo causando essa sensação no ar daqui, mas é mais aguçado, mais pesado. Katy luta contra a manivela do janelão atrás do sofá e você se ocupa com a janelinha da cozinha. Quando você consegue abrir, uma onda de ar quente e denso lhe atinge. Lá fora, o céu é de um verde-musgo intenso e sólido. As árvores na floresta atrás do quintal dos fundos estão uma por cima da outra como em um jogo de pega varetas, derrubadas por uma força enorme, mas gentil, vinda de cima.

A visão nauseante de um vilarejo florestal de refugiados é interrompida, de forma piedosa, pelo lampejo de um pequeno retângulo de luz na mesa de centro. É o celular de Andrew, ainda clamando desagradavelmente por atenção. Você se inclina para ler a mensagem na tela.

Chris da engenharia: pega sua família e se manda.

Seu estômago vai parar no pé. Você só espera que não seja doloroso.

Katy se senta no chão, balbuciando palavras que você não consegue decifrar. Na fuga, seu pensamento foca Galope. Você sai caçando pela sala. Olha atrás da mobília e pelos corredores. A sala mergulha num breu mais intenso a cada lâmpada que explode no soquete. Você se ajoelha em frente ao sofá, torcendo para não encontrar Galope ali embaixo. Você depositou irracionalmente as esperanças na ideia de a gata estar inabalável ou usando o tal instinto animal para te guiar.

Encostando a cabeça no chão, o tapete felpudo se comprime sob a lateral de seu rosto, um substituto que não chega aos pés da bochecha de Galope. Você confere debaixo do sofá e vê uma bola de pelos em forma de gata. Não dá pra dizer qual extremidade é a cabeça dela, e ela não responde quando você chama fazendo um barulho com a boca.

Você gostaria de poder voltar a dormir.

O estrondo de um corpo tropeçando lhe faz voltar o olhar à escada e lá você vê Andrew, em transe. Os olhos vermelhos estão arregalados de um jeito esquisito, e ainda assim ele sai andando às cegas. Sua voz retumbante se agita num tom que você mais sente do que ouve, mas as palavras são nítidas:

— Não foi culpa minha.

Uma resposta vibra de forma involuntária pelas suas cordas vocais. São palavras? Um grito? Ou algo novo: uma canção de histeria? Sua voz ininteligível conduz Andrew até você, uma flor murcha em direção ao calor do sol.

Katy também vai gravitando em direção à voz que você não consegue nem ouvir nem impedir. No cômodo com o ar pesado e quente, iluminado apenas pela neblina nauseante de um céu de pesadelos, Andrew e Katy rastejam com dificuldade em sua direção, como se voltando à forma de lodo primitivo. A dor que lateja atrás de seus olhos e dentro de seus ouvidos é insuportável.

Você deseja estar perto de um parapeito alto do qual poderia mergulhar em direção ao fim de seu tormento.

Bondade, Maldade e Feiura se abraçam como quando eram criancinhas para posar nas fotos de família. Sua visão rui por completo. Sem conseguir ouvir nem enxergar nada, você respira o mais fundo que consegue, e o que resta de seus sentidos é consumido pelo cheiro de manteiga de cacau no pescoço de Andrew. Isso te leva de volta a uma época de esperança, e você sente um sopro de gratidão. Você abre bem a boca, e então engole.

Que interessante, você pensa: o fim não se dá com tudo ao redor ficando preto. É um lampejo escaldante de branco.

CASA ESCURA

Nnedi Okorafor
Tradução de Carolina Candido

Não consegui deixar para lá. Não *queria* deixar para lá. Não importava que a coisa ficasse séria. Eu poderia parar o tempo se fosse necessário — e se eu pudesse. Eu não estava pensando direito naquele dia. Não *conseguia*. Foi por isso que fiz uma bobagem — algo muito, muito egoísta: me recusei a deixar para lá. Mas quando você insiste dessa forma, às vezes as coisas insistem em *você*.

Fazia um dia de vento e muito calor quando decidi insistir. As tendas azuis estavam sendo destruídas mas, de qualquer forma, não havia sol para torná-las necessárias. Não era comum que o céu estivesse cinzento e tão repleto de nuvens em Isiekenesi naquela época do ano. As pessoas murmuravam baixinho que dias como aquele eram um mau presságio, decerto não seria um dia bom para ver um Grande Homem partir para o mundo espiritual, ala mmụọ. Apesar disso, me ajoelhei diante do caixão branco, olhando com olhos vermelhos e ardentes para o rosto do meu pai enquanto chorava sem parar. Agarrei-me às pétalas brancas e macias das flores trançadas ao redor dele. Tinham um cheiro doce e inebriante. As que estavam soltas eram levadas pelo vento.

As suas mãos ásperas estavam cruzadas sobre o peito e meu olhar pousou no anel de bronze em seu dedo médio direito. Ele usava esse anel desde que eu me entendia por gente. Ainda estava lá, mas ele... ele não. Chorei mais um pouco. Minha garganta estava em carne viva e eu conseguia sentir o gosto do sangue e do sal das lágrimas, junto com a poeira do ar pesado e úmido. Senti alguém me puxar. Então, minha tia me abraçou e eu pressionei o rosto em seu ombro. Ela vestia uma blusa nigeriana de renda preta e estava encharcada de suor. Assim como todo mundo. Minhas lágrimas se misturaram com o suor dela, a renda arranhando meu rosto.

Todos em Isiekenesi tinham vindo vê-lo. Todos os parentes se reuniram para fazer acontecer. As tendas, os dançarinos, a comida, a música. Havia bandeiras nigerianas e bandeiras de aldeias Isiekenesi penduradas nos mastros das tendas. Fizeram com que a linda casa de aldeia do meu pai parecesse nova. As paredes, manchadas de lama, tinham sido lavadas; o chão, polido; móveis novos foram trazidos para que as pessoas pudessem sentar; todos os quartos tinham camas novas. A casa agora parecia um pequeno palácio. Mas o fato é que meu pai havia morrido e nada daquilo melhorava as coisas.

Minha mãe falecera quando eu tinha nove anos, em um terrível acidente de carro durante uma violenta tempestade noturna em Phoenix, Arizona. Três décadas atrás, mas parecia que foi ontem. Estava trabalhando no restaurante com meu pai e saiu mais cedo porque odiava dirigir na chuva. A tempestade, que só deveria chegar dentro de uma hora, mudou de direção e caiu bem em cima dela quando estava na estrada. Daí, de acordo com as pessoas que testemunharam, a tempestade "enlouqueceu". Uma rajada descendente, como chamam, fez o carro da minha mãe capotar e, quando bateu no chão, esmagou todos os ossos de seu corpo. Desde então, éramos só eu e meu pai.

Meu pai era meu confidente, meu melhor amigo, minha família mais próxima. Ele e minha mãe eram donos de um restaurante chamado Chief Jollof, um dos mais populares entre os moradores mais retraídos e "cultos" de Phoenix. Meu pai era conhecido e, quando minha mãe faleceu, várias mulheres apareceram, muitas das quais ele namorou. Quando visitamos a Nigéria, elas também desfilavam diante do meu pai. Ele se divertia com os flertes, mas minha mãe era única. Depois que ela faleceu, eu me tornei o centro da vida dele, e ele o da minha.

— O que eu vou fazer agora? — murmurei. Minha tia me ajudou a sentar numa cadeira branca de plástico. Estávamos no meio dos parentes do meu pai na casa, em frente ao local em que ele estava deitado. Olhei ao redor e de volta para o chão, para evitar fazer contato visual com alguém. Tinha gente demais ali.

— O que você vai fazer *hoje*? — titia perguntou. — Respirar. Ver a casa do seu pai. Quando voltar para os Estados Unidos, mantenha o restaurante aberto. É o legado dele.

Encarei o nada quando ela se afastou por alguns instantes. De alguma forma, eu não poderia ter me sentido mais só. A letra tormentosa de uma música que estava na minha cabeça desde que tudo aconteceu voltou com tudo. Cantarolei baixinho e mais lágrimas escorreram dos meus olhos.

Minha tia voltou e colocou uma garrafa gelada de Fanta em minha mão. Aquela sensação me fez recuperar os sentidos um pouco. Uma fila havia se formado em frente ao corpo do meu pai. As pessoas, fustigadas pelo vento, mantinham-se firmes para se despedirem. Parte do santuário de flores construído em torno dele seria pisoteado. Não por maldade, mas pelo desejo que as pessoas tinham de se aproximar. Apesar de compreender, olhei feio para a destruição mesmo assim.

Quando a noite caiu, o cansaço já havia me dominado. Todos deixaram meu pai e foram para dentro. Eu queria voltar e ficar com ele. O vento enfim tinha diminuído e agora estava tudo quieto. Por que o corpo dele ainda estava lá? Suspirei quando me dei conta de que os mosquitos o deixariam em paz.

Fui para o quarto e vesti uma roupa mais confortável, um vestido Ankara quase todo preto com sandálias. Ninguém pareceu notar. Quanto mais anoitecia, mais bêbadas as pessoas ficavam. As crianças haviam sido colocadas para dormir horas antes. Alguns até afastaram os móveis da sala principal para criar uma pista de dança. A música estava alta. Ouvia-se risadas e algumas pessoas ainda estavam comendo. Meu pai teria adorado. Se tinha uma coisa que o fazia feliz, era ver as pessoas juntas, se divertindo. A cena era bem parecida com o que se via no restaurante dele na última sexta-feira de cada mês, quando havia um DJ e ele ficava aberto até as dez. Sim, meu pai teria gostado disso, por mais que eu não estivesse gostando. Eu não conseguia parar de pensar no corpo dele ali. No escuro. Sozinho. Choraminguei em silêncio, sentindo uma onda de tristeza enquanto me encostava na parede e observava as pessoas dançarem.

Todos ao meu redor falavam alto em ibo. Eu entendia um pouco, mas para mim eram, sobretudo, falas indistintas: familiares, mas de difícil compreensão. Talvez seja por isso que o *toc, toc, toc,* vareta contra vareta, tão nítido e claro, chegou aos meus ouvidos por cima de todo o barulho. Era simples no que transmitia. Depois de um ou dois minutos, outros começaram a notar. Alguém pausou a música. Todos congelaram. Escutando.

Toc.

Toc.

Toc.

Uma batida abafada e constante. Parou por alguns instantes, como se quem quer que estivesse batendo tivesse percebido que, enfim, estávamos todos ouvindo. Alguém começou a tocar flauta. Uma melodia distante, apesar de estar logo ali fora. Leve. Suave. Alegre. Um aviso.

— Eeeei! — exclamou um dos meus tios mais velhos. Os que estavam em volta dele riram nervosos e se olharam.

As pessoas começaram a andar devagar em direção à porta e às janelas da frente. Não, só os homens. Minhas tias, primas, amigas da família, amigas e conhecidas do meu pai — todas as mulheres correram para o outro lado da sala. Avancei com os homens. Não estava prestando atenção. *Papai está lá fora,* era tudo que conseguia pensar. *Com aquele som.* Sozinha, abri a porta da frente e saí em meio à escuridão. Farejei o ar e senti o cheiro de fumaça.

— Nwokolo, volte aqui — o irmão mais velho do meu pai, Jekwu, gritou para mim. — Vá para dentro com as mulheres! Onde você está com a cabeça, hein? Não sabe o que é aquilo lá fora?

Ah, eu sabia o que era. Estávamos no sudeste da Nigéria, bem no interior da aldeia, e um Grande Homem nobre havia falecido. Todos sabiam o que estava por vir, até mesmo a nigeriana-americana do grupo. Mas eu não estava no meu perfeito juízo. Papai havia morrido. Ele estava deitado num caixão bem ali, no escuro, dentro da entrada circular, junto ao muro do terreno onde seria enterrado. Sozinho.

Mais cedo, minhas tias me puxaram de lado para que eu pudesse me recompor. Estava gritando e chorando. E agora, a sensação me dominou de novo. Cambaleei, virando-me para meu tio Jekwu e para os outros homens ao redor dele. A flauta começou a tocar. O *toc, toc, toc* das varetas, semelhante ao ritmo de um tambor, já estava dentro do complexo. Não conseguia vê-los, mas os ouvia enquanto iam em direção ao local em que meu pai estava deitado.

Pisquei sob a luz acesa dentro da casa. *Sozinho*, pensei, freneticamente. *Não posso deixá-lo sozinho! Não posso deixá-lo! Não é certo! Pai!* Eu me virei. Corri. Segurei o vestido preto acima dos tornozelos enquanto corria pelo complexo. Naquele escuro, eu mal conseguia ver para onde estava indo. Não pensei se tropeçaria em uma pedra que se projetava da terra, ou em alguma raiz, ou na borda da calçada de concreto, ou em um arbusto crescendo do outro lado da calçada.

Meus tios gritaram para que eu voltasse, mas ninguém foi atrás de mim na escuridão. Todos ficaram na porta da casa construída muito antes de eu nascer. Onde era seguro. Pode ser que alguns estivessem me observando das janelas dos andares de cima e de baixo. Sobretudo homens, mas talvez algumas mulheres também. Mulheres que se deixaram levar pela curiosidade. O que eu estava fazendo garantiria que falassem de mim por anos. "Ela é uma mulher muito, muito burra", meu tio deve ter dito. Eu já tinha ouvido ele falar isso de outras pessoas, sempre mulheres, por motivos bem mais bobos.

Eu me ajoelhei nas flores pisoteadas ao lado do corpo do meu pai, a música da flauta assombrada preenchendo minha mente. Voltei a chorar enquanto olhava para ele em meio à penumbra, vendo-o em minha imaginação. Rindo parado na porta da frente do Chief Jollof, observando as pessoas entrarem. Sentado no escritório de casa, fumando um charuto como sempre fazia em seu aniversário. Dançando ao som da música alta do meu carro quando eu estacionava no restaurante.

Alguém gritou e eu olhei para cima. O complexo estava cheio de pessoas segurando velas. Homens. Todos vestindo o mesmo tipo de camisa e calça. Não consegui ver exatamente qual era o modelo e nem mesmo a cor, porque estava muito escuro. Mas conseguia ver que eram todos iguais. Dez homens, depois vinte, depois talvez trinta. Eles caminharam em silêncio, parando a cerca de seis metros de mim.

Um deles se aproximou com um bastão feito de madeira preta com três sinos de vaca presos na metade inferior e folhas de palmeira trançadas em um cacho na parte superior. Ele ergueu o bastão bem alto e o cravou com toda força na terra, perto das flores pisoteadas do lado oposto ao que meu pai estava deitado. Os sinos soaram e o bastão vibrou e depois ficou em pé sozinho. Ele se afastou um passo para deixar o baterista e o flautista passarem. Os dois homens se aproximaram, mas também pararam a alguns metros de mim. A melodia do flautista foi diminuindo até parar. Percebi o porquê e me aproximei mais de meu pai.

Tinha três metros de altura e era largo como uma van. Escuro e ameaçador, era um monte enorme de ráfia negra de palmeiras. Peles de animais podres pendiam de sua barriga. Borlas de couro com conchas de búzios nas pontas crepitavam e estalavam enquanto ele balançava e depois saltava em minha direção. Penas pretas com listras brancas se projetavam do topo, e uma fumaça branca e oleosa escorria entre elas. Tinha um cheiro doce e canforado, como cedro.

— Ajofia chegou — anunciou o flautista. — E prestará suas condolências.

Ajofia balançou e saltou suavemente para a frente.

— Fique longe — ouvi minha tia gritar da casa.

— Largue seu pai! — ordenou meu tio Jekwu. — *Biko,* vem pra cá! Vem agora!

Quando um Grande Homem da nobreza morre em Ibolândia, os grandes espíritos vêm visitá-lo em casa. Ajofia era a raiz da cultura ibo e não costumava vir se despedir de qualquer homem. Eu *não* saí do caminho. Algo inédito para uma mulher. Eu não estava mais chorando. Meu rosto coçava. Minhas lágrimas secaram depressa, deixando apenas sal e tristeza.

Aquilo se aproximou e o homem voltou a tocar sua melodia. Ajofia se balançava ao som da música. Saltando. O cheiro de fumaça, florestas queimando. Estremeceu, poeira e sujeira saindo de seu corpo. Era um espírito superior. Uma grande honra para o meu pai, que estava a poucos centímetros de mim, morto. Ajofia bloqueava o mundo por trás dele. Eu não conseguia ver meus familiares, iluminados pela luz da casa, nem os homens que tinham o acompanhado. Só conseguia sentir o cheiro de fumaça espessa, sujeira e a poeira que sacudia sobre mim. A respiração de alguma coisa. Meus olhos e garganta arderam.

Eu não deveria estar ali, mas não conseguia abandonar meu pai. Talvez fosse a cabeça da águia batendo no peito daquilo. Eram penas de águia no topo, perto de onde a fumaça saía? Estendi a mão e agarrei a do meu pai. Rígida, fria, tudo em meu corpo sentiu repulsa. Ainda assim, tirei o anel dele.

— Você não vai — gritei. — Ele é *meu* pai! Esta é a terra *dele!*

Sua voz veio de todos as direções. Perto de mim. Longe de mim. Ao meu lado. Acima de mim. Abaixo de mim. Como fumaça. Aguda e áspera e quente. Ouvi-o falar em ibo e, de alguma forma, entendi cada palavra. Mas como, se eu não era fluente?

— Nye m ya kita! — Essas palavras me deram um tapa na alma!

Encarei-o, mil ações possíveis se passando pela minha cabeça. Olhar para aquilo fazia meus olhos arderem e tremerem. Então... fugi.

* * *

Quando voltei para casa, as mulheres me consolaram, enquanto os homens me olharam como se eu fosse a mulher mais burra do planeta. Ajofia continuou lá, dançando acompanhado pelo canto dos homens que estavam com ele. Eu não sabia nada a respeito das sociedades secretas mas, ao que parece, meu pai fazia parte de uma. Eu não me importava. Não queria ouvir falar disso. Só queria ir embora.

Não contei a ninguém que Ajofia tinha falado comigo, óbvio. Para quem eu contaria? Minhas tias, tios e primos, todos cristãos quase fanáticos? Eles teriam me forçado a passar o resto do meu tempo na Nigéria gritando e tremendo em alguma igreja ou tenda de avivamento. Não pude contar a nenhum dos meus poucos amigos locais, que eu quase nunca via pessoalmente — não se pode falar desse tipo de coisa com *nenhum* nigeriano.

Para a maioria deles, eu era toda errada: uma mulher de quarenta anos, sem marido, sem filhos, com casa própria, dona de um restaurante, e agora meu único progenitor vivo tinha morrido. *E* fiquei no caminho de Ajofia quando este veio honrar o corpo do meu pai e vê-lo passar da morte para o plano espiritual.

Eu não encontraria nenhuma resposta ou conforto aqui. O melhor era ficar quieta, tentar saborear uma comida deliciosa, estar perto de parentes e do clima da vila. E, depois que tudo acabar, bastaria voltar para a casa em Phoenix e deixar o incidente para trás.

Nove dias depois, saí do aeroporto para o ar quente e seco do Arizona.

— Ah! Como é booooom! — disse. Era quase meia-noite e ninguém estava na calçada comigo, o que também foi muito bom. Inspirei fundo; o cheiro distante de creosoto me avisava que devia estar chovendo em algum lugar próximo. Depois de quase vinte e quatro horas de viagem, respirar aquele ar era como voltar à vida. Parei por um momento, ainda sentindo a Nigéria nas minhas costas. A figura corpulenta de Ajofia surgiu na minha mente, mais uma vez. Estava me assombrando desde aquela noite.

— Ajofia — murmurei para mim mesma e balancei a cabeça. Milhares e milhares de quilômetros de distância. Graças a Deus.

O calor do Arizona era seco, não pesado e úmido. Os fantasmas e espíritos destas terras tinham histórias e intenções diferentes. Quando tive um tempinho, dei uma olhada no meu celular. Sem alertas de segurança em casa. Ótimo.

Poucos minutos depois, um Mustang vermelho parou. Joguei minha mala no banco de trás e desabei no do passageiro.

— Como foi o voo? — perguntou Tony, meu namorado.

— Um tédio.

— Que bom — ele riu. — Além disso, parece que você dormiu.

— O voo inteiro.

— Na econômica? Esse é um baita superpoder.

Ele não estava errado. Eu conseguia dormir em qualquer voo internacional, mesmo na pior das turbulências. Porém não mencionei o fato de, durante todo o voo, ter tido pesadelos em que Ajofia me sufocava com sua faixa. Em que eu ficava acordada ouvindo o som da flauta, como se o cara que a tocava estivesse sentado na asa do avião.

Tony não precisava saber disso tudo. Fazia só dois meses que estávamos namorando. Ele ainda não tinha me contado muito sobre sua família no Mississippi. E eu não contei a ele sobre a minha família na Nigéria. Não ia contar do meu confronto com um grande e misógino monstro da morte ibo.

Eu estava com Tony havia um mês quando recebi a notícia do falecimento do meu pai. Estávamos no estacionamento de um supermercado, nossos carros estacionados lado a lado, enquanto deitávamos no dele para olhar para o céu. Era uma noite clara e víamos as torres de TV piscando em South Mountain, o que foi bem gostoso. Ríamos juntos. Então, meu celular tocou. Atendi, escutei o que foi dito e, de repente, estava destruída. Meu pai estava com uns amigos em seu condomínio em Phoenix, fumando charutos e falando merda, quando desmaiou de repente. Um ataque cardíaco.

Tony ficou comigo a noite inteira. Até me ajudou a organizar o transporte do corpo do meu pai para o necrotério. Era muita bagagem emocional para se carregar em um relacionamento que mal havia começado. Mas Tony aguentou o tranco.

— Você precisa de alguma coisa? — perguntou quando chegamos na minha casa.

— Só de um banho — respondi, já saindo do carro.

— Tem certeza de que não quer que eu fique com você esta noite? Estamos em Scottsdale. Você voltou a ser a única pessoa negra da vizinhança.

Eu ri muito, puxando minha mala do banco de trás. Ele não estava mentindo. Eu era, *literalmente*, a única pessoa negra que morava naquele beco sem saída.

— Você tem um voo amanhã cedo — comentei. — Precisa arrasar no discurso. Não se preocupe comigo, já fez tudo que eu precisava.

Ele sorriu.

— Tá. Que ódio dessa conferência bem quando você voltou pra casa.

— Estarei aqui quando você retornar.

Dei a volta no carro, me inclinei e dei um beijo demorado nele. Ele brincou de me puxar para dentro do carro e eu quase deixei.

— Quando você voltar — disse, recuando e rindo.

— Bem-vinda ao lar — respondeu ele.

Eu o assisti acelerar. Olhei para a casa do meu vizinho bem a tempo de ver uma cortina se fechando. Revirei os olhos. Tão intrometido, sempre fuxicando.

— Que seja — murmurei, olhando para o celular.

Abri o aplicativo do meu robô doméstico e dei uma olhada em Biko-nu, meu corgi de cinco anos. Ele estava me esperando na porta. Acendi todas as luzes. Verifiquei o termostato e baixei para vinte e três graus. Fiz o aparelho de som tocar um jazz suave. Liguei o difusor para entrar em casa sentindo o cheiro doce de tabaco. Por último, avisei minha campainha inteligente que não precisava mais gravar pois eu estava entrando em casa, desliguei o alarme de segurança e entrei.

— Biko-nu! — Gritei ao entrar. O nome dele era equivalente a "Por *favorzinho*" em ibo. Um bom nome para um cão amigável e amoroso. Ele balançou a bunda com prazer. Ri quando se mexeu e pulou em cima de mim. Cheirou o anel por um longo tempo, e me perguntei se sentia o cheiro do meu pai nele. Estremeci com uma pontada de tristeza. Meu pai comprou Biko-nu para mim no meu aniversário de trinta e cinco anos. Nunca contei a ninguém que queria um corgi, nem sequer que queria um *cachorro*. Ele me conhecia a esse ponto. Eu não era do tipo que gostava de animais de estimação. Não cresci com bichinhos em casa. Mas sempre, *sempre* quis especificamente um corgi. Meu pai encontrou um criador, pagou os dois mil dólares e tudo o mais.

— Faria qualquer coisa para ver a expressão em seu rosto agora — dissera. Meu cachorro era uma manifestação material do quanto eu era próxima do meu pai e do quanto ele me amava.

Um dos gerentes do Chief Jollof se ofereceu não apenas para tomar conta de Biko-nu enquanto eu estivesse na Nigéria, mas também para trazê-lo para casa quando eu voltasse, o que ele obviamente fez. Biko-nu me seguiu até o quarto enquanto eu subia minha mala.

— Ah, como é bom estar em casa — falei, largando-a no chão do quarto. Tirei minhas roupas sujas do aeroporto e me joguei na cama, adormecendo por três horas no mesmo instante.

Eu estava à deriva, nas profundezas do cosmos. Estrelas distantes ao meu redor brilhavam com uma luz fria e morta. Muito fria. Enquanto eu flutuava na escuridão, sabia que estava morrendo. Meus batimentos diminuíam. Desaceleravam. Eu escorregava, me dissolvia. Não conseguia me lembrar do calor da Terra. Um gemido escapou do fundo do meu peito. A vibração quebrou o gelo que se formou ao meu redor. Eu me mexi, gemendo de novo. Mais alto. Meu corpo parecia estar em câmera lenta; não consegui me levantar. Abri os olhos, tremendo. Estava congelando.

Eu podia praticamente ver minha respiração.

— Que porra é essa? — murmurei, me sentando. Olhei pela janela e engasguei, a adrenalina inundando meu corpo. Minhas mãos tremiam ao pegar o celular. Com um deslizar e dois cliques, acendi a luz de segurança que havia instalado deste lado da casa. Lá fora, as luzes iluminaram a árvore que por um momento parecia... Balancei a cabeça. — Aff, pare com isso — murmurei, esfregando as mãos geladas.

Biko-nu estava em seu esconderijo do outro lado da sala. Devia estar tremendo também.

— Biko, querido — chamei. Eu o ouvi fungar e depois colocar a cabeça para fora. — Venha aqui, amorzinho. — Ele correu e jogou seu corpo peludo de zibelina no meu colo. Suspirei com o calor. — O que diabo está *acontecendo*? — perguntei. Estava tão frio que eu sonhei que estava morrendo. Peguei o celular de novo e verifiquei o termostato. O ar-condicionado estava a quinze graus, com a ventilação no máximo.

— Que porcaria é essa? Como isso aconteceu?

Biko-nu estremeceu com o tom da minha voz, mas permaneceu no meu colo. O frio do pobrezinho era *nesse nível*. Liguei o aquecedor e ficamos ali sentados pelos próximos vinte minutos enquanto a sala voltava a esquentar. Tomei um banho, preparei arroz de curry com camarão e cozinhei um peito de frango para Biko-nu. Quando sentei para comer, me senti melhor. E então lembrei que não poderia ligar para meu pai para contar o que aconteceu, e o desespero me atingiu de novo.

Voltei para a cama por volta das duas da manhã, apesar do jet lag. Viajar por si só já é cansativo. A maioria das pessoas só presta atenção no relógio biológico, mas sempre considerei o jet lag uma combinação da mudança de tempo *e* espaço. Viajar por áreas gigantes da Terra em um curto período causa certas sensações.

Enquanto estava ali deitada, tentando dormir, pensava nas máscaras de Ajofia, no meu pai, em como me sentia sozinha e em como a vida tinha se tornado estranha. Pensei em ligar para Tony, mas desisti. Ele devia estar se preparando para a viagem e para a apresentação. Melhor ter um pouco de autocontrole e não o interromper.

Continuei olhando pela janela. A luz ainda estava acesa, mas a imagem de Ajofia bem ali, se balançando, estremecendo, focado em mim... Não conseguia parar de pensar nisso. Eu me sentei. Era oficial, eu tinha surtado. Mais uma vez, cogitei ligar para Tony. Não liguei. Em vez disso, peguei o celular para olhar a câmera de segurança na porta da frente. Faço isso todas as noites antes de dormir. Sempre fico mais segura ao ver que não tem nada ali. Deito na cama e suspiro de alívio, deixando o celular de lado para dormir. Fazia isso até quando estava na Nigéria. "Está tudo bem", me dizia a imagem mundana do caminho até a porta frontal.

Cliquei para abrir o aplicativo, aumentei a visualização e quase gritei. A imagem piscou e, por um momento, ficou em preto e branco, e depois voltou a ficar colorida, com um estalido estranho.

E tinha alguma coisa ali.

Uma sombra? Estava longe demais para saber.

Então desapareceu — de repente. Olhei para a janela pela tela do celular. Nada fora do comum, como se nunca tivesse aparecido algo ali. Mas *estava* ali. Talvez. Resmunguei.

Tentei voltar a dormir mas, três horas depois, ainda estava acordada. Cada som da casa, por mais discreto que fosse, me fazia pensar de novo no que tinha visto na porta da frente. Eu tinha detectores de movimento lá fora, na sala, no corredor do andar de cima. Detectavam qualquer coisa e anunciavam em voz alta quando tinha alguém na porta. De vez em quando, até mesmo uma pequena mariposa voando no lugar certo poderia ativá-lo. Nada fora anunciado quando vi o que vi. *Se controle,* pensei. Neste momento, Biko-nu, que estava dormindo aos meus pés, se levantou e sentou ao lado da minha cabeça. Eu sorri, relaxando. Alguns minutos depois, enfim adormeci.

Tony me ligou de manhã a caminho do aeroporto. Eu me senti como se estivesse conversando com ele através de uma mistura de lama e mel. Estava mergulhada em um sono profundo devido ao jet lag.

— Desculpe — foi a primeira coisa que ele disse.

— Não tem problema — respondi. Olhei pela janela. Já estava claro lá fora. — Que horas são?

— Sete.

Rolei para o lado. Biko-nu estava esparramado, ocupando metade da cama. Eu ri.

— Que bom que tirei o dia de folga — falei ao celular. — Está preparado para a palestra?

— Não sei.

— Bem, pronto ou não...

— Lá vou eu — disse ele. — Sim.

— Você vai arrasar, Tony.

Home Boty, meu robô doméstico, rolou até a cama. Do tamanho de um cachorro pequeno e coberto de sensores e câmeras, ele tem uma tela sensível ao toque no lugar da cabeça. Sempre vinha correndo até mim quando eu recebia um telefonema. Alguém estava me fazendo uma chamada de vídeo de um número nigeriano. Fiz uma careta.

— Ei, preciso desligar — disse. — Me ligue quando chegar em Nova York, se der. Se não der, pode ligar depois.

— Vai dar sim. Durma mais um pouco. Como diria minha avó: "Vai saber o que você trouxe pra casa com você. Seja o que for, precisa se acomodar também".

— O quê?

Mas ele já tinha desligado.

Toquei na tela do rosto do Home Boty. Mas já fazia tempo que estavam me ligando e cheguei tarde demais. Verifiquei o número e não reconheci. Uma notificação surgiu no meu celular e na tela do robô. "Alguém foi detectado em sua porta", anunciou um dos alto-falantes. Mas quando fui olhar a câmera da porta: nada.

— Aff, que se foda — resmunguei. Cheguei a levantar, mas parei no lugar e voltei para a cama. Quem quer que fosse, poderia esperar.

Quando acordei, já tinham se passado horas. Esse jet lag era dos brabos.

Tony ligou duas vezes. Retornei a ligação assim que vi. A palestra correu bem, "nada de especial", disse. Parecia desapontado, e fiquei feliz por ele não estar chateado comigo por não atender quando ligou. Ainda assim, quando desliguei, pensei: *não gosto tanto assim dele.* De onde veio isso? Afastei o pensamento. *Não vou lidar com isso agora.*

Me vesti e fui ao supermercado, onde comprei vários ingredientes para um banquete. Ia fazer arroz de curry com camarão, banana frita, arroz jollof, ensopado fresco, cogumelos salteados e um frango saboroso. Enquanto caminhava pelo estacionamento até meu carro, empurrando o carrinho, já conseguia imaginar a comida pronta e eu sentada com um belo prato enquanto assistia a uma série de episódios de algo nada profundo na Netflix e Biko-nu dormia no tapete.

Mas então o rosto do meu pai surgiu na minha mente. Deitado em seu caixão entre flores pisoteadas. O luto recente me atingiu com tanta força que tropecei. Fiquei ali, ao lado do carro, agarrada no carrinho. Estava de volta na Nigéria. O som suave da minha tia chorando, o rosto triste dos meus tios, dos meus primos apenas olhando meu pai.

E Ajofia.

Balançando.

Dançando em minha direção.

A ráfia preta, seca e crepitante.

Os búzios estalando.

As peles de coelhos mortos e os cortadores de grama.

E a fumaça.

Choraminguei, aproveitando a onda de tristeza, de repente incapaz de respirar.

Meu celular tocou. Dizia de novo que alguém estava na minha porta. Mas quando verifiquei a câmera, não havia ninguém.

— Puta merda, pare de dar pau — murmurei, depois verifiquei o alarme da casa. Estava armado e Home Boty estava patrulhando. Mostrava Biko-nu dormindo na cama no andar de cima. Não parecia ter ouvido nada. Balancei a cabeça, me forcei a respirar fundo e comecei a colocar as compras no carro.

Coloquei um rap *sigilkore* no volume máximo (sempre me acalma, não me pergunte por quê) no caminho para casa e, quando estacionei na garagem, já me sentia um pouco melhor. Peguei o celular para acender as luzes. Mas o aplicativo dizia: "Seu plugue inteligente está off-line. Conecte-se ao Wi-Fi". Verifiquei o aplicativo do roteador no aparelho. Não estava funcionando. Verifiquei se a internet tinha caído. Não tinha.

Fiz uma pausa, pressionando os punhos no rosto.

— Porra — sibilei. Respirei fundo e me forcei a sair do carro. — Entrar em uma casa escura é normal — sussurrei. — Biko-nu? — chamei, abrindo a porta. Estava carregando coisas demais para conseguir acender a luz. Procurei por sons. Não ouvi as unhas dele no chão de taco. Pensamentos sobre monstros estranhos e máscaras no escuro tentavam ocupar minha mente. Parei no lugar. *Tem alguém lá em cima?*

— Biko-nu, querido? Desça aqui.

Joguei as compras no chão e acendi a luz pelo interruptor. Lá estava ele, vindo da sala, correndo. Olhei para as escadas.

— Home Boty — chamei. — Venha até mim. — O robô doméstico desceu aos trancos. — Ah, foi isso que ouvi lá em cima. — Desconectado do Wi-Fi ele não transmitia imagens nem alertas, mas ainda obedecia a ordens se estivesse ao alcance da voz. Ele parou a um metro de distância e fez um som amigável.

— O que posso fazer por você? — perguntou.

— Toque "Deaths Revenge", de 3foolz, versão lenta.

Guardei as compras enquanto as batidas ácidas e sombrias enchiam minha casa. Uma reinicialização suave fez o Wi-Fi voltar a funcionar e, assim que conectou, o número estranho me ligou de novo. Não atendi. Em vez disso, coloquei o WhatsApp no Não Perturbe. Então, pus o celular todo no modo Não Perturbe e também o acionei no Home Boty, para garantir.

— Calem a boca um pouquinho. Todos vocês — resmunguei.

Passei as três horas seguintes cozinhando, depois comi, tomei banho para tirar o cheiro de curry e cebola de mim e caí na cama.

146

Tudo correu bem no restaurante enquanto eu estava fora. Fiquei duas semanas ausente, mas os gerentes, Oladipo e Okigbo, eram empresários brilhantes que se orgulhavam de manter tudo em perfeita ordem.

— Não precisava ter vindo hoje — disse Okigbo, me dando um abraço apertado.

— Eu sei — falei, olhando para o restaurante.

— A propósito, seu cachorro é uma graça.

— Fico feliz — respondi, encostando o rosto em seu ombro. — Ah, cara, senti falta de vocês. Além disso, o trabalho ajuda.

Okigbo assentiu.

— É o lugar do seu pai.

Quase comecei a chorar, mas em vez disso recuei, sorri e disse:

— Exato.

Havia uma foto dele emoldurada atrás do balcão da recepção, bem na entrada. Era a primeira coisa que se via ao chegar.

O restaurante estava quase lotado, as mesas ocupadas por pessoas vindas de diferentes partes da diáspora, com alguns dos brancos mais aventureiros de Phoenix. O lugar estava limpo, com um cheiro maravilhoso e repleto de rostos felizes. Fiquei o dia inteiro trabalhando lá na frente, recebendo clientes. Disse a todos que estava o.k. e lidando bem e *blá-blá-blá*.

Quando não consegui mais aguentar, fugi para o pequeno escritório nos fundos. Fechei a porta ao entrar. Ao olhar para a frente, vi a cadeira de couro surrada do meu pai atrás da mesa de madeira. As pilhas de papéis que ele sempre guardava desapareceram e a sala não tinha mais o cheiro dele. Eu me agachei, a cabeça entre as mãos.

A porta se abriu, me acertando na bunda. Levantei-me depressa.

— Ah, Kolo — disse Okigbo, entrando. — Desculpe. Eu só preciso pegar...

— Está tudo bem — respondi depressa, enxugando o rosto.

— Você está bem?

Dei de ombros.

— Também sentimos muita falta dele aqui — disse ele. — Eu e Oladipo ficamos perdidos com você longe. Seu pai comandava tudo. Um chefe em seu território.

Ele me abraçou apertado e ficamos ali por um tempo. Ele cheirava bem, ainda que a colônia estivesse misturada com o cheiro de curry e cebola, já que tinha ido verificar como estavam as coisas na cozinha. Suspirei, mais lágrimas surgindo. Ergui a mão.

— Eu trouxe isso. — Afastei-me dele e mostrei o anel do meu pai.

Ele arregalou os olhos.

— *Chineke!* Você trouxe *isso?*

— Trouxe. Foi um momento meio esquisito, mas... só queria que ficasse comigo. É estranho?

— Esse é o anel da sociedade!

— Como é?

Ele olhou para mim por um bom tempo, coçando a barba.

— O que isso quer dizer? — perguntei.

— Não é da sua conta.

Resmunguei e revirei os olhos:

— Aaaafff, pode parar com essa merda de tradição dos homens ibo.

— Ok, ó — disse ele, rindo. — Ele já se foi mesmo... Seu pai não era só nobre, ele também fazia parte de uma sociedade.

Inclinei a cabeça.

— Uma daquelas sociedades secretas tradicionais?

Ele assentiu.

Eu me encostei na porta, de braços cruzados.

— Acho que consigo visualizar isso. — Ergui a mão, olhando para o anel no meu dedão. — Fico feliz por ter trazido o anel.

— Você precisa levar essa coisa de volta.

— De volta pra onde?

— Isiekenesi.

— Ha ha ha, engraçadinho.

— Não estou brincando — disse ele, o olhar fixo em mim. — Compre uma passagem hoje à noite e leve de volta. Não pode nem mandar por correio. Precisa levar lá pessoalmente. Não é seu.

Estremeci ao ouvir suas palavras, mas revirei os olhos.

— Meu Deus, pare de drama. Sério.

— Sei que uma passagem em cima da hora seria cara... Quer dizer, iria custar... Já estava cansada daquilo.

— Você está falando sério! — Gritei. — Eu não... não vou *voar* até lá, passar por tudo aquilo só para... para quê? Colocar isso no túmulo do meu pai? Que porra você está *dizendo*? — Eu não queria, mas estava tremendo de raiva, lágrimas brotando dos meus olhos.

— No túmulo dele não, você tem que devolver para a *sociedade* dele, Kolo — insistiu Okigbo.

— Tá, já chega. *Pare!* — vociferei, levantando a mão. Uma lágrima escorreu pela minha bochecha. — Jesus — respirei. Fechei os olhos, a visão do túmulo do meu pai, da ponte de embarque para o avião e de estar lá de novo em minha mente, tudo ao mesmo tempo. — Não quero mais falar sobre isso.

— Kolo, eu sei que parece loucura, mas você...

— Por favor! Pare!

Ele parecia querer dizer mais alguma coisa, mas então ergueu as mãos, balançou a cabeça e foi em direção à porta. Ele parou e se virou para mim.

— Você perdeu seu pai; é terrível. Mas a sua dor, o seu *luto* não vem antes...
— Ele fez um movimento com a mão. Não disse uma só palavra, mas eu sabia do que estava falando, de *quem* estava falando. — Você pode ser ibo e ter um passaporte nigeriano, mas é muito americana... egoísta e individualista. — Ele riu sozinho. — Não consegue entender o que isso significa. Mas estou te *avisando*... Leve. Isso. De. Volta.

— Vai se foder — sibilei.

Ele me olhou com desgosto, sugou os dentes, murmurou alguma coisa em ibo ao sair. Então, disse de novo:

— Leve de volta.

No caminho para casa, acelerei pela rodovia. Era uma viagem de dez minutos e raramente tinha trânsito, por isso eu gostava bastante de fazer esse caminho. Neste dia, eu olhava para a frente e mal ouvia a música que tocava. Estava a um terço do caminho quando meu celular começou a tocar.

— Ah, para com isso. Hoje não.

Eu sabia o que dizia, mas olhei para a mensagem mesmo assim. **Serviço Meteorológico Nacional: Aviso de tempestade de poeira na sua área! Pare no acostamento, proteja sua vida!** Qualquer pessoa do Arizona estava familiarizada com esses alertas. **Encoste quando a tempestade agravar, apague os faróis, mantenha o pé no freio**, e por aí vai.

A parede de poeira estava logo à minha frente. Não ia conseguir nem sair da rodovia. Às vezes, elas se moviam *depressa*; esse era um dos casos. Parei no acostamento pouco antes de ela passar. Quando começou a bater suavemente em meu carro, dirigi devagar, o mais longe da estrada que pude sem ficar parada. Outros carros ao meu redor faziam o mesmo. Então, em poucos instantes, passou do pôr do sol ao breu total.

Essa era das ruins. Pensei em minha mãe por um momento. A tempestade que atingiu o carro dela e a fez capotar era de água, não de poeira. Me perguntei se ela também odiava este tipo. As tempestades eram imprevisíveis e mudavam tudo de repente, da calma ao caos.

— Mamãe, por favor, me proteja.

O carro balançou suavemente enquanto a tempestade caía e o cobria de poeira. Não foi a primeira vez que fui pega por uma tempestade dessas. É só esperar e mandar lavar o carro no dia seguinte. Estamos no deserto — e o deserto vai dar uma de deserto. Dito isso, passar por uma tempestade de poeira sempre me dá uma sensação de claustrofobia e desespero. Eu sabia que se fosse tonta e saísse do

149

carro, seria meu fim. E esta parte do mundo com o tempo só ficaria mais quente e mais empoeirada, não importava o quanto eu a amasse. Dali a algumas décadas, podia ser que se tornasse inabitável.

À medida que a tempestade avançava, fiquei inquieta e olhei para o anel no meu polegar. Passei a ponta do dedo sobre o rosto carrancudo da águia.

— Pai, estou com saudades. — Peguei o celular e dei uma olhada em casa. Verifiquei o tempo na região. A poeira chegaria lá a qualquer minuto, se é que já não tinha chegado. A energia ainda estava ligada e a internet ainda funcionava. A bateria do Home Boty estava fraca e ele estava voltando para o carregador. Pelo que pude ver enquanto se dirigia à base de carregamento ao lado da cama, estava tudo bem no quarto.

Liguei a câmera de baixo. Estava muito escuro, uma combinação de crepúsculo e poeira. Mas eu ainda conseguia ver, graças à visão noturna do aparelho. Biko-nu estava sentado ao lado da câmera, praticamente *em cima* dela. Fiz uma careta. Ele respirava tão pesado que eu podia ouvir dali. E choramingava... Por que estava choramingando? Me inclinei para mais perto do celular. Biko-nu estava olhando para alguma coisa, mas estava muito escuro e a visão noturna da câmera não se estendia tão longe.

— Ei! Tem alguém aí? — gritei pela câmera. Biko-nu deu um pulo, assustado com minha voz. Então se aproximou. Houve um som fungado e mais choramingos. — Está tudo bem, querido — eu disse.

Olhei para a frente por um momento e vi que a tempestade ainda estava forte. Voltei a olhar para a câmera. Biko-nu estava tremendo.

— Xiu, xiu, se acalme, meu amor. Fechei o aplicativo e mudei para a visualização do robô. Estava lá em cima, com apenas 2% de carga. — Merda.

Pedi para ele descer, mas, assim que saiu do quarto, a imagem apagou e apareceu: OFF-LINE.

— Ah, que *merda*! — gritei. Estava suando.

Voltei para a câmera de segurança. Biko-nu estava chorando de novo. Com certeza havia algo em casa, e era óbvio que ele estava com medo. Verifiquei o alarme, as câmeras externas, a do andar de cima. Acendi todas as luzes. Voltei para a do andar de baixo. Lá estava Biko-nu, ainda encolhido. Eu só conseguia ver a lateral peluda do seu corpo enquanto ele praticamente se agachava em cima da câmera. Então ouvi algo. Uma voz? Houve mais barulho quando a tempestade de poeira que se aproximava começou a atingir a casa. A mesma tempestade ainda rugia ao meu redor. Pressionei minhas mãos no rosto molhado, em um pânico total e impotente. Lágrimas escorriam dos meus olhos.

— Pai — disse, com as mãos pressionadas no rosto. — Me ajude. — Se alguma coisa acontecesse com Biko-nu, eu iria desmoronar.

Depois de um tempo, entrei numa espécie de paralisia mental, segurando a cabeça e balançando para a frente e para trás, com lágrimas escorrendo pelo rosto.

— Anda, anda, anda — sussurrei. — Não sei o que é isso, o que é isso, o que é isso. Não o machuque... não o leve, por favor, por favor, por favor.

Quinze minutos depois, a tempestade finalmente começou a diminuir. Liguei o carro e acelerei o mais rápido que pude, deixando um rastro de poeira enquanto dirigia. Entrei na garagem e pulei do carro. Hesitei apenas por um instante, escolhendo primeiro pegar o taco de beisebol que deixava ao lado da porta. Tinha mais dois em casa, um no andar de cima e outro no andar de baixo.

Agarrando o taco de beisebol, girei a maçaneta, tentando escutar com todas as partes do meu corpo. O alarme começou a contagem regressiva. Depois de trinta segundos, soou. Deixe-o continuar apitando. Chamei meu cachorro.

— Biko-nu! *Biko-nu!* — Nada. Eu gemi, segurando o taco. Dei mais alguns passos pelo corredor, piscando para afastar as lágrimas dos olhos. — Quem está aqui, caralho? — ameacei. — Apareça! — *Tap, tap, tap,* ouvi. Algo estava correndo em minha direção.

Biko-nu apareceu num canto. Fiquei tão aliviada ao vê-lo que senti tontura.

— Ah, graças a Deus! — Eu me ajoelhei, coloquei o taco no chão e acariciei sua cabeça macia enquanto ele se aninhava em mim. Sequei o rosto com as mãos. — Ah, graças a Deus, graças a Deus, ah, meu Deus, *graças a Deus*!

Desativei o alarme e atendi o celular para avisar a polícia que não precisava vir, mas mantive o taco por perto. Verifiquei a casa inteira. Relaxava cada vez mais ao não encontrar nada. Vinte minutos depois, eu estava no meio da sala, com as mãos na cintura, o taco apoiado na cadeira, me perguntando o que diabos tinha acontecido. Biko-nu parecia bem agora. Não havia sinal de que alguém tivesse estado em casa.

— Ah, foda-se — sibilei. Me senti aliviada, mas também estava começando a ficar com raiva.

Tirei os sapatos e as meias, sentei no sofá e olhei para a câmera no chão do outro lado da sala, onde Biko-nu estava encolhido. O que tinha feito aquilo com ele? A tempestade de poeira? Ele estava acostumado. Estava tudo muito estranho desde que voltei para casa. Eu teria ligado para meu pai e contado tudo, e ele teria dito algo do tipo: "Pela décima vez, abeg. Se livre dessas tecnologias! O governo deve saber até quantas vezes você cutuca o nariz!".

Eu me levantei e estava prestes a ir para a cozinha pegar algo para comer quando pisei numa coisa dura. Ergui o pé.

— O quê... — Eu peguei.

Uma concha de búzio.

Trouxe até o rosto. Eu tinha joias feitas com elas. As mantinha na maioria dos bolsos das minhas jaquetas; quando ficava ansiosa, era gostoso brincar com elas. E quase todos os cantos da minha casa tinham uma ou três conchas de enfeite. Era um ritual meu. Biko-nu nunca se interessou por aquilo. Por que aquela estava no meio da sala? Estreitei os olhos e olhei em volta. Fui até a cozinha, colocando-a no bolso. Apertei com força entre os dedos. Houve um estalo satisfatório e então ela se desfez.

Tony me ligou uma hora depois e passamos a noite toda conversando, como dois adolescentes. Tá, talvez eu *goste* dele. Contei da tempestade de areia; ele ainda estava viajando, a uma hora de pousar, quando aconteceu. Já passava da meia-noite quando desliguei o celular. Tudo o que aconteceu antes parecia tão distante... Tomei um banho e fui para a cama.

"Tem alguém na porta da frente."

Abri os olhos na mesma hora. Eram 3h48. Sentei e peguei o celular. Cliquei para abrir a câmera. Quase deixei o celular cair quando Home Boty saiu do outro lado da sala e rolou lentamente em minha direção, mostrando a imagem da câmera da porta da frente. Os alto-falantes começaram a tocar de repente aquela música de Simon e Garfunkel que estava na minha cabeça no velório do meu pai. Olhei do celular para a mesma imagem, maior, no rosto do robô. Na escuridão, *aquilo* balançava e sacudia nuvens de poeira. Estava ali por conta da tempestade? Teria sido a *causa* da tempestade? Era quase tão alto quanto a palmeira perto da estrada. De repente, a música atingiu o volume máximo e encheu a casa.

— O que você *quer*? — gritei. Me levantei, trêmula, mas tão cansada de tudo isso que já não me importava mais. Estava farta.

Todos os sinais estavam lá. Eu sabia que estavam. Ainda mais depois que Okigbo disse o que disse. Eu sabia do que ele estava falando. Sou nigeriana-americana, nascida e criada aqui, mas sabia. Não importa o quão idiota eu tenha sido. Pressionei a ponta dos dedos nas têmporas.

— Pai — sussurrei.

Tecnologia é tecnologia. É tão capaz de ser afetada e manipulada pelo... misterioso quanto qualquer outro objeto. A tecnologia funciona com eletricidade, ondas de rádio e energia. Tudo é energia, certo? É aí que está a conexão. Os cães podem ver e sentir coisas que o olho humano não consegue. Eu sabia, desde que voltei para os Estados Unidos, que não estava sozinha. Nunca houve um momento em que eu tenha ido para a Nigéria, para as terras ancestrais dos meus pais, e voltado a mesma pessoa que era quando parti.

Quando você insiste dessa forma, às vezes as coisas insistem em *você*. Fui tola por não deixar o meu pai ir para casa com Ajofia. Fui ainda mais tola por olhar para Ajofia, sendo mulher ou não. *Não* se faz isso. Você se afasta, você deixa para lá. Em vez disso, peguei o anel. Porque eu não conseguia deixar para lá. Mas às vezes você *precisa* deixar para lá. Pelo seu próprio bem. Para o bem de todos. Existem consequências quando você não o faz.

— Devolva! — Ajofia me exigiu naquela noite em Isiekenesi. Ele falou com uma voz cortante. Aguda, áspera e quente. — Não é seu.

Foi por isso que quando Okigbo me disse para levá-lo de volta para a Nigéria, fiquei tão irritada. Ele usou até as mesmas palavras de Ajofia: "Não é seu".

O anel era pesado e apertava meu polegar. Mesmo assim, não o tirei. Em vez disso, abri a porta. Home Boty parou no meio da sala, tocando a música de Simon e Garfunkel. Ouvi essa música várias vezes no avião de volta da Nigéria. Por algum motivo, estava começando a me irritar. Olhei para trás. Biko-nu estava ali, me olhando. Choramingou baixinho.

— Biko-nu, não venha atrás de mim. — Suspirei. Fui lá pra fora.

Não era só meu pai que estava lá. Passei pela soleira da porta da frente e senti o cheiro de fumaça na mesma hora. Meus olhos começaram a lacrimejar.

— Ah — sussurrei. Minhas pernas estavam fracas. Ela parecia diferente, muito mais alta, brilhante, mas seus olhos e sorriso eram os mesmos. Estava usando um vestido feito de contas de coral rosa-alaranjado. Elas crepitavam e estalavam enquanto ela caminhava em minha direção. Parei na escada da casa e ela parou na rua.

Ficamos olhando uma para a outra. Parecia haver poeira no ar, porque eu não conseguia vê-la. Atrás dela estava o meu pai, bem em frente a Ajofia. E Ajofia também era mais alto. Muito mais alto. Maior. Estava na rua. Não era a poeira que dificultava a visão — era a fumaça.

— Mamãe — sussurrei. Eu podia sentir meu eu infantil enquanto pronunciava a palavra. Era assim que a chamava quando ela estava viva. Eu era tão jovem quando faleceu. Ela parecia estar dizendo alguma coisa, mas eu não conseguia ouvir. E enquanto eu estava ali na frente de casa, na noite quente, sem um carro na estrada, minha mãe balançou a cabeça no que parecia ser frustração, depois virou as costas e começou a se afastar. Ela caminhou em direção a Ajofia e continuou andando. Cerrei os punhos com força, mas desta vez não me mexi. Meu pai fez o mesmo, embora não se preocupasse em tentar falar. Eu não conseguia ver o rosto dele. Fiquei parada ali. Eu os deixei ir. Não insisti. Não os segui. Mesmo quando eles me deixaram sozinha neste mundo.

Ajofia. Ele permaneceu.

— Com licença! O que você está fazendo?

Pisquei, confusa. Eu estava lá e então essa voz me trouxe de volta para a realidade. Eu me virei. Kate, que morava a duas casas da minha, caminhava pela entrada de sua casa. Ela se enrolou em uma jaqueta, apesar do fato de que devia estar fazendo mais de trinta e sete graus lá fora.

— O que é aquilo? — Ela gritou. — Isso é algum tipo de arte performática?

— Parece que sim! — Esta era Candy, minha vizinha do lado. — Droga, a vizinhança toda vai ficar fedida! Pelo menos coloque para fora!

— Ai, meu *Deus*, por que vocês duas estão... *acordadas*? — perguntei. Olhei para Ajofia. Ainda estava lá. Parado. Na rua. Em silêncio. Imóvel. Acabei de ver meus pais falecidos. A última coisa que eu precisava era lidar com minhas vizinhas.

— Você tem autorização? Você nem tem público assistindo — disse Kate. Ela esfregou o rosto, e os cabelos castanhos na altura dos ombros se soltavam do rabo de cavalo. A mulher mal estava acordada.

— Que se foda, tire isso daqui! — Candy gritou. Ela usava uma camisa comprida do Arizona Coyotes e tênis Nike amarelo, sem meia. Uma luz se acendeu na janela do andar de cima da casa do outro lado da rua.

— Isso não é... se acalma, cara. — Torci as mãos, tentando forçar minha mente a lidar com a situação ridícula. — Eu não... — Mas eu estava sem fôlego. Olhei de novo para Ajofia. Elas nem sequer estremeceram ao ver aquilo. Como? Como não estavam aterrorizadas? Como seus olhos não estavam ardendo por causa da fumaça? Como não estavam tossindo?

— Kolo, anda! — disse Candy. — Nem é Halloween!

— A gente devia chamar a polícia.

— Vocês duas... calem a boca! — Gritei para elas. — NÃO É DA CONTA DE VOCÊS!

— Ah, é sim — retrucou Kate. — Nós *moramos* aqui. Nós...

Eu estava olhando para as mulheres, mas vi Ajofia pela minha visão periférica. Ele subiu e desceu, criando uma grande nuvem de fumaça, poeira e sujeira. Tudo ficou em silêncio. Kate e Candy gemeram, recuando, *finalmente vendo* o que Ajofia era. Choramingaram de pavor e entraram correndo em suas casas. Eu as observei partir, maravilhada com o encontro absurdo dos meus dois mundos.

Eu me virei para Ajofia bem a tempo de uma baforada de fumaça atingir meu rosto. Tossi com força, meus olhos se encheram de lágrimas quando entendi com total clareza que meus pais haviam morrido. Engasguei, enfim processando. O mundo ao meu redor flutuava. Fechei os olhos, recuperando o fôlego.

— Como você está aqui? — sussurrei com a voz trêmula. Abri os olhos devagar. Não se mexeu.

— Você não está preso à terra? Como os homens da sociedade?

Não disse nada. Ameaçador. Cheirando a fumaça. Animais podres. Ráfia preta. Penas de águia. Um guardião da morte através dos mares. Juntei as mãos. Cocei o polegar e olhei para o anel do meu pai.

Ajofia continuou não se mexendo.

Olhei para as casas dos meus vizinhos. Vários deles estavam me espiando pelas janelas. Nos espiando. Tudo isso estava sendo testemunhado. Conseguiam ver Ajofia. Esses brancos de Scottsdale, Arizona. Será que isso já tinha acontecido antes? O que viam? Que sonhos teriam esta noite? Como a vida *deles* mudaria?

Olhei para o anel do meu pai no polegar, passando o dedo pelo bico da águia. Qual era o significado? De onde veio? Minha mãe sabia? Eu nunca teria nenhuma dessas respostas. O que eu sabia era que meus pais tinham vindo me convencer. Então eu o tirei. E Ajofia finalmente se mexeu. Se esticou, a faixa se estreitando, ficando mais alto do que as palmeiras altas e magras.

— Vai se foder! — gritei enquanto jogava o anel nele. O anel voou em direção à floresta de ráfia negra e uma gavinha — *alguma coisa* — estendeu a mão e o agarrou no ar. Ele desapareceu em seu monte.

— Que merda — sussurrei.

Outra gavinha disparou de novo, me atingindo no braço. O que quer que fosse, apertou com força e depois sumiu. Eu gritei, cambaleando para trás, levando por instinto a mão para onde fui atingida. Quando espiei por baixo da mão, vi uma ferida oval do tamanho de uma moeda, e estava jorrando sangue.

Ajofia começou a dançar, saltando para longe de mim, descendo a rua. À medida que se movia, tornava-se cada vez mais imaterial. Depois foi afundando no concreto, a ráfia ficando molhada, escorrendo e derretendo. A fumaça escorria e se acumulava em poças semelhantes a água ao redor de Ajofia enquanto ele afundava de volta para o lugar de onde veio. Os animais mortos pendurados foram liquefeitos, drenados e secos. As conchas dos búzios se soltaram e caíram no chão como pequenos caranguejos, espalhando-se e desaparecendo como moscas. E, finalmente, as penas de águia foram levadas pela brisa quente.

Tudo o que restou foi uma única pena marrom e branca. Depois de olhar para o local durante vários minutos, estremecendo de dor e ainda segurando o braço, eu me aproximei de onde Ajofia havia desaparecido. Fiquei parada por um momento, olhando para a pena, depois me abaixei e a peguei, o sangue do meu ferimento escorrendo até o pulso. Corri para dentro, onde Biko-nu me esperava.

Dei um suspiro de alívio ao passar pela soleira da minha casa. Estava prestes a usar meu ombro ileso para fechar a porta e desinfetar o braço, mas parei. *O que* eu estou fazendo? Pensei. Joguei de volta a pena lá fora. Então fechei a porta, tranquei-a e usei o celular para ativar todos os alarmes e luzes de segurança.

155

CINTILAÇÃO

L. D. Lewis
Tradução de Jim Anotsu

VINTE E UM SEGUNDOS

— Número um ou dois? Um. Dois.

Kamara deu um suspiro indeciso enquanto o seu irmão trocava as opções de lente de uma borrada para outra também borrada, mas um pouco menos.

— Dois?

— Se você diz...

O foróptero se recolheu quando as luzes foram acesas, e Jay, em sua cadeira de rodinhas, foi até um balcão lateral para fazer anotações no prontuário dela.

— Como eu me saí? — ela perguntou.

— Melhor do que você pensa. De verdade, a gente não precisa marcar as visitas com tanta frequência. Você não teria a sensação de que a sua visão está deteriorando tão rapidamente se usasse seus óculos.

Kam acenou com pouco caso.

— Ah, pode ser que eu só goste de te ver.

Ela usava óculos desde os oito anos, então ter um irmão que acabou indo para a área de optometria tinha lá suas vantagens. Encarou o pôster de dissecação ocular emoldurado de modo elegante na parede, vagamente ciente do zumbido da luz fluorescente no teto e do ronco sutil começando em seu estômago.

— Ei, qual é o nome daquele negócio, quando a sua visão some por, tipo, meio segundo?

Ele a olhou por um momento, intrigado, como se estivesse tentando se defender de qualquer que fosse a piada de mau gosto que ela estivesse prestes a soltar. O que era uma preocupação válida, já que ela fazia isso o tempo todo.

— Hum... uma piscada?

Ele ergueu uma sobrancelha.

— Não, dr. Sabichão. É quando os olhos estão bem abertos e você pode simplesmente estar sentado, daí de repente tudo escurece. Meio que o blecaute *mais rápido* de todos.

Jay analisou o prontuário dela mais uma vez.

— Todos os seus testes estão bons. Como está a sua pressão? Isso... dói? Te distrai quando acontece?

— Mal dá para notar, mas, como você pode ver, eu noto. É tipo um déjà-vu: uma coisa que acontece de vez em quando, mas que não dá para afirmar que está *mesmo* acontecendo.

Ele ergueu uma sobrancelha.

— Você *tem* certeza de que está acontecendo?

— É por isso que as pessoas preferem pesquisar no Google.

— Nem começa. — Lançou o seu Olhar de Médico, aquele que dizia que ele tinha uma obrigação legal e ética de não zoar com a cara dela naquele momento. — Olha, eu vou encarar com a seriedade que você quiser. Então: você está bem? Podemos dar uma olhada nisso.

O telefone dela tocou na cadeira do outro lado da sala, e ela saltitou para atender.

— Está tudo bem, eu só queria saber se existe uma palavra para isso.

— O.k., então.

Ele a acompanhou pelo corredor até a recepção. O consultório no coração da cidade era pitoresco e limpo e decorado de forma acolhedora e tão cara que deveria ser crime. E era todo dele. Ele estava crescendo, e ela estava orgulhosa. Tinha falado sério quando disse que de vez em quando vinha só para vê-lo.

Ele entregou o prontuário para a recepcionista e os dois observaram a tarde agitada e iluminada que se desenrolava lá fora.

— O que você vai aprontar agora?

— Vou me encontrar com Wolf e Ami no parque para almoçarmos.

Ela apontou pela janela para onde achava que dava pra ver os amigos no extremo oposto do grande pedaço de verde que ficava do outro lado da rua.

— Ah, diga a eles que eu mandei um "e aí?".

— Você sabe que isso é uma pergunta, né? Tipo, eu precisaria dizer "Jay perguntou 'e aí?'" e subentende-se que eu teria de voltar para contar o que eles di...

— Meu Deus, tchau.

Ele segurou a porta aberta e a enxotou com uma prancheta.

Ela ficou na ponta dos pés e se esticou para dar um beijo na bochecha dele.

— Não é por nada, mas facilitaria muito as coisas para o meu lado se você simplesmente dissesse "oi".

— *Tchau*, Kam.

Ela pisou na calçada rindo e foi ligeira pela estrada na Sexta Rua, rumo a onde uma fileira de árvores e cercas baixas de ferro fundido protegiam cães, jogadores de frisbee e criancinhas com passos cambaleantes do trânsito cotidiano. O trabalho remoto tinha feito maravilhas para que as pessoas saíssem de casa durante o dia. No caso de Kam, o desemprego teve o mesmo efeito. Mas tudo bem, ela tinha dito a si mesma. Artista passando fome sempre foi uma coisa normal e ela estava vivendo sua fase de anônima.

Wolfgang Carver e Ami Sebastien estavam nauseantemente apaixonados desde a época em que os três frequentavam juntos a faculdade. Agora eram os Sebastien-Carver e se viam estirados em cima de um lençol xadrez no gramado em frente a uma cafeteria. Ele era desenvolvedor de jogos e ela, fotógrafa da natureza. Ami afastou o pé das mãos massageadoras de Wolf e se levantou para que Kam pudesse se sentar. Usando os óculos — de verdade, dessa vez —, Kam notou de longe a triste ausência de qualquer coisa que não fosse fruta no piquenique deles. Eles estavam na fase de experimentar comida vegana, o que queria dizer que comer de graça era só um pouco melhor do que não comer nada.

— Hambúrgueres de cogumelo! — Ami falou, animada, apontando para a cesta de piquenique como se aquela iguaria mal pudesse esperar para que ela atravessasse os quinze metros que as separavam.

— Minha nossa! — Kam respondeu.

E então as luzes se apagaram. Todas elas. O sol também. De um jeito nada gradual. O súbito desligar de algum interruptor do universo lançou uma escuridão tão densa que nem mesmo uma lanterna conseguia sobrepujar.

Kam conferiu os seus outros sentidos. Encostou o polegar no indicador. Os braços ainda estavam ali e o chão também estava debaixo dela. Era o ar que parecia estranho, que nem quando a energia acaba e os ventiladores param de funcionar e dá para ver que o ar está parado. A fumaça dos carros ainda pairava pesada. Era o vento que tinha sumido. Havia uma sensação de esmagamento. Ela conseguia ouvir os murmúrios confusos, as batidas e buzinas, a grama debaixo do pé. Mas o *ronco* do mundo — o zumbido elétrico de todas as coisas — podia ser ouvido, não sentido.

Os gritos informaram que não era apenas com ela.

Cinco segundos. Dez segundos. Vinte e um.

E, do nada, o sol voltou e o vento também, trazendo consigo o rugido de um avião que, com toda a sua pompa, poderia muito bem ter caído de lá do alto, baixo o suficiente para derrubar os postes da Quinta e bater nos prédios da Décima Segunda.

O consultório de Jay tinha se transformado numa cratera.

TRÊS MINUTOS

Três meses haviam se passado e ainda era a única coisa sobre a qual todo mundo falava, porque nada mais tinha importância. Não havia ninguém que não tivesse experimentado a escuridão súbita, o Apagão, o Surto, o Vácuo, a Escuridão. Todo tipo de conspiração ganhou asas; todas as religiões com fetiche em fim do mundo estavam mais ou menos certas ao mesmo tempo. Satélites, programação estatal, vacinas, alienígenas.

Wolf e Ami abrigaram Kam no apartamento de terceiro andar deles, lugar no qual ela acompanhou cada reportagem em todas as mídias e noticiários vinte e quatro horas em busca de respostas. O corpo de Jay nunca foi encontrado, mas como aviões começaram a cair do céu por todos os lados, os reforços de recuperação foram mirrados desde o início.

A noite agora parecia chegar rapidamente, e o terror a acompanhava. Porque a cada dez pessoas que sentiam pavor, havia uma para se deleitar no caos. Barulho de vidro quebrando e tiros cada vez mais próximos da vizinhança pacata deles. As sirenes que vinham logo depois dos sons cessaram há pelo menos um mês.

Ami levou chá para Kam e elas se sentaram diante do brilho de um telejornal, esperando Wolf chegar.

— Alguma novidade? — perguntou Ami, acariciando com gentileza, com seus dedos suaves e quentes, as pontas do cabelo sujo de Kam.

Ela já tinha feito isso antes, quando a mãe de Kam faleceu e ela ficou catatônica. Em dias melhores teria se repreendido por ser tão facilmente destruída e dependente da compaixão das pessoas que a toleravam.

Esta noite ela apenas balançou a cabeça.

— Wolf já está quase chegando. Você tem alguma ideia para o jantar?

Kam balançou a cabeça de novo.

— Você poderia olhar para mim? Rapidinho.

Kam precisou se esforçar para virar a cabeça, e Ami ofereceu um sorriso dolorido, enrugando as sardas que formavam uma ponte de linhas finas e apertadas debaixo dos olhos dela.

— Acho que a gente precisa de uma pausa disso tudo, ouviu? Vamos tomar um banho e comer alguma coisa e, quem sabe, aí a gente possa conversar um pouco? Acho que você irá se sentir melhor. E isso também iria me ajudar, sabia? Por favor?

Kam engoliu em seco. Tudo aquilo parecia muito trabalhoso comparado a ficar sentada encarando e deixando as vozes entrarem e saírem de sua cabeça até a hora de dormir. Atrás de Ami, o apartamento estava meio embalado em caixas dispostas em pequenas torres ao redor da sala. Com o fim dos tempos supostamente chegando, estava na hora de ir para algum lugar menos povoado. Onde era isso, Kam não tinha prestado atenção. Mas o estresse estava afetando visivelmente a colega que em geral era bastante espirituosa. O mínimo que Kam podia fazer era tomar um banho.

— Carne — Kam grasnou. A garganta dela parecia não ter sido utilizada desde a gritaria no dia do Vácuo. — Para o jantar. Estou implorando.

— Ahá! — A risada de Ami assustou as duas e Kam notou uma lágrima escorrendo antes que se agarrassem num abraço desesperado. — Você consegue.

Wolf entrou ofegante pela porta, o suor brilhando na feição escura e as chaves do carro num punho que tremia.

— Querido?

Ami se levantou.

— Tem alguma coisa vindo pelo quarteirão. Precisamos sair daqui *agora*.

Ele inspecionou as pilhas de caixa, avaliando as prioridades.

— Que tipo de coisa? — perguntou Kam, se levantando.

— Tipo aquela porra de *Uma noite de crime*, sei lá. Rápido. Estão atirando e tacando fogo em tudo. Anda.

Kam se retraiu apressada para o quarto de hóspedes no qual ainda não havia dormido para pegar tudo o que tinha no mundo: uma bolsa com roupas e uma mochila com um caderno, notebook e fones de ouvido.

— K-Kam, humm, querido? Está... boiando — Ami gaguejou na sala de estar.

— O quê? — perguntou Kam, mas parou ao notar que o despertador ao lado da cama tinha flutuado alguns centímetros acima da mesa de cabeceira.

Livros também. Meias enroladas não estavam mais no chão. Coisinhas em todos os cantos subiam lentamente num flutuar baixo.

A escuridão súbita retornou e Kam bateu a canela na quina da cama. O grito dela saiu como um chiado. Wolfgang mandou que se calassem e tudo ficou quieto dentro do apartamento.

Nos sons do mundo silencioso ao redor, sussurros ameaçadores eram distinguíveis no corredor, assim como os passos de um pequeno grupo de pessoas se aproximando das portas no andar de baixo. Os pelos finos dos braços de Kam se arrepiaram assim que uma porta foi aberta à força. Houve gritos e depois estalos de tiros incertos, risadas e uma série de pancadas. Outra porta foi arrombada. E mais escadas rangeram.

— Se esconde.

Era a voz de Ami, úmida e tremida na orelha de Kam, mas ela não conseguia sentir a presença da amiga na sala.

Kam tateou o chão com os pés, na tentativa de sentir algum obstáculo à medida que rumava para o guarda-roupa e se enfiava lá dentro.

Isso durou bem mais do que vinte e um segundos.

A porta deles sendo estourada com um chute fez mais barulho do que todas as outras. A vibração em seus nervos quase a fez vomitar assim que passos invadiram a sala de entrada. Conseguia ouvir mãos deslizando pelas paredes para orientar quem quer que estivesse lá. Uma pilha de caixas caiu e dois disparos foram ouvidos. Kam tapou a boca para silenciar um grito.

São apenas caixas. Apenas caixas. Eles atiraram nas caixas. Ninguém está ferido. Apenas caixas, ela falou para si mesma enquanto as lágrimas fluíam pelos dedos tensos espalmados na boca. Começou a rezar em silêncio para que a luz não voltasse nunca mais.

Algum deles assoviou. Uma provocação. Desafiando alguém a respirar. Uma batida de leve e um "caralho!" ali perto informou a ela que tinham entrado no quarto e batido com a canela na cama. Foram disparados dois tiros antes de serem interrompidos por um som de engasgo na sala de estar. Primeiro uma pessoa, depois duas, talvez três, seguidas por uma confusão de objetos sendo derrubados ou pisoteados. A discussão baixa e desesperada na sala cresceu em intensidade antes de morrer completamente, apenas para ser seguida por um silêncio intenso e alguns segundos de escuridão antes que a luz voltasse.

Os apresentadores do jornal continuaram o divagar abafado na sala de entrada e Kam emergiu lentamente do armário. Os objetos que estavam flutuando encontravam-se novamente nas superfícies. A única coisa fora do lugar parecia ser os pés de uma pessoa caída na porta do quarto.

— Mas que diab... *ai, meu Deus!* — Ami gritou.

Kam correu até o batente da porta e seguiu os olhos de Ami até o chão.

Era um homem. Vestido de preto, pistola na mão. E havia uma cabeça, mas não um rosto. Era tudo pele oliva, macia, sem pelos, e com as mesmas feições de um ovo.

Nenhum deles tinha rostos.

Os gritos de Ami saíram picados feito soluços enquanto Wolf a tomava pelas mãos e a guiava por cima dos corpos. Ele deu uma olhada séria para Kam.

— Kam, você está bem? Neste momento eu preciso que você esteja bem.

— Sim. Sim, eu estou bem — ela o assegurou, ainda fitando a cabeça vazia diante dela.

— Pegue o que conseguir; vamos pro carro.

Ela assentiu, repetindo as palavras para si mesma e pegando o que pudesse ser útil para o fim do mundo.

Uma gritaria teve início no corredor, muito provavelmente à medida que os outros moradores faziam as próprias descobertas. Wolf guiou Ami, chorosa e trêmula, até a porta e esperou até que Kam se juntasse a eles.

— Olhe para mim. Olhe para mim. — Ergueu o queixo de Ami. — Somos você e eu, ouviu?

— Sim, você e eu — ela respondeu.

Ele beijou a testa dela.

— Lembra daquela cabana que a gente alugou para o Natal alguns anos atrás? Fica a uma hora e meia daqui. Vamos para lá, ninguém vai nos perturbar com nenhuma merda dessas, ouviu? Entendeu, Kam?

— Certo.

Kam assentiu, sem ter a menor ideia do que ele estava falando. Ela encarou o corpo do vizinho da frente, jogado contra a porta aberta dela, também sem rosto.

— Está vendo? Kam também vai. — Wolf sorriu para a esposa. — Estamos todos bem, querida. Continue olhando para mim, tá bom?

Kam desceu atrás deles por três lances de escada. Ami engasgou e cambaleou ao passar por um vizinho que até tinha rosto, mas havia levado um tiro e morrido todo ensanguentado no saguão. Enquanto Wolf colocava a esposa no banco do passageiro de sua caminhonete, a atenção de Kam se voltou para uma multidão em volta de um poste do outro lado da rua. Empilhou as malas no banco de trás e foi investigar, apesar do que dizia a sua intuição.

Um homem abriu caminho por entre a multidão para vomitar fora do meio-fio e liberou um espaço para que ela se embrenhasse.

Uma jovem tinha sido empalada pelas costas num poste, os olhos vazios e bem abertos mirando o céu. Não havia vísceras escorregando pelas laterais. Não havia sinais de que ela tivesse caído de uma grande altura e batido com força o suficiente para que escorregasse até lá embaixo, de modo que uma multidão pudesse obscurecê-la com seus próprios corpos. Era como se ela simplesmente tivesse aparecido ali ao mesmo tempo que o poste.

— Kam! — Wolf gritou e a tirou do transe.

Ele já tinha ligado o motor e estava pronto para partir.

Kam se enfiou no banco de trás com as malas.

— O que era? — Ami perguntou baixinho.

Kam balançou a cabeça, incapaz de descrever. Ainda que quisesse, Ami não precisava ouvir aquilo.

— Nunca entendi por que motivo vocês tinham uma caminhonete em plena cidade — ela comentou.

Parecia uma observação esquisita a fazer enquanto estavam cercados de pânico e de pequenos incêndios, mas era como se, por agora, *ela* não estivesse ali, só seu corpo.

— Você vai ver só quando a gente precisar abrir caminho para dar o fora daqui — ele respondeu.

162

UMA HORA

Eles não foram os primeiros a escapar para as montanhas Blue Ridge. Evitar os enxames que abandonaram a cidade significava avançar cada vez mais para o interior delas.

— Hipótese da simulação. — Wolf ofegava enquanto carregavam lenha pela entrada íngreme até uma pequena mas elegante cabana alugada com vista para Chattahoochee. A caminhonete ficou estacionada em frente a uma pedra enorme, provando que abrir alguns caminhos era mesmo difícil. — Isso indica que a nossa realidade é uma simulação computacional. O achatamento da experiência humana nos últimos, sei lá, cinquenta anos, pode indicar que a simulação está chegando ao fim.

— Achatamento? — indagou Kam.

— Não parece que tudo já deu o que tinha que dar? Problemas óbvios que ninguém se preocupa em resolver? Não há novas descobertas, nem ideias novas. Os raciocínios de hoje são os mesmos de ontem. A arte e o entretenimento perderam o sentido. Tudo é inteligência artificial ou remix ou remasterização ou algum tipo de expansão das mesmas cinco IPS.

— Isso é só o capitalismo — Kam sugeriu.

— Isso é só ele não curtindo Star Wars — Ami riu.

Desde que saíram da cidade ela parecia melhor, ainda que um pouco cansada.

— Pode ser outra coisa também — ele deu de ombros, jogando a lenha na fogueira. Sentaram-se todos perto dela para uma pausa. — Olha. É tipo montar um videogame. Daqueles imersivos, hiper-realistas, que ganham prêmios de Jogo do Ano. Entende do que estou falando? Design, mecânica, conceito. Quando você constrói o mundo no qual o jogo está inserido, são necessários motores inteiros de jogos para gerar a física, criar a atmosfera, os detalhes visuais, a dinâmica da luz. Agora, desconstrua o jogo. Pedaço por pedaço, elemento por elemento, motor por motor. O que resta?

— Falhas gravitacionais. Pessoas sem rostos e em baixa definição — Ami respondeu, distraída.

— Desligue o gerador e tudo escurece — Kam acrescentou.

Wolf apontou para ela com o cigarro aceso.

— Bingo.

Os três ficaram sentados em silêncio por um momento e Kam abraçou os sons dos pássaros e as brisas musicais que cortavam as árvores finas, delgadas.

— Então, quem é que está rodando essa simulação? — perguntou ela.

— Isso importa? — ele respondeu. — É um saco não ter um deputado para o qual você possa escrever e pedir para que isso pare, né?

Se isso fosse o final de uma simulação, então não havia realmente onde *ficar*, né? Nenhuma noção de quando seria o próximo Vácuo ou quanto tempo duraria ou qual deles acabaria sendo um pedaço de matéria inerte desativado e sem rosto.

Prepararam o jantar na cabana — sanduíches de bacon, alface e pepino, porque Kam odiava tomate — e sentaram-se ao redor da fogueira do lado de fora quando a noite chegou. A lua estava alta e brilhante por entre a copa das árvores. Kam passou a maior parte do tempo olhando para o fogo, pensando em seu irmão, em como nada nesta porra de fim do mundo a impedia de sentir a falta dele ou de desejar que ele estivesse ali para não sobreviver ao lado dela.

— Falei para Jay que eu estava tendo umas... cintilações nas quais a luz sumia dos meus olhos — Kam disse a eles. — Uma escuridão que mal dava para notar, coisa de milissegundos, como se eu estivesse piscando, mas de olhos abertos.

— E o que ele falou que era? — Ami perguntou.

Ela deu de ombros.

— Nada. Falei que não era nada demais. E se fosse isso? Uma versão diminuída disso e a gente estivesse tendo experiências sutis demais para notar? Um segundo, daí vinte segundos, e aí... o quê, cinco minutos? Uma hora? Um dia?

Ninguém falou nada.

— Eu falei para vocês que ele tinha mandado um "e aí?"? — Ela riu. — Naquele dia, quando eu contei que iria encontrar vocês no parque. Foi a última coisa sobre a qual conversamos.

Wolf sorriu e colocou os braços ao redor de Ami.

— Diga a ele que respondi "e aí?" — disse ele.

— Eu vou.

Ela se recostou em uma cadeira reclinada e puxou uma colcha até o queixo, olhando para o céu até notar partes dele escurecendo.

Grandes manchas de estrelas quadradas piscavam até restar apenas a lua. Ela olhou para Ami, que notou, de olhos arregalados, que gravetos e detritos no chão arborizado começaram a pairar, incluindo pedaços de toras de madeira.

Kam respirou fundo, como se estivesse se preparando para mergulhar, e ergueu os olhos para a lua na mesma hora que ela também sumiu e a escuridão súbita os rodeou mais uma vez.

— E se a gente só ficar parado? — Ami sussurrou audivelmente. — Apenas não nos movermos e esperar até que a luz volte.

O ar adquiriu novamente aquela qualidade de ozônio obsoleto. Eles poderiam muito bem estar na lua. Mas dessa vez havia o som de folhas sendo esmagadas e algo novo.

O rosnar de um animal. Ela não tinha certeza se perto ou longe.

Ursos. Se o olfato ainda existia no Vácuo, o urso não precisaria enxergá-los.

A boca de Kam secou de repente. O que tinha ficado no lugar da saliva era algo metálico. Medo concentrado, talvez. Era a sensação do desconhecido se tornando mais do que um mero pensamento abstrato. Era presente, tangível e úmido ao toque, enterrado tão visceralmente dentro dela e ao seu redor que ela tinha certeza de que poderia vê-lo se ao menos tivesse alguma porcaria de luz.

Um galho foi esmagado perto demais e ela saltou para ficar de pé.

— Para dentro! — Wolf gritou, mas quando Kam se virou na direção da voz dele, encontrou uma parede.

Pressionou os dedos na madeira lateral da casa, esperando encontrar uma costura, uma porta, o contorno de uma janela. Mas ela estava ciente de que a criatura era capaz de ouvir cada apelo murmurado, cada passo gaguejando nas folhas velhas. Ele ainda bufava e grunhia em algum lugar atrás dela.

Seus nervos se despedaçaram e, quando ela tateou um canto, saiu correndo para a floresta. De qualquer maneira, não havia vento para levar seu cheiro. Esticou os braços à sua frente para evitar bater nas árvores, mas parou ao tropeçar e se deitou no chão, mal ousando respirar caso tivesse sido perseguida.

Começou a contar os segundos, tentando ter uma ideia de quanto tempo aquele apagão estava durando. Quando chegou aos dois mil, estava quase adormecendo, se não fosse pelos sons distantes de explosões perto da cidade. Por volta de três mil, as folhas estalaram novamente nas proximidades.

— Kam?

Ami. Eles tinham vindo atrás dela.

— Ami? — Kam sussurrou audivelmente.

— Kam! — Ami chamou de novo.

Kam ficou de pé e se agachou contra o tronco de uma árvore, esperando por alguma noção de rumo.

— Cadê você? — Kam chamou.

— Kam!

Kam caminhou cautelosamente na direção da voz de Ami, querendo alcançá-la antes que o urso o fizesse.

— Ai, Kam — disse Ami.

A voz dela estava próxima e nítida. Mas havia alguma coisa errada. Certa umidade nela. Uma característica catarrenta que fazia com que as palavras soassem distorcidas de perto.

Os pelos finos no braço dela se arrepiaram de novo quando Kam foi na direção da voz de Ami. Em algum lugar para além delas, uma árvore enorme gemeu como se estivesse sendo esmagada por algo muito pesado.

— Você está ferida? — indagou Kam.

Um rosnado retorquiu junto com uma respiração úmida e um bafo de caçador que criou orvalho nos dedos estendidos dela.

A luz voltou, e Kam gritou diante de um urso preto anormalmente grande, com o rosto coberto de cicatrizes mal curadas e o pelo coberto de musgo. Ele se arrastou, ergueu-se sobre as patas traseiras e ficou preso entre duas árvores antigas, de alguma forma fundido com um tronco caído, como a garota do poste. Sua boca estava frouxa e, quando ele respirava, com dificuldade, soava exatamente como Ami.

— Kam!

Ai, meu Deus, será que ele tinha matado os dois?

Kam subiu a montanha correndo para o local onde ela sabia que encontraria a cabana. Os gritos assustadores do urso a seguiram.

Contornou a cabana e entrou pela porta da frente.

— Ami? Wolf? — disse, ofegante.

Não houve resposta e nenhum sinal deles em qualquer um dos quartos.

Pegou uma lanterna e andou cuidadosamente pela entrada da garagem até a caminhonete, soltando-a assim que a luz bateu na pedra.

Eram eles.

A rocha em si tinha criado duas novas formações nos moldes do corpo de Wolf e Ami, com mãos e rostos bem definidos, dedos entrelaçados enquanto se sentavam contra ela. Apenas um dos grandes olhos castanhos de Ami permanecia vivo e fitava o rosto de Wolf. As chaves da caminhonete tinham caído.

Kam se ajoelhou e olhou para os amigos, as lágrimas escorrendo silenciosamente. A fogueira ainda crepitava ao longe atrás dela. Olhou para a floresta — para o refúgio pacífico que não tiveram oportunidade de aproveitar.

A noite estava gelada e a lua provia tanta luz quanto era possível num mundo que estava morrendo.

Sua nuca ficou quente e úmida.

— Ah, Kam — a voz de Ami suspirou alegremente atrás dela.

Nunca houve para onde fugir.

A MULHER OBIA MAIS FORTE DO MUNDO

Nalo Hopkinson
Tradução de Thaís Britto

Assim que Yenderil pulou naquela água salobra e azul da gruta, ela iniciou uma jornada que não poderia acabar bem. Pelos sermões do pastor aos domingos, ela sabia que o inferno estava bem debaixo de seus pés, mas, mesmo assim, para baixo era a direção que estava determinada a seguir, um caminho sem desvios até a perdição, se fosse preciso. Porque a criatura que ela caçava só podia ser uma criação do diabo, então era lá nas profundezas que a encontraria.

Yenderil tivera que observar e esperar por dias até que não houvesse ninguém perto da gruta azul para espionar o que fazia. Era assim naquela aldeiazinha mequetrefe, tão pobre que mal se encontrava duas pedras para esfregar e fazer fogo; apenas algumas centenas de pessoas viviam em Trentwall e todo mundo se metia na vida de todo mundo. Mas hoje ela enfim teve uma chance.

Só que, verdade seja dita: naquele momento do mergulho na água salgada, Yenderil não estava nem de longe pensando em seu futuro. Ela se sentia estilhaçada em mil pedaços, não conseguia controlar a própria mente.

Aquele recipiente de alma que era seu corpo sentia o contato molhado com a água subindo, dos pés até o topo da cabeça. A água era fria e azul-celeste, mas à medida que afundava ia ficando mais fria, passando de azul-celeste para azul-índigo, depois para azul-marinho, até chegar a um azul quase preto que parecia sangue, mas ela continuou descendo.

Estava tão escuro que ela não tinha certeza se seus olhos estavam abertos. Os pulmões avaliavam por quanto tempo conseguiriam deixá-la prender a respiração antes que se abrissem como foles e a fizessem aspirar tudo que pudessem, fosse o ar vital ou a água mortal. Seus braços de menina, jovens e fortes como galhos novos, ponderavam se deveriam largar a pedra em que estavam presos, já que o peso dela a puxava para o fundo azul-escuro e ainda mais para baixo, onde garotas com pulmões em vez de brânquias não tinham nada que estar. Sua pele era puro arrepio graças à baixíssima temperatura nas profundezas da gruta azul.

Até então ela não sabia que o frio queimava tanto quanto o fogo. Os olhos em seu rosto tentavam enxergar, virando-se de um lado para o outro o máximo que conseguiam, sem ver nada além da escuridão. Os ouvidos tentavam escutar, mas o único som naquele silêncio todo era o coração de Yenderil batendo dentro de sua caixa torácica, tentando se libertar.

O cinto de couro que o homem obia lhe dera para prender na cintura pensava a única coisa que um cinto poderia pensar: apertapertaficafirmequerido. O cutelo que o homem obia lhe disse para enfiar no cinto cantava uma música sobre decepar e cortar. E o nó na barra do vestido de Yenderil só analisava uma coisa: como se manter fechado e decente na altura do joelho. Porque ela era uma boa garota. Era melhor morrer do que se expor, mesmo que fosse para aquele demônio maldito que ela tinha ido matar. E a própria Yenderil? Ela só pensava em encontrar o demônio da gruta azul que tinha levado sua mãe, seu pai e a única cabra da família três anos atrás com um golpe de seus dez braços de cobra. Não estava preocupada com o que viria depois. Já tinha vivido sem pensar no "depois" durante os últimos três anos mesmo.

Três anos antes, no intervalo de apenas quatro respirações aterrorizadas de Yenderil, o demônio da gruta azul lançara seus longos braços para fora da água e a deixara órfã, sem nem mesmo uma cabra para fornecer a ela e ao filhote o leite quente para as manhãs frias. Yenderil dera o filhote para o homem obia, já que o animal não tinha mais mãe para amamentá-lo, e em troca ele concordou em treiná-la para se vingar do demônio aquático.

Três anos depois, ao mergulhar fundo na água da gruta azul naquele dia, Yenderil só pensava nas palavras dele:

Tem que fatiar aquele demônio, tá me ouvindo? Você vai servir de isca pra ele, é assim que vai conseguir pegá-lo. Espera até ele te segurar e te prender bem, daí você pega o cutelo e sai cortando tudo que alcançar. Decepa os braços que estiverem te segurando até ele te soltar. Depois vai atrás dele e enfia o cutelo no olho. Bem fundo, tá entendendo? Até chegar no cérebro. Assim ele vai morrer.

Às vezes Yenderil se perguntava como é que ele sabia matar um demônio. Mas ele era um homem obia. Sabia muito mais do que ela.

Lá estava. Bem longe, bem abaixo dela. Um ramo verde e brilhante de braços, como se fosse um pé de babosa, dez deles se estendendo para alcançá-la, cada vez mais longos, ansiando pela garota e subindo tão rápido até que Yenderil notasse que eram muito maiores do que ela. Seu coração já estava na garganta e tentava sair de qualquer jeito. Os braços assustados largaram a pedra na hora. O nó no vestido ficou tão apavorado que cedeu e a saia flutuou ao redor da cabeça até que não conseguisse mais ver direito o demônio verde.

Yenderil se deu conta de que o que estava fazendo era de uma insensatez imensa e que seus pulmões queimavam. Tentou voltar para a superfície, nadando rápidorápidorápido para fugir.

Mas então o demônio a agarrou e a segurou com força. Seus braços verdes a envolveram como cordas, e Yenderil percebeu uma coisa que o homem obia não tinha lhe dito: como ia cortar o demônio se não conseguia soltar os braços para pegar o cutelo? Espremido assim tão perto dela, o corpo do demônio parecia uma borracha molhada. A lateral do rosto de Yenderil estava pressionada contra ele. Lá dentro do verde brilhante e suave, ela via formas negras se movendo, conectadas. As entranhas. Um coração pulsante, maior que sua cabeça. E outros dois corações menores. Quem conseguiria matar uma criatura com três corações?

O demônio a espremeu. Yenderil sentiu uma pressão forte no peito que foi subindo a ponto de ela achar que a cabeça ia explodir. Não conseguia evitar; abriu a boca para gritar. Engoliu água, salgada como suor e gelada como a morte, que queimou sua garganta e causou espasmos pelo corpo inteiro, capturado pelo verde brilhante.

Uma bolha de ar sai de sua boca. Os engasgos vão parando. A dor parece distante. Os braços ao redor dela se soltam, segurando-a longe do corpo do diabo. Dois olhos ali no meio dele, grandes como rodas de carroça, olham para ela. E ela flutua naquela imensidão escura, as pernas balançando. Não sabia se estava de cabeça para cima ou para baixo. E ela ia apagando, apagando, enquanto tentava pegar o cutelo.

— *Segura bem ele, Gregory.*

O amigo dela estava com dificuldades para manter o inseto dentro da gaiola feita com os dedos.

— *Tô com medo de arrancar uma perna.*

— *Isso não vai machucá-lo. Ele ainda vai conseguir voar.*

Yenderil trabalhava entre os dedos de Gregory com um pedaço de linha que sua mãe havia deixado, e amarrava ao redor do corpinho do vaga-lume. A luz verde que emanava de sua traseira dificultava que ela enxergasse exatamente o que estava fazendo naquele fim de dia. Precisou de três tentativas enquanto Gregory se contorcia e balançava, dizendo que o vaga-lume estava fazendo cócegas em sua mão. A certa altura, ela fez o nó.

— *Pronto* — *disse para Gregory.* — *Pode soltar.*

O vaga-lume se lançou no ar, tentando fugir. Mas Yenderil segurava com força a outra ponta da linha. O máximo que o inseto conseguia fazer era voar alguns metros acima deles. Yenderil levantou o braço e os dois foram caminhando pela estrada no anoitecer, seguindo o brilho incessante do inseto. O sol não havia se posto totalmente. A parte de cima do corpo do vaga-lume reluzia com o sol, enquanto a parte de baixo estava escura, a não ser pela luz de seu rabo. O crepúsculo havia pintado de vermelho os pés de ambos. Arbustos esparsos de jasmim que cresciam à beira da estrada soltavam o perfume de suas flores brancas. A aldeia de Trentwall se estendia à direita deles. Terminava num pequeno despenhadeiro, com o mar lá embaixo. As ondas quebravam na praia e enchiam o ambiente com o cheiro de sal. Do lado esquerdo, os terrenos dos moradores da aldeia de Trentwall. Depois disso, a mata; com árvores de bambu, ébano, carvalho e mogno. E, preenchendo todo o ar, o coaxar e a disputa de milhares de sapos e grilos que cantavam em busca de uma parceira para a noite.

— Gregory?

— Oi?

— O que vai fazer quando terminar a escola?

— Está falando daqui a quatro longos anos?

— Isso.

— Acho que vou montar um carrinho. Pegar coco-verde toda semana na praia lá embaixo da colina, colocar no carrinho e subir com ele pra cidade. Pegar emprestado o cutelo do meu pai para abrir os cocos. E vender água de coco pro pessoal da cidade.

Ela conseguia imaginá-lo fazendo exatamente isso, correndo para lá e para cá, o rastro do carrinho no chão.

— É uma boa ideia. Seus dois irmãos e sua irmã podem ajudar seus pais a cultivar mandioca e fruta-pão para vender no mercado. E aí você pode fazer outra coisa. — Yenderil sorriu sob o céu ainda não completamente escuro. — Vai precisar de um jumento para puxar o carrinho.

— Talvez eu consiga comprar um com o dinheiro que ganhar vendendo os cocos.

— Posso te ajudar. Sabe o que vou fazer quando terminar a escola?

Gregory parou de andar de repente. O vaga-lume voava em círculos acima deles, triste e desesperado.

— Não vem com a história de Mandeville de novo, Yenderil!

A garota riu na escuridão.

— É claro que sim. Eu vou para Mandeville. Mais do que isso, vou encontrar o Jumento de Ferro e domesticá-lo pra você, assim vai ter um jumento pelo resto da vida e vai poder passá-lo pros seus filhos quando estiver bem velhinho e não puder mais vender coco.

— Você está doida. Essa é nossa vida. Bem aqui. Isso é a realidade.

— Não precisa ser. — Era a velha discussão entre os dois. — Tem muito mais coisa aí pelo mundo. Podemos ver a Mesa Dourada na Cidade Espanhola. Ou os navios enormes que chegam nas docas em Kingston. E você pode vir comigo!

Gregory balançou a cabeça.

— Yenderil, você sabe que não vou fazer isso. Você não tem ninguém aqui para cuidar. Não sou livre como você para simplesmente levantar e ir aonde quiser.

Yenderil sentiu o sangue ferver. Parou de andar e fechou a cara para ele.

— Desculpe, não devia ter falado assim — Gregory disse.

O vaga-lume lá em cima chamou atenção dela.

— Deixa pra lá. — Voltaram a andar. Ela olhou para o inseto. — O que acha que ele consegue ver de lá de cima?

Ele deu de ombros.

— O mesmo que a gente vê quando sobe no abacateiro do lado de fora da sua casa. Casas. A estrada. A loja de rum. A igreja. O mar.

— Eu sei — respondeu ela, irritada. — Mas deve ser diferente, né? Ver e voar ao mesmo tempo? Chegar bem rápido num lugar que parece longe? Voar até a lua e voltar, e até sair de Trentwall?

— Acho que sim. Quer ir olhar aquele porco morto que vimos no mato hoje de manhã?

— Sim. Estava fedendo tanto!

— Tinha larvas andando sob a pele.

— E estava inchado pra caramba. Duvido você cutucar ele com uma vara!

Eles saíram da estrada e adentraram a mata. O vaga-lume logo ficou preso num galho de árvore, então Yenderil teve que deixá-lo pra trás, voando em círculos. Pelo rastro da luz de sua traseira, Yenderil via que o pedaço de linha ia ficando cada vez mais curto.

Corta. Você tem que cortar. Yenderil tinha praticado com o cutelo durante todos esses anos, preparando-se para este dia até o homem obia lhe dizer que estava forte o suficiente. Ela sabia o que fazer. Então deve ter feito, não é? Naqueles momentos de quase afogamento, ela deve ter sacado o cutelo do cinto e golpeado o demônio da gruta azul. Mas, depois disso, não se lembrava de mais nada.

Ela se movia na água de novo, engolindo, mas sem morrer, sem morrer, nada de ir para o céu ver a mãe e o pai. Ainda não. Em vez disso, movia-se pela água que ia mudando de negra para azul-marinho, para índigo, para celeste. Subindo.

Ela irrompeu no ar, a boca do estômago pesada. Tossiu a água dos pulmões. Suas pernas não pareciam suas, mas ainda assim conseguiu nadar até a margem da gruta azul. Arrastou-se para fora. O cutelo tinha sumido, afundado nas profundezas em algum momento da batalha. Ela tinha matado o demônio aquático?

Yenderil desmoronou na beirada da água, não apenas de cansaço, mas porque estava pesada. Pesada demais. Muito mais do que quando entrara na água. Mas agora estava tudo bem. Ela tinha matado ele, não tinha?

Então, olhou para seu próprio corpo.

Yenderil caminhou por sabe lá quanto tempo. Tropeçando. O pé esquerdo balançando, enganchando nas pedras, no capim-guiné. A água salgada escorrendo de seu cabelo, de seu vestido. Ela se secou rapidamente sob o calor tropical, mas tinha algo errado com a pele seca. O sol brilhava demais. O calor estava muito quente. O som muito alto. E os olhos mirando para todos os lados, como se nunca tivesse visto Trentwall antes. Ela passou por um ou dois moradores da aldeia. Alguns a cumprimentaram alegremente, mas então olharam sua perna e saíram correndo.

Ela se viu parada diante da cabaceira nos limites do terreno da tia. Depois esfregou a bochecha no tronco da árvore, surpresa com a aspereza. Havia cabaças verdes e redondas penduradas no tronco, como grandes peitos femininos. Por que estava passando a língua em uma delas? Por que estava tentando mordê-la? O que era esse peso que a puxava para baixo? Ela se lembrou de onde estava indo. Se forçou a correr, pesada e devagar. A luz brilhante demais! A pele muito quente!

Chegou na casa da tia e abriu a porta. Um grito saiu de lá de dentro.

Papai Pa, o homem obia da aldeia, estava ajoelhado, vomitando, atrás de um arbusto de hibiscos no jardim. Yenderil fez uma careta ao ouvir o barulho. Era o mesmo som que ela fizera quando viu pela primeira vez o que o demônio aquático tinha feito com ela. Esperou sentada à mesa de madeira que papai Pa tinha do lado de fora, debaixo do toldo, balançando as pernas — uma perna boa de Yenderil, descalça e com os cinco dedinhos aparecendo, e a nova perna de demônio, gorda, sem ossos e enorme; era umas duas ou três vezes maior que ela. Tinha ventosas na parte de trás, desde a pontinha até em cima, chegando no quadril. Ficava se enroscando nas coisas, tocando-as. O pé da mesa. O cabelo de Yenderil, as tranças emboladas e caídas. Seu rosto.

A mesa balançava um pouco e rangia a cada movimento de suas pernas. As pedras do chão estavam rachadas e irregulares por causa dos pedaços de grama que nasciam entre elas. As costas de papai Pa arfavam. Yenderil conseguia ouvir o barulho do café da manhã se esparramando no chão. Sentia o cheiro ácido também. Era um cheiro interessante que alguns dias atrás a teria deixado enjoada. Desde que saiu da gruta azul, parecia que podia sentir qualquer cheiro. Mais interessante do que o café da manhã vomitado do papai Pa era o cheiro de carne da galinha branca que estava na gaiola ao lado da mesa. O estômago de Yenderil roncou. A galinha abriu e fechou o bico no calor do sol matinal.

Yenderil levantara o vestido até acima da barriga, segurando sobre o peito com uma das mãos, para mostrar a papai Pa o que tinha acontecido com ela. A perna de demônio havia preenchido um lado da calcinha, forçando a costura. Com a barriga exposta daquele jeito, ela conseguia olhar para papai Pa com seus olhos antigos de Yenderil, e ao mesmo tempo olhar para a galinha com seu novo olho de demônio. Ficava meio tonta enxergando duas coisas diferentes em lugares diferentes daquele jeito.

A mesa rangeu. Antes que Yenderil pudesse entender o que estava para acontecer, a mesa rachou no meio e se partiu em duas bem debaixo dela, um estalo que parecia um tiro de espingarda. Ela caiu de bunda no chão, a gaiola em seu colo, a galinha gritando lá dentro. Do lado de fora na aldeia, os cachorros começaram a latir ao ouvir o som da mesa quebrando. Da Mickle Road veio o ganido rouco de Cara de Cavalo, o velho cão de caça laranja do sr. Pertwee. Já da rua principal ouviu-se os latidos briguentos das duas cadelinhas do sr. Chong, irmãs com pelos pretos e marrons. Yenderil não sabia o nome verdadeiro delas e nem se tinham nomes. Ela e as outras crianças só as chamavam de Ping e Pong. Ping, Pong e o sr. Chong, que nunca vende nada de bom. A mãe dizia para ela não cantar essa música, porque era maldade fazer piada com o sr. Chong.

Quando ouviu a mesa quebrar, o papai Pa se levantou de trás do arbusto de hibiscos. Foi correndo, com os pés pesados, limpando a boca com as costas da mão. Parou ao lado dela, cheirava a vômito e a homem adulto. Cheirava a jantar. Seu corpo alto e robusto bloqueou o sol e deixou Yenderil sob uma sombra refrescante.

— Levante-se — disse ele. — E cubra-se com o vestido. Ninguém quer ver isso aí.

Yenderil alisou o vestido sobre as protuberâncias que se agitavam em seu corpo e cobriu o olho do demônio com o tecido. O olho se fechou, ou ela mesma o fechou, como se o fizesse com seus próprios olhos de Yenderil. Não tinha certeza de como tinha sido, mas o fato era que voltou a enxergar só com os dois olhos em seu rosto.

Com muito esforço, cacarejando e reclamando, a galinha conseguiu ficar de pé novamente. Yenderil entregou a gaiola a papai Pa, embora o que quisesse mesmo era arrombá-la e pegar aquela carne macia lá dentro. Papai Pa tirou a gaiola da mão dela, olhando para o pedaço da barriga que tinha sido coberta com o vestido.

— O que foi que tu fez? — perguntou, áspero. — Como foi que terminou assim?

Cara de Cavalo, Ping e Pong pararam de latir. A galinha olhou para ela, desconfiada.

Papai Pa tinha feito uma pergunta.

— Não foi seu obia que fez isso? Eu queria matar o demônio, não colar ele em mim. Tira de mim, por favor, papai Pa? — Yenderil respondeu.

Ele ficou de queixo caído.

— Meu obia...? Não foi eu quem causou isso.

— Mas você me ensinou a ir atrás do demônio!

— Só porque você perturbava o meu juízo o tempo inteiro com esse assunto! E... aquela coisa na gruta azul já matou muita gente e muito gado em Trentwall. Pensei que talvez pudesse se livrar daquilo... E, além do mais, para dizer a verdade de Deus, você me deu seu último cabrito. Perdeu o pai e a mãe, mal tinha dez anos, não tinha onde cair morta. Estava consumida pelo luto. Achei que trazer você pra treinar comigo pudesse te distrair... — Ele estava tagarelando, um monte de motivos diferentes saindo de sua boca. Parou de repente e saiu do alcance da perna de demônio. — Sinto muito, Yenderil. Eu não sabia que você realmente ia atrás dele.

Ele a achava uma boba por ter acreditado esse tempo todo, mas não merecia morrer por conta disso. Com suas mãos e o pé bom, ela conteve o pé de demônio. Era igual segurar uma vaca que não queria ir aonde estava sendo levada.

— Desculpe por quebrar sua mesa — disse ela. Não sabia como ia pagar por uma nova. As lágrimas começaram a cair de seus olhos, dos três. Um fio de lágrima desceu pela parte da frente do vestido, seu único vestido, ainda com a bainha rasgada da batalha. — Mas as pessoas estão dizendo que eu sou um demônio também, que não tinha nada que ter descido naquela gruta. A tia Mabel não quer mais me deixar ficar na casa dela. Diz que eu tenho que voltar a morar na minha casa antiga. Diz que não é por ela, mas que estou assustando seus filhos e marido. Como eu vou viver, papai Pa? Precisa tirar essa coisa de mim.

Papai Pa deu um passo para trás. O medo dele fedia a cocô de cachorro.

— Mas você nem tem mais a perna esquerda. Não está vendo? Você tem uma perna de demônio. Ela é parte de você. Como é que vou consertar isso?

Ela ficou cega de ódio e o agarrou. Não com os braços, mas com a perna de demônio. Enrolou-a no tornozelo de papai Pa e puxou seu pé para cima. Com um grito, ele caiu no chão, o corpo robusto em cima da gaiola. A coitada da galinha não teve nem tempo de grasnar. Com um movimento rápido, Yenderil puxou papai Pa para perto dela. Ele estava chocado, os olhos arregalados e apavorados encarando os dela. Ela não sabia que era capaz de assustar um homem adulto daquele jeito. Mas estava muito irada para pensar nisso agora.

— Você vai me consertar — rosnou para ele. — Ou então...

— Tá bom, tá bom — balbuciou papai Pa. — Vou dar um jeito de te consertar. Mas... — ele engoliu em seco, corajoso — como é que vai me pagar?

O momento de briga passou para Yenderil. Ele não tinha pedido pagamento antes disso.

— Não sei. Não tenho dinheiro. — As lágrimas estavam voltando e tudo que ela queria era se abaixar e lamber o sangue da galinha que pingava nas pedras quebradas debaixo do corpo do papai Pa.

— Hummm — foi tudo que ele disse.

Yenderil fez o pé de demônio soltá-lo. Houve uns segundos de silêncio entre eles, nos quais Yenderil sentiu os cheiros e ouviu os sons da aldeia com mais clareza do que nunca. O cheiro da mandioca quente que vinha do pão Bammy sendo preparado na panela de carvão na cabana da srta. Cadogan, perto da praia. Isso significava que os pescadores tinham feito uma segunda pesca naquele dia, e ela estava fazendo os pães para vender com peixe frito. A gritaria e as provocações dos meninos lá em cima da colina, a quase dois quilômetros de distância, pulando ou empurrando uns aos outros na direção do mar. O cheiro de terra do solo recém-arado nos terrenos da colina, onde as pessoas fofocavam e cantavam enquanto cultivavam seus feijões-guandu, inhame e bananas.

Papai Pa pigarreou. Sentou, franziu a testa ao olhar para a gaiola e para a galinha esmagada dentro dela. Segurou as costas ensanguentadas da camisa longe do corpo e resmungou.

— Vai ficar me devendo essa galinha também. E minha camisa.

— Devendo? — disse Yenderil. — Então posso pagar aos poucos?

Ele fez que sim com a cabeça.

— Algo do tipo. — Ele se levantou e estendeu a mão para ajudar Yenderil, sem tirar os olhos da perna de demônio.

Ela não pegou a mão dele. Lembrou-se do comprimento e da espessura dos braços verdes que a capturaram na gruta azul. Agora ela tinha aqueles braços na barriga. Ainda que tenham diminuído de tamanho para caber ali, Yenderil provavelmente era bem mais pesada até do que o próprio papai Pa. Ela fez um esforço para se levantar.

— Vou fazer um trabalho de obia pra tirar esse demônio daí. Volte amanhã. O obia vai estar pronto pra você — Papai Pa disse.

Amanhã? Isso tudo?

Mas ela não tinha escolha.

— Está bem, papai Pa. Posso ficar com a galinha?

Ele parecia confuso.

— O quê?

— Eu vou te pagar, papai Pa. Mas posso ficar com a galinha? Estou com muita fome.

— Bom, acho que quem poupa tem. — Ele pegou a gaiola amassada pelo único canto ainda limpo e entregou a ela. Lá dentro, o animal era uma mistura de sangue, ossos e penas. — Daria uma boa sopa.

Yenderil concordou. Mas a sensação era de que ela queria mesmo era beber o sangue ainda quente da galinha crua.

Papai Pa observou seu olhar faminto para a galinha estraçalhada. Engoliu em seco.

— Então por que não vai lá preparar seu jantar com ela? — sugeriu. — Volte amanhã cedo. Antes de amanhecer.

Na escuridão de antes do sol nascer. Para não ser vista por ninguém.

— Tá bom, papai Pa.

Ele a observou por todo o caminho até o portão de seu terreno. Quando ela chegou à frente da casa, o filho mais velho de papai Pa, Stephen, estava lá fingindo varrer a varanda com uma vassoura de fibra de coco. Mas na verdade ele queria ver Yenderil e o pé de demônio. Ela desejou que um enxame de mutucas entrasse naquela boca aberta idiota dele. Ao sair pelo portão, viu uma das janelas basculantes da fachada da casa bater com força. Logo em seguida, a porta da frente se abriu um pouquinho e a esposa de papai Pa gritou para o filho:

— Stephen! Venha já pra dentro! — Como se o filho ainda fosse uma criancinha. O cheiro do medo saía aos borbotões pela boca da mulher. Yenderil podia sentir seu gosto lá de longe onde estava.

Baixou a cabeça e foi se arrastando pela estrada que dava na mata, o tempo inteiro rezando para não encontrar ninguém. Não tinha intenção de ir para casa. Sua barriga roncava tão alto em seus ouvidos que ela quase temeu que os cachorros ouvissem e começassem a latir de novo. Sim, ela podia depenar a galinha e fazer uma sopa, mas seu estômago revirava só de pensar em comer comida cozida. E ela adorava frango. Não podia nem entregar a galinha amassada para tia Mabel. Estava proibida de voltar para a casa dela.

Não chegou até a mata. Só conseguiu ir até a plantação de feijão guandu da tia. O cheiro da carne crua da galinha estava lhe dando água na boca. Ela se embrenhou nas plantas que estavam na altura da cintura antes que a fome lhe fizesse cair de joelhos. Colocou a gaiola na boca e sugou aquele mingau salgado e grosso de sangue da carcaça da galinha como se estivesse chupando um pirulito. Conseguiu abrir uma das laterais da gaiola, enfiou as duas mãos lá dentro e tirou o corpo. Roeu a carne crua sem se importar com as penas na boca. Engoliu tudo de uma vez. Sorveu as entranhas escorregadias cheias de comida meio digerida, os rins borrachudos e com gosto de xixi, a moela fibrosa. Sugou a medula dos ossos. Cuspiu apenas os ossos quebrados, junto com as garras e o bico. Arrotou. Sua barriga se retorcia com o que tinha acabado de comer, mas nunca se sentira tão satisfeita com uma comida antes.

Não, ela não. Não era *ela* que sentia aquilo. Havia outra mente crescendo dentro de sua cabeça. Ainda era sutil, mas ficava cada vez mais barulhenta. Yenderil sentia sua inquietação. Queria que ela fosse fazer alguma coisa, *qualquer* coisa. Não sabia bem o que queria. *Alguma coisa.*

Yenderil estava completamente exausta. Suspirou e jogou a gaiola ali mesmo na plantação de feijão, em cima do que tinha sobrado da galinha. Se alguém encontrasse toda aquela nojeira e ficasse assustado, que seja. Ela precisava descansar. Começou a caminhar pela estrada em direção à mata.

No caminho, cruzou com o pai de Gregory, que carregava um punhado de longas canas no ombro. Ele deu um pulo de susto quando a viu, xingou e se benzeu para garantir. Baixou a cabeça e continuou seguindo seu caminho.

Yenderil se deu conta de que não tinha limpado a boca. Havia um halo de sangue vermelho brilhante ao redor dela. Aquilo, sua perna de demônio e a protuberância inquieta em sua barriga debaixo do vestido; ela realmente devia estar parecendo o próprio diabo. Só imaginava o que o pai de Gregory contaria ao filho sobre ela. Mas não queria encarar o amigo ainda.

Já estava escuro, mais frio do que durante o dia, e bem mais tranquilo para os olhos de Yenderil. Se levantasse o vestido para o demônio aquático enxergar, ela caminharia facilmente na escuridão. O demônio gostava da penumbra. Só rezou para que ninguém a visse com o vestido suspenso escandalosamente.

Escalou um carvalho e emaranhou alguns de seus galhos, ainda presos à árvore, para construir um ninho. Subiu ali e se deitou. A perna do demônio se enrolou ao redor dela e prendeu a ponta em volta do tronco da árvore. Aos poucos, Yenderil sentiu o demônio aquático percebendo que o vai e vem da brisa noturna era bem parecido com a flutuação do fundo do mar. Que o coaxar dos sapos e grilos era como os sons debaixo d'água, embora mais altos. Todos os olhos de Yenderil se fecharam e ela dormiu.

Yenderil ouvira a história numa noite em que foi buscar o pai na loja de rum. Os homens bebiam e contavam histórias antigas. Parecia que um caçador de recompensas chamado Champagnie tinha construído o Jumento de Ferro muito tempo atrás, para ajudá-lo a encontrar escravos fugitivos. Há mais de cinquenta anos, antes dos tempos de liberdade. Construiu com placas de ferro e prendeu com pregos dos caixões de homens negros que foram enforcados. Esculpiu as presas com os ossos das coxas desses mesmos homens. Colocou um motor terrível dentro do peito para lhe dar vida e inteligência. Pelo que a história dizia, se Champagnie colocasse o Jumento de Ferro para ir atrás de você, ele nunca deixaria de te perseguir até conseguir cravar as presas em sua carne.

— Mas — disse um dos homens — esse Champagnie já não morreu faz tempo?

— Ah, verdade. Mas morreu antes de desligar o Jumento de Ferro, então ele ainda anda por aí caçando negros, não importa que não sejamos mais escravos — respondeu o que estava contando a história.

Desde então, Yenderil é louca para ir atrás do Jumento de Ferro, desmontá-lo e descobrir como o motor dele funciona. Queria encontrar a Mesa Dourada no rio Cobre, na Cidade Espanhola. Será que ela realmente emergia todos os dias, flutuava na superfície por sete segundos e depois submergia de novo? E ela queria ir para outro país! Num navio de verdade! Queria encontrar um fantasma e fazê-lo conversar com ela. Queria que Gregory fosse junto nessas aventuras, mas ele preferia ficar nessa aldeia mequetrefe que era Trentwall. Talvez ela pudesse pedir para o papai Pa fabricar algum tipo de pó com poder de "venha atrás de mim" para colocar na comida de Gregory. Ele ia gostar de viajar com ela, só precisava tirá-lo de Trentwall.

Mas primeiro ela precisava pagar papai Pa por tirar o demônio aquático dela. Depois pensava no resto.

Quando Yenderil chegou à casa do papai Pa na manhã seguinte, o filho Stephen estava colocando uma mesinha frágil nos fundos. Depois de substituir a que ela tinha quebrado, ele e a mãe ficaram observando ela e papai Pa pela fresta da porta dos fundos, sem nem fingir que estavam fazendo outra coisa. Também havia um banquinho. Papai Pa estava sentado nele. Então Yenderil ficou de pé ao lado da mesa em silêncio. A perna de demônio se balançava para a frente e para trás. Ela deixou. Para que papai Pa se lembrasse do que ela era capaz.

Ainda não tinha amanhecido, estava escuro. O sol começava a despontar e a deixar azul o céu negro. A brisa soprava um frescor muito bem-vindo sobre a pele de Yenderil. Mesmo assim, o demônio continuava dando sinais, na corrente sanguínea compartilhada dos dois, de que estava muito calor. Em voz baixa, Yenderil murmurou:

— Volta pra casa então, não quer? Eu adoraria levar você de volta.

Em resposta, o demônio enviou alguma grosseria que Yenderil não entendeu. Mas tinha o *cheiro* de alguma coisa agressiva que um demônio diria.

Papai Pa se levantou.

— Sente-se no banco — disse ele. — Pregamos um pouco mais de madeira aí ontem à noite para aguentar seu peso.

Os grilos cricrilavam por toda parte na escuridão ao redor. Em cima da mesa, a chama de um lampião dançava no ritmo do cantar.

Fogo. O demônio da gruta azul nunca tinha visto aquilo antes. Flutuava como água, mas não era água. Yenderil conteve o impulso do demônio de estender a mão até o lampião e tocar a linda água laranja. Como ela não o fez, ele ficou tentando levantar o pé de demônio para completar a tarefa. Yenderil forçava o pé para baixo antes que subisse mais do que alguns centímetros. Devia estar parecendo impaciente ou apertada para fazer xixi.

Papai Pa pigarreou e Yenderil voltou do transe de contemplação do fogo.

— Me diz uma coisa — disse papai Pa. — Esse negócio aí colado em você... se eu cortar com uma faca, você sente algo?

Ela já tinha comprovado a resposta.

— Vai doer. Como se estivesse me cortando.

Papai Pa fez uma careta ao pensar naquilo. Olhou para o chão por um segundo. Suspirou. Olhou para cima de novo.

— Yenderil, posso tentar algumas coisas. Acho que consigo tirar o rosto desse negócio da sua barriga, mas não sei o que fazer com a perna. Talvez tenha que ficar assim mesmo.

Ela sentiu suas esperanças se esvaírem. Mas talvez sem o rosto os pensamentos do demônio aquático não existissem mais.

— Tudo bem, papai Pa.

Ele franziu a testa.

— Quero que você entenda no que pode se transformar. Se eu tirar o rosto do demônio, talvez sua perna continue saudável ou talvez pare de funcionar. E aí ela simplesmente ficaria pendurada aí.

Algo se arrastando atrás dela, um peso a puxando para baixo. Uma atração aonde quer que fosse.

Papai Pa olhou nos olhos dela.

— Ouça bem agora. Pode ser ainda pior. Se a perna morrer, ela pode apodrecer e a putrefação chegar até você. Pode te matar. Teríamos que mandar você para o hospital na cidade para amputar antes que isso acontecesse. Então, me diga a verdade: está pronta para tudo isso?

Ela não estava. Mas...

— Não vou ficar desse jeito — disse ela. — Pode fazer. Pode começar o trabalho de obia.

— Muito bem.

Primeiro veio um banho de cura, com ervas que flutuavam na água. Foi mamãe Pa que lavou Yenderil, e papai Pa ficou do lado de fora cantando seus hinos.

O demônio aquático gostou do banho. Ficou bebendo a água pela boca. Mamãe Pa teve calafrios e se recusou a tocar aquela parte da barriga de Yenderil.

— Jesus amado — sussurrou.

Encheu uma pequena tigela com a água do banho e jogou de longe sobre o demônio aquático. Secou Yenderil com um pano. Disse a ela para vestir a calcinha de novo e lhe deu um largo vestido branco, feito de saco de farinha. Mandou-a de volta lá para fora com papai Pa.

Papai Pa tinha colocado três pratos em cima da mesa: em um, algo que pareciam várias ervas misturadas; no outro, carvão; e no terceiro uma espécie de óleo negro. Havia alguns pequenos ramos entre os pratos. E uma faca grande e afiada. Quando Yenderil viu a faca, teve um sobressalto. Papai Pa percebeu.

— Vou defumá-lo — contou — como uma colmeia. Deixá-lo sonolento para não sentir nada. Se ele não sentir, você não vai sentir também.

Yenderil não tinha tanta certeza, mas se deitou no banco como papai Pa havia orientado e levantou o vestido, exibindo o demônio aquático. Papai Pa ficou surpreso.

— Agora ele tem a pele igual à sua?

— Ele consegue mudar de pele.

— Uau. Conheço alguns peixes que fazem isso.

Ele mergulhou um dos ramos no óleo e acendeu no fogo debaixo da panela de carvão. Uma fumaça preta começou a emanar do ramo. Papai Pa o levou bem perto do rosto do demônio aquático, cujos olhos piscaram. Ele achou a fumaça engraçada, parecia ter o formato de... alguma coisa. Yenderil não entendia o que aquilo estava dizendo. Logo ele fechou os olhos.

— Está dormindo? — papai Pa perguntou.

— Acho que sim.

— Belisque a perna de demônio. Bem forte.

Ela beliscou. E não sentiu nada. Sentiu a esperança voltar ao corpo.

Papai Pa pegou a faca e espetou um lado do rosto do demônio aquático, bem no limite entre ele e a pele de Yenderil. Sua mão tremia.

— E aí?

— Nada.

Papai Pa engoliu a saliva e enfiou a faca um pouquinho mais. Yenderil queria fechar os próprios olhos, mas também queria ver.

Papai Pa disse:

— Deus me ajude, nunca fiz nada parecido com isso. Cortar algo infectado até vai. Às vezes até suturar um corte profundo. Isso aqui é outra coisa.

— Pode continuar.

— Sim. — Começou a cortar ao redor do rosto do demônio, devagarzinho. Um corte. Dois. Um fio de sangue escorreu. Ele parou, mas deixou a faca lá dentro. — Alguma coisa? — A voz dele falhou no fim da frase.

— Nada. Eu sinto a faca, mas não sinto dor.

Três cortes. Quatro. Papai Pa rezava o pai-nosso, embolando todas as palavras. Mas continuou cortando.

Cinco cortes.

— Fácil — disse ele. — É como tirar uma ostra de dentro da concha.

Sua voz não parecia tão convencida.

Seis cortes e... aaaaiii!

Uma dor lancinante se espalhou pela barriga de Yenderil.

— Pare! — ela gritou em desespero.

Ele parou na hora mas, ao mesmo tempo, um fio de sangue escorreu pelo olho do demônio. O rosto se contorceu e Yenderil sentiu tudo percorrer seu corpo e chegar até a perna do demônio.

Aconteceu muito rápido. O olho dele se abriu. Olhou para papai Pa. Um buraco se abriu abaixo de sua boca. Um líquido roxo e pegajoso saiu dali e cobriu o rosto de papai Pa, além da mão que segurava a faca. A perna do demônio empurrou Yenderil para longe do banco e ela voou pelos ares. Caiu de lado a alguns metros dali. Papai Pa deixou a faca cair. Ele sibilava e tentava limpar a gosma roxa dos olhos. A mulher e o filho vieram correndo de casa para ajudá-lo.

Eles levantaram o banco e sentaram papai Pa ali. Pegaram um pano úmido e limparam seu rosto e sua mão. Ele dizia que estava tudo bem, mas parecia muito confuso. Perguntou se tinha sido mordido por uma cobra. A mulher e o filho o levaram para dentro da casa. Stephen voltou e devolveu as roupas de Yenderil.

— Vá embora — disse ele, jogando tudo na direção dela. — Por favor.

— Ele vai ficar bem?

Stephen apontou para o portão.

— Nós vamos cuidar dele. Só, por favor, vá embora. Não nos machuque mais.

Yenderil não queria machucá-los. Ela só queria ser curada.

— Tudo bem.

Enquanto cambaleava até o portão, sentiu arrepios tomarem sua pele e uma voz dentro dela, que não tinha nada a ver com sua própria, disse:

Fazia muito tempo que eu não precisava usar esse truque.

Parecia satisfeito consigo mesmo.

O demônio aquático estava ficando cada vez mais forte dentro dela.

Ela não queria voltar para a mata. Não podia ir para a casa da tia. Aos soluços e caminhando escondida por trilhas alternativas para que ninguém a visse, foi para o único lugar onde sabia que poderia entrar.

* * *

Havia um balde de água morna em cima da mesa da antiga casa dos pais. Titia deve ter levado para ela. Ao lado, um prato com pão de mandioca e ackee.

Yenderil se sentou para comer na cama feita de espiga de milho forrada com o único lençol fino de saco de farinha com o qual ela dormia ao lado da mãe e do pai. Teve uma época que dormiram quatro naquela cama, quando a mãe trouxe o irmãozinho que morreu antes de completar onze semanas. Ela não entrava nessa casa havia anos. Tinha cheiro de mofo.

Não sabia o que fazer em seguida. Por ora, ia chorar todas as lágrimas salgadas de seu corpo.

Pelo menos tinha café da manhã. O ackee amarelo derretia na boca como ovos mexidos, e o pão era macio por dentro e crocante por fora. Uma nova experiência de sabores para o demônio aquático. Ela conseguiu sentir seu espanto. Yenderil passou bastante tempo mastigando enquanto refletia. Dirigiu-se ao demônio aquático:

— Vai me punir para sempre por ter tentado te matar?

Não. Não estou te punindo.

A voz era abafada e grave, como um sino de igreja tocando debaixo d'água.

— Não é uma punição?

Não.

— Então por que grudou em mim? Por que não ficou na água com seu povo?

Eu os comi.

— Você *comeu* sua família? Sua comunidade? Por quê?

Então vocês, seres humanos, não fazem isso? É por isso que há tantos de vocês?

O que era aquilo que ela tinha soltado no mundo? Yenderil colocou o prato de lado e abraçou o próprio corpo para conter os tremores.

— É verdade — respondeu, em voz baixa. — Não fazemos isso.

E como vocês adquirem conhecimento? Continuam ignorantes a vida inteira, igual a quando saem do ovo?

— Não entendi.

Um silêncio paira por um momento, enquanto o demônio aquático escava e perambula pelos pensamentos e memórias de Yenderil:

O pai encontrando a menina de cinco anos que tentava desenterrar o irmão com uma vareta. Ela só queria ver como ele estava debaixo da terra e perguntar se ele conseguia respirar.

Yenderil ficando em primeiro numa prova de matemática. Tinha vencido Gregory por dois pontos. Então, para ele se sentir melhor, ela subiu até o topo do jambeiro da tia, onde os galhos eram mais flexíveis. O sol estava mais quente ali, e o jambo estava grande, roxo e tenro. Ela colheu dois para Gregory. Estavam um pouco machucados quando ela chegou ao chão. A pele escura estava descascada em algumas partes, exibindo a polpa branca. Gregory ainda estava mal-humorado, mas logo sorriu, pegou os dois jambos e comeu tudo, deixando só o caroço. Ela foi melhor do que ele na prova seguinte também. E na que veio depois dessa. Ele se acostumou e logo ela não precisou mais lhe dar presentes.

Yenderil tentou expulsar o demônio de sua cabeça, onde viviam suas memórias particulares. Era mais fácil tentar ferver o oceano com um fósforo. Depois de alguns segundos, ele disse:

Estou entendendo como vocês são. Não respeitam os outros o suficiente para entregar a si mesmos!

O demônio aquático não sabia de nada, absolutamente nada. Ela tinha dado o cabrito órfão para papai Pa. Tinha colhido frutas para fazer Gregory se sentir melhor porque ela era mais inteligente do que ele em matemática.

O demônio continuou:

Houve uma época em que existiam muitos do meu povo no oceano. As águas afundaram lentamente ao longo dos milênios e acabamos presos no que você chama de gruta azul. Mas a princípio conseguíamos viver bem lá. Havia comida e túneis onde podíamos gerar nossa prole. E nos entregávamos aos mais inteligentes entre nós, esse é o nosso jeito; sem superpovoação e mais conhecimento concentrado nos sábios. Cada um de nós que é comido passa seu conhecimento acumulado para quem o devora. Até que no fim das contas sobrou apenas eu, o mais sagaz do meu povo. Já vivi por mais de setecentas voltas ao redor daquele gigante queimando no céu. Já comi milhares de companheiros, mais do que me lembro. Aumentei minha sabedoria e meu conhecimento até me transformar em uma grande... como vocês chamam, mulher obia.

É uma mulher então.

A voz prosseguiu:

No entanto, a mágica daquele ser insignificante que tentou nos separar não chega nem perto de se comparar à minha. Foi com o meu obia que consegui mesclar minha versão comprimida ao seu corpo.

Palavras, palavras. Muitas palavras difíceis para as quais Yenderil não estava nem aí. Mas ela ouviu o mais importante de todo esse papo-furado: a demônia aquática lhe dissera que seguramente era a última de sua espécie que sobrara na gruta azul de Trentwall. Antes ela não tinha certeza. E foi ela, Yenderil, quem a capturou. Lá embaixo onde vivia, a demônia era a rainha. Aqui em cima na superfície, não mandava em nada.

Pelo menos por enquanto.

Mas ela não podia comê-la. A demônia já fazia parte dela.

— Então você come, come até não sobrar nada além de você e toda essa sabedoria.

Sim, é assim que fazemos.

Parecia tão cheia de si!

— E pra quê?

Explique, por favor?

— Aqui está você, superinteligente e sem ter ninguém mais para quem passar esse conhecimento.

A demônia não tinha resposta para isso. Pediu água do balde que estava em cima da mesa. Yenderil foi pegar. A tigela já estava quase tocando seus lábios quando ela parou de repente.

A demônia aquática tinha uma fraqueza.

Yenderil soube na hora como consertar o problema.

Não bebeu a água do balde. Na verdade, jogou tudo fora no jardim, no canteiro de pimenta. A demônia resmungou. Yenderil ignorou. Voltou para dentro de casa. Trancou a porta. Certificou-se de que a janela estava bem fechada. Vestiu cada peça de roupa que havia na casa, até mesmo o vestido bom de igreja da mãe e o macacão de lona pesado que o pai usava quando saía com os pescadores. A demônia observou curiosa toda aquela movimentação. Por um tempo, nem percebeu que estava muito quente. Perguntou o que ela estava fazendo. Yenderil começava a entendê-la com mais clareza agora. Não respondeu. Pegou o lençol fino da cama e o manteve por perto. Amarrou uma corda pesada em seu tornozelo bom e deu um nó cego que nunca conseguiria desfazer só com as próprias mãos. Amarrou a outra ponta no pé da mesa da mesma forma. Enrolou-se no lençol, deitou no chão de madeira e esperou.

E o calor ficou mais quente na pequena casa de um cômodo. A boca de Yenderil estava seca.

Só um pouquinho de água, sussurrou a demônia. **Vá lá implorar para a sua tia. Não precisa nem beber, é só mergulhar minha perna nela.**

— Não — sussurrou Yenderil. — Vamos ficar por aqui mesmo.

A perna da demônia começou a se mover na direção do nó do tornozelo. Yenderil fechou bem a boca. *Não. Não vou a lugar nenhum.* O suor escorria pela testa, deixando o pescoço salgado e se infiltrando pelas cavidades da pele debaixo de todas aquelas roupas. Ela era um caranguejo numa panela de água fervente, cozinhando dentro da própria concha. Ela se pegou afastando o lençol.

Não.

Colocou o lençol de volta e o amarrou na cintura.

Horas se passaram. Talvez tenham sido horas. Yenderil estava tonta com tamanha secura. Agora sentia frio. Mas queimava.

Mais tempo se passou e a voz em sua cabeça suspirou.

Eu só queria conhecer o mundo aqui em cima e ver o que tinha nele. Só queria conhecer.

Ela parecia fraca.

— Foi por isso que pegou minha família? E todos os outros?

Sim. Achei que se eu os comesse, os conheceria. Mas eles não me diziam nada sobre o mundo aqui fora. Por isso eu me tornei parte de você. Por favor, me deixe...

O som fraco, quase silencioso, de um grito. Não era de Yenderil. Com um som molhado, algo em sua barriga se descolou. Ela tirou as camadas de roupa e encontrou o rosto da demônia em seu vestido. As entranhas gelatinosas estavam para fora. Pregas rosadas de carne tremulavam. Apenas um fio ligava a parte do cérebro da demônia ao umbigo de Yenderil. Ela gritou. Segurou aquela coisa podre e fedorenta e puxou, uivando ao sentir o tranco dentro da barriga. Ela se obrigou a manter a mão calma e firme, puxando aos poucos, mesmo que sua vontade fosse arrancar aquilo de si de uma vez. Sibilou com a dor, mas continuou até conseguir tirar tudo, como se puxasse uma cenoura da terra. Esperava que aquilo fosse tudo. Havia algo que parecia uma raiz na ponta, manchada com seu sangue. Suada, ela jogou fora o rosto com suas raízes e deitou de volta, chorando com a dor que gritava em sua barriga.

Mas ela não teve descanso, ainda não tinha vencido. A perna da demônia começou a se soltar do corpo. Tinha ficado cinza. Cheirava a esgoto. Se contorcia e se debatia, e toda aquela agonia bem na articulação de seu quadril deixou Yenderil enlouquecida demais para conseguir pensar. Tentou segurá-la com as mãos para puxar, mas a perna se dissolvia em algo nojento. Não havia nada propriamente para segurar. Tudo que ela podia fazer era se mover para trás, para longe daquilo, usando os cotovelos e o pé bom.

A perna não saiu completamente. Foi diminuindo, se movendo com ela, até que Yenderil já tivesse se arrastado por quase todo o cômodo. Ela pensava no vaga-lume abandonado, voando em círculos ao redor do galho onde se enganchara.

Aquele rastro gelatinoso foi diminuindo cada vez mais. Começou a atrair moscas. Quando finalmente não havia mais nada daquilo derretendo, Yenderil correu de costas até um canto e ficou lá, meio abaixada, lamentando baixinho. A dor era um gosto em sua boca, como se tivesse mastigado algo enferrujado.

Acabou, disse a voz em sua cabeça. Estava desaparecendo. **Você me destruiu. Obrigada por me mostrar o mundo aqui fora.**

— Trentwall? Aqui não é o mundo inteiro.

Para mim é. Saía sangue e um líquido pegajoso e transparente por onde antes havia a perna da demônia. **Vou morrer em breve. Seu cérebro não pode absorver meu conhecimento. Tudo que aprendi será apagado junto comigo. Mas posso deixar um presente pra você.**

Os buracos que restaram em Yenderil começaram a ficar dormentes. Seu corpo, ainda que estivesse mais leve agora, parecia pesado: tão pesado quanto na hora em que saiu da gruta azul. Ela caiu de lado. Sua mente estava enevoada. Os olhos se fecharam de alívio.

Quando acordou, sua barriga estava fechada. Os vestígios da demônia aquática se limitavam a duas poças fedorentas no chão; era tudo o que sobrara do rosto e da perna. No calor do cômodo, elas evaporavam aos olhos de Yenderil. A poça do rosto tinha uma boca no meio.

E no lugar onde estava a perna da demônia, havia uma perna humana meio frouxa. Fina como um talo novo de gengibre que acabou de brotar do chão. Yenderil se levantou com a perna boa. Tentou colocar o peso sobre a nova. Ela não aguentou. Não era longa o suficiente e ainda era fraca. Dava para sentir os ossos lá dentro, mas eles eram flexíveis demais para sustentá-la. Será que era esse o presente da demônia?

A perna nova coçava muito. Yenderil se levantou novamente. Foi pulando até a cama e recolheu as roupas no caminho. Vestiu-se, usando a cama para se equilibrar. Quando já estava decentemente vestida foi pulando até a porta e abriu. Ela sabia que a brisa do meio-dia era quente o suficiente para fazer murchar as ipomeias que cobriam as cercas e muros por toda Trentwall, mas parecia fria como a brisa do mar ao passar por ela. Pulou e se arrastou pelo jardim até encontrar um galho em que pudesse se apoiar. A essa altura, a perna nova já tinha o mesmo tamanho da outra e ela quase podia usá-la para caminhar.

Yenderil se deu conta de que tinha vencido. Tinha superado a mulher obia mais inteligente do mundo — afinal, a demônia não tinha chamado Trentwall de mundo? Tinha libertado a aldeia. E todos seriam gratos a ela. O pastor, que perdera os dois filhos para a demônia da gruta azul. Liddy Turkel, que ficou viúva quando a demônia capturou seu marido. Todas as crianças que apanhavam dos pais quando brincavam muito perto daquela água. Ninguém mais teria que andar quase cinco quilômetros para buscar água. E voltaria a ter peixes na gruta azul.

Ela sentiu os lábios se curvarem num sorriso, como se já tivessem se esquecido como fazia e demorassem um pouquinho para lembrar. Então riu em silêncio. Que história boa para contar a Gregory! Pelo ângulo do sol, ele chegaria da escola daqui a algumas horas.

Mas algo a fez parar e refletir. Aos poucos ela foi compreendendo a última lição que a demônia aquática deixou. Embora já tivesse praticamente voltado a ser a velha Yenderil, todo mundo sabia o que tinha acontecido e todo mundo tinha medo dela. Yenderil agora percebia que, assim como a demônia, sua característica mais forte era ir atrás do que queria, mesmo que aquilo significasse causar incômodo aos outros. Um vaga-lume. Um homem obia. Gregory...

Sua expressão era desafiadora.

— Não tem nada de errado em querer aprender — disse ela. Era o que o pai sempre dissera.

Mas não tinha a ver com o aprendizado. E sim com o que ela estava disposta a fazer para consegui-lo. Trentwall não tinha mais uma demônia aquática. Mas se ela não tomasse cuidado, ia acabar tomando seu lugar. Uma demônia humana.

Yenderil voltou para dentro de casa e rasgou um pedaço do lençol. Enrolou as agulhas de costura da mãe e as tesouras de ferro ali dentro. Dava pra ouvir o sino da escola tocando lá no meio da aldeia. O dia de aula tinha acabado. Tinha que partir agora. E precisava ser sozinha.

Fechou a porta de sua antiga casa e saiu. A perna já a sustentava melhor agora. Tinha pouco tempo antes de Gregory fazer seu caminho. Pegou a estrada no sentido oposto ao da escola.

Tom. Tum. Pé antigo. Pé novo. Cada passo a levava para uma vida nova. A demônia da gruta azul atrás dela. À frente dela, talvez a Mesa Dourada. O Jumento de Ferro. O Garoto Inquieto montando seu cavalo de três patas. Ela venceu a mulher obia mais forte do mundo. Quem sabe o que poderia fazer depois disso?

O PROBLEMA DE NORWOOD

Maurice Broaddus
Tradução de Carolina Candido

Eles nos achavam novos demais para entender, mas as crianças sempre sabem. Aprendemos a lição logo cedo, sentimos em nossos ossos: dentre todas as ferramentas de opressão, o medo era a mais cruel. Havia uma história que não contávamos e que precisava ser compartilhada antes que o último de nós morresse e não restasse ninguém para lembrar.

— *Onde* você foi? — perguntou papai. Sua voz era severa, mas não chegava a ser um grito; ele era um homem calado, mas também uma rocha que nunca recuava diante de qualquer ameaça à sua família. Era muito alto, com pernas que pareciam troncos de árvores, e elegante demais em seu colete. Ficava parado com postura de soldado, como se seu corpo não conseguisse esquecer aquela única forma de ficar de pé.

— Eu queria ir à biblioteca. — Limpando uma mancha de chocolate do canto da boca, cruzei as mãos nas costas e olhei para o chão. Me revirei no lugar em meu melhor vestido de domingo e torci para que minha fofura o impedisse de ficar bravo.

— Por que você não foi à Biblioteca Dunbar?

— Não tem sorveteria perto daquela.

— Flora, minha filha, você *não pode* fazer isso. — Ele agarrou meus ombros para me manter imóvel.

— Eu sei papai, mas...

— Mas nada. Você não faz ideia de como é perigoso.

— É a uma rua de distância.

— É a um *mundo* de distância.

— Eu sei me cuidar.

— Não se trata do "eu", mas do "nós". Esse tipo de coisa é uma ameaça para todos nós. Nossa vizinhança. Nossa família.

Apesar de ele nunca ter erguido a voz para mim, desejei que tivesse apagado a luz e me arrastado pra cima e pra baixo no quarteirão em vez de me fazer ouvir sua mágoa, raiva e medo naquele momento.

Embora ficasse no norte, Indiana era, em sua essência, sulista. Cada vez que saíamos de Norwood, o medo nos acompanhava. Por conta do medo, havia regras: por quais portas podíamos entrar, em quais lojas podíamos fazer compras. Não usar banheiros públicos. As três últimas fileiras, lá no fundo do teatro, eram para nós, negros. Tudo com uma ameaça tácita do que aconteceria se ultrapassássemos as barreiras. Mas parte de mim precisava ser capaz de ir aonde todos podiam.

— Disseram que não era para eu estar lá.

— Você tem tanto direito de ir lá quanto qualquer outra pessoa. Mas se queria sorvete, eu poderia ter buscado pra você. Ou poderíamos ter ido juntos.

Suspirei, confusa. As regras nem sempre faziam sentido. Coisas de adultos, acho. Mas entendi que ele estava tentando me proteger. E que a cada vez que ia para aquele espaço, pagava um preço alto.

Lendo meu rosto, papai deu um passo para trás, como alguém admirando uma pintura.

— Escolha suas margaridas.

Esse era o jeito dele me dizer para traçar meus próprios objetivos. Para não deixar ninguém ficar no meu caminho. Papai havia sido escravo antes de se tornar soldado, e carregava sua história em cicatrizes nas costas. Seu povo veio de Kentucky e estava disposto a dar a vida pela causa que chamavam de Guerra Civil. Eles se juntaram às Tropas das Pessoas de Cor dos Estados Unidos, o Vigésimo Oitavo Regimento. Cinco mil homens marcharam para a guerra, mas apenas mil regressaram. Os sobreviventes fundaram Norwood, um vilarejo livre dentro da cidade.

— Pode ir. Vou logo atrás de você — disse ele.

— Sozinha?

— O pomar vai te proteger.

Saí correndo pela porta.

Norwood era um lugar de intersecções, como se estivesse destinado a ser mágico. Dois rios de lá se cruzavam. Quatro grandes ferrovias se encontravam ali, fazendo de Indianápolis a encruzilhada da América — e Norwood o fim da linha. Fui chutando uma lata pelo caminho até a casa da sra. Mary. Estudei na Escola para Pessoas de Cor Número Cinco, frequentava a igreja de Lovely Lane e brincava com meus vizinhos em nosso parquinho. No coração da cidade havia uma grande floresta antiga. A cidade em si era praticamente cercada pelo pomar, que ocupava uma parte do quintal de cada casa. Dizem que o pomar sempre esteve lá, plantado pelos indígenas Delaware que viveram na terra antes de nós e foram expulsos da mesma forma que papai dizia que um dia tentariam nos expulsar. É por isso que dependíamos dele. Tudo o que precisávamos estava em Norwood. Família, amigos, comida. Se qualquer pessoa precisasse de alguma coisa, alguém da comunidade fornecia. Todos compartilhavam sem pensar duas vezes.

Um chute mais forte fez a lata deslizar até a passagem de entrada da casa da sra. Mary.

— Menina, seu pai trabalha duro demais para você maltratar esses sapatos desse jeito — gritou a sra. Mary da varanda. Ela nasceu em servidão por contrato, trocando o trabalho por educação. Era casada com o único médico negro da cidade, e me ensinou a ler e a escrever na escola. Usava sempre vestidos coloridos e alegres, e todas as meninas a admiravam. Ela nos fazia querer ser mais parecidas com ela. Só precisava nos olhar, e o medo de desapontá-la fazia com que andássemos na linha. No meio da sala de aula ficava o que ela chamava de "mesa do aprendizado" — onde sempre tinha livros, que ela lia para nós e nos fazia perguntas a respeito. Deve ter sido daí que veio o meu amor pela leitura.

— A cidade está toda em alvoroço com o que você fez — disse a sra. Mary.

— Não é com a cidade que estou preocupada. — Peguei uma maçã do pomar e comecei a comer.

— Não se preocupe, nós cuidamos dos nossos. E *protegemos* os nossos. Seu pai especialmente. — Ela apontou em direção à minha casa.

— É que... temos que sair de Norwood de vez em quando. Não podemos passar a vida toda escondidos aqui.

— Não estamos nos escondendo. Estamos vivendo. Nos nossos termos. Aqui, podemos caminhar de cabeça erguida. — Ela apoiou a mão gentilmente nas minhas costas e me acompanhou até lá dentro.

A festinha simples na casa da sra. Mary era para um dos vizinhos. Parecia que estavam todos ali, contribuindo com a arrecadação do dinheiro para a hipoteca. Havia um sorriso em cada rosto. Um pintor famoso era cortejado em um dos cantos. As tias usavam chapéus requintados como se estivessem na primeira fila da igreja.

Papai logo nos encontrou e me entregou uma tigelinha com batatas fritas. Cruzei os braços.

— Espero que você não tenha sido muito duro com ela. — Sra. Mary fingiu sussurrar.

— Duro o bastante para que ela entenda o que está em jogo.

— Estou bem aqui, papai.

— Garota, cadê seus modos? Os adultos estão conversando. — O sorriso cada vez maior tirava a rispidez daquelas palavras. Papai me cutucou gentilmente. — Coma suas batatas fritas. Se comer tudo, vai encontrar um lindo rosto no fundo da tigela.

O objeto era de metal polido. Quando terminei de comer, foi meu rosto que vi refletido.

Na sala, um homem dedilhava nas teclas de um piano com tanta suavidade que até o reverendo Penick batia o pé. O pregador da igreja metodista Lovely Lane era um tanto elegante. Baixinho, com bigode e cavanhaque bem aparados, usava uma bengala com entalhes intrincados. Cada passo que dava tinha um ar de confiança e de dignidade. Olhando para papai, ele deu uma olhada em seu relógio de bolso.

— Espere aqui — disse. — Eu já volto. — Mas ele sabia que eu não iria perdê-lo de vista. Não de novo. Quando o alcancei, ele sussurrava para o reverendo Penick:

— Teremos tempo para celebrar a sua pequena missa da meia-noite?

— Rufus!

Eu me escondi atrás do cabideiro.

— O que foi? Não é bem um segredo. — Ao me pegar espiando, papai suspirou e acenou para mim. Dei um jeito de ficar bem atrás dele, que estava entre mim e o reverendo — Não há segredos em Norwood.

— Eu odeio que as pessoas chamem essas coisas de missa da meia-noite. Não é nada disso — disse o reverendo. — Trata-se da proteção do nosso povo. Você mais do que ninguém sabe o que estamos enfrentando. O inimigo está chegando.

— As pessoas chamam pelo que é. É bruxaria pura e simples.

— Bruxaria é como nossos opressores chamam para nos demonizar. Trouxemos nossos velhos hábitos para esta nova terra.

— Eu não deveria ter que te dizer que Jesus não precisa de companhia.

— E, mesmo assim, foi você quem perguntou. — O reverendo colocou o chapéu.

— Eu luto de todas as formas que posso. Estou disposto até a arriscar a minha alma pelo meu povo.

— Eu sei no que acredito. Confio na minha fé — disse o reverendo. — Se certifique apenas de que você também confia.

Papai muitas vezes tinha conflitos internos, como se não soubesse o quanto de fato acreditava nas coisas e o quanto havia sido imposto a ele. Ele queria que nós, crianças, encontrássemos nosso próprio caminho. Usava uma moeda de mercúrio no pescoço — dizia que era uma prática de vodu para absorver qualquer magia prejudicial que se aproximasse dele. A fé assumia todas as formas.

— Há tempo para oração e há tempo para ação.

Agarrei-me às suas calças como a garotinha que era, mas na maior parte do tempo fingia não ser.

— É por isso que estamos aqui. — A sra. Mary carregava uma bandeja com salgadinhos e petiscos. Peguei um sanduíche e voltei para trás de papai. Disciplinado com seus vícios, ele a dispensou. Nunca fumava, tomava uma taça de vinho de vez em quando durante o jantar e raramente se deixava levar por guloseimas cheias de açúcar. — Vamos, está quase na hora. Já preparei tudo lá atrás. Ela vem?

— Você não reconhece uma futura Iyami Aje? — brincou papai.

As Iyami Aje eram as "Senhoras da Noite", detentoras do poder sagrado. Eu era muito nova para ser senhora de qualquer coisa, mas, ainda assim, sra. Mary segurou minha mão de um jeito suave e gentil, como um convite. Agarrei-me a ela antes de perceber que tinha feito isso. Caminhamos pelo jardim — a parte dela do pomar — em direção ao celeiro.

Eles nos achavam novos demais para entender, mas as crianças sempre sabem. Lanternas iluminavam o celeiro e o andar principal estava vazio. Cada pessoa que entrava na sala mergulhava as mãos em uma tigela de prata cheia de água. Reconheci o ritual secreto que servia para limpar as más energias e manter a barreira protetora ao nosso redor. Voltei para a porta enquanto todos se ocupavam com sua função no ritual e mergulhei as mãos também.

— A gente deveria informar o conselho sobre esse assunto — disse papai. Norwood não tinha prefeito, mas algo próximo a um conselho de vizinhos que precisava sempre chegar em um consenso para decidir qualquer coisa.

— De que adianta nos reunirmos se ainda temos que informar o conselho principal a cada peido que damos. — O reverendo Penick desabotoou o paletó, colocou-o num canto e pousou o chapéu em cima dele. Pegou um conjunto de elekes, um colar de contas coloridas, e os colocou no pescoço. Olhou para a sra. Mary. — Desculpe pelo linguajar.

— Pode ser que tenhamos um problema mais importante do que esse. — A sra. Mary moveu uma tigela para o outro lado da mesa. Tirou dois saquinhos da bolsa e os colocou ao lado dela, depois colocou três pedaços de coco, uma pilha de milho torrado, algumas conchas de búzios, e olhou nos olhos do papai. — Você vai contar pra ele?

— Não há nada para contar. — Papai desviou o olhar e sugou os dentes. Contrariado, começou a contar a história. — Um cara desceu do trem. Parecia estar avaliando a vizinhança ou algo assim. Eu o parei na rua Vandeman e informei que ele não poderia prosseguir sem permissão.

Os brancos que queriam entrar na Fountain Square ou passar para outra parte tinham que descer ali. A maioria sabia que não deveria ir para Norwood e se ressentia.

— Parecia até que eu tinha batido nele. "*Você* está *me* informando?", ele disse. Então, se aproximou para me olhar mais de perto e falou: "Nunca vi um preto de olhos azuis".

— É assim que ele sabe que encontrou um membro da Vigésima Oitava — disse a sra. Mary.

— E o que mais você disse? — o reverendo Penick o incitou. Por vezes, quando papai tinha notícias que não queria compartilhar, conversar com ele era como dar rasteira em cobra. Como quando ele teve que me dizer que mamãe tinha ido para o céu.

— Que se ele estivesse com raiva podia morder as costas. — Papai evitou os olhos do reverendo.

A sra. Mary jogou a cabeça para trás de tanto rir. A expressão de papai logo se suavizou e ele se juntou a ela.

— Agora sei por que sua filha é assim.

— Isso foi tolice — bufou o reverendo Penick.

— O quê? Devemos abaixar a cabeça por medo deles aparecerem? Eles andam pela calçada e temos que sair do caminho? Não, nós temos o direito de... existir.

— Papai, posso fazer uma pergunta? — enchi minha voz com o máximo de deferência e respeito que pude para interrompê-los. — Por que você pode enfrentá-los e eu não?

— Você sabia que isso ia acontecer — disse a sra. Mary.

— Eu estava fazendo com que ele se lembrasse da mesma coisa que eu te disse: temos limites. Para a segurança de todos.

— O que estou dizendo é — interrompeu o reverendo — que o seu... lembrete... não foi estratégico. Estamos cercados pelo território dos Viajantes Noturnos. — Ouvi dizer que a família do reverendo fugiu para Indianápolis em 1871 por causa das atividades desse Klan. — Ele se ajeitou, tenso, e pegou um lenço branco.

— O bom livro não diz para "confortar aqueles de mente fraca"? É isso que estou fazendo. — Papai colocou um medalhão de ouro ao lado do lenço.

— Você é um guerreiro. — A sra. Mary pegou o lenço e o esticou na mesa. Olhou para cada um deles e assentiu. Tirou um brinco de ouro e o colocou em cima do lenço. — É por isso que eles nos temem. Vivem com uma vergonha secreta, um terror secreto de que a gente faça o que fizeram conosco. Não dependemos deles, não precisamos deles. Não "sabemos do nosso lugar" e eles veem que somos uma milícia bem armada.

— E carregamos mais do que só armas. — O reverendo Penick colocou uma moeda de ouro e três centavos ao lado dela. Fechando os olhos, murmurou uma oração rápida e embrulhou tudo dentro do lenço, depois colocou uma pena vermelha de galo na frente dele.

— É por isso que temos que estar sempre prontos. — Papai puxou o colete para revelar o cabo do revólver. Ele também deixava uma "bolsa de emergência" guardada no armário do corredor: algumas roupas, uns produtos de higiene pessoal e a Bíblia da nossa família. Eu costumava folhear aquela Bíblia — o acervo da nossa história — com as folhas amareladas dos avisos da funerária enfiados entre várias páginas. Ele a guardava ao lado da caixa de sapatos com papéis importantes. Como muitos ex-soldados, papai não sabia ler nem escrever, mas continuava recebendo documentos que dizia ser importantes, então os confiava a mim para mantê-los seguros. Alguns eram cartas de família que datavam da nossa emancipação; outros eram papéis como escrituras e coisas do tipo, para caso surgisse algum problema.

— Não gosto de armas — disse a sra. Mary.

— Eu também não. Nós não precisamos delas. É por isso que estamos aqui. — O reverendo caminhou até a parede do celeiro. Várias máscaras estavam penduradas ali, meio escondidas pelas sombras. Ele pegou uma cujo rosto estava pintado de amarelo fosco. Listras pretas marcavam o queixo e havia dois leopardos esculpidos, posando como se estivessem descendo de uma árvore, cercando uma cabra que olhava de forma desafiadora.

— Eso l'aye. — Papai vestiu a máscara. Um rosto humano simples, embora orelhas de raposa tivessem sido esculpidas atrás dela. — O mundo é frágil.

Houve uma solenidade em seus movimentos. O reverendo Penick pegou um tambor que estava escondido atrás de um fardo de feno. Começou a bater num ritmo simples que criou o clima. Papai fechou os olhos, balançando. A sra. Mary despejou terra de uma bolsa e depois de outra na tigela de prata. Ela parecia seguir uma ordem específica. Depois de colocar a água da tigela perto da porta, mexeu a mistura como se estivesse fazendo um bolo e despejou-a sobre o lenço embrulhado. À medida que a mistura secava e endurecia, sra. Mary colocava grãos e conchas de búzios no monte, formando um rosto. Só então ela colocou a pena como adorno final.

O ritual me confortou, como a família falando baixinho à noite, acalmando partes de mim que eu não tinha percebido que existiam.

A sra. Mary colocou uma máscara, o véu embutido cobrindo seu rosto. Um grande papagaio com as asas estendidas, embalando pássaros menores em sua envergadura. Quando ela se curvou diante do rosto esculpido na terra, um gemido baixo escapou dela. O grito se transformou em uma nota nítida que ela segurou por muito tempo. Sua voz se entrelaçava no ritmo da batida do tambor, cantando numa língua que para mim era ao mesmo tempo estrangeira e familiar, como se minha alma a estivesse traduzindo.

Papai estremeceu, um espasmo repentino no ombro, e o movimento me fez pular. Mais uma vez, seu outro ombro saltou. E de novo, enquanto ele se dobrava. A perna subiu. Foi possuído pelo ritmo da música. Andava de um lado para o outro diante da mesa, girando braços e pernas como se estivesse gesticulando uma mensagem para nós. A chama da vela tremulava a cada passada dele.

Por reverência ao momento — e não por medo —, esgueirei-me para mais perto do monte. O peso dos dentes de milho distorcia seu sorriso; os olhos de búzios estavam caídos. O olhar da face terrena parecia sondar minhas profundezas.

Me investigando.

Cerrei meus pequenos punhos. As unhas cravadas na carne macia da palma da minha mão, fazendo-a sangrar. Pequenas gotas caíram no monte.

— O pomar nos protege — sussurrei.

Eu e papai costumávamos andar de bonde da avenida Keystone até a avenida Indiana. Essas viagens para Ransom Place eram nossa única tábua de salvação para a ir à cidade. Elas não podiam ser evitadas. Assim que ele percebeu que demoraria mais do que pensava na loja de ferragens, perguntei se podia esperar em outro lugar. Ele me deu uma moeda para comprar biscoitos a caminho da biblioteca. A padaria era segura para nós.

Mas passei direto pela padaria e fui até a Sorveteria do Milton.

Eu sabia que deveria voltar para casa, ir à Biblioteca Dunbar, fazer a lição e depois minhas tarefas. Mas às vezes uma menina só quer tomar um sorvete.

O sr. Milton se considerava um homem bom. Mas ele também seguia a boiada porque isso não o incomodava, não fazia diferença na vida dele. E ele me conhecia, mas mesmo assim me tratou diferente logo que entrei na loja, como se eu não fosse bem-vinda ali.

Eu não tinha medo do custo de fazer a coisa certa. Eu era uma guerreira, assim como papai.

E ainda havia aquele garoto que trabalhava lá, Shane. Ele era de Beech Grove, uma cidade só de brancos em Indianápolis, sede dos Viajantes Noturnos. De capuzes e lençóis, diziam ser os fantasmas de soldados confederados, determinados a nos assustar e nos colocar de volta em nossos lugares. A cada vez que Shane me olhava, meu estômago se revirava, como galhos se retorcendo em um ninho tosco. Sempre me olhava como se eu estivesse no lugar errado, como se eu fosse inferior a ele. Em sua visão, negros só serviam para exercer trabalhos braçais: faz-tudo, cozinheira, empregada doméstica. Servos para facilitar sua vida.

Um retrato de Jesus estava pendurado na parede, torto. Os clientes na fila, com seus rostos taciturnos, viraram-se para mim assim que entrei. A mulher atrás de mim murmurou alguma coisa, mas o sr. Milton fez um sinal para que ela passasse na minha frente. Todos foram atendidos antes de mim. Tratados melhor do que eu. Tudo para me lembrar de quem eu era. Do que eu era.

Enfim, quando não tinha mais ninguém para fazer o pedido, bati o dinheiro no balcão e cruzei meus braços finos sobre meu peito minúsculo. Não me deixaria in-

timidar. Como eu tinha dinheiro para gastar ali tanto quanto os outros, o sr. Milton anotou meu pedido. Duas bolas de chocolate ao leite com confeitos de amendoim. Enquanto o sr. Milton preparava meu sorvete, o tal do Shane enfiou todas as cadeiras embaixo das mesas, como num lembrete de que eu não poderia me sentar. Não ali dentro.

O sr. Milton me entregou minha casquinha. Shane se encostou na parede, para assistir à minha saída de camarote.

Mas fiquei ali parada, chupando meu sorvete. Era delicioso.

A mais pura raiva brilhava como uma tempestade de raios em seu rosto. Com os olhos ardendo com uma diversão macabra, Shane agarrou meu braço e me arrastou para fora.

Levando-me até a esquina, me prendeu contra a parede. O braço bloqueando meu caminho e me impossibilitando de fugir. Ele me olhou como se estivesse me vendo pela primeira vez. E congelou.

— Seus olhos... eles são tão... azuis. — O medo e a estranheza em sua voz transbordavam de desprezo.

Cobrindo minha boca com a dele, forçou a língua na minha. Ainda fria por causa do sorvete, senti, entorpecida, ele se contorcendo ali dentro. Eu o afastei e dei um tapa em sua cara, com tanta força que uma das bolas do sorvete caiu da casquinha direto no sapato dele.

Sem olhar para trás, corri até o papai.

Naquela noite, algo parecido com um grito me fez acordar sufocada. Meu coração batia tão forte que eu o sentia na ponta dos dedos. O ar denso demais para respirar, um peso em cima do peito. Joguei o cobertor longe. Meus pulsos ardiam, uma dor que chegava até o centro das minhas articulações, um terror desconhecido delineando minha alma em pedacinhos esculpidos.

O estrondo de tiro ecoou como um trovão distante. Papai entrou correndo no meu quarto.

— Flora, venha comigo. — Sem nem diminuir o passo, ele me entregou a bolsa de emergência. Também embalou uma pequena trouxa de roupas e alguns lençóis para mim. O que quer que estivesse acontecendo ou prestes a acontecer, ele parecia estar esperando que durasse um bom tempo. — Eles estão tentando linchar um negro fora da cidade.

Ao longo da rua Vandeman, homens brancos desciam de seus carros armados até os dentes com rifles. Atiravam para todos os lados como se fosse um jogo. Fugimos para a igreja. Papai abriu o colete, mas não sacou o revólver, mesmo quando o tiroteio recomeçou. As balas vinham de todos os lados enquanto os homens se escondiam atrás dos edifícios, tentando cercar a nossa vizinhança. As portas da igreja se abriram quando nos aproximamos, para nos receber sem que precisássemos diminuir o ritmo. As pessoas circulavam, distribuindo água fria para acalmar gargantas ressecadas. Éramos principalmente idosos e crianças, uns cuidando dos outros. A sra. Mary lia os salmos. O reverendo Penick rezou pela luz do dia porque "a loucura veio à noite".

— Sabemos o que aconteceu? — A sra. Mary fechou a Bíblia.

— A verdade não importa — respondeu papai. — Pelo que disseram, um dos nossos homens tentou coisas impróprias com uma mulher branca. Agora, ouvi dizer que os Viajantes Noturnos estão nos estágios iniciais de uma rebelião.

— Eles já estão fazendo exigências. — A sra. Mary pegou todos os suprimentos que pôde.

— O que estão dizendo?

— Estão mandando todas as mulheres e crianças irem ao parque.

— Eles querem nos separar e nos encurralar. Mandaram todos os homens irem para a frente da igreja. Prometeram que não nos atacarão — disse papai.

— Me surpreende terem conseguido dizer isso sem rir. — A sra. Mary contraiu a boca de uma forma sombria.

Nosso pessoal deve ter demorado demais pro gosto deles, então os Viajantes Noturnos começaram a atirar na casa mais próxima. Fileiras e mais fileiras de longos revólveres apontados para todas as janelas da frente, e nossos homens atiraram de volta. A morte espreitava pelas ruas, não importa onde eu me escondesse.

— É culpa minha? — Em algum lugar bem no fundo de mim, em um lugar que papai não teria como me proteger, eu sabia a resposta.

— Se afaste. — Papai acendeu um cigarro. Suas palavras seguintes saíram baixas e exasperadas, sem falar com ninguém específico. — "Saiba do seu lugar." "Fique no seu lugar." Mas se você transformar esse seu lugar em algo legal, vão querer tirá-lo de você. Tudo o que precisavam era de uma desculpa.

— Estamos os contendo, dando assunto para pensarem — disse a sra. Mary.

— Não, os Viajantes Noturnos estão ganhando tempo, esperando reforços. — Papai parou perto da porta. O colete dobrado para liberar o cabo do revólver.

O reverendo se aproximou dele.

— Não importa a sua formação, trabalho ou título, hoje eles te veem como um negro.

Não foi essa a palavra com N que ele usou.

Eles nos achavam novos demais para entender, mas as crianças sempre sabem. Percebi que eles queriam nos destruir, acabar com nossos sonhos. Os homens brancos nos cercaram, contornando a igreja, sem cruzar a fronteira para Norwood, criando coragem para, em algum momento, atacar. Vieram com tochas, prontos para varrer as ruas, prontos para incendiar empresas, saquear casas. Reduzindo anos de sacrifício e trabalho duro a escombros e cinzas. Muitas pessoas morreriam de ambos os lados. Minha alma clamava por justiça.

— Saia daí! O King Mob está chegando. — Papai me tirou de perto da janela.

— Você sabe o que temos que fazer. Em breve será tarde demais. — O reverendo Penick acendeu uma vela.

Inclinando a cabeça em direção à onda crescente de gritos, papai se juntou ao reverendo Penick e à sra. Mary, formando um círculo em volta da vela. Eles deram as mãos e rezaram. O som das vozes do lado de fora das portas ficou mais alto.

Os homens estavam vindo para a nossa casa. Minha casa.

Um hino de lamentos encheu meus ouvidos. Um chamado de vozes distantes que senti em meu coração. Em meu sangue. Não, *através* do meu sangue, conectando meu espírito ao deles. Meu coração batia de forma arrítmica, tentando começar uma dança. Minhas têmporas latejavam, como se parte do meu espírito tivesse sido varrida pelo feitiço. O medo deslizou pela minha perna. Minha boca ficou seca. Não conseguia engolir. Ou gritar. Com as mãos, cobri os olhos, depois os ouvidos, incapaz de bloquear as imagens ou os sons, lentamente percebendo que não queria fazê-lo. A fé do papai pode ser insuficiente, mas a minha não é.

O pomar nos protege.

O céu se fechou, encoberto pelas nuvens que abafavam os últimos raios de luz da lua, reduzindo os homens a um mar de sombras oblíquas. Eles não conheciam as ruas de Norwood. A forma como o grão da grama cedia para guiar passos suaves. Os caminhos escondidos do pomar.

O sr. Milton acompanhava um grupo de homens até a borda invisível do nosso bairro. Caminhando pelos gramados dos moradores, empunhando armas. Sem tocha na mão, sem arma digna de menção, ele só caminhava, alimentando a ilusão de ser um bom homem. Tirou um lenço do bolso de trás e enxugou a testa.

Meu espírito fluía pelo pomar, seguindo o coro dos meus ancestrais.

Os galhos balançavam com o vento. Exceto pelo fato de não haver sequer uma brisa. Topiaria disforme, um deserto de arbustos indomados, deslocados nas sombras. Até as árvores se moviam. Um dos homens parou de repente, nervoso, notando o estranho farfalhar. Nenhum vizinho falava. Nenhum tiro foi retribuído. Nenhum pássaro se mexia no céu. Nenhum cachorro latia. Nenhum som noturno preenchia o ar. Tudo numa quietude sobrenatural, tirando o bosque.

Uma máscara sombria, como um rosto sem olhos, o pomar perdendo toda sua definição, uma extensão amorfa de membros disparando em todas as direções. Folhas oscilavam em uma ronda espinhosa. A abertura no final da passagem se fechou, os galhos podados trancados como uma mandíbula. Eu pulei, assim como o homem parado perto dos limites do pomar. Outro homem estremeceu, assustado com um som suave, talvez de galhos quebrando ao longe. Ou esmagados sob seus pés. Os galhos bloqueavam o caminho, as folhas impedindo que qualquer vestígio de luz entrasse.

Contornando as bordas, o sr. Milton recuou. Suas costas estavam pressionadas contra a parede de arbustos que emolduravam o pomar. Galhos ultrapassavam a divisória, gavinhas se entrelaçando para prendê-lo no lugar. Ele tentava se desvencilhar, mas só o seguravam com mais força. Quando parou de se mexer, galhos abriram seus olhos para que testemunhasse.

Conscientes da intrusão, os homens se dispersaram, escorregando pelo leito rochoso, sem conseguir se equilibrar. Galhos os arranharam. Aqueles que nos atacavam agora estavam em pânico, perdidos entre os bosques do pomar. Furtivos, os arbustos bocejavam, quase virando-se para eles num sorriso selvagem. Os galhos os açoitavam. Os homens se debatiam, lutando contra os galhos, os golpes selvagens produzindo o amargo aroma de folhas partidas.

Entrando por outra rua, o tal do Shane parou no meio da estrada e gritou em triunfo. Ele balançou a tocha, apontando-a para qualquer casa que estivesse à sua volta. Casual e aleatório. Aproximando-se de parte do pomar, hesitou, olhando fixamente para onde sabia que eu estava. Erguendo a tocha para iluminar o rosto, ele levou um dedo solitário aos lábios.

As vinhas o atacaram e se enrolaram em torno dele, de forma tão repentina que a tocha caiu da sua mão e apagou-se ao bater no chão. Shane gritou como uma cabra. A trança de urtigas imobilizava seu rosto e mantinha sua boca aberta no terror de um grito congelado. Os espinhos dos galhos penetraram em sua boca, cortando a língua antes de mergulhá-la na garganta. Seu engasgo abafado foi brutalmente interrompido pela noite, deixando apenas o som faminto e murmurante dos galhos que o cercavam. De tendões rompidos. De ossos quebrados.

Lágrimas rolaram pelo meu rosto, espontâneas e implacáveis.

Como se um feitiço tivesse sido quebrado, papai, a sra. Mary e o reverendo Penick reabriram o círculo que tinham formado. Os olhos dos três caíram sobre mim, me vendo pela primeira vez. Papai tocou meu ombro, hesitante, antes de se afastar. O reverendo removeu seus elekes e os colocou em meu pescoço. A sra. Mary pegou minha mão, suave e gentil, como um convite. E nunca mais tocamos no assunto.

Havia o acontecimento, a versão das pessoas sobre o acontecimento e a verdade. Mas não há segredos em Norwood.

Perdemos um pouco da nossa história a cada dia, esquecendo de quem somos, do nosso jeito de fazer as coisas. Mas precisamos lembrar. Eu deveria contar a história no tempo ungido, porque algo está por vir. Por voltar.

E precisamos estar prontos.

O LUTO DOS MORTOS

Rion Amilcar Scott
Tradução de Gabriela Araujo

1.

Às vezes penso no corpo do meu irmão gêmeo... em todas as maneiras que a decomposição o deformou. Não nos parecemos mais um com o outro, óbvio. Tenho certeza de que os vestígios de semelhança permanecem, mas minhas células estão se regenerando, e as dele, não. Além disso, não dá para esquecer dos buracos que dilaceraram seu corpo por causa do niilismo de um homem confuso. Naquele minuto em que as balas abriram cavidades grandes na cabeça e no peito do meu irmão, deixamos de ser idênticos. A menos que haja alguma circunstância extraordinária, mesmo quando eu morrer e meu corpo começar a se desintegrar como o dele agora faz, nunca mais vamos ser o espelho um do outro. A parte da cabeça em que as balas destroçaram seu crânio está enfaixada. Duvido que algum dia eu vá replicar isso. Em meus momentos mais tristes, meus pensamentos intrusivos fazem com que eu imagine em mim as feridas nos mesmo locais das do meu irmão. Eu precisaria de uma arma igual, e é aqui que a fantasia sombria felizmente se desmantela. É um disparate pensar que eu conseguiria empunhar uma AR-15 e atirar em mim mesmo com precisão. Mas então meu outro eu, o meu eu suicida, diz: e por que não contratar um matador de aluguel?

Em casa eu deixava a luz do quarto de cima acesa, o quarto que reservei para ele e só para ele quando estava vivo, o quarto em que meu irmão ficava sempre que ele e a namorada, Shantí, brigavam. Aquela luz servia de farol para meu irmão. Muitos dias eu subia com uma xícara de chá para o quarto iluminado, olhava pela janela e pensava: ainda estou aqui, gêmeo, vem pra cá se precisar conversar.

2.

Eu poderia ter continuado desse jeito (totalmente destroçado, mas ainda funcional) se nossa irmã, Sorai, não tivesse ido até minha casa um dia. Ela apareceu batendo suavemente à porta, tão leve que quase não ouvi. Quando abri, uma rajada de ar gelado soprou contra mim.

Vai deixar sua irmã aqui passando frio até que horas, cacete?, reclamou Sorai, empurrando-me para o lado para entrar na casa.

Eu nem sabia que você sabia onde eu morava, respondi.

Sorai não me esperou, continuou seguindo pelo corredor até a sala como se eu não estivesse ali.

Não começa, retrucou ela. Quando foi a última vez que me convidou? Ah, é. Escuta. Sorai se jogou no sofá cinza. Ele tem aparecido nos seus sonhos?

Quem?

Eu sabia que ela estava falando de Jamal. Não sei por que decidi fazer joguinhos.

Para com isso, Mahad. Ele tem aparecido nos seus sonhos, não tem?

Não mais do que costuma aparecer normalmente. Na verdade, faz tempo que não.

Isso não faz o menor... Ela começou a murmurar para si mesma, então fez um barulho de descrença com a boca. Tá dizendo a verdade?

Confirmei com a cabeça.

E os abutres, têm aparecido? Ou Umi e o papai? E o tio Charlie?

Eu mal conhecia o tio Charlie, Sorai. Como é que vou sonhar com ele?

Mahad, mas o que que conhecê-lo tem a ver... Ah, entendi, você ainda acha que tem a ver com o inconsciente. Na verdade não, Mahad. São eles no além tentando falar com você. Então você não precisa *conhecer* de verdade o tio Charlie ou qualquer outro que tenha vindo antes dele. Eu sonho com vários parentes que nunca vi. É porque tenho uma conexão. Eu diria que você precisa criar uma conexão, mas... o tio Charlie tinha uma. E veja só o que ele ganhou em troca.

Às vezes era fácil esquecer que Sorai era cientista. Uma das principais especialistas em abutres. A cosmologia complicada de minha irmã sempre incluía um bando de ancestrais falando com ela dia e noite. Um luto foi o substantivo coletivo que eu inventei para o povo dela: um luto dos mortos. Sorai chorava por pessoas cujos nomes nunca saberíamos.

Eu queria conseguir me lembrar de como era Sorai, além de seus traços gerais, óbvio, antes da morte do tio Charlie. Não lembro muito daquele dia. Ali ela também morreu. Ela diria a mesma coisa. Grande parte da alma de minha irmã evaporou quando as garras daquele abutre cravaram no peito de nosso tio e o arrebataram para o céu. Olhei para os olhos cinzentos ferozes dela naquele momento e não vi nada. Só uma defunta que de algum modo andava, vivia e respirava. Nada nela, com exceção da ira, da urgência e do sonho de vingança contra a natureza — a natureza insensível e bruta. Nada seria suficiente, nada além da aniquilação de todos os abutres de todos os lugares a faria recuperar o senso de paz e alegria. Minha irmã era uma tola de um jeito específico que só alguém muito inteligente para ser tão tolo poderia ser.

Maninho, disse ela, precisamos tomar uma pra falar disso. Sei que você tem uísque por aí.

Sorai se sentou com as pernas arreganhadas, tomando o espaço do jeito que homens fazem com frequência. As pessoas, na verdade, às vezes a confundiam com um homem. Ela deixava o cabelo bem curto, mesmo durante os anos difíceis em que parecia que encontrar um barbeiro decente era como encontrar uma barata que se comunicava por linguagem de sinais. Quando éramos crianças, Sorai sempre penteava o cabelo com cuidado para que os cachos balançassem pela cabeça de trás para a frente, e todos os indícios disponíveis diziam que ela mantinha esse hábito. Observei as ondas em movimento de minha irmã com uma mistura de orgulho e inveja; deixei o cabelo crescer até formar um black quase cheio de fios brancos que eu nunca arrancava, então eles ficavam se levantando em um ponto ou outro. Da mesma forma, meu rosto estava cheio de pontinhos grisalhos.

A aparência de menino de Sorai foi tema de discussões entre ela e minha mãe quando minha irmã era adolescente e nossos pais ainda eram vivos. *Por que você não tenta se arrumar um pouco?*, questionaria minha mãe. *Por que você fica se escondendo debaixo dessas roupas enormes?* Sorai não dava ouvidos à ela, pelo menos não no que se tratava da própria aparência.

Às vezes, pelo canto do olho, é como se eu estivesse vendo um holograma azulado da minha irmã. Ela está igualzinha a como estava naquele sofá. Quando me viro para olhar, nem ela e nem o sofá estão ali. Coloquei dois copos na mesa em frente a ela, servindo três dedos de um uísque dos bons, e ela riu da minha cara. Ainda serve como o papai te ensinou quando tinha quinze anos? Ela riu de novo. Jama... Mahad, senti falta da sua criancice, mané. Como foi que deixamos as coisas chegarem nesse ponto? A gente só tem um ao outro.

Ela virou a bebida e acenou com a mão, sinalizando para eu servir mais enquanto o álcool descia queimando. Fui depressa pegar a garrafa como se fosse um garçom querendo garantir a gorjeta. Sorai sabia muito bem como tínhamos chegado àquele ponto. Eu ainda conseguia ouvir a voz dela bastante tempo atrás (mais jovem, menos maculada pelo álcool) me dizendo que eu deveria assumir a responsabilidade pela forma como Umi e papai tinham morrido. Como as coisas poderiam continuar as mesmas depois daquilo? Servi mais três dedos de uísque, e minha irmã ficou calada, observando o copo, o rosto rígido e sério.

202

Shantí ainda tá tentando te arranjar com o tio dela?

Ele é bonitinho e divertido e tal, mas não. Seria esquisito, não seria? Aquela garota só quer um jeito de me manter na vida dela. Foi disso que veio aqui falar, maninha, da minha vida amorosa?

Não, você tá certo, Mahad. Escuta. Sorai se levantou e começou a andar de um lado para o outro. Eu só quero que me escute um instante. Eu o vi. Primeiro achei que fosse sonho, mas não era. Ele apareceu pra mim na semana passada.

Quem?

Soei como uma coruja, não como um homem. Mais uma vez, não sei por que escolhi fazer joguinhos com minha irmã. Provavelmente achei que fosse deselegante engajar de imediato na ilusão dela. De qualquer forma, Sorai me ignorou e continuou andando de um lado para o outro, antes de prosseguir como se eu não tivesse dito nada.

Começou com uma batidinha na janela da frente, contou ela. Leve, mas insistente. Talvez um galho de árvore ou algumas pedrinhas agitadas pelo vento. Não, tinha inteligência envolvida naquela batidinha.

Quando minha irmã checou o lado de fora, notou uma sombra cambaleante à janela. Talvez o tal alguém tivesse exclusivamente a intenção de machucá-la, então minha irmã pegou a espingarda do papai e escancarou a porta. Quando a luz revelou o rosto do intruso, Sorai ficou imóvel, tomada por uma espécie de pavor tranquilo. As roupas do homem estavam sujas e rasgadas, o rosto inchado e machucado, a lateral da cabeça afundada. O rosto. Aquele rosto! De início ela pensou que fosse eu, drogado ou algo do tipo, recém-sobrevivente de um ataque. Ela me chamou pelo nome, mas o homem respondeu não, não, não e esticou o braço na direção dela, a pele toda machucada e dilacerada. Sorai viu um buraco em seu peito do tamanho do punho de um homem grande. Pelo buraco ela via o outro lado do bairro. Ainda assim o homem andava, pegando ritmo a cada passo cambaleante. Ele falou, chamando o nome de minha irmã.

Mahad, ela me disse. Era Jamal. Eu sei que parece absurdo, mas era Jamal.

Eles colocaram nosso irmão em um caixão, Sorai. Cobriram o caixão com concreto e jogaram terra em cima. Eu vi. A gente viu. Nunca entendi como uma cientista consegue acreditar em todo esse vodu em que você acredita.

Mas você viu o corpo em algum momento?

Olha, você sabe que eu não tive força pra...

Nem eu. Falei pra você que tinha identificado o corpo, mas não fiz isso. Só assinei a papelada. Desculpa ter mentido, Jam... merda, faço isso toda hora... Mahad. Eu não ia conseguir olhar pro meu irmão como um cadáver todo furado. Principalmente com a sósia dele ainda perambulando por aí. Que bom que Umi e o papai não estavam mais vivos pra ver como Jamal morreu. Assinei os papéis. Eles disseram caixão fechado. Eu falei tá bom. Vimos o caixão descer na terra. Até onde a gente sabe, podem ter enfiado o sapo Caco ou um zé-mané qualquer lá dentro. Eu não consigo explicar muita coisa neste mundo, Ja... Mahad. E não tô pedindo pra você acreditar em mim, irmão, só tô pedindo que me ouça. Dá pra fazer isso?

Me recostei no assento e toquei a região entre o nariz e o lábio superior com o dedo indicador. Meu irmão também fazia isso. Às vezes fazíamos ao mesmo tempo e as pessoas riam de nós. Talvez eu estivesse tentando me impedir de falar por cima da minha irmã. Eu queria mandá-la dar o fora de minha casa, mas também queria dizer que a amava. Só que nenhuma das duas coisas parecia certa.

Gostei que você me chamou de cientista, comentou ela. Faz anos que ninguém me chama assim. Cientista? Sorai pronunciou a palavra como se estivesse cuspindo sangue. Dificilmente sou considerada uma hoje em dia. Pelo menos não uma que qualquer instituição fosse respeitar. Você sabe o que eu faço pra me sustentar, Mahad? Faço traslados gratuitos com a van de uma concessionária. Todas as equipes de pesquisa em que já estive ficam dizendo que tô afetada demais pelo que aconteceu com o tio Charlie pra conseguir ser objetiva. Eles não acreditam que os abutres estejam nos caçando, não mais que qualquer outro animal que come um humano vez ou outra. Eles não acreditam! Ninguém entende mais dessas aves do que eu. Venho as estudando com seriedade desde a adolescência. Desde o tio Charlie. Eles pegam meu conhecimento e aí me demitem quando minha verdade passa a ser um pouco demais! Não vou aguentar que meu próprio irmão faça isso agora. Jamal e eu falamos de várias coisas. Ele falou que tá tentando desvencilhar a mente da fome. Falou pra eu te dizer que vai vir te encontrar quando recuperar o controle da mente. Falou mais coisa, mas não posso te contar se você não acredita em mim. Seu irmão ressuscitado olhou pra mim, provavelmente como Lázaro olhou pra Jesus Cristo. Ele falou comigo. Não é só minha verdade, é *a* verdade.

Minha irmã ficou me observando, então desviou o olhar para o chão. Suspirou. Tive certeza de que ela não conseguia suportar ver a descrença e a pena em meu olhar. Tentei manter a expressão neutra, mas meus olhos sempre me traíam.

Eu queria evitar que minha irmã continuasse vendo meu olhar incrédulo, então me levantei e fui para a janela. Pensei ter visto alguém se movendo lá fora, talvez uma sombra, mas não, eram apenas árvores.

Eu sei que você ouviu falar daquele puta prêmio que a equipe de pesquisa de Porto Yooga acabou de ganhar pelo trabalho sobre os hábitos migratórios dos abutres, comentou Sorai.

Apareceu em todos os noticiários, respondi. Foi uma parada grande. Você estava na equipe?

Óbvio que sim! Você acha que eles teriam conseguido fazer isso sem meu conhecimento? Minha dedicação? Minha criatividade? Mas meu nome não apareceu na condecoração. Não recebi um centavo. Eles nem me convidaram pra cerimônia de premiação. Caralho. Mas que bom que me demitiram. Assim acabei pesquisando do meu jeito. Fico acompanhando a bibliografia que lançam sobre o assunto. Mas tem tanta baboseira. Eu ainda saio para observar aquelas coisas, o jeito que voam lá no alto, enormes como um avião 747, com umas penas esfarrapadas, sempre parecendo que acabaram de sair de uma briga. Vejo aqueles olhos vermelhos e agitados de ave nos meus sonhos. Aquelas asas pretas compridas, e como parecem uma capa quando estão descansando. Aquelas cabeças do tamanho de uma bola de futebol. A curva do bico amarelo e os pescoços longos. Do jeito deles, são bonitos. Mas eu parei de depender das instituições. Do dinheiro delas. Tive que encontrar outras fontes de conhecimento, fontes que outros cientistas podem considerar não naturais. Já ouviu falar dos Trinta? Da *Canção dos quá-quás*?

Sorai se levantou e esticou o braço para trás. Então tirou do bolso traseiro uns papéis amarelados enrolados em forma de cilindro, como um pergaminho. Abriu um sorrisinho e me entregou.

Entregando joias a uma criança inocente, declarou ela. Aproveite!

Profecias e sabedoria antiga, é?, retruquei, pegando os papéis.

Desenrolei o monte e analisei a tipografia. Parecia ter sido produzida por uma máquina de escrever antiga. No topo, alguém tinha feito um desenho bonito e realista de um abutre, mas tinham usado um branco bem clara, com exceção dos pontos vermelhos imitando os olhos.

Também no topo estava escrito: "Capítulo 10: A canção dos ~~quá-quás~~ Trinta". Reconheci a palavra riscada como o antigo nome do abutre. A depender de qual parte de Rio Cross a pessoa falava, o nome ainda era usado.

Não pergunte onde consegui isso, Jamal. Daquela vez, minha irmã não corrigiu o uso do nome. Apenas saiba que são quinze capítulos e cada um de nós recebeu um.

Cada um de nós quem?

Pare de perguntar, porque está fazendo as perguntas erradas. Cada um de nós recebeu um capítulo pra manter em segurança, e um dia, quando chegar a hora, todos os capítulos estarão reunidos. A hora não chegou, mas quero que você fique com o meu, tá bem? Você vai entender depois de ver, Mahad.

Passei de uma leve análise para uma leitura aprofundada. Percebi quando minha irmã terminou a bebida e colocou o copo na mesa, mas não quando ela saiu. A visita dela por inteiro pareceu um sonho vívido e inquietante.

3.

CAPÍTULO 10
A CANÇÃO DOS TRINTA

Certa vez, uma barulheira de quá-quás cercou a lavoura de Marcus Stroh em Porto Yooga, Virgínia, como uma auréola de aves. Isso foi em 1808. Alçaram voo como se fosse o papel delas aparecer no céu enquanto o sol começava a surgir, assim como os mais ou menos trinta escravizados de Marcus. E as aves seguiam para o ninho ao anoitecer, mais ou menos ao mesmo tempo que os serviçais de Marcus saíam do campo para jantar e descansar. Uma com penas de um branco imaculado sempre voava na frente, apresentando um contraste aguçado em relação à confraria de preto; tinha até olhos vermelhos como se tivessem sido arrancados e ainda sangrassem.

As aves incomodaram Chiefy e Gall, contratados por Marcus para supervisionar os Trinta.

Parece que estão conjurando um portal pro inferno, comentou Chiefy um dia, apontando a espingarda para o céu. Aposto que eu consigo acertar a branca, fácil, fácil.

Como se surgisse do nada, a mão de Marcus Stroh apareceu no cano da arma de Chiefy, abaixando-a para que apontasse para o campo em vez do céu.

Não fiquem criando essas ideias na cabeça, seus tolos, ralhou o homem. Eu não preciso disso na minha vida. Vocês têm mais o que fazer por aqui.

Os tolos de fato não tinham mais o que fazer por ali. Herc, um dos Trinta, já dava conta da supervisão sozinho. O homem sabia como fazer seu pessoal trabalhar, e se a violência fosse necessária, dispunha da habilidade com o chicote. Para a maior parte dos Trinta, Herc era tão ruim quanto um homem branco. Como resultado do trabalho zeloso, Herc recebia roupas melhores, um aposento particular perto de onde Chiefy e Gall ficavam, e uma carne extra para vender no mercado aos domingos. Contudo, Herc não vendia a carne no mercado. Ele levava para uma mulher no Rio Cross, em Maryland, chamada srta. Susan, que o pagava pelo alimento e o ensinava ofícios variados, desde a arte de fazer amor até a de ler magias simples: transformar-se em um sopro de fumaça, deslocar-se com a brisa e se materializar em outro lugar.

Olhe, meu amor, disse ela, vire fumaça bem na frente deles e então venha pra cá. Não volte.

Ele negou com a cabeça.

Eu tenho uns negócios com Stroh, respondeu.

Um dia, Herc saiu do campo e se sentou ao lado de Stroh no alpendre da casa grande. Stroh ficou rígido, observando o terreno, com os olhos arregalados e confusos.

Eu planejava comprar minha liberdade com o dinheiro que venho guardando, contou Herc. Acho que sabe disso, mas vai demorar uma eternidade. Tenho uma ideia melhor. Ele virou fumaça, depois virou humano de novo. Eu posso te ensinar umas coisas, coisas poderosas, sinhô Stroh. Coisas que eu sei que poderiam nos dar mais riquezas do que tem agora. A fumaça é só o começo.

Então aconteceu de Herc ensinar a Marcus Stroh tim-tim por tim-tim do que aprendia com a srta. Susan, sem ela saber. E sem Herc saber, lá em Rio Cross, a srta. Susan estava fazendo outro tipo de magia, do tipo que só se encontra em livros jurídicos. Ela encontrara uma lacuna. Prova de que a parte da fazenda de Stroh em que os Trinta moravam e trabalhavam na verdade ultrapassava os limites de Rio Cross e não era parte de Porto Yooga; assim, os Trinta eram homens e mulheres livres, e não propriedade.

A srta. Susan se imaginou como um grande Moisés, conduzindo seu povo para longe da lavoura na Virgínia e para dentro de Rio Cross. E chegou, sim, o dia em que o tribunal avaliou a petição da srta. Susan e declarou que os homens, mulheres e crianças estavam livres da posse de Marcus Stroh. Ele olhou para aquelas trinta pessoas e viu a totalidade de sua riqueza. Se fossem embora, ficaria pobre. No dia 3 de maio, um juiz determinou que a libertação deles seria em 5 de junho. Stroh e Herc debateram dia e noite sobre o que deveria ser feito. Deveriam proibi-los de ir embora? Deixá-los ir? Parecia de repente que a instrução que Stroh oferecera seria desperdiçada. Herc cortou laços com a srta. Susan e prometeu a Stroh que, não importava o que acontecesse, ficaria ao lado dele.

Existe um império a ser conquistado, disse Herc a Stroh.

Uhum, respondeu Stroh.

E, no dia 4 de junho, Stroh, Gall e Chiefy esperaram até que fosse quase noite e, enquanto os Trinta jantavam, atiraram em todo mundo.

Herc foi o primeiro a levar um tiro na lateral da cabeça, logo afundando seu crânio. Alguns correram para a Brenha, deixando um rastro de sangue pelo caminho. Nenhum deles conseguiu sair da floresta naquela noite. No dia 5 de junho teria sido considerado assassinato, e Stroh poderia ter ido à forca por causa daquilo. No dia 4 junho ainda era uma questão entre proprietário e posse, e o Seguro de Vida & Patrimônio Meratti o pagou pelos escravizados mortos, um por um.

O plano não acabava por ali, não... Com o que Herc o ensinara, sua propriedade poderia voltar dos mortos renovada, máquinas sem consciência. Trabalhariam por todas as horas sem precisar de descanso, e estariam indiferentes aos caprichos do calor, do frio, da chuva ou do vento. Os ressuscitados não precisariam de roupa nem de abrigo; o campo de tabaco e o trabalho seriam seu lar. Da mesma forma, Stroh não teria mais qualquer receio de levantes ou da perda dos investimentos por causa de uma fuga de escravizados. O conhecimento que Herc o passara resolveria todos os problemas constantes de sua mão de obra.

Então, em uma longa noite, Stroh, Gall e Chiefy retiraram os trinta corpos das covas rasas e os enfileiraram direitinho diante do campo de tabaco. Stroh evocou espíritos com os quais até mesmo os escravizados tinham, havia muito tempo, perdido contato. Espíritos que poucos daquela terra conheciam bem e espíritos sobre os quais Stroh não conhecia nada. Stroh agitou a terra com a magia que não compreendia totalmente. Passando a terra pelos corpos dos mortos. Raios acertando a floresta, golpeando árvores, criando os fogos do inferno bem ali nos campos e na Brenha. Os mortos se levantaram naquela noite e voltaram com uma fome que substituía qualquer linguagem, pensamento, sensação ou sentimento.

Marcus Stroh e a família, junto a Chiefy e Gall, foram os primeiros a serem devorados pelos mortos. E então seus restos se ergueram, famintos e irracionais.

De início, o povo de Rio Cross achou cômico, escravistas tendo o que mereciam. Mas então os mortos saíram da Brenha e seguiram para a cidade. Existe uma equidade na qual os ressuscitados acreditam. Não fazem distinção entre os pretos escravizados e os livres, os escravistas, os trabalhadores de servidão por contrato... todos viram comida.

Os quá-quás ainda faziam o círculo, um portal no céu. A srta. Susan foi até a lavoura Stroh abandonada, sem medo dos ressuscitados e da fome, sem medo dos capitães do mato que poderiam capturá-la e vendê-la como escravizada. A mulher se ajoelhou, respirou fundo e entrou naquele estado de um grande azul meditativo. Alguns disseram que ela controlou os quá-quás, outros que ela fez um acordo com eles, mas aquelas aves pegaram os Trinta (agora *mais* de trinta) e os colocaram em uma caverna no topo das falésias. Lá, as aves vigiam os ressuscitados, levando-os de volta quando se dispersam, e, de vez em quando, dando-os de comer.

4.

Li as páginas várias vezes, segurando-as com cuidado. Eram velhas, e muitas das dobras tinham rasgado. A qualquer momento poderiam se desintegrar. Mas quem acreditaria em tudo isso? Eu já tinha ouvido a história dos Trinta antes, mas nunca com a reviravolta dos mortos ressuscitando. Quando minha irmã ligou na semana seguinte, nem esperei que ela dissesse alô.

Que tipo de conto da carochinha é esse que você me fez ler, Sorai?

Não é uma história antiga de fantasma, Mahad, respondeu minha irmã. É o elo que faltava. O que eu nunca entendi. Nunca consegui perdoar Umi e o papai por deixarem os abutres levarem o tio Charlie. Por não terem lutado. Por não atirarem naquelas coisas enquanto ainda estavam no céu. Eles se sacrificaram por nós, pra nos manter seguros. Deviam ter ensinado a gente. Eu achava que os abutres estavam nos caçando, mas não. Só estão fazendo o trabalho deles, Mahad.

Eu conseguia ouvir minha respiração pelo telefone. O que eu poderia dizer? As palavras me pareciam estranhas.

Mahad, continuou minha irmã, eu não sei como nosso irmão acabou envolvido com os mortos. Não sei. Tem muita coisa que ainda não descobri. Mas o que eu sei... ela fez uma pausa. O que eu sei... durante todos aqueles anos eu te culpei pelo que aconteceu com Umi e com o papai. Eu falava: *o faz-tudo grandão consegue construir um deque, ir lá na casa toda semana cortar a grama e essas porras, dá conta de tudo, mas não checa a porra da bateria do detector de CO$_2$?* Mas depois de ver Jamal, de falar com ele, de ler essas coisas, e de juntar lé com cré... Bem, Jam... Mahad, eu te perdoo. Eu não te culpo mais.

Sorai, comecei, antes de qualquer coisa, eu te amo. Então fiz uma pausa, incerto sobre como continuar. A maior parte das pessoas que não tem um gêmeo não vai entender isso, maninha, tem até gêmeos que não entendem, mas tinha alguma coisa entre Jamal e eu. Como uma vibração. Uma energia. Ele podia estar no Japão e eu aqui em Cross e eu sentia. É como um dos cinco sentidos, tipo o olfato, o tato. Como saber que seu braço está onde está. Aquele maníaco atirou nele, e eu não sabia o que estava acontecendo, mas aquela sensação da existência do meu irmão no mundo foi apagada. Eu não o sinto mais. A vibração sumiu. O que eu sinto é uma ausência, como se tivessem decepado um membro meu. É por isso que eu sei que meu irmão não está aqui. Eu não o sinto mais. Eu fico feliz por algo importante ter acontecido na frente da sua casa. Por você ter tido uma visão ou algo do tipo, mas Jamal morreu, maninha. Eu te amo, e Jamal morreu.

Está bem, meu amor. A partir de agora vou te chamar de *meu amor*, como Umi fazia. Sempre tive inveja disso. Só você era chamado de *meu amor*, ninguém mais. Dava para ouvir o sorriso na voz de minha irmã. Tem mais, meu amor. Quero te mostrar uma coisa. Parte do meu trabalho. Me encontra amanhã meio-dia lá na Brenha, mané. Perto da Encruzilhada do Sapo. Encontra comigo lá. Vou ligar pra concessionária e dizer que estou doente. A gente não pode ficar anos sem se ver. Que esse seja um começo.

Assenti, embora ela não pudesse me ver. Eu não tinha nenhuma intenção de encontrar minha irmã na Brenha. Quando encerramos a ligação, repeti na mente o som do sorriso na voz de minha irmã, e o som me deixou feliz.

5.

Senti que minha irmã tinha me enfeitiçado. A noite toda ela vibrou dentro de mim, suas palavras. Não consegui dormir, suando uma abundância de rios de água salgada na roupa de cama. Quando fechei os olhos, fui tomado por visões do local que minha irmã me instruiu a visitar. Não sei por que Sorai tinha que escolher a Encruzilhada do Sapo. Era aonde todo garoto adolescente queer ia para beijar e dar uns amassos no cair da tarde. Ao menos a reputação do lugar era essa. Não faço ideia do que os jovens estão fazendo hoje, mas na minha época eu usava o local para beijar o pescoço dos meninos e enfiar a mão no short deles. Fiz Jamal ir até lá comigo e um cara com quem eu estava ficando quando tínhamos uns catorze anos. Ele estava com uma garota que não parava de reclamar dos insetos. Ficaram uns vinte minutos, então concluíram que não fazia muito o estilo deles e foram embora. Eu queria que ele amasse a Encruzilhada do Sapo tanto quanto eu, mas entendi que não seria o caso. E, de qualquer forma, eu estava lá pelo garoto de mãos dadas comigo, não por meu irmão, então esqueci de Jamal o máximo que pude e em algum momento passei a aproveitar a mão áspera que eu segurava.

Me sentei de repente quando um barulho interrompeu minhas lembranças. Achei ter ouvido uma batidinha leve na janela lá de baixo; o anúncio da chegada de um Jamal morto, como minha irmã dissera. Quando olhei para o lado de fora, não tinha ninguém. Uma vibração surgiu dentro de meu crânio. O som ficou aumentando e diminuindo a noite toda. Quando se abrandava, eu aceitava a quietude de bom grado, mas quando se intensificava, voltava cada vez mais alto, mais intenso. Na parte da noite em que meu sono era mais pesado, a vibração se tornou um delírio e depois uma dor de cabeça tão forte que senti o cérebro chacoalhar.

Merda, berrei. Merda. Merda. Beleza. Merda. Eu vou na Encruzilhada do Sapo, se isso significa que essa porra de vibração vai parar!

A vibração cessou, e pela primeira vez na noite peguei no sono. Quando acordei, minha noite atormentada dava todos os indícios de um sonho distante. Cheguei à Encruzilhada do Sapo uns quinze minutos depois do meio-dia. O espaço estava exatamente como eu me lembrava: tranquilo e bonito, as frentes brancas das falésias ao longe, encobertas pela névoa, mas ainda visíveis, as folhas flutuando na água pantanosa. Na última vez que estive ali eu já era adulto, estava com um menino haitiano, um homem, na verdade, embora tivesse dez anos a menos que eu. Fazia um mês que eu estava saindo com ele. Eram tempos menos complicados: meus pais e meu irmão ainda estavam vivos. Beijei o pescoço do haitiano e enfiei a mão em sua calça enquanto o sol se punha. Era uma tradição, sabe. Ele ficou duro em minha mão, mas os membros de seu corpo estavam rígidos assim como os músculos exaustos. Ele deu um tapinha em minha perna e se virou para mim. *É pra cá que as crianças vêm, não é?* Depois daquele dia nunca mais o vi.

No momento minha irmã estava ali em meio ao lamaçal marrom. Usava galochas mais altas que o normal, e quando me viu abriu um sorriso e acenou bem alto. Sorai se virou para o outro lado e colocou as mãos enluvadas ao lado da boca, formando um alto-falante. Ela soltou um crocito alto que teria sido indistinguível do de um abutre se eu não estivesse olhando para ela.

A precisão do crocito de Sorai era impressionante, mas não surpreendente. Quando éramos mais novos e ela começou a desenvolver sua obsessão, Sorai praticava o chamado no quintal (na época, um chamado deplorável) e dizia: *A primeira coisa que qualquer ornitologista ou caçadora precisa fazer é imitar a voz de seu tema de estudo, e eu sou as duas coisas.*

Antes de completar o terceiro chamado, vi uma sombra passando por cima de nós. Os abutres sabiam ofuscar o sol. A chegada de cada um deles foi teatral, e então, sobrevoando nossa cabeça, estavam três dramatis personae voadoras escandalosas e de garras afiadas.

O abutre menor crocitou em resposta à minha irmã. O som retumbou sob meus pés. Eu mal conseguia entender como aquele barulho poderia vir daquele animal, inacreditavelmente grande, mas ainda o menor deles. Os outros dois berraram a resposta em coro. Minha irmã retrucou raivosa, de um jeito que parecia até mais alto do que as três aves juntas. Os quatro ficaram guinchando uns para os outros, perturbando a floresta como o vendaval de uma tempestade. Coloquei as mãos nas orelhas para bloquear o barulho e senti um líquido escorrendo dos dois lados.

Logo percebi que eu não ouvia nada, nem os uivos angustiados de minha irmã, nem os gritos de guerra dos abutres. Eu não sabia dizer se o quarto abutre — todo preto com manchas prateadas nas penas que demonstravam o ônus de batalhas, que veio voando e arrebatou Sorai com os punhais compridos e afiados em forma de garras — gritou em desvario ou planou em silêncio. Eu não sabia dizer se minha irmã berrou como um abutre ou como uma humana quando a ave a ergueu. Com sorte, nunca saberei o som de Sorai sendo dilacerada enquanto o menor de todos tentava arrancá-la da empunhadura do quarto abutre. Lá estava ela, a irmã que eu amava, partida em dois pedaços (três, se contasse as vísceras despencando), voando em duas direções diferentes: pelo azul e em direção ao sol.

Senti o mato, a relva e a terra fria em meus joelhos. Eu sentia, mas não ouvia, o uivo do abutre pulsando em minha garganta e em meu peito. Até aquele momento, eu não tinha percebido que também sentia a vibração da minha irmã, como havia sentido a do meu irmão. Uma vibração diferente, mas ainda assim alguma coisa. Eu não sentia mais. Minha irmã tinha morrido.

6.

Minha audição voltou, e fiquei esperando que minha irmã também voltasse, mas isso não aconteceu. Quando tentei silenciar tudo para sentir ela ou Jamal, não identifiquei nada além de pura ira. Fiquei caminhando pela Orla do Rio nas semanas após o funeral dela e observei casais de mãos dadas, crianças correndo para os braços dos pais. Por que todo mundo vivenciava a alegria, a conexão, e para mim só sobrava o vazio? Às vezes os pais e mães davam uns berros, ou agiam de maneira displicente com a prole tagarela. Eles sabiam que tipo de presente estavam rejeitando?

Com frequência digo a mim mesmo que foi o desvario que me levou a fazer o que fiz em seguida. E sim, com certeza houve certo desvario envolvido, mas como posso explicar a racionalidade fria?

O impulso suicida retornou. O sonho de morrer como meu irmão morreu, de voltar a ter a mesma aparência do meu gêmeo. Meu rosto inchado do jeito que eu imaginava o rosto dele inchando. Minha cabeça afundando como eu imaginava que a dele havia afundado.

Agora toda vez que o devaneio de morrer em um tiroteio em massa me ocorria, eu não o afastava da mente. Em vez disso, acessava fóruns virtuais nos quais eu sabia que amantes de armas se reuniam. Em um fórum de AR-15, com o nome *Ronald_RayArma2Ar15*, digitei: "Alguém precisa meter bala na Orla do Rio". Então segui para um fórum sobre o grupo de rap Soldados da Segunda Ementa (criei meu nome de usuário com base em um membro desse grupo) e digitei: "Alguém precisa meter bala na Orla do Rio". E assim por diante. Fui do colanapistola.com ao site de pornôs com armas paunamira.com, digitando a mesma coisa como se estivesse proferindo o nome do monstro em voz alta e esperando que ele aparecesse. Na maioria dos sites, minha mensagem era ignorada ou os moderadores logo a excluíam, mas em um fórum, alguém chamado Garçon disse "e aí?", e respondi com um emoji de diabinho.

Ele me mandou um link que disse ser criptografado para que pudéssemos conversar. Sem pensar muito, cliquei.

aqui você pode falar à vontade chefe o link tem criptografia top de linha. do que cê tá precisando?

Tiroteio em massa

Ahhh consigo te arrumar uma AR rapidinho...

Expliquei a Garçon por que a arma não me serviria de nada. Contei sobre querer ser enterrado ao lado do meu irmão, de enfim ser restituído à glória gêmea. Ele passou um tempo sem responder, um intervalo desconfortável de sete minutos. Pensei em deslogar, imaginei a polícia batendo à minha porta, mas então lembrei do meu irmão e da minha irmã, dos meus pais, e me senti inútil. E daí se eu fosse para a cadeira ou para debaixo da terra? Eu não tinha nada. Estava à deriva. Eu flutuava sobre mim mesmo como um fantasma quando algumas palavras voltaram a aparecer na tela:

com certeza consigo montar um cenário mas vai ser mais caro. tem que contratar uns atores de crise e alguém pra levar a culpa. que que você acha de fingir que é um ataque racista

Atores de crise? Puta merda??? Eles existem mesmo?

óbvio que existem

a gente precisa de testemunha pra confirmar que o atirador tava sozinho

mas não sai barato

nessa parte da cidade eu ia ter que combinar com os washingtonianos também se for um ataque racista (prefiro) também ia precisar armar com os arianos. tiroteio racista facilita cobrir meu rastro mas como eu disse é mais caro. pensando aqui uns 100k

Desloguei na mesma hora. *Mahad, o que você está fazendo?*, pensei e fechei o notebook, crendo que mais uma vez a sanidade e a decência tomaram conta de mim. Sem dinheiro passando de uma mão pra outra, sem plano posto em ação, sem culpa. Eu me perguntei o que meu irmão pensaria de mim, mas então fui dar uma volta e me peguei de novo na Orla do Rio. Lá testemunhei uma alegria que eu nunca mais conseguiria vivenciar. Pensei outra vez na mãe, no pai, na irmã, todos com os quais eu só tinha me conectado de um modo meio torto em vida, e no irmão que foi meu primeiro e mais profundo amor. Como toda essa felicidade ao meu redor poderia me causar só ansiedade e ira? Consegui me segurar por dois dias para não logar no chat criptografado, mas quando loguei, encontrei Garçon lá como se tivesse na frente do próprio computador só me esperando aquele tempo todo.

então falei com os arianos e os washingtonianos e tudo certo mas os atores de crise e o bode expiatório são mais caros que pensei. vai sair 250k

E se não for um ataque racista, quanto que abate do valor?

foi mal isso não dá pra negociar. como sou eu mesmo fazendo o trabalho preciso de um vilão óbvio pra conseguir escapar e ficar livre. tanto os arianos quanto os washingtonianos vão mandar uns atiradores extras eu consigo mandar mais atiradores e economizar uns trocados mas isso ia te poupar só uns mil conto e a coisa ainda ia ficar mais perigosa pra mim e pros meus parça então sei lá

não acho que vale a pena cão

não

Mantive os dedos no teclado, pensando com cautela sobre as próximas palavras que digitaria. Não sei por que pechinchei. Deve ser porque estou acostumado às negociações com os contratos de obras. Juntando as minhas economias e as contas empresariais, eu conseguia bancar. Não conseguiríamos cobrir a próxima folha de pagamentos, mas eu estaria morto, então nem faria diferença.

escuta tira uns dias pra pensar mas preciso do dinheiro no final da semana se for rolar mesmo

Desloguei, fui dormir naquela noite e sonhei com batidinhas na janela. Os sonhos não serviram pra nada além de uma sensação ansiosa e turbulenta em minhas entranhas quando acordei no meio da noite e não consegui mais voltar a dormir.

Segui minha vida colocando *drywalls*, consertando cubas, prendendo suportes de papel higiênico em paredes, montando prateleiras... fiz tudo isso com uma nuvem enorme pairando sobre mim, uma sobre a qual eu não poderia falar com conhecidos nem com funcionários. Sempre que eu logava tarde da noite, de manhã cedo ou durante o dia, Garçon estava lá. Eu encontrava mais conforto nele do que em qualquer outra pessoa. Ele me perguntou o que eu fazia da vida. Falei da empresa faz-tudo que eu comprara com uns amigos, que viraram sócios e dissociados. Alguns anos antes, meu irmão tinha me emprestado um dinheiro para me ajudar a pagar a minha parcela do negócio, e agora eu nunca precisaria terminar de pagá-lo de volta.

Em um dia qualquer, ficam uns trinta empreiteiros espalhados por Rio Cross e Porto Yooga, e também vou a campo. Meus sócios não fazem isso.

maneiro. acho que vocês fizeram alguma coisa pra minha mãe uns meses atrás. o trabalho de vocês é bom.

Conversávamos sobre trivialidades do dia a dia como se fôssemos um casal de idosos. Eu sentia falta de Garçon quando estava longe de nosso chat criptografado. Ele não falava muito de si, mas imaginei que fosse alto e de pele retinta, e que apareciam covinhas quando sorria.

Ele nunca me perguntava sobre o dinheiro, e, quando eu mencionava, ele respondia *no seu tempo*. Contei a ele sobre os pais que perdi graças ao meu descuido com o monóxido de carbono, minha irmã e o tio que mal conheci, e as garras de abutre que o levaram para longe.

sinto muito. cê passou por muita coisa

Quando contei a ele sobre o meu irmão, ele me garantiu que não tinha estado envolvido naquele tiroteio em massa, mas que perguntaria por aí. De início ele disse: *parece que a declaração oficial de que foi um cara sozinho com uma AR modificada ilegalmente tá certa*. Daí no outro ele disse: *parece que pode ter sido um trabalho da família johnson, eles sempre fazem merda*. Depois outro boato contraditório e mais outro.

Eu gostava de ter Garçon ali. Gostava da conversa e do cuidado. De muitas formas sentia por ele algo mais profundo do que já havia sentido por outros que chamara de namorado ou parceiro. Fazia menos de um mês, mas vez ou outra eu me pegava contemplando a ilusão de que ele sempre estivera em minha vida, mas antes que eu ficasse com estrelas demais nos olhos, voltava a colocar os pés no chão.

A verdade é que Garçon está ali para um negócio. A verdade é que Garçon é um monstro. A verdade é que em breve eu o perderia também.

Um dia falei para mim mesmo: *Mahad, vamos acabar logo com isso.* Transferi o dinheiro e tirei dos ombros um peso que eu nem sabia que estivera ali.

No dia seguinte loguei e pela primeira vez ele não estava online. Esperei uns vinte minutos e então fui trabalhar. Fiquei a manhã toda no escritório olhando para o computador e para o celular, esperando uma notificação de Garçon, mas nada. À tarde, pintei um banheiro em Porto Yooga e vez ou outra chequei a tela rachada do celular. O silêncio de Garçon criou uma vibração em minha cabeça que tentei afogar com música enquanto trabalhava e enquanto voltava para casa. A banda principal do show em que meu irmão foi assassinado, os Cammy Cees, começou a tocar no rádio, e tive que parar o carro no acostamento. Fiquei ali sentado chorando, então um plim e uma vibração conhecidas — ou uma série delas — tomaram meu celular.

a grana chegou
valeu
esse chat vai sumir depois que a gente deslogar
por favor não tenta falar comigo
que se foda se você mudar de ideia
o que tá feito tá feito
não fica esquisito
continua de boa e normal até o trabalho rolar
vai trabalhar como sempre
continua com seus hábitos
o trabalho começa na orla do rio meio dia daqui a uma semana
procura um cara com boné azul marinho e moletom cinza
sou eu
por favor não atrasa
a gente não vai atrasar
a gente começa com ou sem você
se a gente tiver que ir atrás de você já não posso garantir que vai ser rápido nem fácil nem indolor
por favor marca no corpo onde que é pra fazer os furos
você e seu irmão vão ser gêmeos de novo
FICA EM PAZ

7.

Parei pra pensar que agora eu era pobre, embora eu não fosse viver para enfrentar os efeitos da minha pobreza. Foi uma semana rotineira, mas também senti algo parecido com êxtase. O pior da vida tinha ficado para trás. Eu ia trabalhar e voltava para casa, fumava um cigarro no alpendre da frente. Às vezes trabalhava com meus funcionários ou sócios, e sentia uma pontada de vergonha ou culpa pela crise financeira que eu incidentemente criara pra eles. Eu nunca veria sua descrença.

Perto da meia-noite, nas horas antes de me juntar ao meu irmão, o bife que comi no jantar caiu como pedra no estômago e eu rolei na cama sem conseguir dormir. Ouvi os solavancos e pancadas da casa se assentando ao meu redor, sons em que antes eu quase nunca prestava atenção. Enquanto me remexia na cama, ouvi uma batidinha lá embaixo. De início, ignorei, crendo ser outro barulho da casa, mas tinha uma frequência e não parava. A batidinha vinha do porão. Não, da sala; pensei. Olhei pela janela e não vi nada. O barulho era intencional demais para ser um animal selvagem, ou um galho, ou o vento. Talvez alguém pregando peças. Ou tentando roubar. Peguei a espingarda do meu pai. Carreguei a arma com munições e desci a escada sem fazer barulho.

Quando abri a porta, vi uma sombra dando as costas para a casa. A figura se virou com a minha presença. Com alguns passos cambaleantes em minha direção, ele saiu do escuro, e a luz do meu alpendre recaiu em seu rosto. Meu peito tremulou tanto em entusiasmo quanto em medo. Era como observar a mim mesmo desenhado por uma criança de cinco anos. As feições do meu rosto estavam tomadas por um inchaço, meu semblante inflamado como uma máscara da morte. Eu parecia um boneco de pelúcia horrendo. Minha cabeça, onde a bala perfurara, estava amassada como o para-choque de um carro depois de um acidente. Um buraco do tamanho de um punho adornava meu peito. Eu não sabia se devia apontar com a arma ou abrir os braços para um abraço.

Irmão, disse o Jamal morto, num sussurro lento. Irmão.

Larguei a espingarda e corri para perto do meu gêmeo. Coloquei o braço ao redor de seu ombro e o conduzi até o sofá lá dentro.

Frio, murmurou ele. Ele frio.

Coloquei um cobertor sobre os ombros de Jamal. Ele afastou o tecido de si e balançou a cabeça.

Jamal, falei. Eu... eu... Mas como?

Como. Pergunta errada. Aflição. Sinto aflição. Sua aflição. Mil abelhas na minha cabeça, irmão. Tentando me controlar... Colocar a mente no lugar. Parece impossível. A fome. Eu faminto. Não queria que você me visse como bicho... Queria controlar a... a... mente. Não é seguro. A fome chama. Sinto sua aflição, acho. Eu precisava te ver antes... de eu perder o controle.

Apertei a mão de meu irmão como fazíamos quando éramos crianças, antes de crescermos demais, de ficarmos durões demais para segurarmos a mão um do outro. Estava tão fria que parecia que ele tinha enfiado a mão no rio em um dia de grau negativo. Observei seu rosto e seus olhos, e de início tudo o que vi foi a morte imóvel, mas tive que estreitar os olhos, e enfim vi uma pequena chama de compaixão, um amor por mim tão poderoso que sobreviveu até à perda da própria vida. Aquilo me deixou com vergonha. Meu irmão voltou para se certificar de que eu estava bem, enquanto eu esquematizava transformar minha dor em violência e exportá-la em forma de morte para o máximo de pessoas possível. Todos aqueles seres humanos que eu planejava destruir. Aquelas belas vidas que não tinham me feito nada.

Levantei-me e comecei a andar de um lado para o outro em frente ao meu irmão. Queria livrar a mente da vergonha, da ansiedade, das imagens daquelas pessoas morrendo por causa da minha incapacidade de aceitar o fardo de ter minha família morta. Minha mente, porém, se recusava a ficar vazia. Os rostos imaginados dos assassinados me assombravam como uma lembrança. Me puxavam para o inferno.

Sente-se, irmão, pediu meu gêmeo, e assim o fiz, segurando sua mão gelada. Não vou aguentar. A fome ganha. Sempre ganha. Ele bem. Tudo bem. Atire quando ele sumir.

Jamal apontou para a própria cabeça amassada, e eu não poderia nem pensar em submetê-lo a mais violência.

Beijei seu rosto putrefato e pedi:

Irmão, me conte tudo o que você lembra.

Jamal tinha ingressos para o Festival Rio Cross & Som no Bimin Plaza, mas se atrasou naquele dia. Ele sempre estava atrasado. Seu atraso crônico continua sendo uma das poucas características que fico feliz por não compartilharmos. Sua namorada, Shantí, estava cansada daquilo. *Todos* nós estávamos cansados daquilo, e ela jurou que ia sozinha se ele não estivesse na porta da casa dela no horário marcado, meio-dia em ponto e nem um minuto a mais. Ele tinha saído temporariamente do apartamento deles e estava passando a semana na minha casa. Os dois concordaram que precisavam de um tempo separados, mas depois do show, jurou meu irmão, parariam com aquilo de ficar terminando.

só espera, foi a mensagem dele para ela. *tô me arrumando e já saio.*

Ela respondeu:

Se você se atrasar, vou meter o pé. E não tô falando de ir sem você, adicionou. *Óbvio que vou sem você, mas o que tô dizendo é que que você vai estar morto pra mim, caralho. Você vai me encontrar meio-dia, tá ouvindo?*

Shantí era tão cabeça-quente. Eu a achava perfeita para o meu irmão. Ela nunca o deixaria. Sempre imaginei que um dia ela fosse colocar meu irmão na linha. Ele estava quase lá. Ela o amava como eu amava. Sempre grudada nele quando estavam juntos, o braço ao redor do pescoço ou da cintura dele. Hoje quase não nos falamos, nosso amor mútuo por meu irmão era demais para suportar na ausência dele.

Deus abençoou Shantí com um senso de humor afiado e inapropriado. Perto do meio-dia, ela enviou a seguinte mensagem:

Eu NÃO VOU ficar presa lá atrás. Quero ficar tão perto do palco que o suor das bolas do Cammy C vai pingar na minha cara.

Shantí isso é nojento pra caralho. Espero que saiba. Quando você imaginava estar num relacionamento, achou que parte disso seria mandar mensagem pro seu namorado falando das bolas de outro cara? Pq na moral, com certeza não foi algo que eu considerei e não sei se isso me agrada não.

Apesar dos alertas de Shantí, Jamal continuou se mexendo devagar, seguindo a rotina como de costume. Quando saiu do banho já passava do meio-dia, e seu celular o saudou com uma nova série de mensagens.

Seu merda inútil , dizia uma.

Eu sabia que você ia fazer a gente se atrasar, dizia outra.

Cê não vale nem o suor das ⚽⚽ *suadas do Cammy C*

Vou sozinha.

🖕

Acabou.

Vejo você no Rio Cross & Som, respondeu ele.

VOCÊ MORREU PRA MIM!!!! 💀 ☠️ 🙍‍♂️ 🙍‍♀️ 🙍 MORREU! MORREU! MORREU!

E depois de um minuto, ela continuou:

NÃO TÔ DE SACANAGEM! MORREU!

A PRÓXIMA MENSAGEM VAI SER UMA FOTO MINHA COM AS BOLAS DO CAMMY C NA BOCA.

Também te amo, ele começou a digitar, mas pensou melhor e em vez de responder, seguiu para a porta. A presença dele, pensou, era uma desculpa melhor do que qualquer coisa que pudesse escrever em uma mensagem.

Se eu tivesse esperado, contou-me uma Shantí aos prantos enquanto nos abraçávamos depois do funeral, *talvez tivéssemos morrido juntos.*

Se meu irmão tivesse vencido o demônio do tempo, pensei, os dois poderiam ter sobrevivido.

Havia umas lacunas grandes na memória de meu irmão, óbvio. Ele não lembrava das balas o perfurando, do corpo caindo, ou da debandada que deixou hematomas em seu cadáver. Ele não fazia ideia de por quanto tempo tinha ficado lá caído, se a alma tinha descendido ao inferno ou se erguido para a mão direita de Jesus. Só que em algum momento ele tomou ciência do solo frio, da dor de cabeça flamejante e da dor no peito. Ele tocou a ferida e sentiu a cachoeira de sangue que escorria em cascata. Absorveu tudo com calma, a vida regenerada, a cavidade no peito, o amassado na cabeça. Algo o impeliu a se levantar e a cambalear para a Brenha, então foi o que fez. Ele foi andando pelas ruas e ouviu vozes o chamando: *Mas que... porra... aconteceu contigo, mané? Demônio! Lázaro! Tem um buraco nele! Chama a polícia! Chama a ambulância!* Meu irmão ainda não conhecia palavras, embora soubesse que seu nome não era nem Mané nem Lázaro. Como ele sabia disso, ou como sabia que aqueles sons eram vocativos, ele não tinha certeza, mas sabia e assim seguiu caminhando.

Neste momento meu irmão pôs as mãos na cabeça e a abaixou até encostar nos joelhos, soltando um gemido. Zumbido voltar, disse ele. Sol nascendo agora. Mais a dizer. Não seguro. Ele se levantou e foi para a porta. Tentei bloquear o caminho para a entrada, mas ele sibilou e repuxou os lábios como se estivesse se preparando para morder. Voltar. Voltar, sussurrou ele enquanto ia até a porta.

Não tive tempo algum de pensar na visita de meu irmão, em suas palavras, sua vida, de me perguntar quem, se é que havia alguém, estava no caixão que minha irmã e eu enterramos. Não havia tempo para nada daquilo. Em breve eu tinha um encontro marcado com a morte, o que não me dava nada além de vergonha. Tentei mandar uma mensagem para Garçon pedindo para ele ficar com o dinheiro e cancelar tudo, mas a mensagem do chat voltou: *erro. chat desativado*. Pensei em fugir, deixar Rio Cross para trás e começar uma vida nova, mas aquilo era só uma fantasia. Garçon, os Washingtonianos e os Arianos, e até os atores de crise, me encontrariam. Cheguei ao parque da Orla do Rio mais ou menos às onze, torcendo para ver o chapéu azul-marinho e o moletom cinza e implorar, suplicar, mas não tinha ninguém assim em meu campo de visão. Ao longe, o rio estava bonito. O cinza ondulante. Barcos passando um pelo outro. Gaivotas planando. Procurei por uma pessoa branca que pudesse ser o bode expiatório, mas não vi nenhuma no parque. Qualquer um poderia ser um atirador extra ou um ator de crise, os pais risonhos, até mesmo as crianças. Andei em círculos, passando o olho ao redor para identificar possíveis suspeitos. A imagem de mim ali, frenético e suando. Era eu, *eu* era a pessoa suspeita. Um sino soou ao longe, avisando ao mundo que era meio-dia. Tive um sobressalto e arfei. O fim do mundo tinha chegado. Agachei-me e me encolhi todo. Gritei um Não!. Um homem se aproximou de mim. Você está bem, cara? SAI DE PERTO DE MIM!, berrei. Minha grosseria estava salvando a vida dele, pensei, mas não adiantaria. Alguém morreria. Antes fosse eu. O homem se afastou. As pessoas no parque me olharam, horrorizadas. O horror delas logo se intensificaria, pensei, e não tinha muito que eu pudesse fazer. Mas o tempo passou, e nada. Nenhum trovão emanando do ataque de uma arma. Nenhum choro de sofrimento. Os minutos e as horas se passaram, e as pessoas que tinham me visto desabar saíram do parque e foram substituídas por novas pessoas que me ignoraram. Fui caminhando pela orla, e nada fazia sentido. Não tive nenhum vislumbre de alguém com a roupa que Garçon tinha descrito. Fiquei na orla até ficar morrendo de fome e então fui a uma lanchonete almoçar. No momento ficou muito evidente, evidente demais. Garçon tinha roubado meu dinheiro.

8.

Eu devia ter fugido. Aquilo era o que teria feito mais sentido, óbvio. Meus sócios questionaram sobre o paradeiro do dinheiro, e meus funcionários, sobre os salários. Eu sabia que seria preso logo, logo. Levado a julgamento. O que eu alegaria para salvar minha alma? Que júri compraria minha história de morto-vivo? Que defensor público eu conseguiria enrolar para apresentar tal argumentação? Como eu poderia fugir enquanto meu irmão ainda perambulava por aí, esfomeado? Passei longas noites com uma lanterna, vagando pela mata perto de casa, tentando avistá-lo. Eu nunca mais voltaria a parecer com ele. Agora eu aceitava que seríamos para sempre reduzidos ao posto de gêmeos fraternais, mas eu seguia esfomeado por sua presença. Eu não tinha coragem de tirar minha vida, agora entendia isso. Garçon se aproveitou desse meu impulso covarde, mas falei a mim mesmo que, se nos encontrássemos de novo, permitiria que Jamal me mordesse e poderíamos perambular juntos, tanto em vida quanto em morte, até o fim do mundo. Só aquilo me salvaria do inferno que era a prisão, mas agora parecia muito improvável. Toda noite eu entrava em casa umas cinco horas, com os olhos arenosos e os membros plúmbeos. Tão faminto que parecia haver um buraco em minha barriga. Eu derretia tiras de muçarela em uma caneca e as devorava enquanto bebia copos de Ki-Suco açucarado antes de pegar no sono. Lembrei recentemente que era essa a rotina que meu irmão e eu tínhamos quando éramos crianças, uma que mantínhamos em segredo entre nós... lavando um a louça do outro de manhã cedo enquanto lutávamos contra picos de exaustão.

Nem Sorai nem nossos pais jamais souberam. Eu sentiria falta disso quando fosse para a cadeia, pensei. Uma noite depois que o micro-ondas bipou e eu tinha me servido do líquido vermelho, ouvi um bramido lá fora, então um crocito baixo e insistente, mas não ensurdecedor como o dos pássaros. O som parecia estar a nível do solo, triste, como um cão ferido, mas humano. Levei um momento, mas ouvi tons de mim nele, só que logo já não era mais eu. Meus olhos se iluminaram... Jamal. Servi um copo de Ki-Suco para meu irmão, embora soubesse que ele já tinha passado e muito daquela fase. Quando saí, vi Jamal mancando em minha direção, rangendo os dentes como se estivesse partindo a comida na mandíbula. Uma bile vermelha-escura escorrendo de sua boca em fios gosmentos. Ele grunhiu e emitiu sons animalescos, totalmente alheio à existência das palavras. Tinha perdido a batalha contra a mente, a alma foi consumida pela fome feroz. Virei o copo de Ki-Suco, respirei fundo e pisquei devagar, preparando-me para a mordida que me uniria ao meu, quando um guincho alto e gutural me fez estremecer inteiro. O som não era muito diferente dos lamentos de meu irmão, mas eu sabia que não tinha vindo dele. Olhei ao redor, esperando ver mais dos ressuscitados, mais dos Trinta chegando para o banquete, mas era só um filhote de abutre sobrevoando a cabeça de Jamal. Que algazarra feia de asas. Jamal agitou os braços, tentando afugentar o bicho. A ave grasnou na cara dele. Meu irmão bramiu em irritação; o som demonstrava certa inteligência, e me perguntei se ainda restava um fiapo de vida nele. O abutre pairava sobre sua cabeça como uma mariposa, o arco do voo em si meio desorientado. O bicho sentia o cheiro da morte, mas via e ouvia a vida no cambalear de pés e agitar de braços de meu irmão. Tinha um trabalho a fazer, levá-lo para alguma caverna remota, se os documentos que minha irmã me dera eram críveis. Mas aquele quá-quá não parecia apto para a tarefa — talvez pequeno demais para conseguir segurar meu irmão com firmeza. Em algum momento, o abutre desistiu e saiu voando, e Jamal voltou a atenção pra mim, sua presa, seu irmão. Coloquei o copo vazio aos meus pés e estendi o cheio a ele, esperando ver um traço de ciência no rosto em decomposição. O disco da lua cheia projetou um círculo amplo de luz sobre nós. Imaginei-o como um pedaço redondo de carvão queimando em uma chama azul. O passo de meu irmão se acelerou, ele rangeu os dentes de forma mais frenética, o grunhido ganhando volume. Um raio de luar atravessou Jamal, e fiquei hipnotizado pela forma como o portal de meu irmão brilhava. Fiquei enraizado ali; qualquer apreensão, qualquer sentimento, se esvaiu de mim. Eu não queria mais morrer. Senti o impulso da morte, incluindo o de me unir ao meu irmão na morte-vida, de passar como uma sombra, como se tivesse sido um eclipse do cérebro. Até estar vivo na cadeia era viver de uma forma que meu irmão não poderia mais, e eu queria viver por ele e por mim. Ainda assim, não conseguia fugir. Queria apenas ficar observando como a noite o iluminava.

Ele foi chegando mais perto, um anjo se decompondo em azul, e de repente estava em cima de mim, segurando meu pescoço, apertando com tanta força que eu mal conseguia respirar. Deixei seu copo de Ki-Suco cair. Empurrei-o, mas ele era forte demais. Quase nada consegue parar um homem, ou uma criatura, com um único objetivo em mente. Seus dentes rangiam alto enquanto ele abocanhava o ar, a boca próxima de meu rosto ou de meu pescoço, dependendo dos caprichos da luta. Arfei, rosnei e grunhi junto com ele. O fedor de sua carne em decomposição me deixou zonzo. Caí de joelhos, tentando me afastar de seus dentes. O aperto das mãos de Jamal em meu pescoço não cedia, e senti a consciência ir se esvaindo. Ergui o olhar, na esperança de ver nos olhos de meu irmão um lampejo de vida, um amor por mim, uma compaixão humana para a qual eu poderia apelar. Daquele ângulo eu não conseguia ver o rosto dele. Via apenas o buraco no centro de seu corpo, e, antes de desmaiar, fiquei maravilhado com o fato de que um raio de luar poderia fazer até uma ferida letal parecer bela.

UM PÁSSARO CANTA PRÓXIMO À ÁRVORE ENTALHADA

Nicole D. Sconiers
Tradução de Thaís Britto

Meu pai era caminhoneiro numa siderúrgica e me ensinou as regras da estrada.

— Mantenha-se nas ruas que você conhece, filha. Não pare para estranhos. Deixe sempre o tanque cheio.

Eu segui as regras dele na maior parte do tempo e consegui chegar aos vinte e dois anos sem nenhum acidente.

Até o dia em que não dei preferência para um cara numa caminhonete branca e ele me jogou para fora da estrada.

2009

— Pra onde você vai primeiro? — pergunta Amber.

— Para casa, se eu conseguir.

— Nunca fui tão longe.

Estamos escondidas na floresta que fica ao lado da rodovia. Acho que já passa da meia-noite. A escuridão é tão espessa e piedosa que mascara o sangue no rosto da menina loira.

Um carro passa cantando pneu próximo à Curva do Homem Morto, o trecho sinuoso da estrada em Conshohocken que leva até a Highway 76. Rock nas alturas. Amber sai correndo em direção ao som. Não sou tão rápida quanto ela, que já está lá no alto do barranco. Espero atrás de uma bétula perto do acostamento.

A música fica mais alta. É uma canção de Bruce Springsteen. Alguma coisa triste sobre cidades natais. Imagino o motorista tamborilando no volante até que seus faróis revelam uma garota parada com o polegar para cima na altura do quilômetro quarenta e cinco.

O carro para abruptamente no acostamento. É um Dodge Dakota azul desta vez. O motorista está embriagado. A única coisa que ele vê são as pernas longas e um vestido rodado preto. Ajuda Amber a entrar no carro e depois volta cambaleando para seu lado. Antes que a luz interna do carro se apague, Amber olha para mim e tira o cabelo do rosto. A pele branca quase neon está pendurada em tiras grosseiras, conferindo a ela a beleza distorcida de um quadro de Géricault. Dá uma piscadinha. E então a porta se fecha. Eles vão embora e eu fico ali, atrás da bétula cheia de linhas entalhadas na casca.

Antes de chegarem no quilômetro seguinte, o homem dá um grito.

Uma espiral de fumaça emana do capô sanfonado do Dodge Dakota. O motorista apavorado atravessou a barreira de proteção da estrada e bateu numa árvore. Um farol quebrado ilumina os trevos e angélicas.

Dou uma espiada pela janela do passageiro. O homem está curvado sobre o volante. Os olhos congelados em eterno medo. Uma teia de rachaduras rasga sua pele, como se fossem rodovias que ligam cidades abandonadas.

— Ele está morto. — Amber se aproxima, sacudindo um punhado de moedas.

— Eu sei.

— Você estava conferindo de novo, Del.

Ela está certa. É difícil confiar numa mulher que rouba das pessoas que mata. Embora dê para sentir o cheiro do álcool até com o vidro fechado, mesmo assim sinto pena do homem. Volto para a bétula e entalho uma linha na casca com o dedo indicador. A árvore se retrai. O meu toque queima.

Na manhã seguinte, a polícia e a van do legista chegam para levar o cara morto embora. De onde estou sentada, um tronco coberto de musgo verde-limão, ouço o barulho da maca e observo meu reflexo num riacho. Há manchas de sangue seco em minha camiseta branca. Na parte da frente, Malcolm X espia pela janela segurando uma espingarda. Nas costas, lê-se: "É coisa de negro. Você não entenderia".

O rosto de Amber aparece ao lado do meu no reflexo na água.

— Vão fechar a estrada — digo.

— As pessoas bebem. As pessoas correm. As pessoas morrem. — Ela dá de ombros. — Tá com medo de ficar para trás?

— Você já começou com vantagem.

Amber dá um sorrisinho. Há vários dentes faltando na fileira de cima.

— Parece que tá rolando uma animosidade nesse baile.

Ela sempre faz umas referências obscuras. Nunca entendo. Parece que tá tirando onda por ter vivido mais do que eu.

Passo o dedo no buraco do tamanho de uma moeda bem acima da minha sobrancelha. A ferida se esvai e volta ao marrom cor de folha normal. De vez em quando, o formato oval dentado reaparece e tenho que cauterizá-lo. Nós duas morremos em acidentes de carro, mas o meu ferimento não chega nem perto da bagunça de fragmentos ósseos que é o rosto de Amber.

Quando termino de cuidar do machucado, ela se aproxima de mim. Na expectativa. Coloco a ponta dos dedos em sua garganta e remendo o corte de lá. Depois vou deslizando para cima, selando a pele rasgada a cada passada. Alguém que nos visse ali na floresta poderia pensar que estava testemunhando algum ritual de beleza bizarro.

A polícia finalmente vai embora no meio da tarde. Amber desapareceu. Fico sentada à beira da estrada observando o tráfego. Tem um carro específico que estou esperando. É um Chrysler Imperial azul-escuro. De duas em duas semanas mais ou menos ele viaja em direção a oeste. O homem negro ao volante parece um avô. Conheço aquela energia. Ele escuta Bobby Womack num volume respeitoso, como se estivesse parado num estacionamento de igreja e não quisesse que os irmãos devotos soubessem que ouve aquela música mundana.

Queria poder viajar com ele. Ir a qualquer lugar. Fazer algo de bom e de útil. Os carros passam correndo, esmagando meus sonhos no asfalto.

— Fique comigo.

A voz da mulher ecoa pela janela quebrada. O ano é 1993. Acabei de bater o Ford Taurus verde que meu pai me deu de presente quando me formei na faculdade. Sinto algo molhado escorrendo em minha testa. Há vidro esmigalhado debaixo do meu tênis.

— Não se mexa. Os paramédicos estão a caminho.

A voz dela é firme. Parece a da treinadora McKinley, que fazia caretas diante dos meus arremessos horríveis no Ensino Fundamental, chocada que sua central de um metro e oitenta não conseguisse transformar aquela altura toda em domínio de quadra. Eu ficava no banco. Com medo de tentar um arremesso e errar.

Solto um suspiro, um ruído esmagador de derrota. E então sou puxada para uma escuridão vermelha.

Acordo com o rosto enfiado nos trevos. Nenhuma formiga rasteja sobre mim. Nenhum pássaro canta. Nenhuma cigarra apaixonada corta o ar da manhã com aquele lenga-lenga de canto de acasalamento. Não há qualquer som na floresta a não ser o do riacho borbulhante. Eu me levanto, as pernas moles como barro, e vou cambaleando até o barranco. Alguém enterrou uma pequena cruz branca perto da marca do quilômetro quarenta e cinco. Há cravos amarrados na defensa com fitas amarelas.

Vou em direção a oeste pela Highway 76. Estou a cerca de três quilômetros da saída para Wing, a pequena cidade industrial onde nasci. Há uma loja da Wawa com um telefone público não muito longe da rampa de saída. Assim que passo da placa de quilometragem, sinto um ardor que rasga o peito. Parece com as dores lancinantes que eu sentia nas corridas dos treinos de basquete. Começo a tossir e sai fumaça. O céu fica vermelho e ameaçador. Os carros desaparecem. O chão oscila, como se a rodovia estivesse prestes a se partir em duas. Vou tropeçando para trás e acabo batendo em algo rígido.

A placa do quilômetro quarenta e cinco.

Quando recuo o suficiente para conseguir ler os números brancos e vermelhos sobre a placa verde, o chão para de tremer. Os carros reaparecem. O céu volta a ser azul.

2008

É primavera. De novo. Do outro lado da rodovia, a parede rochosa está quase totalmente coberta por uma cascata de flores índigo selvagem. A cruz e os cravos já se foram há muito tempo.

Um dia, sentada no acostamento e entrelaçando uma fitinha amarela desbotada entre os dedos, sinto o chão vibrar. Me assusto com o estrondo de um veículo que passa pela Curva do Homem Morto.

Algo espirra no meu braço. Pingos de sangue com cor de uva-passa.

Uma caminhonete branca vem roncando em minha direção. Uma bandeira norte-americana tremula no capô. O rosto do motorista está escondido nas sombras, mas sua postura ao volante é a de um homem que sabe que a estrada é dele. Desacelera. Tem cabelos loiros por baixo do boné vermelho dos Phillies. Seus olhos azuis parecem encarar os meus, mas ele não consegue me ver.

Limpo o sangue da testa. O homem vai embora. Em meio ao que restou da fumaça do escapamento, aparece uma garota loira com um vestido preto rodado.

— Isso é chato pra caramba. Sinto falta do FB.

Amber está sentada ao meu lado no acostamento. Ela é de Roxborough, outra cidadezinha industrial. Às vezes passa dias desaparecida. Não consigo encontrá-la na floresta e nem vagando pela rodovia. Invejo sua capacidade de passear para além do trecho de trezentos metros ao qual estou confinada.

— Quem é FB? — pergunto.

— Sério? É o novo MySpace.

— O que é MySpace?

Amber observa meu tênis Tretorn com listras rosas, a calça jeans com rostos pintados à mão e o corte de cabelo assimétrico como se estivesse me vendo pela primeira vez.

— Há quanto tempo está aqui? — pergunta.

— Desde 1993.

— Caramba. Você perdeu muita coisa boa.

— Em que ano estamos?

— 2008.

Queria me sentir triste por ter perdido quinze aniversários e passeios de domingo com meu pai em seu Pontiac marrom, mas não sinto nada.

/|

Estou vagando pela Highway 76. Acho que já passa da meia-noite. Folhas caídas espalham-se pela estrada. Qualquer pessoa que passasse por ali acharia estranho ver uma jovem na rua tão tarde, naquele frio.

Uma Harley vermelha passa roncando pela Curva do Homem Morto. Uma canção dos anos 1950 toca no rádio. Uma coisa meio folk sobre árvores que choram e ventos noturnos. O motorista passa ao meu lado.

— Está sozinha? — pergunta.

— Estou. Acabamos de sair de uma festa. Meus amigos estavam bebendo e eu pedi para me deixarem sair do carro.

A mentira sai facilmente. Olho para o meu reflexo no retrovisor. Enquanto falo, o homem não percebe a ausência da fumacinha causada pela respiração no ar frio. O cheiro de malte emana de seus poros.

— Você já não está grandinha pra ter medo de uma simples bebida?

— Não. — Esfrego os braços, como se estivesse com frio. — Posso pegar uma carona até Wing?

Ele faz que sim com a cabeça. Subo atrás dele. Quase sinto medo de colocar os braços ao redor da cintura desse estranho, mas faço isso. Deslizo as mãos para baixo da jaqueta de couro, como se quisesse me proteger do vento.

Saímos roncando motor. Irradio calor pelos dedos e o motorista se assusta. Bem perto da placa do quilômetro quarenta e cinco, enfio os dedos em sua barriga protuberante. Os órgãos internos estalam.

O homem solta um grito agudo. Desvia na direção de uma barreira de concreto.

— A primeira vez é difícil.

Amber observa enquanto passo a mão no arranhão. Quando a Harley bateu, fui escorregando pela rodovia com a bochecha no chão.

— Você ficou toda animada na primeira vez — digo.

— Ah, dane-se. Ele não era muito inocente.

Quando termino de ajeitar meu rosto, Amber se debruça sobre mim. Desde que ela apareceu, na primavera passada, acabei me acostumando com seu jeito mandão de poucas palavras. Ela fecha os olhos enquanto eu remendo a porcelana quebrada que é sua pele. No seu aniversário de vinte e um anos, o namorado a levou para comemorar na South Street. Seis shots de tequila depois, ele dirigia correndo pela Highway 76, a cento e sessenta quilômetros por hora. Amber estava no celular mandando uma mensagem de boa-noite para a mãe quando ouviu o namorado murmurar "Merda!". E então bateram na traseira de um caminhão parado.

Ele sobreviveu. Amber teria sido decapitada se não fosse a barra Mansfield. Meu pai me contou por que aqueles para-choques brancos e vermelhos tinham esse nome. Em 1967, Jayne Mansfield viajava para New Orleans com o motorista, o advogado e três de seus filhos. Havia nevoeiro na estrada. O Buick Electra bateu numa carreta e o teto do carro foi arrancado. Os três adultos morreram na hora. Depois da morte aterrorizante da atriz loira, o governo determinou que todos os caminhões fossem equipados com barras para evitar que outro veículo fosse parar lá embaixo.

— Você é a melhor, Del. — Amber sorri ao ver seu reflexo no riacho. — Beleza restaurada.

A alguns metros dali, veículos enormes roncam pela estrada.

Um homem barbado usando um colete azul segura meia caveira nas mãos. O ano é 1983. Estou parada alguns metros atrás com o resto da minha turma da sexta série. Estamos numa plataforma elevada e observamos uma escavação arqueológica em Philly, a cerca de meia hora de Wing. Venta bastante e estou tremendo debaixo do casaco de lã.

O homem nos conta que estamos diante de um cemitério anterior à Guerra Civil, que pertencia a uma igreja de negros libertos. Quando os operários começaram as obras para construir a rodovia expressa Vine Steet, em 1980, descobriram um caixão de madeira. Alguns dos esqueletos estavam enterrados com uma moeda de um centavo. O homem diz que ela é o pagamento que o espírito faz para retornar à sua terra natal na África Ocidental.

A cidade construiu uma rodovia em cima dos túmulos. Meu pai e eu passávamos de carro por aquela via expressa todos os domingos para comprar o jornal *Philadelphia Inquirer* e rolinhos de canela. Depois de um tempo, esqueci que debaixo do playground dos carros ficava o perturbador cemitério das pessoas que se pensavam livres.

2010

— O que é "Coisa de Negro"?

Amber se joga no chão ao meu lado, na beira da estrada. Fazia tempo que eu não a via. A lateral direita de seu rosto parece meio afundada.

— É uma frase que usávamos na faculdade. Experiências que a gente tinha.

— Não estamos mais em 1993. Hoje as coisas não são mais tão ruins.

Examino um punhado de cascalho.

— Nem toda experiência é negativa.

— Fato. Eu provei verduras uma vez. Estavam gostosas pra caramba, mas vomitei assim que descobri que tinham sido cozidas com ossos de porco. Sou vegana. — Amber olha para a parte da frente da minha camiseta. — É o cara dos Panteras Negras, certo?

Não tenho certeza. Dei uma olhada por alto na autobiografia de Malcolm X quando estudava na Hampton porque todo mundo estava lendo e eu queria sentir que pertencia àquele lugar. Lá no fundo eu tinha medo de que aquele homem austero de óculos na capa do livro pudesse despertar dentro de mim uma raiva que eu não seria capaz de conter. Ou não *quisesse* conter. Eu me contentava em ser só meio rebelde, tipo cantar "Fight the Power" no Greekfest, na Virgínia Beach, quando os comerciantes brancos barraram os alunos negros e policiais com cassetetes nos expulsaram das ruas.

— Aonde você vai quando some? — mudo de assunto.

Amber fecha os olhos. O sol está nascendo. Uma caravana infinita de caminhões passa por nós.

— Vou a um lugar diferente a cada vez. Quase sempre algum canto pequeno e frio. Tipo o espaço debaixo de uma casa antiga no inverno.

— E por que você volta?

Amber me encara. Seus olhos são do mesmo tom de verde da placa de quilometragem.

— Você é minha casa, Del.

Toco a ferida acima da sobrancelha. A borda está irregular novamente.

— Como se machucou? — pergunta Amber.

— Vidro, eu acho. Quando estava apostando corrida com aquele idiota para ver quem chegava mais rápido no cruzamento, ele me jogou pra fora da pista. Bati numa árvore.

Amber examina o ferimento. Depois enfia o dedo lá dentro.

— Para com isso. O que está fazendo?

Ela cutuca bem a cavidade. Escava. Algo metálico sai de lá. Amber segura na palma da mão. Uma bala.

— Por que você não deixou ele passar? — pergunta.

Pego a bala da mão dela. Estou muito chocada para falar. O projétil está envolto em sangue e massa encefálica.

— Eu queria ganhar.

Depois de descobrir que tinha levado um tiro, alguma coisa irrompe como uma chama dentro de mim. Tenho sede de vingança contra meu assassino. Quem foi que disse que a estrada era dele? Meu pai transportava vigas de aço de Delaware e Maryland até Virgínia por essas rodovias. Meu avô trabalhou num acampamento segregado da CCC construindo estradas. Tenho mais direito a esse trecho de concreto vagabundo do que o covarde que atirou em mim.

Comecei a ficar ansiosa pelo jogo.

As regras são as seguintes: só matamos depois da meia-noite. Só matamos homens que dirigem bêbados ou de forma imprudente. Nossas vítimas precisam estar sozinhas. Quem chegar a vinte e um pontos primeiro, ganha. Como Amber morreu no ano em que poderia começar a beber legalmente, ela escolheu esse número.

— Se você ganhar, eu te mostro um jeito de sair daqui — disse Amber no dia que inventou o jogo. — Tchau, tchau, fim do mundo de Conshy.

— E se você ganhar?

— Você me mostra como curar meu rosto.

Não sei se consigo ensinar Amber a remendar sua pele, mas ela não precisa saber disso. A ideia de ver meu pai de novo me enche de esperança, a ponto de querer que acredite que eu sou mesmo essa feiticeira que ela pensa.

Pelo menos dois outonos já se passaram desde que Amber deu a ideia de fazermos o jogo dos assassinatos. Ela odeia que as minhas mortes sejam mais criativas. A ceninha de donzela em apuros dela faz os homens baixarem a guarda. Preciso ser mais sagaz.

Para ganhar um ponto, atiro pedras em um Bronco e quebro a janela. Quando o motorista sai para averiguar, ele me vê ao lado da barreira de proteção. Volta para o carro xingando. Segundos depois, ouço balas zunindo perto da minha cabeça. A casca da árvore explode. O homem vem atrás de mim. Um Bernhard Goetz de beira de estrada.

— Você vai pagar por isso, sua puta!

O homem me persegue pela floresta. Desapareço na noite. Ele aperta os olhos, procurando um rastro de sangue em meio à escuridão. Pendurada pelos joelhos num galho, desço perto dele. Seguro seu rosto e aperto até a pele borbulhar.

Para outro ponto, coloco fogo num galho e o arrasto de um lado para o outro na pista, como se fosse uma armadilha. O motorista do Audi, chapado, é vencido pela curiosidade e para o carro. A fumaça o atrai para dentro da floresta. Talvez, ao abrir caminho pelo mato, ele acredite que está prestes a se tornar um herói. Seus olhos vermelhos veem um galho flamejante que parece levitar. Antes do assombro se transformar em medo, eu levanto a lança de fogo e o empalo numa árvore.

A cada morte, é como se eu estivesse pagando os deuses da estrada com moedas de sangue.

2012

— Por que você rouba as coisas deles?

— Virou coroinha agora? Por que se importa?

Estou encolhida na grama molhada. Amber está de pé diante de mim desenrolando um fio branco. Ela chama aquilo de carregador. Às vezes rouba chaveiros ou tampinhas de garrafa das vítimas. Coisas reluzentes e inúteis.

Conheci outras garotas de cidade pequena como Amber. Elas tentam entrar no grupo de líderes de torcida e não são aprovadas, não por não serem bonitas, não é isso, mas por não terem espírito de trabalho em equipe. Furtam bijuterias baratas na Kmart. Não porque querem mesmo aquelas tralhas, elas só ficam animadas com a sensação de poder, por mais insignificante que seja.

Alguns carros passam por ali. Está escuro, chove, mas ainda falta muito para a meia-noite. A maioria das pessoas já jantou e agora está assistindo TV ou fazendo sei lá o que para passar o tempo antes de dormir.

Uma vibração familiar faz o chão tremer. O tom sofrido da música de Bobby Womack.

Amber solta o fio branco e sai correndo.

— Amber, espere!

Levanto, tropeçando. Até de salto ela é mais rápida do que eu. Antes de chegar ao acostamento, ouço os pneus derraparem e o ruído melancólico de coisas robustas se estilhaçando. A garota loira está parada no meio da estrada que a chuva molhou. Os braços estão levantados como se estivesse gravando um videoclipe. Desço o barranco na direção dos destroços do Chrysler Imperial. Na esperança de que o motorista ainda esteja vivo.

Minhas esperanças se esvaem quando chego ao carro. Um galho perfurou o vidro da frente e atravessou o peito do homem. O sangue escorre de sua boca. Amber aparece na janela oposta. Os olhos do moribundo se revezam entre mim e ela. O medo dele cheira a ovo podre, como creme de barbear Black Magic. Então ele olha para a frente. Imóvel.

Saio andando. Amber vem atrás de mim até a árvore entalhada.

— Você trapaceou. Ele não era perigoso.

— Não dá pra saber — diz ela.

Meus dedos tremem enquanto gravo uma linha na casca da árvore. O radiador do Chrysler sibila na escuridão.

Os anos bicam meu corpo como abutres, devorando toda minha esperança. Amber não joga limpo, mas eu tenho que ganhar a disputa. Preciso ir para casa.

Amber é obrigada a ser mais criativa para disfarçar seus ferimentos, já que eu parei de consertar sua pele. Às vezes, ela trança uma videira no formato de tiara e prende na cabeça. As folhas servem de moldura para o seu rosto mutilado. Parece uma garota hippie voltando da guerra.

Ela vai até o tronco numa noite em que estou examinando a bala. Na parte de baixo está impresso 9MM LUGER.

— O último lugar onde estive era tão tranquilo. Dava até para dar uma volta. — Ela cantarola uma música de Joni Mitchell esperando que eu responda. Quando isso não acontece, ela diz:

— Parecia uma casa de verdade.
— Tinha espelhos?
Ela abre aquele sorrisinho de dentes tortos.
— Ainda está irritada por causa daquele velho? Não peguei as coisas dele.
— Nossa, que legal da sua parte.
Naquele momento, um galho se quebra.

— Encontrei um lugar mais frio.
Três homens e uma mulher caminham pela floresta. Usam chapéus com lanternas. Um cara de jaqueta vermelha segura um equipamento que parece um walkie-talkie moderno.
— Quem é você? — ele pergunta à escuridão. — Apareça.
— Seja legal. Não vá irritar o Criptídeo de Conshy, cara. — A mulher ri.
Conshohocken significa "vale pacato", nome dado pelos lenapes que fizeram morada aqui. Hoje a região é majoritariamente branca. Os moradores ficariam chocados se soubessem que há uma "criptídeo" negra assombrando essas matas.
— A temperatura caiu de novo.
Os quatro se reúnem ao redor do equipamento e eu vou atrás deles bem devagar. A mulher sente o movimento. Sua lanterna se vira na minha direção. Ela solta um grito apavorado. Os homens se viram e me veem ali. De mãos atadas. Ficam paralisados. As mãos da mulher tremem e ela estica o braço para tocar minha camisa, tentando decidir se sou real ou não. Amber entra no meio e ergue a caçadora de criptídeos pelo pescoço. Rachaduras em forma de teia de aranha se espalham na pele da vítima da vez.
Os homens fogem. Dois saem correndo em direção ao riacho. Vou atrás deles e piso num galho no caminho. Ele vem pra minha mão como se fosse um bumerangue. Envolto em chamas. Atiro a chama acesa nos fugitivos. Ela passa pela nuca de um dos homens e sai pela boca do outro.
Volto para onde Amber está. Cheia de energia. Ela encurralou o Jaqueta Vermelha numa árvore. Ele treme ao ver eu me aproximando.
— Não me mata, cara. Não vou contar nada pra ninguém. Não estou fazendo live.
Amber para.
— O que é fazer live? — pergunta.

Ele parece confuso, então começa a falar num ritmo atropelado.

— É quando você...

Antes que possa explicar, enfio a mão nas costas de Amber. A mão sai pelo peito dela e vai direto ao coração do Jaqueta Vermelha. Ele solta um grunhido. Arranco a mão de lá. Ele cai no chão. Amber olha para o buraco em seu peito e me encara.

— Esse ponto era meu, Delmarva.

— Você vacilou.

Ela vem atrás de mim até a árvore entalhada.

— Você trapaceou.

— Parece que tá rolando uma animosidade nesse baile.

Ela continua irritada um tempo depois, enquanto carregamos os corpos até uma caminhonete com rodas enormes. Quando Amber coloca a mulher no banco do passageiro, a mão dela bate no console. Alguma coisa tilinta. Um anel de formatura. Amber tira o anel do dedo da mulher e lê a inscrição: BROOKE. YORK COLLEGE. 2016. Ela esquadrinha a pedra de granada por alguns segundos e depois joga o anel num porta-copo. Empurramos o veículo no barranco e eu o incendeio.

— Qualquer dia vão fechar essa estrada. — As chamas dançam nos olhos verdes de Amber.

— Não até as pessoas certas morrerem.

2020

Sinto uma ligação relutante com Amber toda vez que escondemos as evidências dos nossos crimes. A proteção da nossa terra pacífica e nada sagrada.

Certa noite, reflito sobre essa irmandade brutal enquanto cavo em busca da minha bala. É junho ou julho, eu acho. São dias sem nenhum pássaro e nem os vaga-lumes abençoam a escuridão com seu coro silencioso de luz. O verão já foi minha estação favorita do ano. Churrascos no quintal dos meus avós em Phoenixville. Passeios de carro até Germantown com meu pai para comprar raspadinha de mirtilo e um pretzel. Cavo mais rápido. Enterrei a bala perto de um arbusto de glicínias. Mas não está lá.

A irritação floresce. Saio correndo pela floresta, seguindo a música deprimente que Amber está cantarolando. Seu rosto pálido fica fluorescente na vegetação.

— Onde está minha bala?

— Pra que precisa dela? — Uma coisa metálica reluz na palma de sua mão. Tento arrancar, mas ela fecha o punho.

— Cleptomaníaca.

— Dane-se.

Amber sai correndo pelos arbustos. Vou atrás dela até o barranco. Ela tenta passar da placa do quilômetro quarenta e cinco. Agarro seu braço e giro seu corpo. Suas bochechas estão cheias de lama, mas aquilo não esconde sua pele destruída.

— Eu não roubaria suas coisas — digo.

— Porque você é boazinha demais.

— Você devia tentar.

— E aonde foi que isso te levou, Delmarva? Presa nessa rodovia de merda. Implorando pelo mesmo pedaço de chumbo que tirou você do seu papai.

A bofetada viola a noite tranquila. A lama solta um chiado. A carne voa. A bala cai da mão de Amber quando ela segura a bochecha chamuscada. Chocada. Se enfurece e aperta meus braços. Minha pele começa a craquelar sob seus dedos.

Ainda estamos lutando no acostamento quando uma viatura para ao nosso lado.

— Parem com isso! — A voz do homem estala pelo sistema de som. Fico paralisada. Embora eu não esteja mais sujeita às leis, é um reflexo, um impulso que ficou depois das manifestações da Greekfest, quando policiais armados até os dentes nos perseguiram na beira da praia.

Luzes vermelhas e azuis se agitam nas árvores. O policial se aproxima. Tem os olhos de Gary Heidnik. Tristes, mas penetrantes.

— O que tá acontecendo aqui?

— Briga de casal — diz Amber, tirando o cabelo do rosto.

O policial fecha a cara. Então percebe a bala no chão. Leva a mão até seu coldre.

— Sentem aqui agora — grita ele.

Amber pisca para mim, achando graça daquela ordem. Ela se prepara.

— Sentem no chão ou vou dar um choque em vocês.

Eu tento conter Amber. Ouço um zunido. Se estivéssemos vivas, a corrente elétrica teria me jogado no chão. Mas não caio.

Aros de metal são colocados em meus punhos. O policial agarra meu cotovelo e me arrasta até o carro. Em vinte e dois anos de vida, eu nunca tinha sido parada pela polícia. Amber está certa. Ser boazinha me levou aonde?

Gotas espessas estalam no asfalto. Olho para baixo. Algemas derretidas. O homem solta meu braço como se estivesse queimando. Amber aparece atrás de nós, seu reflexo na janela do carro. Ela agarra o pescoço do policial. As linhas se espalham por sua pele. As algemas derretidas tilintam no chão. Empurro Amber para longe e o homem cai de joelhos. Atordoado. Ele saca a pistola, as mãos trêmulas. O primeiro tiro sai de qualquer jeito e ricocheteia nas árvores. Antes que ele atire de novo, cauterizo seus olhos.

* * *

As fitas de isolamento amarelas circundam as bétulas como se fossem laços adornando um buquê podre. Homens se arrastam pela nossa floresta e colocam placas numeradas no chão. Eu e Amber observamos tudo da beira do riacho.

— Hora de explodir essa mesinha de água.

— Bem que eu queria.

— Nós podíamos viajar juntas. — Amber toca a bochecha com bolhas. — Seríamos uma equipe.

Eu quero ir pra casa. Sozinha. Não quero ficar presa nesse espaço de promessas vazias de Amber, consertando seu rosto para sempre.

— Precisamos terminar o jogo — digo.

— Agora vai ser bem mais difícil.

Durante semanas, a floresta fica lotada de policiais. Eles colocam os troféus de Amber em saquinhos. Minha bala também.

A presença da polícia preenche nossa floresta até o outono. Amber não aguenta mais se esconder, está entediada. Eu nem sei mais se quero continuar jogando. Meu peito já não se parece mais uma fornalha borbulhando ódio.

Encontro a fita amarela flutuando pela correnteza no dia que os policiais vão embora. Em certas manhãs eu me escondo na vegetação, fico brincando com o tecido esfarrapado, ouvindo a música dos carros que passam. Os trechos costurados viram a trilha sonora das minhas fantasias.

Numa noite, estou enrolada nos arbustos verdes cantando uma música chiclete. Algo sobre o 405. Música de viagem de carro. Queria poder ter um encontro com algum garoto num lugar secreto que fosse só nosso. Acelerar pela estrada num conversível, sentir o vento batendo no meu rosto.

Por um momento, não me sinto mais presa a esta estrada. O chão vibra como se cortasse uma corda invisível. Uma caminhonete passa pela Curva do Homem Morto. Um hip hop sai bem alto de lá de dentro. Algum rapper meio honky-tonk. Saio dos arbustos, vou até o acostamento e levanto o polegar.

O Ford branco para. Três loiras estão sentadas na cabine. Parecem ter vinte e tantos anos. Dá para ver a angústia nas rugas prematuras ao redor de suas bocas. A motorista usa um chapéu vermelho. A mulher mais próxima de mim olha para a camiseta de Malcolm X e aperta os olhos castanho-claros.

A motorista abaixa a música. Ela sorri, mas seus olhos são impassíveis, como os da amiga.

— Pra onde você tá indo, querida? — pergunta.

— Wing.
— Estamos indo nessa direção. Entra aí.

Subo na carroceria e afasto uma lona azul, uma fita adesiva e uma corda. A motorista aumenta o volume daquele rap desalmado. Partimos. Coloco a lona sobre os ombros como se fosse um xale.

Amber observa da árvore entalhada. Talvez se perguntando se realmente vou embora sem ela. Passamos da marca do quilômetro quarenta e cinco. Assim que atravessamos o 45,2, a caminhonete balança violentamente. Meu corpo bate contra as laterais e eu espero aquela sensação de queimação preencher meu peito. Mas isso não acontece. O chão não está vibrando. É a motorista quem está dirigindo descontroladamente, tentando me jogar pra fora.

Risadas se misturam com o baixo estrondoso da música. Eu me cubro com a lona e salto da carroceria. Meu corpo rola pela estrada como se fosse uma bola de feno. Depois de alguns segundos, enfim me sento e saio de baixo da lona azul.

O céu parece pulverizado de carvão, sem nenhum brilho de ferro. Há uma fila de aparições no acostamento. Motoqueiro de Harley. Avô religioso. Caçadores de criptídeo. É como se os mortos estivessem esperando pra passar para o outro lado e eu fosse a porteira.

A caminhonete freia de repente. Os faróis brancos se acendem e a motorista vira o Ford no sentido contrário. Ele vem a milhão na minha direção.

Eu me ergo como se estivesse em quadra, mas dessa vez sou titular. Levanto os braços graciosamente e arremesso. Uma bola laranja forma um arco ao sair dos meus dedos, reluzindo na escuridão hostil. O vidro explode. As mulheres gritam. A motorista escapa da caminhonete e se joga no acostamento. O chapéu vermelho está pegando fogo. Ela o joga longe.

A caminhonete vem em minha direção. Um braço agarra o meu. Amber. Ela me puxa para o lado no momento em que o veículo passa zunindo e se choca contra uma barricada.

As chamas crepitam dentro do Ford. Nós nos aproximamos. A loira do meio está morta. Sua cabeça foi completamente destruída. A mulher que fez cara feia para minha camiseta do Malcolm X rasteja pela estrada. O vidro reluz em seu cabelo como se fosse uma tiara quebrada. Amber ataca e aperta a cintura dela, que choraminga. As rachaduras se espalham pela barriga. Seu torso explode.

A motorista respira com dificuldade sobre o cascalho. Os olhos azuis brilhando de ódio. Eu a arrasto para dentro da cabine junto com os restos mortais de suas amigas. Então Amber e eu empurramos a caminhonete em chamas numa vala.

Depois que os corpos das loiras são encontrados, homens de uniforme e chapéus de proteção aparecem. A Curva do Homem Morto é fechada.

Amber desaparece durante a obra. É claro que ela ia fugir de mim bem quando o jogo está empatado. Sinto inveja dela, mas estou feliz que talvez tenha finalmente encontrado sua casa.

Em alguns dias, fico vagando pela rodovia, tentando descobrir o quão longe consigo ir além da marca do quilômetro quarenta e cinco. Já consegui caminhar pouco mais de três quilômetros, quase chegando até a saída para Wing. Mas então, é só ganhar um pouco de esperança e seguir na direção da rampa que o chão começa a tremer, como se fosse um aviso. A cor é arrancada do céu. Antes que aquela sensação de queimação borbulhe em meu peito, eu me viro e volto correndo para o meu lugar.

O inverno chega e a obra é interrompida. Não tem mais escavadeiras barulhentas e homens estoicos me fazendo companhia. Sigo à deriva até as profundezas da floresta e me fundo à neve.

— Ainda está aqui?

A neve derreteu. Eu me estico. Amber está parada diante de mim com uma máscara de Halloween. Uma princesa com bochechas de plástico ou coisa assim. Ela me cutuca com o sapato.

— Achei que tivesse ido embora pra sempre — digo.

— Eu posso deixar esse fim de mundo de Conshy, mas não posso deixar você, Del. Você é minha casa.

Essa revelação me deixa feliz e triste. Faço um sinal com a cabeça apontando para a máscara.

— Onde conseguiu isso?

— Uma garota.

— Cleptomaníaca. — Afasto as formigas que andam pelo meu braço. — Ela ainda está viva?

— Não sou um monstro. Só peguei emprestada no quarto dela.

Paro por um instante.

— Você entrou numa casa de verdade?

— Sim. É muito legal! Uns quartos irados. Você precisa ver.

238

Amber levanta a máscara. Disfarço meu choque. Ela parece uma mulher que foi enterrada muito tempo atrás e acabou de ser exumada. Só seus olhos verdes parecem vivos.

Vamos caminhando na direção da árvore entalhada. Um pássaro canta. A Curva do Homem Morto reabriu. Sinais de trânsito piscam no fim do declive.

— É feio pra caramba.

— Pelo menos vai proteger algumas pessoas — digo.

— É uma merda que não fomos nós.

Uma vibração familiar rasga o cascalho. Alguma coisa cai no meu braço. Afasto. Outra formiga. Só que não.

Sangue. Da cor de uva-passa.

Uma caminhonete vermelha vem descontrolada pela Curva do Homem Morto ignorando os novos sinais de trânsito. Há duas bandeiras dos Estados Unidos espetadas no capô. Uma sombra oculta o rosto do motorista. Cabelos finos e grisalhos saem do boné de beisebol.

A fornalha dentro do meu peito arde. Faminta por carvão. Amber olha para o ferimento acima da minha sobrancelha, escorrendo, e depois para o motorista. Ela abaixa a máscara.

Corremos no meio da rodovia em direção à caminhonete em alta velocidade. Amber está um pouco a frente, mas estou prestes a alcançá-la. Antes que o motorista assustado consiga pisar no freio, nós saltamos.

UMA FÁBULA AMERICANA

Chesya Burke
Tradução de Gabriela Araujo

27 de janeiro, 1918

Negro notório é acorrentado a árvore e queimado nos arredores de Charleston

Sul não consegue pôr fim ao êxodo negro

— Tá indo pra onde, garoto?

O soldado de primeira classe Noble Washington não estivera prestando atenção no homem atrás do vidro da bilheteria enquanto lia as manchetes da banca de jornal. Atrás dele, uma fileira de rostos negros aguardava a vez para comprar a passagem de ônibus, prova do temido *êxodo negro*.

Noble subiu a gola da jaqueta de inverno para se proteger do frio.

— Chicago — respondeu.

O homem branco o olhou por um tempão, analisando o preto à sua frente. Enfim, desviou o olhar, que era a aprovação universal que toda pessoa preta entendia significar *nada*. Nada mesmo. Era o melhor que Noble poderia esperar; nada aconteceria com ele em virtude daquela interação. Seus ombros se livraram de parte da tensão que estava se acumulando ali.

— Tá achando que vai conseguir o que em Chicago? — Seu sotaque repuxava bastante o "a", pronunciando o "o" como "oah".

Noble não era besta de dizer a verdade.

— Conheço gente de lá. Vou só visitar — respondeu, mantendo o tom neutro, calmo.

Sulistas brancos não queriam gente preta saindo do Sul; também não queriam que ficassem.

— Belo uniforme. — O homem branco jogou a passagem por debaixo do vidro, fazendo um som de deboche com a boca. Noble a pegou enquanto voava para o chão, sem olhar para trás enquanto ia embora. — Não vai te proteger, Noble!

Noble. O nome, que significava "nobre", combinava. Tinha uma entonação que exigia respeito... O exato motivo de os pais o terem escolhido. Forçava os brancos a dizerem o nome de honra, mesmo que não respeitassem o homem negro que o portava.

Noble entrou no trem e logo encontrou um assento enquanto o tubo de lata estreito começava a longa jornada. Conforme o veículo quicava pelos trilhos, notou uma mamãezinha negra sentada sozinha no mesmo vagão, encarando-o com curiosidade. Assim que percebeu, olhou na outra direção, daquele jeito que costuma acontecer quando duas pessoas fazem contato visual sem querer, para evitar o constrangimento. Só que quando olhou para a menina de novo, ela não tinha parado de encará-lo. Se não tinha ficado desconfortável quando interagiu com o cara do balcão, com certeza naquele momento ele estava, diante do foco exclusivo daquela criança nele.

Tinha algo estranho na garota... Os olhos, talvez — eram azuis. Distintos, fixos, sábios. Uma criança preta retinta com olhos azuis era uma maravilha de ver. Mas tinha mais alguma coisa nela. Talvez fosse o fato de ser janeiro, o clima pairar abaixo do gélido e, ainda assim, ela estar sem casaco, chapéu ou qualquer roupa de proteção. Ou talvez fosse o sorriso tímido que mascarava coisas que os outros não sabiam.

Noble tinha entrado no trem em Raleigh, Carolina do Norte, e era óbvio que a menina já estava lá, mas ele não tinha a visto até aquele momento. Ele desviou o olhar de novo, mas ela continuou inabalável. Era minúscula. Magra até para uma criança que devia ter uns nove anos, mais ou menos. Usava um vestidinho azul perfeito (quase idêntico à cor dos olhos) que se espalhava pelos joelhos ossudos em um formato amplo tipo um leque. Os sapatos dela estavam sujos e desgastados. Laços azuis prendiam as duas tranças, mas o cabelo estava desarrumado e bagunçado, como se tivesse brincado em meio a folhas.

A garota não falou com ninguém, e ninguém se apresentou como responsável por ela. Na verdade, a maioria nem pareceu saudá-la ou percebê-la de modo geral... O que pareceu apropriado, considerando que ela também não cumprimentou ninguém. Apenas Noble. Ela o encarava, com o olhar sabichão, como só uma criança poderia fazer, descarada. Como se conseguisse ler os pensamentos mais íntimos dele, acessando aquele lugar na cabeça de Noble em que ninguém tinha permissão para entrar.

A garota o deixou desconfortável, mas não só ela. Ele não se sentia confortável desde que retornara da guerra. Voltar para casa parecia... *errado*, de alguma forma. Seu desconforto não estava apenas na maneira com que os Estados Uni-

241

dos tinham se desfeito dos soldados pretos. Noble e milhares de outros homens e mulheres pretos haviam concordado em lutar pelo país na esperança de que, depois disso, a nação os veria como dignos. Talvez até parassem de tratá-los como cidadãos de segunda classe. Tinham se mostrado soldados dignos e formidáveis, e, na França, gente preta tinha conquistado liberdades que nunca tinham sido despendidas a eles nos Estados Unidos.

Mas voltar para *casa* causava horrores com os quais nem a guerra conseguia se comparar. Por exemplo, o homem branco que tinha quebrado uma garrafa de cerveja na cabeça de Noble três semanas antes. Ele estava bêbado, sim, mas aquilo fez Noble parar no hospital com um dente quebrado e precisando levar treze pontos. Tudo porque o cara tinha ficado injuriado por Noble não querer dançar a jiga para ele e os amigos.

Os Estados Unidos de hoje eram um lugar tão ruim para ele e seus conterrâneos pretos quanto antes. Na verdade, em sua opinião, era bem pior.

Depois de uma breve parada em Charleston, o vagão negro do trem ficou cheio: dezenas de pessoas pretas se amontoaram ali dentro, dois familiares para cada assento, mães segurando crianças grandes demais para ficarem no colo. Ainda assim, a maior parte dos passageiros o cumprimentou, acenou com a cabeça demostrando admiração por ele, sabendo o sacrifício que tinha feito só para conseguir o respeito de um país que nunca o concederia. Ao lutar na Grande Guerra, Noble e outros homens e mulheres pretos tinham lutado pelo amor em um mundo que os odiava. Mas então, pensou ele, talvez os olhares e acenos que recebia naquele vagão negro fossem por compaixão, não por respeito e nem por admiração. Na verdade, se fosse ser sincero, por causa do uniforme ele mesmo mal se respeitava mais.

O trem guinchou até parar em Cincinnati enquanto o grupo se acomodava. Gente preta não descia do trem em locais onde não precisavam descer, nas cidades no meio do caminho. Se não era seu destino final ou não tinha ninguém a encontrar lá, ficavam dentro do trem e torciam para que voltasse a se mover logo. Havia um burburinho sobre os lugares dos quais os negros deviam passar longe, e Cincinnati era um deles.

Do lado de fora, um grupo barulhento de gente branca estava *se agitando*, que era uma expressão que os pretos usavam para quando brancos estavam prontos para começar a semear o caos. Lógico que, na visão de Noble, eles estavam sempre prontos para fazer isso. Desde que tinha voltado para casa, ele havia desviado de várias brigas diferentes e se livrado de ao menos dois tiros. Era mais perigoso para ele ali do que fora durante a guerra toda.

O condutor pulou para dentro do vagão, seguido por um grupo de brancos.

— Vocês todos vão ter que sair do trem — anunciou.

Isso não é bom, não é nada bom, pensou Noble, sentindo a tensão no ar. Muitos deles conseguiriam fugir se aqueles homens brancos estivessem querendo arranjar problema, mas havia ao menos vinte atrás dele, alguns dentro do vagão, outros espalhados pela plataforma adjacente. Noble olhou para as pernas curtas e desnudas da menininha. Teria que ficar de olho nela.

— Vamos logo — repetiu o condutor.

Ninguém se mexeu. Não fazia sentido que eles tivessem que sair. Havia uma razão para não descerem em Cincinnati, e todos eles sabiam qual era.

— Agora! — berrou o condutor.

Noble deu outra olhada na menininha e percebeu que ela olhava para ele de volta, como se esperasse para ver o que ele faria. Certa, na verdade, de que ele se pronunciaria.

Ele se levantou, ajeitou a jaqueta e pigarreou.

— Tem alguma coisa errada — fez uma pausa, então adicionou: —, senhor?

Todos os pretos no vagão prenderam a respiração. Noble conseguia sentir aquele inalar coletivo de pavor.

O condutor, de costas para Noble, se virou para encará-lo. Assim que viu o homem preto no uniforme militar, abriu um sorriso. Fora a escolha errada usar aquela roupa, uma escolha muito, *muito* errada. Assim como o homem na bilheteria, e cada ação agressiva que ele enfrentara todos os dias desde que voltara ao país, eles não respeitariam seu uniforme assim como não respeitavam sua pele preta. Alguns dos brancos atrás do condutor deram risadinhas. Outros riram abertamente.

— Está querendo me questionar, garoto? Acha que é alguém só por causa desse uniforme?

— Isso aí! — provocou um deles. — Pendurados, vocês são todos iguais, com ou sem uniforme!

Os brancos, apesar de estarem em um número bem menor, não tinham medo algum. Também pareciam não ter quaisquer ressalvas sobre o que foram fazer ali.

A menininha ficou de pé, o condutor de costas para ela agora. Noble abriu a mão, lá embaixo na lateral do corpo, para fazê-la parar. Esperava que ela entendesse. Não queria a garota metida naquilo. Quando a multidão branca conseguia o que queria, não se importavam com quem acabasse enforcado... Mesmo se fossem crianças pretas de nove anos. Noble esperou conseguir neutralizar a situação antes que alguém acabasse "pendurado" em alguma árvore.

— Não, senhor — respondeu, como fora ensinado no exército. Todo homem branco era senhor. Todo homem preto era garoto. — Não.

O condutor olhou para os demais no vagão, e seu rosto pareceu se suavizar. *Que bom*, pensou Noble. Que bom. O humor dos brancos ditava a vida dos pretos. Todos entendiam aquilo, principalmente os brancos.

— Os outros vagões estão lotados; precisamos deste. Todo mundo pra fora!

Antes que alguém pudesse falar qualquer coisa, um cara com distintivo de xerife preso à camisa foi à frente, segurando o colarinho da jaqueta impecável do uniforme de Noble, arrastando-o pelas escadas do vagão, jogando-o no chão, fazendo seu corpo derrapar alguns centímetros pelo piso frio. Vários homens brancos avançaram e começaram a chutá-lo.

Os golpes vigorosos em seu rosto causaram ondas de dor pelo corpo todo — e o levaram quase que de imediato à inconsciência. Aquilo não impediu, contudo, que eles continuassem destruindo o corpo de Noble com mais e mais golpes na barriga, no rosto, no corpo inteiro.

Ainda caído ali no chão, alternando entre a consciência e a inconsciência, uma luz fortíssima brilhou sobre ele. Noble imaginou que estivesse morto e que aquela fosse a luz dos portões do céu se abrindo. Só rezou para que eles o deixassem ali no chão, que não levassem seus filhos para fazer um piquenique debaixo do corpo dele pendurado, que não o colocassem para posar para fotos que seriam vendidas a gente branca cujo único arrependimento era não ter estado lá para testemunhar o enforcamento.

Mas ele não morreu.

A luz, de alguma forma, tinha feito o espancamento cessar. Tinha os impedido de concretizar a intenção letal. Ele ergueu a cabeça e a garota estava lá, agachada, o queixo apoiado nos joelhos, seus olhos austeros e focados.

— Mama de Agua, mãe das águas, nos dê sete minutos para escapar — disse uma voz suave. — Você passou quatro minutos e meio apagado.

Noble não entendeu. Ergueu a cabeça de novo e viu todos os homens travados no lugar, imóveis. Alguns deles em meio a um chute ou a um soco. Um estava com os lábios repuxados, o cuspe que voava de sua boca congelado no ar bem acima da cabeça dele.

— Quê? Eu não...

Virando-se para se deitar de costas, a primeira coisa que notou foi a neve derretendo sob o corpo, ensopando suas roupas. A segunda foi um pássaro circulando sobre sua cabeça. Na mesma hora, seu cérebro percebeu que o que quer que estivesse acontecendo com os homens congelados, estava acontecendo apenas com eles.

— Corra! — a voz disse de novo, gritando, e ele notou que era aquela garotinha negra do trem.

Ela saiu correndo para a mata aos fundos da estação. Naquele momento, Noble entendeu uma coisa: teria que se levantar do chão e seguir a menina ou morrer ali no meio da sujeira, como todo soldado que ele largara morto na França.

Noble se ergueu com dificuldade, a dor pulsando em cada parte do corpo. Assim que chegou à lateral do edifício, seus sete minutos devem ter acabado, porque ele conseguia ouvir a as pessoas brancas bravas e confusas ao perceber sua ausência.

— Pra onde ele foi?

Houve um momento de silêncio, durante o qual Noble pensou estar a salvo, mas então seu coração foi parar no pé ao ouvir:

— Ali! —alguém gritou quando o viu virando a curva.

Faziam dezesseis graus negativos, mas Noble não sentiu enquanto corria sem parar para salvar a própria vida. Atrás dele, ouviu passos o perseguindo em meio às folhas. Cada pedacinho de seu corpo doía, e ele precisou do máximo de esforço do cérebro para fazer as pernas se moverem. Ao longe, viu a garota aparecendo e sumindo de vista, pulando e passando por baixo de detritos florestais. Ela parecia conhecer aquela mata e saber aonde estava indo. Alguns instantes depois, parou, olhou para ele e esperou. Olhou dentro dos olhos dele, então para o que vinha atrás, analisando os que o perseguiam. Depois de um breve segundo, apontou para atrás de Noble.

Ele entendeu.

Parou de correr, assim como os passos que o perseguiam cessaram. Um homem estava lá, com as pernas separadas, como se antecipando uma luta. Noble teve sorte pelos outros ainda não terem o alcançado e resolveu tirar vantagem disso. Endireitou os ombros, então se virou para encarar o agressor. O branco olhou ao redor, de repente percebendo que estava sozinho. Noble foi na direção dele, que começou a tatear os bolsos, sem dúvidas em busca de uma arma. Noble mancou, então acelerou o passo, e enfim correu o mais rápido que o corpo machucado permitiria, indo para cima do homem.

Percebendo que seria pego, ele se virou para pedir ajuda, mas só saiu um choramingo antes do soldado avançar e jogá-lo no chão. Sem nem pensar a respeito, Noble pisou em sua cabeça, esmagando-a sob o salto da bota. Então de novo e de novo até o corpo parar de se contorcer e ficar ali imóvel. Noble não sabia quantos tinha matado em guerra, mas, daquele dia em diante, se lembraria para sempre de cada golpe desferido no crânio do homem branco.

Noble parou, virou-se para olhar a menina, sem demonstrar qualquer emoção. Ela assentiu e saiu correndo, rápido, desviando de uma árvore ou outra. Ele a seguiu. Ouviu alguém dar um grito ao encontrar o corpo que largara lá. Não ousou olhar para trás, acreditando (por nenhuma razão compreensível) que a garota sabia para onde estava indo.

Ao longe, o apito do condutor soou "todos a bordo!" — mas o bando branco não estava no trem. Ele ainda ouvia a voz deles na mata, distantes o bastante para muito provavelmente não conseguirem ver ele e a garota. Noble torceu para que aquilo significasse que as outras pessoas negras tinham conseguido entrar de volta no trem enquanto dava partida. Aquilo significava que talvez só Noble e aquela menina estivessem do lado de fora — o que era tanto uma bênção quanto uma maldição.

Mais para a frente, ele viu uma clareira. Sabia que precisariam evitá-la para não serem pegos naquele espaço aberto sem árvores para se esconder, mas a garota correu em direção ao espaço.

— Ôu! — ele sussurrou para os homens brancos não ouvirem.

A menina o ignorou, correndo direto para a clareira. Foi quando Noble percebeu que não era só uma clareira, mas havia também uma casa no topo de uma colina, envolta por uma cerca, que dava vista para tudo ao redor, como um capataz. Era grande, azul e bem-cuidada.

A garota pulou a cerquinha que contornava a casa, enquanto Noble se jogava por cima do objeto, sentindo cada um dos chutes que tinha suportado (e a exaustão de todos os chutes que ele mesmo tinha dado) ao aterrissar do outro lado. Não fazia ideia de onde o bando estava agora, mas sabia que não deviam estar longe.

À medida que ele e a menina se aproximavam, os detalhes da casa iam ficando mais nítidos. Foi quando Noble viu Ele: um homem estranhamente alto que estava de guarda na porta. Tinha a pele escura, o peito desnudo, e um tecido comprido vermelho e preto pendurado da cintura até os pés descalços. *Como Ele conseguia ficar daquele jeito ali no frio?*, pensou. Nas mãos do homem havia um cajado com entalhes profundos de rostos e coisas vedadas que Noble não compreendia. Olhando diretamente para Noble enquanto se aproximava, o homem (que era quase tão alto quanto o grande batente da porta) assumiu uma postura defensiva, o cajado bloqueando a entrada.

Noble parou a mais ou menos quinze metros da casa e analisou a situação, mas ou a garota não viu o homem, ou não viu Ele como ameaça. Noble não sabia ao certo qual das alternativas era a certa.

— Vem! — convidou ela enquanto continuava, de forma imprudente.

De repente, a porta da casa se abriu. Uma mulher preta alta e escultural saiu para o alpendre. Ela olhou para o homem alto, assentiu, então disse para dentro da casa:

— Adnike.

Outra mulher, mais baixa, mas com a pele mais escura e mais robusta que a primeira, também saiu. Assumiu o posto ao lado do gigante, então se virou para analisar Noble — claramente tentando entender a situação. Ao longe, as vozes se pronunciavam, os sons ricocheteando nas árvores, criando um eco no frio estático. A mulher deu um bom gole numa garrafa de rum e espirrou um jato amplo do álcool na cabeça do homem, passando pelo corpo todo até a estátua de pedra pequena e redonda aos pés d'Ele perto da porta. A que chegou por último soprou mais duas vezes antes de a primeira entregar a ela um charuto grosso, então repetiu a ação com a fumaça: da cabeça aos pés.

No terceiro sopro, o homem se encolheu lentamente, desaparecendo dentro da estátua.

Noble ficou pasmo. Ouvia os brancos lá atrás, procurando por ele, mas ainda não conseguia criar coragem para entrar naquela casa. As duas mulheres ficaram ali, aguardando. A menininha, com os olhos mais arregalados do que nunca, também aguardava.

— Aquele é Exu, o que abre caminhos. Ele abençoou sua entrada, mas a decisão precisa ser sua.

Três, talvez quatro segundos. Foi o tempo que Noble levou para sair do lugar em que estava no quintal e ir até o alpendre, apesar de escorregar duas vezes no gelo. Aqueles o perseguindo eram mais aterrorizantes do que as mulheres ou o homem alto que estivera ali. Isso se Ele tivesse estado mesmo ali e não fosse só uma ilusão provocada pela lesão cerebral que com certeza Noble sofrera durante o espancamento.

A mais alta bloqueou a porta enquanto analisava a mata, com o olhar fixo na direção de onde ele e a garota tinham vindo.

— E eles?

Noble ficou desolado. Talvez tivessem tido menos tempo do que ele pensava. Estava certo de que haviam escapado do bando com tempo de sobra.

Mas, ao se virar, seus olhos se depararam com o grupo a uma distância de não mais que quinze metros dele. Viu todos. Os negros do trem. Ao menos vinte e cinco deles.

A única pessoa que não viu foi a menina.

Dezenas de homens brancos se reuniam do lado de fora da casa na colina e muitos outros estavam chegando, unindo-se às fileiras. Eles portavam armas improvisadas: enxadas, machadinhas e martelos. Alguns tinham espingardas. Gritavam, irados com a audácia de Noble de se proteger. O xerife do trem orientava a multidão, apontando para um lado ou outro, enquanto os homens corriam para executar qualquer que fosse a ordem dada.

Noble observava da janela, escondido, enquanto dois brancos, orientados pelo xerife, escalavam o portão e subiam pela colina em direção à porta da frente. Eram cautelosos, mas se movimentavam rapidamente pelo gelo que tinha se formado na passagem até o alpendre. Quando chegaram aos primeiros degraus, Exu ressurgiu, parecendo ainda mais alto do que antes. Atrás de Noble, Adnike recitou palavras — palavras que ele não conhecia — em uma sequência ritmada que soava ao mesmo tempo bela e aterrorizante. A mulher alta começou a recitar também, as palavras em perfeita harmonia com as que a outra proferia.

Enquanto os brancos continuavam avançando, Noble percebeu que pareciam não ver o homem preto gigante indo na direção deles. Quando chegou mais perto, Exu fez impulso com a arma acima da cabeça e arrancou os homens brancos do chão, jogando-os para trás, para lá do portão. Atrás dele, vários passageiros do trem arfaram, também sem conseguir ver o protetor daquele lugar.

Da janela da casa na colina, Noble tinha uma vista perfeita dos homens brancos lá embaixo. Ficaram desnorteados e confusos. Diabos, Noble também teria ficado, se não pudesse ver o que de fato estava acontecendo. Lógico que ele estava partindo do pressuposto de que tudo era só produto de sua imaginação. Ainda assim, como sua imaginação poderia fazer *aquilo*? Naquele momento, porém, Noble não se importava com o que quer que os tivesse salvado.

A mulher da casa colocou a mão em seu ombro, fez menção para que ele a seguisse e o conduziu ao escritório. Lá ela se sentou em uma poltrona de couro grande atrás de uma enorme mesa de carvalho. A outra, Adnike, o guiou a um sofá no canto, então pegou ataduras e começou a tapar as feridas dele. Enquanto executava a tarefa, ele espiou os milhares de livros nas prateleiras atrás dela. À sua esquerda, a parede estava pintada de preto, com símbolos brancos gravados em giz.

Seu corpo estava em péssimo estado, e quando Adnike terminou os curativos, ataduras ensanguentadas cobriam todo o corpo dele.

— Obrigado — disse Noble.

Ela assentiu e ofereceu a ele uma camisa e uma calça limpas.

Adnike foi até a outra mulher e sussurrou algo antes de sair do escritório. Enquanto Adnike saía, a mulher sentada falou:

— Você tem perguntas, Noble Washington.

— Como você sabe, o meu... — Ele percebeu que Adnike devia ter mexido nos seus pertences sem que ele notasse. O homem tateou o corpo procurando a carteira. — Entendi.

— Não mexemos em nada.

Aham.

Ela deu um sorrisinho, como se lesse seus pensamentos.

— Você me conhece? — Noble não soube por que fez a pergunta, mas precisava entender o que estava acontecendo.

— Não. Mas Ela lhe trouxe aqui. Eu não sei por quê.

— Ela? A garota?

— Foi assim que Ela apareceu para você?

— Como assim? Como é a aparência d'Ela para você? — Ele olhou para a porta. — Cadê Ela?

— Você não viu Ela entrar na casa, viu?

— Bem, hoje vi muitas coisas que não entendi, então talvez eu tenha deixado algo passar. — A voz de Noble era desafiadora.

— Ela te trouxe aqui, através da luz, mas não sei o propósito d'Ela para você. Nosso trabalho é ser serventia quando necessário.

Através da luz? A cabeça de Noble latejava. Ele não estava entendendo. Tudo era confuso e estranho. Nada fazia sentido.

— O que sei é que a garota que você viu é sua filha.

— Eu não tenho filha.

— Mas terá. E foi assim que Ela escolheu se mostrar a você.

Para Noble, ela não parecia estar muito lúcida. Ou talvez a lesão na cabeça dele fosse pior do que pensava.

— Uma vez a cada geração Ela escolhe uma linhagem na qual nascer. Ela escolheu a sua.

Ele já estava farto daquela bobagem. Estavam em perigo, e aquela mulher ali recitando fábulas.

— Escuta, não quero faltar com o respeito...

— Não, Noble Washington, nascido em Macon, Georgia, de pais que morreram em 1913, é *você* quem tem que escutar. Não há muito tempo. Ela te escolheu, escolheu nascer em sua linhagem e salvar sua vida. Então, você responderá ao chamado, salvando a todos aqui?

Uma desconhecida não teria como saber tudo aquilo a seu respeito. Mesmo que tivessem mexido na carteira dele, aquelas informações não estavam lá. Ficou encarando a mulher, que não desviou o olhar.

Ela fez uma breve pausa, deixando-o refletir sobre o que havia contado. Então:

— Eles me chamam de Ìyá. Significa "mãe". Sou uma mãe para as mulheres daqui, e elas são minhas filhas. Eu as protejo, como fiz com você. Você retribuirá o presente que te demos?

Noble não era muito religioso. Na vida adulta, nunca ia à igreja e acreditava somente no que estava diante de seus olhos; até aquele momento, fora aquilo que o mantivera a salvo. Mas agora aquela mulher que não conhecia esperava que ele acreditasse que havia... uma força de outro mundo o protegendo? E que também era uma filha que ele ainda conceberia?

A mulher respondeu à pergunta que ele ainda não tinha feito em voz alta:

— Isso — confirmou ela. Desviou o olhar dele, olhou pela janela, então voltou a ele. — Existe um propósito para Ela em sua linhagem. Ainda não sei qual é. Mas está aqui para te proteger. Se você aceitar, ficará em dívida com Ela.

Noble não sabia o que dizer; não conseguia pensar.

Mas Ìyá não deu tempo para responder:

— Você matou um branco, Noble. Em algum momento, aqueles homens vão entrar nesta casa. O espírito à porta vai nos proteger deles. Mas outros virão. E depois, outros mais. — Ela suspirou. — Eu não sei quais são os planos d'Ela para você, mas você tem trabalho a fazer. Foi correndo proteger um país que não dá a mínima para você, pode fazer o mesmo pelo seu povo agora.

Ele sabia que ela estava certa. Tudo dentro dele confirmava isso.

Sem esperar por resposta, a mulher se levantou e foi até a porta. Ao sair, virou-se para Noble.

— Bem, então vamos lá.

Ela o conduziu pelo corredor até o porão. O cômodo estava cheio de vasos de cerâmica, pratos de comida, estátuas de tamanhos diferentes... algumas chegando a um metro e meio de altura; oferendas aos deuses, Noble de algum modo sabia. Ele queria fazer perguntas (tinha *tantas* perguntas), mas soube que eram questões particulares, que não eram da sua conta.

O que *era* da sua conta estava em uma cadeira lá em cima na parede mais distante: uma boneca enorme, os olhos azuis pintados o encarando, sábios. Logo de cara ele percebeu com quem a boneca se parecia: com a menininha do trem.

— Sente-se — orientou a mulher.

Enquanto ele se posicionava no chão de frente para a boneca, a mulher foi juntar várias coisas do outro lado da sala. Ela colocou um copo de água, uma vela preta comprida e sete grandes conchas diante dele no chão. Então, desenhou um símbolo com mais de uma dezena de círculos, setas e cruzes enormes no chão entre eles, tantos que ele nem conseguiu contar. Era praticamente idêntico ao que Noble vira na parede do escritório. Embora daquela vez ele a tivesse visto desenhando, não conseguiria ter reproduzido nem se dependesse disso pra sair daquela confusão. Era detalhado de um jeito que quase desafiava a lógica.

Ìyá se sentou ao lado dele.

— A vela preta é para proteção. Agora olhe para o fogo, esvazie a mente. Siga a chama.

Noble focou a luz tremeluzente e saltitante do pavio. Ficou mais ampla por um momento, então voltou a se assentar.

— Não existe mais nada neste momento — declarou a mulher. — Nada, além de você e Ela. Ela é sua mãe, sua filha, seu espírito. Ela te conhece. — Então fez uma pausa. — Feche os olhos — completou, depois de um instante de silêncio.

Seguindo a orientação, Noble sentiu os ombros relaxarem, parecendo expelir toda a apreensão do corpo. Ele se soltou de um modo que quase nunca se permitia fazer. Ao seu redor, o ar mudou de repente, ficando frio ao extremo, e ele começou a tremer de forma incontrolável.

Noble ousou abrir os olhos para observar a boneca de novo, mas ela não estava mais lá. Nem o porão. Noble estava sentado sozinho, só com o gelo, a neve e o vento que sopravam ao redor de sua cabeça. Ele analisou a paisagem gélida diante de si, não vendo nada além da brancura por toda parte; não era só um lugar externo, mas... outro lugar.

A tremedeira que sentira inicialmente passou, e, de modo inexplicável, ele não sentiu mais frio, apesar de estar onde estava. Ele não sabia como, mas estava sendo protegido do clima.

Um momento se passou e uma mulher que ele nunca tinha visto apareceu ao longe. Mama de Agua, a mãe das águas, ele reconheceu de imediato. Ela foi até ele com graciosidade, andando sobre o gelo. Ornada em azul, de pés descalços, parou a uma curta distância dele.

Nenhum dos dois falou nada.

Ela tinha olhos azuis vívidos, bem parecidos com os da menininha. Apontou para o gelo debaixo dele bem na hora que ele ouviu algo se partir. Olhando para onde pisava, viu uma rachadura minúscula cortando o gelo. Porém a superfície ainda estava sólida, a ruptura parecia superficial. Sem proferir uma palavra sequer, a mulher enfiou a mão no bolso oculto do vestido, então jogou a ele um objeto brilhante, que deslizou pelo gelo e parou aos seus pés. Noble de pronto reconheceu o que era: uma machadinha, grande como aquela encontrada no catálogo Montgomery Ward por 1,25 dólar. Ela queria que ele quebrasse o gelo.

Noble não sabia nadar.

Respirou fundo, ficou de pé, pegou a machadinha e, com força, começou a golpear a massa sólida. O barulho de gelo se quebrando preencheu o ar. Enquanto brandia o objeto, o gelo foi se rompendo até que ele estivesse preso em um único bloquinho flutuante, que também se rompeu, derrubando-o nas águas gélidas do que reconheceu como o rio Ohio, a alguns quilômetros de onde ele deveria estar naquele momento. Ele fez força, dando chutes dentro da água e agitando os braços. Como para incalculáveis outras pessoas pretas dos Estados Unidos, piscinas e vias aquáticas eram, no geral, proibidos para ele. Então, sem conseguir nadar, ele foi afundando mais e mais no rio Ohio, prendendo a respiração, desesperado para se manter vivo.

Até enfim aceitar seu destino e *inspirar*.

Ele inspirou... e inspirou de novo.

Bolhinhas se formaram ao redor de sua boca e nariz. A água ao redor era escura e turva. Um peixinho nadou em frente aos seus olhos, perto o bastante para que ele o enxergasse com a mínima visibilidade.

Então, quando seus olhos se acostumaram à escuridão, Noble pôde ver Ela.

Os olhos de um azul tão vívido quanto eram no trem, embora Seu corpo estivesse com o dobro do tamanho de antes e Ela não mais trajasse a pele de uma criança. A dama da água estendeu as mãos enquanto uma luz quente e intensa emanava delas, aquecendo de imediato a correnteza. Acima da cabeça de Noble, placas grossas de gelo se quebraram, rachando-se em dezenas de pedacinhos.

De repente, a água dilatou enquanto o gelo derretia com o poder das mãos d'Ela. Foi como se uma enorme onda subaquática corresse pelo rio. Noble se mexeu e foi sendo levado pelo fluxo até que o jogasse longe, arremessando-o para lá e para cá seguindo a correnteza. Ele perdeu a mulher de azul de vista enquanto era jogado de um lado ao outro contra os grandes blocos de gelo dentro das águas agitadas.

— Sempre a proteja — exigiu Mama de Agua, a mãe das águas, como retribuição.

As palavras soaram altas e inconfundíveis nos ouvidos de Noble, mesmo enquanto era assolado pelos sons da água raivosa e ficava inconsciente ao ser jogado direto em um bloco de gelo.

Ele acordou no chão do porão.

Todo molhado.

30 de janeiro, 1918
Extra: 105 mortos, teme-se que 550 500 estejam desabrigados depois da inundação do rio Ohio

Ágil degelo do rio Ohio arrasou Cincinnati

Busca por negro adiada após inundação glacial arrebatar multidão

O bando de homens brancos do lado de fora da casa não teve a menor chance, com as águas varrendo tudo que não estivesse preso ao chão. A casa em si permaneceu intocada. Noble passou todo aquele período alternando entre a consciência e a inconsciência, enquanto as águas da inundação arrasavam os terrenos, arrebatando Cincinnati e as regiões próximas.

Ele acordou com seu corpo surrado deitado em uma cama macia, a cabeça martelando. Quando abriu os olhos, Ìyá o encarava de cima, com Adnike atrás. Ele se apressou em se sentar, como se acordasse de um pesadelo, mas a mulher o manteve no lugar.

— Acabou.

— Teve uma inundação... — Noble sabia sem nem precisar perguntar.

— Teve. Você se saiu bem. Estava disposto até a matar para protegê-La. Entendo por que Ela te escolheu. — A mulher fez uma pausa, então sorriu pela primeira vez desde que ele chegou. — Vai levar algumas semanas para a água baixar, e meses para as coisas voltarem ao normal. Logo eles vão se esquecer de que tudo isso aconteceu. Ficaremos seguros de novo. Quando as coisas melhorarem, vou combinar tudo com um capitão de barco a vapor que é camarada. Ele vai te levar com segurança rio acima.

— Obrigado.

— Agradeça a Ela, não a mim. Só cumpra sua parte do acordo.

— Prometo. — Ele fez uma pausa, pensando. — Quem é você, Ìyá? Além do nome.

Ela pareceu hesitar.

— Uma sacerdotisa iorubá, a guardiã das almas, tanto as vivas quanto as mortas. — Era evidente que não gostava de falar de si mesma. — Isso é tudo o que importa. Só traga Ela pra mim quando tiver idade o bastante para compreender. — Ele concordou, e ela o deixou com um último conselho: — Agora queime aquele uniforme. Eles não significam nada para nós.

Noble concordou com a cabeça, entendendo perfeitamente.

SEU LUGAR FELIZ

Terence Taylor
Tradução de Carolina Candido

Não haverá, nos Estados Unidos ou em qualquer lugar sujeito à sua jurisdição, nem escravidão nem trabalhos forçados, salvo como punição de um crime pelo qual o réu tenha sido devidamente condenado.
Décima Terceira Emenda à Constituição dos Estados Unidos

O cheiro de sangue e pus fizeram Martin acordar.

O clique e os ruídos das máquinas de precisão ainda zumbiam como moscas em seus ouvidos. Ele se sentia parte de algo grande, monstruoso e inevitável que, de alguma forma, o fazia pensar em seu trabalho. Afastou essa sensação, um pesadelo do qual mal conseguia se lembrar agora que estava acordado. A luz do sol encheu o quarto e seus olhos se abriram para uma nova manhã que mandou para longe as lembranças sombrias de sua mente. A esposa dormia ao seu lado. Ele a puxou para mais perto. Ela gemeu baixinho e se encostou nele. Aquela era a vida dele, não o pesadelo, fosse lá o que fosse. Ele sorriu, esquecendo-se de todo o resto.

Estava em seu lugar feliz.

— Mamãe! Papai! — As meninas entraram correndo, pularam na cama e gritaram: — Panquecas! Panquecas!

— Vocês sabem quais são as regras, meninas: nada de açúcar pela manhã. — Vanessa as conduziu até a porta do quarto e virou-se para Martin antes que ele fosse tomar banho. — Coma antes de sair.

Deu um beijo rápido na bochecha dele. Martin a puxou para um mais longo, uma promessa de que continuariam quando ele voltasse para casa. Ela concordou com os olhos ao sair.

Aquilo seria a luz no fim do túnel de mais um péssimo dia de trabalho.

Quando Martin chegou à cozinha, as meninas já estavam quase terminando de comer os ovos. Ele sentou e puxou um prato cheio.

— Quais os planos? — perguntou enquanto comia.

— Os de sempre. — Vanessa deu de ombros. — E você? Você ainda vai... — Ela parou. Adormeceram enquanto discutiam sobre a decisão que ele havia tomado, e ele não estava ansioso para retomar a conversa.

— Eu só preciso saber o que de fato está acontecendo.

— Por que arriscar tudo metendo o nariz onde não foi chamado? Talvez haja um bom motivo para eles não quererem que você saiba!

— Segredos não são guardados por bons motivos.

Ela era contra qualquer coisa que pudesse complicar a situação. Tinham uma vida boa e ele entendia isso, mas como poderia proteger a família, mantê-las seguras, sem saber o que de fato era a prisão?

Eles disseram que a instalação foi construída para testar um novo projeto de reforma. Pelo que ele entendeu, tinham que manter tudo confidencial até obterem resultados e registrarem suas patentes. Mas esconderam mais do que seus métodos. Tudo nele dizia que deveria ficar de boca fechada, manter a cabeça baixa e receber o salário.

Tudo, menos sua consciência.

Suas tarefas do dia a dia eram simples.

Transportava prisioneiros de um lado para o outro, das celas para os quartos no andar de baixo, onde eram conectados a máquinas que alimentavam seus cérebros com novas lembranças. O Processo fornecia a eles novas habilidades para a vida profissional depois de cumprirem suas penas.

Ele não sabia como funcionava e não teria entendido mesmo que alguém se desse ao trabalho de explicar. Tudo o que sabia era que este era o último teste de uma experiência radical na reforma prisional. Todos os prisioneiros de lá se ofereceram como voluntários para o Processo para reduzirem seu tempo na prisão, como ele. Martin estava cumprindo pena de dez anos por tráfico de maconha, um crime não violento que o qualificou para ser libertado e trabalhar, em vez de passar por um tratamento. A outra opção era passar mais oito anos preso, então se inscreveu.

Eles souberam vender bem.

Se o Processo funcionasse, os prisioneiros adquiririam habilidades que, de outra forma, levariam anos para dominar, desde colocar carpetes até assistência jurídica, todas aprendidas enquanto dormiam. A sociedade recebia de volta membros mais produtivos. Até os presos que não frequentaram as aulas saíram com os benefícios normalmente trazidos pelo estudo de longo prazo. Martin conseguiu um emprego estável e uma casa para a família.

Parecia um sonho que se tornou realidade.

Só que, depois de alguns meses, Martin percebeu que nem todos os prisioneiros que levava lá para baixo retornavam para suas celas. Via alguns no dia seguinte, outros não via nunca mais. Quando se deu conta disso, não conseguia parar de reparar em mais e mais coisas na prisão que pareciam... *erradas*.

Disseram para ele "não se dirigir verbalmente aos prisioneiros", a não ser para direcionar seus movimentos. De qualquer forma, eles nunca falavam muito depois da primeira sessão, apenas seguiam as ordens em silêncio, com os olhos vazios, como se de repente tivessem sofrido danos cerebrais. Quando perguntou a um dos jalecos brancos a respeito disso, eles deram de ombros, considerando um efeito colateral temporário. Aquilo o fez se perguntar o que de fato acontecia lá embaixo.

E quanto mais se questionava, mais precisava saber.

— Hora da aula — disse Martin, sem esperar por uma resposta. Ele abriu a cela e o prisioneiro saiu. — O que estão te ensinando aí, mano?

O homem era menor do que ele, mais velho, latino. Olhou para Martin por um instante, como se não tivesse certeza do que esperava, e depois voltou a olhar para o chão. Andou quase se arrastando pelo corredor. Martin suspirou e o seguiu. Se Vanessa pudesse ver isso, pensou, entenderia por que ele precisava descobrir a verdade.

O dia passou rápido.

Depois que Martin fez sua última viagem da manhã, ele almoçou. No local havia um refeitório para os trabalhadores, verde industrial, frio e com pouca iluminação, mas que poupava os funcionários do trabalho de sair para comer. Também evitava que os moradores locais fizessem muitas perguntas sobre o que acontecia ali.

Ele encontrou um lugar vazio. Depois que sentou, um cara branco, gordinho e um pouco sujo, de cerca de quarenta anos, com um jaleco manchado, parou do outro lado da mesa, na frente dele. Ele sorriu para Martin, tímido e hesitante.

— Se importa se eu me juntar a você? Costumo comer na minha mesa, e você é o único rosto familiar aqui. — Martin semicerrou os olhos, em dúvida. Ele não conversava muito com os colegas de trabalho, mas se esse jaleco branco trabalhasse no laboratório, poderia ter respostas para algumas das perguntas a respeito do que acontecia lá. Ele assentiu.

O homem deixou-se cair numa cadeira com alívio evidente.

— Então, de onde eu te conheço?

O cara pareceu surpreso e depois riu.

— Desculpe! Eu trabalho lá embaixo. — Ele riu nervoso. — Às vezes esqueço que as pessoas que vejo nos meus monitores não me veem. Você traz sujeitos todos os dias, então te vejo o tempo todo, mas, hum, só agora percebi que você nunca me viu. Desculpe! Meu nome é Wexler. Hal. Dr. Hal, eu acho. Desculpe.

— Não precisa ficar pedindo desculpas.

— Claro que não! Desculpe... — Ele riu nervoso. — Não sou muito bom com pessoas. Tempo demais no laboratório, né?

— Então você trabalha lá embaixo? No Processo?

— Bem, tecnicamente, eu, hum... — ele se mexeu, inclinando-se para sussurrar — eu o coordeno.

Acertou na mosca. Esse cara parecia tão desesperado para que alguém gostasse dele que poderia responder a qualquer coisa. Tudo o que Martin tinha que fazer era atraí-lo para a teia. Aprendera isso na prisão.

— Então você sabe o que se faz, como funciona?

— O sistema é meu! Demorou anos para chegar a esse estágio. — Ele riu. — Ainda tem alguns bugs, mas a coisa mais importante que esse estudo nos deu é a prova de conceito.

— Você treina as pessoas durante o sono para fazerem novos trabalhos, certo?

— É um jeito bem simplista de definir, mas, basicamente, sim. Projetei o hardware e o software para um sistema ICM que se conecta diretamente aos sentidos, músculos e memória. Registramos ondas cerebrais enquanto alguém realiza uma tarefa, implantamos essa gravação em outra pessoa e *voilà*! Habilidades novas, mas com experiência.

— ICM?

— Interface Cérebro-Máquina. Conecta máquinas a cérebros humanos para armazenar dados e controlar seus corpos como se fossem hardware.

— Controlar?

Wexler movimentou os dedos.

— Não adianta ensinar um cérebro a tocar piano se os braços e as mãos não conhecem as sensações ou os movimentos para fazer direito. O Processo treina mente e corpo.

— Caramba, você poderia falir todas as escolas!

Wexler deu uma risadinha, voltando a ficar nervoso.

— Não, não. Não é para uso do público em geral. Pessoas de verdade ainda precisam saber como aprender. O Processo é um atalho para um subconjunto específico da população.

— Então eu os levo lá pra baixo e eles ficam conectados à sua máquina. E aí? Tem uns caras que eu nunca mais vejo — diz Martin da forma mais casual possível, mantendo os olhos no prato.

— Voltam para o pavilhão principal para vermos quão bem o treinamento foi absorvido. A maior parte do trabalho nas prisões é realizado pelas pessoas encarceradas, por isso ensinamos principalmente habilidades básicas. Limpeza, culinária básica, manutenção leve, desde hidráulica até elétrica. Apenas melhoramos a qualidade.

Só restava uma pergunta a ser feita.

— O que há na outra ponta do corredor?

— Hm? — murmurou Wexler, de boca cheia. — Outra ponta?

— Levo os sujeitos até uma porta no final de um longo corredor, mas tem um outro lado para o qual eu nunca vou.

— Ah, entendi. Bem, eu fico ali, então tem meu escritório, as operações, equipamentos e servidores. Coisas do tipo.

— É que vi alguns dos meus rapazes serem levados para lá por outra equipe. Me perguntei se eram aulas diferentes ou algo assim. Achei que você saberia.

— Ah... hum. Devem ser testes — Wexler deixou escapar. — Depois do treino, precisamos confirmar que deu certo.

Ele parecia tão evasivo quanto soava.

Devem ser? Ele está no comando e essa é a melhor resposta que pode dar?

— Então, eles fazem o que você ensinou para ter certeza de que deu certo. Tipo passar pano no chão e fritar frango?

— Coisas do tipo. — Wexler levantou-se, o prato vazio. O de Martin ainda estava cheio, ele não estava com fome. — Enfim. Vamos voltar ao trabalho. Não há descanso para... Bem, não há descanso.

Para os ímpios? Era assim que Martin se lembrava.

Eles foram deixar as bandejas. O que quer que Martin quisesse saber estava do outro lado da porta, no outro extremo do corredor. Antes sua única dúvida era como entrar, mas agora ele sabia.

— Posso te acompanhar? — perguntou Martin. Os olhos de Wexler brilharam.

— Claro! — Ele falou sem parar a respeito de algum programa de streaming que gostava enquanto desciam de elevador. Martin assentia, sorrindo nos momentos certos enquanto era conduzido pela porta do outro lado do corredor, até outro longo corredor. Pararam diante de uma sala com o nome de Wexler na placa do lado de fora.

— Fico por aqui — disse ele. — Acho que te vejo... amanhã?

— Claro — respondeu Martin, apontando para trás, para a porta. — Desculpe, acho que deveria ter parado ali atrás. Queria ouvir o final dessa história.

Wexler assentiu com um sorriso.

— Sem problemas. Te vejo amanhã. — Martin voltou por onde veio enquanto Wexler entrava na sala. Assim que ouviu a porta fechar, Martin virou na ou-

258

tra direção e se familiarizou com a ala. Nenhuma das portas tinha janelas. Ele verificou placa por placa para descobrir o que havia dentro. Algumas eram para equipamentos, servidores e similares, como disse Wexler, outras para reparos ou peças. No final, chegou a uma porta dupla maior que as outras, etiquetada com o que parecia ser um número de projeto. Tentou a maçaneta. Estava destrancada. É provável que não esperassem que o pessoal não autorizado chegasse tão longe. Martin entrou.

As paredes tinham o mesmo verde opaco institucional do resto das instalações. Na sala havia cem mesas de costura dispostas em fileiras em uma grade de dez por dez. Sentado em cada uma delas estava um trabalhador usando um fone com fio que parecia uma aranha prateada, semelhante ao que ele tinha visto em prisioneiros nas salas de treinamento, mas atualizado, mais compacto. Estavam todos trabalhando duro, costurando roupas esportivas femininas. Martin não conseguia ver a marca, mas os materiais pareciam caros.

Ninguém reagiu quando ele entrou. Ninguém tirou os olhos do trabalho ou respondeu a qualquer coisa que ele fizesse para chamar atenção. Todos pareciam costurar o mesmo item, faziam os mesmos movimentos ao mesmo tempo, cortando e costurando o mesmo padrão no mesmo tamanho a partir de pedaços de tecido de cores diferentes. Cada vez que uma mão se movia numa mesa, a mesma mão se movia em todas as outras mesas, exatamente da mesma forma, como se fossem as engrenagens de uma única máquina.

Assustador pra caralho.

Ignorado, Martin examinou-os mais de perto. Os fones de ouvido se ajustavam com perfeição às suas cabeças, com sensores de metal pressionados firmemente contra seus crânios. Cada um tinha um fino fio verde que passava pela borda da mesa e descia até o chão. Estavam todos agrupados em um cabo mais grosso que chegava a uma porta do outro lado da sala.

Ele se aproximou com cautela, mas depressa, pois sabia que faltava muito pouco até que fosse visto. Ainda que não conseguisse localizar a vigilância, sabia que devia haver câmeras ali, nem que fossem só para monitorar o progresso. Com certeza não havia risco algum de os trabalhadores fugirem. Ele abriu a porta.

A sala seguinte estava repleta de servidores e processadores. Uma tela sobre um painel de controle exibia o nome do programa atual — o mesmo da placa no lado de fora da porta — e mostrava imagens CAD/CAM em wireframe de duas mãos e uma máquina de costura em movimento. Quando Martin comparou o que faziam com os movimentos dos homens do lado de fora, batiam com perfeição. Como se o computador os gravasse? Ou... os guiasse? Martin teve apenas alguns segundos para tentar decifrar o que viu antes de ouvir uma voz profunda atrás dele.

— Dr. Wexler quer ver você.

259

* * *

O escritório de Wexler era impressionante, tudo o que Martin esperaria de um chefe do Processo, com pesados painéis de madeira, luminárias de bronze de época e estantes de livros do chão ao teto. Havia também uma parede de telas de alta tecnologia atrás dele, com vista para o refeitório, salas de trabalho, corredores e celas. Todo o complexo passava em intervalos regulares para dar a Wexler uma visão contínua de seu reino.

O médico não era mais o excêntrico ingênuo e crédulo que Martin conhecera no almoço. Ele exibia um sorriso malicioso enquanto se recostava em uma cadeira de madeira antiga, com o jaleco impecável. O amassado que usara durante o almoço pendia descuidadamente em um cabide próximo.

— Dr. Wexler — disse Martin. — Nos encontramos de novo. — Ele ainda estava abalado com o que tinha visto na oficina, mas tentou encobrir.

— Ah, por favor, já passamos dessa fase. Me chame de Hal.

— Claro, colega. O que está acontecendo aqui, dr. Hal?

Wexler sorriu como um mágico de palco antes de sua grande revelação.

— Uma estratégia de recrutamento para meu círculo íntimo. Agora você vê que o Processo não apenas treina. Aqui atrás, os sujeitos trabalham para o setor privado, que costumava contar apenas com 1% de trabalho prisional, porque muitos empregos requerem especialização. Então, eu consertei isso. — Os homens na sala de costura mantinham-se ocupados nas telas brilhantes atrás de Wexler, ainda em sincronia.

— Com computadores?

— Eles são controlados por uma inteligência artificial rudimentar que usa o corpo humano como um robô orgânico de linha de montagem. Seus membros são operados com precisão digital auxiliada pelos sentidos humanos, com a vantagem adicional de atualizações instantâneas para qualquer tarefa de qualquer empresa.

— Eles sabem o que estão fazendo?

— Uma sub-rotina estimula os centros de prazer e os receptores dos sentidos para que possam criar qualquer fantasia que desejarem para distraí-los enquanto seus corpos trabalham. A maioria festeja o tempo todo ou vive uma vida de sexo e crime no GTA, em vez do confinamento solitário. Você acha que eles prefeririam uma vida inteira enjaulados?

— Por que você faria isso? Por que alguém faria isso?

— Os corpos humanos sob o controle da IA são de longe mais eficientes e mais baratos de manter e de reparar do que conceber e construir máquinas que não conseguem fazer o que humanos fazem tão bem. A natureza nos deu uma ferramenta infinitamente adaptável, e aprendi como usá-la em seu máximo potencial. Por que alguém *não* faria isso?

— Eles sabiam que você faria isso com eles?

— A maioria queria que suas penas fossem reduzidas, mas a verdade é que nenhum deles vai sair. Estão todos no corredor da morte, ou têm múltiplas sentenças de prisão perpétua sem liberdade condicional por crimes tão horríveis que ninguém sequer os visita. Com mais de dois milhões de detentos nas prisões dos Estados Unidos, cerca de cinquenta mil são condenados à prisão perpétua sem liberdade condicional, dois mil no corredor da morte, até mais, graças às leis de infratores habituais. Os números ainda são menores do que na China, mas só precisamos de tempo...

— Mas isso é... é *escravidão*!

— Não, a *escravidão* é ilegal. *Isso* está dentro da lei, se seguirmos as letras miúdas da Décima Terceira Emenda. Os trabalhos forçados foram abolidos, *salvo como punição de um crime pelo qual o réu tenha sido devidamente condenado.* Se isso funcionar, poderá ser implementado em todas as nossas instalações, trazendo rendimentos que servem de incentivo para mais prisões privadas, mais condenações, mais mão de obra. O Processo traz empregos de volta à América, transforma uma vida de evasões fiscais num recurso valioso para devolver parte do que nos tiraram.

— Isso é loucura, cara! Monstruoso!

Wexler olhou feio e deu um pulo para bater na mesa.

— Esses homens são os verdadeiros monstros! Se você soubesse por que estão aqui, a quantidade de sangue que derramaram, as vidas perdidas por causa deles, ainda diria isso? Ou você me diria que isso é ainda mais do que eles merecem depois de todos os danos que causaram?

Martin balançou a cabeça enquanto olhava para as telas, confuso, observando enquanto os homens dobravam, inconscientes, cada peça de roupa completa em um latão ao lado deles e, em seguida, pegavam um pano novo para recomeçar. Contra a sua vontade, ele quase podia cogitar a possibilidade de o médico ter razão. Ninguém era condenado à morte sem motivo. E ser condenado à prisão perpétua sem liberdade condicional, dava pra chamar isso de vida? Estremeceu. Nada disso justificava o que tinha visto.

Wexler voltou a sentar, mais calmo.

— Agora você sabe qual é o jogo. Sempre preciso de novos recrutas para este setor. Foi por isso que me aproximei de você, para ver como reagiria à verdade. Você pode manter sua situação atual; fique onde está e nada muda. Ou rejeite tudo. Viva do outro lado das grades pelos próximos oito anos.

Wexler virou-se para seus monitores, já havia dito tudo o que tinha a dizer.

— Vá para casa, pense a respeito.

* * *

Quando chegou em casa, Martin pediu a um vizinho que cuidasse das meninas enquanto levava a esposa para conversar em um parque próximo, caso tivessem grampeado o lugar onde moravam. Ele já havia dito o suficiente em casa para tornar a empresa suspeita; não havia necessidade de correr riscos e piorar as coisas. Martin explicou tudo. Ela ficou tão horrorizada quanto ele com o que descobriu e concordou que deviam denunciar, independentemente do que acontecesse com eles.

No dia seguinte, Martin disse a Wexler que topava.

Enquanto ele trabalhava como parte da equipe principal de Wexler, Vanessa levou as meninas à biblioteca infantil e, na internet, fez buscas anônimas por repórteres que tivessem escrito sobre a reforma penitenciária. Enviou para eles tudo o que Martin sabia e os incentivou a investigar. Alguns responderam por e-mail, pediram provas, enviaram câmeras escondidas em canetas e óculos para que ele as conseguisse. Agora que Wexler confiava em Martin, suas funções na ala trabalhista aumentaram, dando a ele livre acesso para obter provas em abundância.

Ele gravou vídeos dos trabalhadores se movendo mecanicamente em turnos de doze horas sem intervalos e das telas dos computadores que os controlavam. O que eles faziam mudava a cada dia, mas Martin se certificava de tirar fotos de qualquer marca que passasse pelo sistema. Foi isso que tornou a história maior. As grandes empresas fizeram de tudo para se desvincular assim que os repórteres começaram a telefonar com perguntas sobre o Processo, alegando que não sabiam, em detalhes, como seus produtos eram fabricados. À medida que contratos eram cancelados rapidamente e declarações eram publicadas condenando os ocorridos para limpar sua imagem pública, Wexler foi abandonado aos leões sozinho.

Depois que as histórias estouraram, com tantas imagens assustadoras da sala de trabalho e dos bancos de computadores, era impossível negar aqueles crimes. Após a prisão de Wexler, Jon Stewart fez um especial sobre o tema, entrevistou prisioneiros libertados do programa. Martin e Vanessa também foram convidados para explicar por que acharam que valeria a pena colocar tudo em risco para expor o Processo.

Assim que o projeto terminou, tiveram que deixar o apartamento, mas alguém que viu o programa ofereceu uma casa nova para eles, com um aluguel acessível. Outros ofereceram empregos, chamando-os de heróis. Não muito tempo depois, uma audiência no Congresso sobre a questão do trabalho prisional desmantelou o sistema que permitiu que o Processo acontecesse. O dr. Hal Wexler foi condenado a menos que a prisão perpétua por sua infinidade de crimes, mas por tempo suficiente para acabar com seus planos malucos.

O pesadelo enfim acabou.

* * *

Martin e a esposa comemoraram após a sentença.

O jantar para viagem acabou em bolo e sorvete. Assim que as meninas foram para a cama, marido e mulher relaxaram sozinhos no sofá em frente à televisão para assistir a um filme de terror na Netflix, até que já não estavam mais assistindo. Quando o sexo e o filme terminaram, Martin abraçou Vanessa com força, até que ela enfim levantou para pegar mais bebidas. Com pesar, ele a viu se afastar. Nenhuma mulher jamais o fizera se sentir assim, na cama ou fora dela.

O sorriso da esposa dizia que o sentimento era recíproco.

— Que filme! Mas odeio quando eles continuam depois que os mocinhos vencem. — Vanessa riu enquanto desaparecia na cozinha. — Sempre significa que ainda não acabou.

— O quê? — perguntou ele.

Ela respondeu suavemente de lá de dentro.

— É assim que me sinto desde que saímos do tribunal. Como se ainda não tivéssemos terminado e o pior ainda estivesse por vir.

— O que foi isso? — perguntou ele, alto demais. Martin estremeceu, sentou-se e esperou que ela o lembrasse de que as filhas estavam dormindo. Nada. — Amor?

Vanessa não respondeu.

— O que você disse? — Ele foi até a cozinha. Vazia. Ele se acalmou e correu até o quarto. Será que ela tinha ido ver as meninas sem que ele percebesse?

Mas elas não estavam ali, as duas camas vazias e nem sinal de Vanessa.

Desesperado, Martin correu pelo apartamento para procurá-las, mas não as encontrou em lugar nenhum. Ele se jogou no sofá, com a cabeça entre as mãos. Quando olhou para a frente, o resto da mobília da sala havia desaparecido. Ele ficou de pé e, quando se virou, não havia mais sofá.

Martin olhou em choque enquanto as paredes ao seu redor desapareciam. Outras salas surgiram e também desapareceram, depois o chão, até que não sobrou mais nada, uma sensação tão perturbadora que ele queria substituí-la por um branco brilhante. Tudo mudava assim que ele percebia. *Impossível...*

— O que está acontecendo?

Ele gritou, sua voz pequena em relação ao vasto vazio.

— *Você ganhou. Você destruiu o Processo.* — A voz de Wexler veio de dentro da cabeça dele. — *Seu lugar feliz acabou.*

— Acabou?

— *Ele existe apenas para manter você acomodado ao sistema. Assim que você se liberta, ele é apagado, todas as vezes.*

— Como assim todas as vezes?

— *Não é a primeira vez que fazemos isso, Martin. Uma vez você até me matou, me esfaqueou com um abridor de cartas depois que te contei a verdade. Pelo menos foi mais rápido que um julgamento.* — Ele riu, como se fosse uma lembrança carinhosa. — *Você me transformou em vilão, palhaço e tudo mais, mas a gente sempre acaba aqui.*

— Onde?

— *Com você livre de suas ilusões, à beira da recordação total. E eu ainda me perguntando por que e como.*

— Não pode ser real. Isso é... isso é *loucura.*

— *Se fazer a mesma coisa várias e várias vezes esperando por uma mudança é loucura, então acho que nós dois somos loucos. A maioria dos sujeitos do Processo vivem fantasias satisfatórias, mas você... você cria uma vida perfeita... e então acaba com ela, de novo e de novo, procurando e fuçando até encontrar a verdade.*

— Você não pode me manter aqui.

— *Não posso? Quem vai te salvar? Quando você criminaliza uma população, ela é marginalizada. Ninguém se importa. Eles apagam os criminosos condenados da sociedade... e das suas mentes.*

— Onde você está? Onde eu estou?

— *Estou na minha mesa, como sempre. Você me ouve porque estou conectado aos seus sentidos.*

— Não. Não, isso não pode ser real. Eu descobri o que você estava fazendo e te desmascarei. Você foi preso.

— *Tudo na sua cabeça. Como sua família. Como meu julgamento. Você acha mesmo que qualquer empresa capaz de fazer tudo o que você me acusou de fazer não tem como garantir a própria segurança? Sua mente criou fechaduras que você poderia arrombar... criou um sistema que você poderia destruir. Isso é o que chamamos de bug. Se você pode se libertar, os outros também podem. É por isso que estamos aqui.*

— Aqui? O que está acontecendo? Onde estou? — Wexler não respondeu. — Me diga!

— *Você não vai gostar. Você nunca gosta. Tem um motivo pelo qual foi colocado em seu lugar feliz. Sem ele, a maioria dos sujeitos geralmente morre com o choque.*

Martin era quase incapaz de compreender o que já lhe havia sido dito, mas sabia que não era possível voltar atrás, não dava para esquecer o que já tinha aprendido e nem para escapar do que estava por vir.

— Me mostre a verdade.

Ele sentiu o coração acelerar. Wexler suspirou.

— *Se você insiste.* — Tudo ao redor de Martin ficou escuro. — *Infelizmente, a sua versão do Processo era muito mais avançada que a minha.*

Os olhos de Martin se abriram para um quarto escuro.

Havia um cheiro hospitalar de remédio e metal. As luzes do teto iluminavam uma longa mesa cinza com uma esteira rolante no meio. Ele estava suspenso sobre ela em uma inclinação horizontal, amarrado a uma estrutura de metal, com as pernas dormentes. Ergueu a cabeça o máximo que pôde — o único controle que ainda tinha sobre o corpo — e viu um homem à sua frente sendo nutrido por um tubo de alimentação transparente que descia pela garganta. Martin sentiu um deles em seu corpo. Outras mangueiras levavam resíduos, e linhas de bolsas intravenosas penduradas corriam para um cateter no peito do homem.

Antibióticos? Martin pensou. *Sedativos? Ambos?*

Um feixe de fios desgastados de várias cores descia até a parte de cima da cabeça do homem. Tomadas isoladas em cada extremidade foram conectadas a pinos de ouro implantados cirurgicamente em seu crânio. Pus escorria das infecções em suas bases, havia sangue vazando e pingando no chão.

Parecia confuso — e permanente.

Os braços do homem estavam pendurados, as mãos secas ocupadas enquanto montavam um celular com peças tiradas de uma cesta, usando uma pequena furadeira e uma chave de fenda elétrica mais rápido do que qualquer ser humano sem a ajuda da IA. A esteira transportadora levou consigo o celular finalizado.

Ele pegou peças da cesta para começar de novo.

Martin olhou para baixo e viu que fazia a mesma coisa, ao mesmo tempo. Ele olhou o mais longe que pôde para ver a infinidade de corpos de cada lado, mais fileiras atrás dos homens do outro lado, provavelmente mais atrás dele. Vai saber quantos, há quanto tempo?

Martin gritou.

— Não, não, isso não pode estar certo. Eu não fiz nada de tão ruim para merecer isso! — Suas mãos nunca paravam, montando o celular enquanto protestava.

— *Não fez? Pense a respeito...*

De repente, as lembranças vieram à tona.

Ele conheceu Vanessa na reabilitação. Se apaixonaram, se casaram e, apesar de todas as probabilidades, formaram uma família. Anos depois, a pandemia custou o emprego deles. Depois que perderam o apartamento e ficaram sem teto, as velhas formas de anestesiar a dor voltaram com muita facilidade. Heroína, fentanil, metanfetamina; foram ficando menos exigentes com o passar do tempo.

Então chegou o último dia deles juntos...

Ele havia trabalhado o dia todo para conseguir grana o suficiente para trazer alguns McLanche Feliz para as crianças e um lanche de trinta centímetros do Subway para ele e para Vanessa. Assim que Martin entrou na ocupação abandonada que dividiam com outros viciados, sentiu que algo estava errado. Não havia ninguém no colchão manchado do quarto. Ele correu para o banheiro em ruínas ao lado. Vanessa estava lá dentro, debaixo de uma pilha de cobertores sujos, encolhida na banheira rachada, ainda chapada.

Ele não viu as filhas.

— Onde estão as meninas? — perguntou. Ela soluçou.

— As pessoas vieram levar elas embora. Tive que escondê-las! — Seus olhos castanhos-escuros, antes tão suaves e amorosos, estavam arregalados de terror, a voz que gritava seu nome com paixão agora era estridente, à beira da histeria.

— Onde elas estão, meu bem?

Ela murmurou como se não tivesse ouvido.

— Elas estavam dormindo, mas ficavam fazendo barulho. Fungando, resmungando... Tive tanto medo de perder as duas. Precisava fazer com que ficassem quietas. O que mais eu poderia fazer? — Ela gritou. — Precisava que ficassem quietas!

Foi então que Martin percebeu que ela não estava sozinha sob os cobertores. Ele se aproximou, estendeu a mão enquanto ela o agarrava, com medo do que encontraria, mas afastou esse medo do coração. Vanessa puxou os embrulhos esfarrapados para mais perto enquanto gemia como uma alma penada, tentando lutar contra ele. Uma pequena mão saiu do esconderijo, pálida e finalmente quieta para sempre. Ele puxou as cobertas para ver olhos vazios, duas cabeças vazias nos travesseiros que ela usou para acalmá-las.

Martin estava em cima dela antes mesmo de saber o que estava fazendo.

Suas mãos agarraram a garganta da esposa. Ele se esqueceu que ela era tão vítima quanto as filhas, e a sufocou até que perdesse o ar e qualquer possibilidade de pedir de ajuda. Quando percebeu o que tinha feito, já era tarde demais para voltar atrás.

O luto de Martin o levou a uma overdose com o que restava de seu estoque, um destino que considerou adequado. As drogas haviam levado sua família — e agora iriam reuni-los.

Mas alguém os encontrou cedo demais e ligou para a polícia.

Martin sobreviveu, confessou ter matado todas elas e acabou sendo condenado à prisão perpétua sem liberdade condicional. Ninguém jamais saberia o que Vanessa fez. Ele manteve o segredo dela durante esse tempo todo e o levaria pro túmulo, se algum dia conseguisse um. Era tudo o que ainda podia fazer para proteger a família.

Martin lamentou, perdido.

— *Não importa do que você se lembre, você sabe que o sonho é melhor* — disse Wexler em sua mente. — *Eu te ofereço um gostinho do paraíso neste inferno, mas você joga fora toda vez. Você é o único sujeito que criou uma fantasia do Processo projetada para escapar dele. Eu preciso saber por quê.*

Martin ficou em silêncio, entorpecido.

Mesmo que o país das maravilhas de Wexler apagasse a dor, não poderia expurgar sua culpa. Ele não merecia esquecer que não salvou a família da vida que os matou. Nem mesmo a verdade era pena suficiente. Sua punição era reviver sua perda o tempo todo, não importando quantas vezes ela fosse suprimida.

Se, ao não revelar isso, fodia com a vida de Wexler e com os dados que ele precisava para aprovar o Processo, era um benefício colateral. Martin ficaria quieto para sempre, sua única maneira de punir Wexler.

Ele nunca saberia por que e nunca teria sucesso.

— *Nada? Bem, então a única coisa que posso fazer é reiniciar o sistema. Você recupera sua vida. Lute para sair novamente e eu farei o meu melhor para encontrar e corrigir o bug.*

Martin chorou.

— Deixe eu me juntar à minha família...

— *Desculpe, mas tem muita grana investida. Vamos repetir até que o Processo funcione e possa se tornar nacional, depois global. Se eu tiver sucesso, você mantém seu paraíso pessoal. Caso contrário, vamos repetir até dar certo.* — A voz de Wexler iluminou-se. — *De qualquer forma, em algum momento nós dois vamos ganhar, certo?*

O cheiro de pus e sangue fizeram Martin acordar.

Afastou essa sensação, um pesadelo do qual mal conseguia se lembrar agora que estava acordado. A esposa dormia ao lado dele. Aquela era a vida dele, não o pesadelo, seja lá qual fosse. Ele sorriu, esquecendo-se de todo o resto.

Estava em seu lugar feliz.

ESCONDE-ESCONDE

P. Djèlí Clark
Tradução de Jim Anotsu

Mamãe sacode e tem espasmos, os membros esbeltos se retorcendo e tremendo numa dança enquanto os olhos se agitam feito asas de borboletas. Anelos de cabelos escuros estão brilhando com suor em suas bochechas, de modo que ela parece estar usando um véu negro. E as veias no pescoço estão inchadas como minhocas tentando sair de sua pele. Consigo ver o peito dela subindo e descendo, rápido feito um coelho. Os lábios azulados há muito tempo, e ela sugando ar feito um cão arfando.

Fico ali, assistindo, o rifle no meu ombro pesando mais a cada segundo. Jamie está sentado de pernas cruzadas no chão de madeira, os olhos verdes redondos que nem pratos. Nenhum de nós fala nada, em vez disso seguimos com o olhar as linhas escarlates rastejando na pele pálida de mamãe. Elas me lembram as vinhas que crescem ao redor da nossa casa, mas finas como fios e tão brilhantes que é possível vê-las debaixo do lindo vestido açafrão que ela usa. Em algum lugar próximo, talvez em outro quarto, conseguimos ouvir papai choramingando. Vai ficar cada vez mais barulhento, sabemos disso, até que um lamento de retorcer as tripas faça com que o estômago se prenda e queira se revirar. Fecho os olhos, temendo me afogar no meio de tudo aquilo. *Meu Deus*, penso pela, talvez, centésima vez, *eu odeio magia pra caralho*.

Mas vamos começar do começo.

— Um! Dois! Três! — Mamãe grita. — Espero que já tenham se escondido!

Corremos pela casa, nos detendo no guarda-roupa marrom na cozinha. Eu sei. Cozinha não é lugar de um guarda-roupa marrom. Mas o objetivo é mais ou menos esse mesmo. Olho de relance para a marca azul pintada na porta antes de abri-la.

— Entra!

Jamie hesita.

— É meio apertado.

— Quatro! Cinco! Seis! — Mamãe de novo.

— *Você* é meio pequeno — disparo de volta. — Agora entra logo aí!

Jamie ergue o olhar para mim, aqueles olhões cheios de preocupação. Ele não gosta de lugares apertados. Mas a gente não tem muita escolha.

— Você quer ficar com esse? — pergunto. — Eu posso encontrar out...

— Não! — Jamie grasna antes de entrar no guarda-roupa. Ficar sozinho durante esses exercícios o apavoram, o suficiente para sobrepujar qualquer outro medo.

— Sete! Oito! Nove!

Entro atrás dele, tomando cuidado ao segurar o rifle preso nas minhas costas. Lá dentro, fecho a porta, nos enclausurando nas trevas.

— *Dez!* — grita mamãe. — Prontos ou não, aí vou eu!

Eu me forço a respirar baixinho e me recosto. O guarda-roupa é velho, talvez tão velho quanto a casa. A madeira tem um cheiro almiscarado que só chega com a idade. Se você não toma cuidado, acaba se furando com uma farpa. E tem poeira o bastante para te fazer engasgar.

Jamie está pressionado contra o meu corpo. A única coisa que dá pra ver são seus olhos, focados no tiquinho de luz solar que espia por debaixo da porta do guarda-roupa. Escuto passos do lado de fora, vagando pela casa. Há alguma coisa sendo arrastada no andar de baixo. Algo cai com um baque. Nossa caçadora está nos procurando. Agora os passos estão indo lá para cima. E aí, silêncio. Solto um suspiro aliviado. Ela está confusa. Estamos indo bem.

Dou uma olhadela para Jamie para lhe ofertar um sorriso reconfortante, que desaparece assim que vejo o rosto dele, tremendo como se tivesse com coceira. Ele vai espirrar.

Droga!

Os passos retornam do lado de fora. Mais lentos. Ponderados.

Jamie respira funcho e cobre a boca com a mão em forma de concha. Cubro com a minha também, implorando em silêncio para que fique quieto. Ele levanta a cabeça como se quisesse pedir desculpas, pouco antes de fechar os olhos com força.

O espirro sai abafado pelas nossas mãos. Ainda assim, parece ecoar no espaço diminuto. É o bastante.

Merda. Merda. Merda.

Os passos se aproximam, vão direto até a gente. Hesitam por um momento, então há o som de alguma coisa contornando a porta antes de encontrar a fechadura. Os dedinhos de Jamie se enfiam no meu braço. Eu o contenho. Nós dois odiamos este momento.

Mamãe escancara a porta do guarda-roupa, os olhos escuros dela nos encarando ao gritar:

— BUUUUUU!

O rosto dela está contorcido numa máscara assustadora, e eu recuo, estremecendo. Jamie solta um gritinho, o corpo franzino tremendo. Mamãe não para mesmo assim. Ela não vai parar. Não até tê-lo assustado completamente. Me contendo, eu a encaro com firmeza.

— Já chega, mamãe. Acho que ele entendeu.

Ela para, encarando Jamie como se só agora notasse o medo dele. Há um lampejo de simpatia que logo some, e o rosto dela endurece. Ela vira para mim.

— O que aconteceu? Como eu encontrei vocês?

— Um espirro. Aqui está empoeirado.

— Então, limpe! — ela cospe de volta. — Ele é sua responsabilidade, Jacob! Você é o mais velho! Faça-o ficar quieto! — Os olhos dela se dirigem ao meu rifle e a voz dela fica mais baixa. — A menos que esteja pronto para usar isso aí.

— Sim, senhora — murmuro.

Fico com vontade de perguntar o que caralhos ela sabe sobre ser responsável. Ela exala devagar e, simples assim, seu rosto inteiro se transforma, ficando calmo que nem água.

— Vocês dois, arrumem alguma coisa para comer — a mamãe-de-cara-nova fala suavemente. — Depois a gente recomeça.

Ela se afasta, um longo vestido com estampa florida dançando ao redor de suas pernas finas.

Eu me volto para Jamie, que ainda não soltou o aperto do meu braço. Parte de mim está revoltado. Já é difícil o suficiente cuidar só de mim mesmo. Como é que vou cuidar dele também? No entanto, ver o medo em seus olhos afasta o meu amargor. Saindo do guarda-roupa, estico a mão. Ele a segura, mas não se move, ainda encolhido como uma bola no cantinho apertado. Levo quase meia hora para convencê-lo a sair.

Isso é o esconde-esconde. E não é uma brincadeira.

Mamãe está parada perto da janela da antiga sala de estar, com os braços cruzados e olhando para fora. Ela vai ficar assim, imóvel feito uma estátua, esperando e observando de casa a estrada sinuosa.

Jamie aponta todo animado para um comercial com David Hasselhoff e KITT — da série favorita dele, *A supermáquina* —, os dois falando para as crianças dizerem não às drogas. Não sei muito bem o que um carro falante sabe sobre drogas, mas concordo com a cabeça de vez em quando, um olho na TV e o outro em mamãe. Hoje ela veste seu lindo vestido vermelho. Nós não recebemos muitas visitas. E ela só fica assim quando está esperando uma certa pessoa.

— Lá vem ele!

Eu me viro para encontrar mamãe não mais catatônica. Ela está quase saltitante agora, concentrada na caminhonete que vem ao longe. É um modelo antigo, mais curvilíneo do que os atuais. Pode já ter sido branco um dia, mas agora está coberto de ferrugem. Ele dirige até a frente da nossa casa, parando bem em cima da grama alta que empalideceu até se tornar um marrom sem graça no frio outonal. A porta range ao abrir e uma bota cinza de couro de cobra entra, seguida por outra. Faço uma careta. O Docinho.

O nome verdadeiro do Docinho é Wayne. Ele fala que o sobrenome é Pé Vermelho e adora dizer para as pessoas que é um indígena Choctaw. Mas eu nunca vi um Choctaw de cabelo loiro imundo e olhos azuis antes. O Docinho mais ginga do que anda, com seus jeans surrados e a jaqueta combinando, completando o look com um chapéu de palha daqueles de caubói e uma camisa vermelha listrada. Ao ver mamãe na porta, exibe um sorriso de cinquenta dentes por detrás da barba desgrenhada. Os dois se abraçam e ficam conversando como velhos amigos. Mas não se engane. São só negócios.

Ao nos ver, lembra-se de nos cumprimentar e enfia a mão na jaqueta, pegando dois embrulhos luminosos. Agita-os na frente da nossa cara como se costuma fazer com um cachorro antes de jogar o agrado. Pego um. Meu irmão pega o outro. Murmuramos um "obrigado" e sorrimos como se ele fosse algum tipo de bom samaritano antes de nos virarmos para a mamãe. Os dois param de fingir que são amigos e logo começam a pechinchar.

— O que você tem?

— Do que você precisa?

— O que tá pegando?

— Quanto você consegue carregar?

— O bagulho é tudo isso? Tomara que não seja uma merda!

— Eu não vendo merda, querido. É por isso que essa porra na minha mão custa caro. Certeza que vai te deixar muito chapado. Tô aprontando mais um lote agorinha. Consigo te entregar na sexta-feira se você tiver a grana.

Mamãe lambe os beiços de modo esfomeado, balançando a cabeça.

— Sexta-feira, então.

O Docinho dá um sorriso de lobo, parecendo ainda mais esfomeado.

Eu me viro, arrancando o doce da mão de Jamie e o jogando no lixo.

Ah. Eu não te falei? Mamãe é o que chamam de viciada.

Permita-me te apresentar a nossa casa. Ela se chama Deacon. É o nome que está escrito na porta da frente. Nós agora somos Ducant, mas a casa ainda tem o nome dado pelo pai de mamãe.

Eu não conheci muito bem o vô Deacon. Ele morreu quando eu tinha seis anos. Jamie era só um bebezinho. No entanto, eu me lembro da primeira vez que vi esta casa... Um negócio enorme no meio do nada com tinta descascando e madeira rachada. Naquela época ela parecia que tinha vida, com janelas semelhantes a olhos e uma porta grande o bastante para nos engolir por completo. Eu meio que esperava cair num esôfago gigante ao entrar. Mas, em vez disso, tinha um homem magro, com pele enrugada, pálido e magro, fino feito uma casca de ovo. Ele tinha um nariz pontiagudo e uma boca estreita que parecia um corte em seu rosto, e vestia um casaco vermelho brilhante por cima do terno escuro. Um chapéu preto estava tombado no topo da cabeça, com uma pena verde enfiada de um lado enquanto ele se sentava numa enorme cadeira de metal retorcido que parecia grande demais para a constituição óssea dele, encarando a filha sumida e os netos.

— Então esses são os vira-latinhas.

Aquelas foram as primeiras palavras que me lembro de ouvir ele dizer. Nenhum *olá*. Nenhum *por onde você andou, Julia, nos últimos sete anos?* Nenhum sorriso gentil de avô ou truque de mágica de tirar uma moeda de trás da orelha que nem a gente vê na televisão. Em vez disso, ele olhou para a nossa pele cor de caju e pros nossos cabelos marrons cacheados. Os olhos de Jamie, no entanto, o surpreenderam.

— Então quer dizer que o pai é um mestiço também? — perguntou. — Acho que isso te faz dois quartos negro!

E aí teve uma risada, uma coisa seca e rouca que fez meu couro cabeludo coçar. Ao ver a minha cara fechada, a risada dele falhou. Inclinou a cabeça para o lado, me encarando feito um corvo velho. E então eu me dei conta, diferente de Jamie, de que eu tinha herdado os olhos dele e de mamãe — pretos feito sementes de papoula. Ele também pareceu notar isso e os seus lábios finos se contorceram num sorriso.

— Mas sangue é sangue, no fim das contas — falou, arrastado.

E, simples assim, fomos acolhidos na casa dele, o lugar onde mamãe tinha crescido e de onde tinha fugido, para agora decidir voltar. Uma vez eu perguntei a ela sobre isso. Ela só suspirou e deu de ombros, chamando a si mesma de bumerangue, que vai e volta. Mas quem a tinha jogado, perguntei. Ela não respondeu.

Morar com vovô era bem diferente de morar nos quartos apertados que chamávamos de lar. A casa era maior do que qualquer coisa que eu já tivesse visto. E eu amava explorá-la. Naquela época, Jamie ainda era muito pequeno, por isso eu tinha que me virar sozinho. Foi durante as minhas andanças que encontrei os lugares privados do vovô, nos quais ele recebia aqueles que tão frequentemente chegavam e partiam da casa. Homens e mulheres que vinham andando, em carroças despedaçadas ou até com motoristas particulares em carros chiques. De vez em quando, largavam as crianças pra fora do cômodo para se sentarem comigo. Foram elas que me explicaram.

Vovô era um bruxo. Ou um homem do vodu. Ou um conjurador. Cada um falava uma coisa diferente. A família Deacon inteira vinha da magia, era o que diziam. Magia obscura, invocada dos poderes infernais e barganhas feitas com coisas antigas que moravam nas sombras de outro mundo. A maioria das pessoas tinha medo dele. Mas sempre precisavam de sua ajuda com isso ou aquilo — coisas bestas tipo poções do amor e coisas importantes como dinheiro. Às vezes vinham com propósitos nefastos. Uma vez uma moça afirmou que um enxame de gafanhotos que tinha devorado acres de plantação dela num ano tinha sido obra dele. Assim como a bizarra multidão de rãs que afogou o rival de um senador estadual dentro do próprio carro, um dia antes da eleição. Outra criança falou que vovô passava a noite cavando cemitérios, roubando a alma das pessoas que o tivessem aborrecido.

Os Deacon ficaram ricos com os seus negócios. E vovô conseguiu construir este casarão afastado de tudo, longe de todo mundo. Ficava no topo de um morro, que nem aqueles castelos das histórias, obrigando a cidade inteira a subir para se encontrar com o feiticeiro. Acredito que ele tenha achado que isso faria com que o respeitassem. Mas, quando morreu, sozinho e jogado em sua grande cadeira de metal, ninguém foi a seu funeral. A única pessoa que apareceu foi um velho preto que lhe devia dinheiro e falou que queria acertar as contas para se certificar de que o Velho Deacon não iria "mandar assombrações" atrás dele.

Fomos do funeral para casa debaixo de chuva. Mamãe, por algum motivo, não quis pegar um carro. No dia seguinte, o advogado chegou para ler o testamento do vovô. Ele tinha deixado todo o seu dinheiro para uma biblioteca nos cafundós da Europa Oriental. A casa ele deixou para a mamãe. De vez em quando eu acho que ele só fez isso para mantê-la presa ali, ciente de que sua casa monstruosa iria engoli-la.

Saio correndo pelo corredor, Jamie bem atrás de mim. A contagem de mamãe ecoa em nossos ouvidos. Avançamos rapidamente pelas escadas barulhentas até chegar lá em cima.

— Por aqui!

Entro num quarto. Pressionado contra a parede de alabastro está um guarda-roupa de mogno. É antiquado, alto, com folhas esculpidas nos cantos. Mas o que importa é a grande marca azul pintada na frente. Abro a porta e empurro Jamie para dentro, entrando depois dele e fechando. Ele abre a boca para falar, mas coloco um dedo em seus lábios. Mamãe parou de contar. Está nos procurando agora.

A maior parte do barulho vem do andar de baixo. A julgar pelo som, posso dizer que ela está realmente procurando. Passos na escada me informam que ela está subindo. Coloco a minha mão sobre a boca de Jamie, pressionando-nos contra o fundo do guarda-roupa. Passos chegam a uma sala próxima. Depois mais próxima. Prendo a respiração quando entram na nossa. Eles se arrastam por um tempo, mas depois voltam correndo.

Relaxamos, agachando-nos e não dizendo nada. Não tenho certeza de quanto tempo ficamos lá, mas as minhas pernas começam a doer e mudo o meu peso de uma para a outra. Jamie quase adormece, mas cutuco ele com força. O sono pode causar ronco. E isso pode ser perigoso. Enquanto seguro um bocejo, meus ouvidos se agitam com um gemido repentino. Está vindo de dentro do guarda-roupa, ali conosco. Olho para Jamie, que balança a cabeça. O gemido vem de novo, desta vez mais alto, um grito triste no escuro. Fecho os olhos e solto uma maldição silenciosa. Agora não! Por favor, agora não!

As portas do guarda-roupa se abrem. Mamãe está lá, brava e gritando. Algo em mim estala e eu grito de volta. Sua palma aberta atinge a minha bochecha, torcendo a minha cabeça para o lado com dormência e dor. Seguro meu rosto, tentando estancar a água em meus olhos. Mamãe está gritando comigo sobre como eu preciso me recompor. Jamie começa a chorar, com ranho e lágrimas escorrendo.

— Não fomos nós — digo, por entre dentes cerrados. — Foi o papai.

A resposta de mamãe sai seca de sua língua. Ela me dá um olhar vazio antes de piscar.

— O seu papai está morto — diz, sem emoção, virando-se para partir.

— Você acha que consegue acertar aquela pedra? — pergunta Jamie.

A respiração dele faz fumaça no ar frio.

Aponto para o velho rifle de caça do vovô, meu olho de mira bem aberto.

— Claro que consigo.

Não estou cantando vantagem. Sou bom de tiro. Mamãe me ensinou. E papai tinha dito que ela era a melhor que ele já tinha visto.

— Então por que não atira?

— Porque não estamos caçando aves hoje. Agora, fique quieto.

Jamie assente, parecendo desapontado. Mamãe costumava nos ensinar de tudo. Ela não confiava nas escolas públicas. Nos últimos tempos, porém, não ensinava muita coisa — exceto o esconde-esconde. A lição de hoje é tão importante quanto.

— Tudo bem, então — digo. — O que você está vendo?

Jamie segue o meu olhar.

— Um espantalho de abóbora num canteiro de abóboras — diz ele.

Ele está certo. Há um enorme ao lado da casa. Nesta época do ano, ele fica cheio de abóboras enormes e alaranjadas. A gente tinha usado umas roupas velhas do vovô para fazer um espantalho. E, no lugar da cabeça, colocamos uma abóbora. Chegamos até mesmo a entalhar dois olhos e uma linha picotada para servir de boca.

— Preste atenção em como eu miro — falo. — Bem na cabeça.

— Por que na cabeça? — Jamie, incomodado, pergunta.

— Porque sim.

Deslizo o dedo pelo gatilho.

— Não! — Jamie coloca uma mão na minha, a voz suplicante. — Não mire na cabeça. Por favor, Jacob. Acerte no braço.

Olho para ele, carrancudo. Ele nunca quer que eu aponte para a cabeça. Tão molenga. Ou talvez — penso, ao ver os olhos trêmulos dele — eu tenha endurecido demais. Mamãe costumava ler para nós uma história sobre um menino que se tornou tão malvado que o coração dele virou pedra. Talvez a mesma coisa esteja acontecendo comigo.

— Nós podemos ir embora, sabia — digo. — Largar tudo isso aqui. Eu faço doze daqui a seis meses. Poderíamos entrar num ônibus ou num trem e ninguém perguntaria nada. Talvez eu pudesse trabalhar...

— Mas e a mamãe? — Jamie interrompe. O rosto dele é só preocupação e ansiedade. — Quem cuidaria dela?

Cerro os meus dentes. Quero lembrá-lo de que era *ela* quem deveria estar cuidando de *nós*. Que não dá para continuar assim, que um dia desses eu vou embora, com ou sem ele. Mas não faço isso. Acho que, no fim das contas, eu não sou todo de pedra.

Com um suspiro, me ajeito para mirar novamente, dessa vez mais baixo, no braço do espantalho. É um tiro dos bons.

Entro no guarda-roupa, Jamie no meu pé. À medida que ele tenta entrar, o impeço.

— Arrume o seu próprio canto — resmungo. — Não pode ficar me seguindo para todo lado.

Dá pra ver em seu rosto que ele entra em pânico. Normalmente, bastaria isso e eu o puxaria para dentro. Mas desta vez balanço a cabeça, fechando a porta atrás de mim com ele do outro lado. Ele tem que aprender. Ainda consigo ver sua sombra lá fora, parada ali. *Corre, seu idiota*, penso. *Corre!*

Finalmente, ele parte. Escuto os pezinhos dele correndo pela casa. É uma coisa desordenada, indo e voltando. Fico irritado. Tenho ensinado a ele os locais seguros. A essa altura, ele próprio deveria ser capaz de encontrar um. Tínhamos arrastado baús e guarda-roupas para todo lado. Ele só precisava encontrar um!

Mamãe terminou de contar e ele ainda está correndo. Ouço os passos dele na escada. *Isso, Jamie*, penso. *Vá para um dos quartos. Encontre um lugar para se esconder.* Mas então eles param no meio do caminho e voltam para a descer. *Que merda ele está fazendo?* O som de fechaduras se abrindo faz os meus olhos se arregalarem. *Não! A porta da frente não!*

Abro o guarda-roupa e salto para o corredor a tempo de ver mamãe correndo em direção a Jamie. Ela o alcança quando ele está prestes a ir lá pra fora, arrancando-o do chão enquanto fecha a porta da frente. Segurando seus ombros, ela o sacode, gritando. Ele olha para ela, assustado. Percebo a umidade se espalhando pela frente de sua calça de veludo cotelê e não sei por quem devo sentir mais desgosto. Grito para mamãe parar. Mas ela está muito perdida.

— Você não pode ir lá para fora! — ela grita. — Você nunca, nunca mesmo, pode ir lá fora! É campo aberto! Não tem onde se esconder! Você vai se perder na plantação de abóboras! E sabe o que vai acontecer depois? — Mamãe faz um barulho de sugar com a boca, como um animal, sua voz ficando rouca. — *Será devorado!*

— Assim mesmo — digo. — E fique dentro do contorno.

Jamie concorda, seguindo as minhas instruções. Ele é meio desleixado com a pintura, mas bom o suficiente. O armário teve uma porta lixada, onde usei giz azul para desenhar uma marca engraçada. Olho para o livro de capa de couro aberto no chão, onde uma marcação idêntica ocupa uma página inteira.

— A gente precisa de mais de um? — indaga Jamie.

— Não — respondo. — Mas pinta tudo. Tudinho.

— Aquele não é o livro do vovô Deacon? — ele pergunta.

— De quem mais seria?

— Você achou num dos quartos secretos dele?

— Foi.

— Achei que a gente não devesse entrar neles.

— Não, *você* não pode. Pronto. Acabamos.

Damos um passo para trás, admirando o nosso trabalho. Encontramos este armário numa cabana lá fora. É grande o bastante para que Jamie caiba dentro dele. Será seu esconderijo pessoal.

— Cadê o despertador?

Jamie me entrega. É velho, com números pintados em preto e sinos prateados enormes na parte de cima.

— Eu o ajeito — digo, dando corda. — Três minutos devem ser o bastante.

Abrindo o armário, coloco o despertador lá dentro, fecho a porta e me afasto. Quase na mesma hora a marca pintada começa a brilhar cada vez mais forte. Há um zumbido monótono e, enquanto observamos, o armário começa a desaparecer lentamente. Em segundos, ele some por completo. Vou até lá, agitando um braço pelo espaço vazio.

— Para onde foi? — Jamie pergunta.

Dou de ombros.

— Sei lá.

— Então, para onde eu vou quando estiver ali dentro?

— Também não sei.

Jamie olha para o livro do vovô Deacon, no chão.

— É aquela marca que faz isso, não é?

— É — respondo.

— Como eu faço pra voltar?

— Do mesmo jeito de sempre. É só abrir a porta por dentro.

Um momento de silêncio.

— E como é a que a gente não consegue achar o armário agora? — pergunta Jamie.

Balanço a cabeça.

— Eu não entendo muito bem como funciona uma caixa fantasma. Só sei que ela não existe até você desejar que ela exista. Se esperar demais, vai acabar se esquecendo que um armário sequer existiu.

— É por isso que não podemos fazer barulho quando estamos lá dentro — diz Jamie, recitando. — Se ficarmos quietos, ninguém consegue nos encontrar.

— Isso — respondo.

Neste momento, ouve-se um toque alto. Olho para o espaço vazio e imagino o relógio ali antes de estender a mão — *querendo* que ele esteja ali. Desta vez, minha mão encontra um puxador que não consigo ver. Quando o abro, o armário aparece do nada, como se estivesse ali o tempo todo. Desligo o despertador lá dentro.

Jamie fica radiante, os olhos brilhando.

— Mágica é tão legal! — diz ele.

Sorrio sem querer.

— Às vezes — admito.

Há um barulho súbito de algo caindo. Nós nos viramos e encontramos um vaso estilhaçado no chão. Estava acima da lareira. Como foi que caiu? Em resposta, uma foto do vovô Deacon vira na parede, se movendo de lado. Acima de nós, uma luminária suspensa começa a balançar como um pêndulo. Em algum lugar próximo, alguém está choramingando.

— Papai — sussurra Jamie.

— Papai — digo.

É, magia pode ser legal. Mas na maioria das vezes não é.

Então, deixe-me falar sobre o papai, François Emile Ducant.

Mamãe diz que ele era aquilo que as pessoas antigamente chamavam de 1/4 negro. Todos de que me lembro o chamavam de Francis. Ele veio da Louisiana e conheceu mamãe enquanto tocava música. Fugiram juntos, ela contou, e em algum momento do caminho nós dois viemos. Eles não tinham muito dinheiro. E o pouco que ganhavam, acabavam usando para fazer todo tipo de coisa errada. Mamãe diz que conseguiu ter o bom senso de saber a hora certa de largar aquela vida e voltou para casa. Papai só nos encontrou de novo depois da morte do vovô Deacon.

Fomos felizes por um tempo. Papai voltou a tocar música. E mamãe entrou no negócio da família Deacon, fazendo leituras. Mas não durou muito. Desde que Ronald Reagan tinha se tornado presidente, papai não conseguia mais encontrar lugares para tocar regularmente, reclamava ele. E as pessoas não gostavam da mamãe tanto quanto gostavam do vovô. Eles queriam uma magia pesada, não apenas previsões pro futuro. As coisas ficaram difíceis. Foi aí que se meteram com o bagulho.

É assim que eles chamam os restos de magia dos feitiços, as peças que são desnecessárias ou serão jogadas fora. Pelo que entendi, quando a magia é feita, pequenos pedaços sempre caem — como a sujeira que sobra do trabalho com o metal. O bagulho. Para mamãe e papai, aquilo dava uma brisa única.

Eu era pequeno, mas me lembro de vê-los se viciando. Eles gastaram tudo o que tínhamos. Venderam joias, móveis. Mas o bagulho é mágica perigosa e imprevisível. E eu observei o que fez com o papai.

Todos vimos quando uma noite ele começou a vomitar aquela coisa vermelha em um quarto no andar de cima. A princípio parecia sangue. Mas percebemos rapidamente que era carne. Ele estava vomitando as entranhas, tudo fluindo dele como água. Mamãe nos agarrou a ela, tentando cobrir nossos olhos, nós três gritando. Mas eu espiei por entre seus dedos, eu precisava ver. O corpo inteiro do papai virou do avesso, até que um monte de carne que nem se parecia mais com um homem flutuou na nossa frente, esticando-se como se estivesse sendo puxado em todas as direções. Em algum lugar, o que restava de sua boca começou a choramingar, transformando-se em um lamento que preencheu toda a casa. Então ele se esticou até não poder mais, espalhando pedaços de si por toda a sala. Ninguém mais entrou lá, mesmo depois de mamãe ter esfregado a maior parte das manchas.

278

Mas papai não tinha ido embora completamente. Não sei se ele é um fantasma. Ou se está realmente morto. Pelo que imagino, o espírito dele foi dilacerado juntamente com o seu corpo e espalhado por toda parte. O que quer que o bagulho tenha feito com ele, o mantinha aqui conosco, choramingando e chorando, tentando se recompor. Tal como tinha feito com a mamãe, a casa do vovô Deacon o prendeu nas paredes, na madeira, nos próprios ossos — e não parecia interessada em deixá-lo ir.

É sexta-feira. O Docinho está de volta. Bem a tempo do jantar.

Ele está sentado na sala com um pano vermelho estendido sobre a nossa mesinha que range, exibindo seus produtos. Os olhos da mamãe ficam vidrados, olhando para os pequenos tubos de vidro coloridos.

— Você colocou cobertura demais — repreendo Jamie.

Ele não presta atenção em mim, colocando mais uma camada no bolo de chocolate. Sacudo a cabeça e abro o forno para dar uma olhada no peixe empanado. Depois volto ao purê de batata com uma colher de pau, ficando de olho no mercado local.

O Docinho é um traficante, então ele sabe como pechinchar. A coitada da mamãe é só uma viciada esfomeada, não é párea pra ele. E o pouquinho de dinheiro que ela juntou não é o bastante. Espero que Docinho diga não a ela. Mamãe vai ficar muito sentida. Os dias seguintes serão uma bagunça. Mas ainda é melhor do que a outra opção.

— Jules — ele arrasta o nome dela. — Você precisa ter alguma coisa para trocar. Chega de amostras grátis. Acabou o fiado.

— Poxa, Wayne — Mamãe implora. — Você não pode me deixar na mão desse jeito. Preciso de uma dose. Você e o Francis eram amigos!

Docinho bufa.

— Eu era para ele o mesmo que sou para você, querida. E, como eu falei, chega de amostras grátis.

O rosto de mamãe fica rígido. Ela odeia escutar verdades. Docinho não é amigo dela, não mais do que tinha sido de papai. Amigos não te vendem um bagulho que te faz vomitar as entranhas. Vendo que não venceria na simpatia, ela tenta algo diferente, se curvando para sorrir para ele.

Mamãe ainda é bonita, mas não como antigamente. Os cachos pretos dela são uma bagunça. E ela está magra demais, quase frágil no vestido açafrão brilhante que usa hoje — exceto pela pança que ela diz que eu e Jamie deixamos nela. Docinho a avalia, como um homem tentando decidir o tipo de carne que está com vontade de comer. Mas, no fim, sacode a cabeça.

— Desculpa, querida, mas o que você tem para oferecer não paga as contas.

O sorriso de mamãe desaparece. Ela dá uma longa encarada em Docinho antes de se erguer.

— Espere aqui — ela diz, então sai andando para o andar de cima.

Eu a observo partir. Docinho se vira para mim e sorri. Eu não retribuo. Depois de um tempo ele desiste. Enfiando a mão no paletó, tira um cigarro e um isqueiro prateado gravado com uma caveira sorridente. Acende uma chama, mas ela morre, como se alguém a tivesse apagado. Docinho franze a testa, acendendo novamente e tendo o mesmo resultado. Desta vez o isqueiro salta de sua mão e desliza pelo chão.

Agora, sim, eu sorrio. Papai tem os truques dele.

Quando mamãe volta, ela está segurando uma grande caixa de madeira. Meu coração aperta. As coisas do vovô, dos quartos secretos. Baixando a caixa, ela abre para Docinho ver. Ele solta um assobio alto.

— As preciosidades do Velho Deacon?

Ele se abaixa, puxando as coisas e olhando-as com avidez. Um item em que se demora é um colar feito de pequenas pérolas de formato estranho que percebo serem dentes.

— Pegue o que quiser — diz mamãe. — De onde isso saiu tem muito mais. Mas eu preciso de uma dose. — Ela se inclina mais para perto dele. — E eu também não quero porcaria. Quero um bagulho do bom. Isso aí é a coleção de Artemis Deacon. Eu quero o bagulho do bom. E pode ter certeza de que tem valor.

Docinho dá um sorriso ganancioso.

— Ainda bem que você não herdou a magia Deacon. Ou nem precisaria de mim para te abastecer.

Ele embolsa algumas coisas, então assente para concluir a negociação. Observo a troca acontecer até o alarme do forno tocar. O peixe empanado está pronto.

Jamie e eu jantamos, em silêncio.

Mamãe também está à mesa, mas ela não come. Em vez disso, está sentada lá, com os olhos tremendo e sussurrando para si mesma. Docinho se foi. Mas não antes de ele e a mamãe irem para os fundos, onde ele usou uma agulha para enfiar o bagulho no braço dela. Agora ela está no início da brisa. O prato à sua frente poderia muito bem estar vazio. Ela não sentirá fome, não agora.

De repente, ela se levanta, parada ali com um sorriso idiota. Seu corpo balança para a frente e para trás, que nem uma marionete controlada por cordas. Ela está dançando.

Mamãe costumava dançar. Jamie provavelmente não se lembra disso, mas eu, sim. Ela costumava dançar as músicas de papai ou até sem música nenhuma.

Era lindo de ver. Agora não parece natural, é como se ela estivesse possuída. Num giro ela escorrega e quase cai, se apoiando numa cadeira. Uma risada escapa de sua garganta e os olhos se estreitam no bolo de chocolate — como se o estivesse notando só agora.

— Por que é que tem bolo? — ela pergunta, sonhadora.

— É meu aniversário — digo brincando.

Não é, óbvio. Mas pelo modo como os seus olhos se arregalam, dá pra ver que ela não percebe.

— Feliz aniversário! — exclama.

Cambalear para me alcançar só a desequilibra. Eu me levanto bem a tempo de segurá-la. Jamie se levanta para sustentá-la também. Ela não é pesada, pelo menos não assim. Aceno para ele e nós a viramos, começando a andar.

— Já estamos indo embora? — ela pergunta. — Eu quero ficar para a festa!

Nós a ignoramos, ajudando-a a subir os degraus com o tipo de habilidade moldada pelo hábito.

— Meus garotinhos. O que eu faria sem vocês?

Ela começa a cantar uma canção de ninar que não escuto há anos. Chegamos lá em cima e avançamos até o quarto dela.

— É seu aniversário e eu esqueci. Que tipo de mãe eu sou?

Contando até três, Jamie e eu a deitamos na cama. Ela cai nos lençóis, soltando um respiração funda. Então, faz uma coisa surpreendente. Começa a chorar.

— Me desculpa — ela pranteia. — Me desculpa por tudo. Eu sei que é difícil lidar comigo. Mas não quero perder nenhum de vocês. Não quero que ninguém os leve embora. Eu amo vocês dois, vocês sabem, não é? Amo tanto!

Sou pego um pouco de surpresa com isso. Sinto os meus lábios se preparando para responder, para dizer à mamãe que também a amo, apesar de tudo. Mas não consigo fazer as palavras virem. Há muita coisa entre nós. Muita coisa no caminho. O breve momento desaparece como uma chama fraca, deixando apenas a escuridão.

Baixo o olhar para ver que mamãe ficou quieta, os olhos fechando enquanto é levada pela onda. Jamie me encara, ansioso. No entanto, apenas dou de ombros.

— É só o bagulho falando.

Acordo de repente, com a mão segurando o meu rifle. O único som é o da TV, mostrando um comercial do álbum *Secret Love*, com "Reunited", de Peaches & Herb, tocando baixinho na madrugada. Dando uma espiada, vejo que o outro lado do sofá está vazio.

Jamie.

Eu me endireito, olhando em volta. Há um fio de luz lá em cima. O quarto da mamãe. Subo os degraus com pressa, chegando ao corredor do segundo andar e encontrando uma porta entreaberta. Quando tateio o bolso de trás, ele está vazio — a chave de latão que usei para trancar a porta desapareceu. Droga, Jamie. Respirando fundo, entro.

Encontro-o sentado de pernas cruzadas no chão. A chave está segura em uma de suas mãos, enquanto seus olhos arregalados estão fixos em mamãe. E, tenho que admitir, quem pode culpá-lo? A pele pálida dela brilha como o luar, preenchendo a sala por completo. Projeta sombras nas muitas marcas gravadas com giz brilhante nas paredes e no chão, circundando a cama com estrutura de ferro num padrão de espirais.

— Ela está linda — Jamie sussurra.

Balanço a cabeça, concordando. É por causa do bagulho, feito daqueles restos de magia. Afasta os problemas. Faz com que você se sinta mais vivo do que nunca. Encontra toda a sua felicidade e te enche dela até quase explodir. O negócio é pesado, a magia é imprevisível. Vovô falou que nós, os Deacon, temos a magia no sangue: selvagem e difícil de controlar. E quando você se mete com um negócio como o bagulho, nunca dá para saber o que aquela selvageria vai fazer aflorar.

O que nos leva de volta ao início.

Abro os olhos e vejo mamãe tremer, as linhas escarlates agora cobrindo-a completamente. Às vezes você usa um bagulho muito forte — sobras de magia que estão tão confusas e distorcidas que não dá para saber o que podem fazer. Para papai, isso virou o corpo dele do avesso e despedaçou o seu espírito.

Para mamãe, no entanto, foi diferente.

Há um estalo e uma quebra doentios. Os ossos e músculos da mamãe estão crescendo, mudando, tornando-a maior. Escamas prateadas surgem por toda a sua pele, como urticária, e seus dedos delgados também crescem, até terminarem em garras curvas de aço. Os cachos escuros se transformam em coisas grossas e carnudas como tentáculos, enquanto chifres pretos e curvos se projetam de suas costas, brilhando na noite. Sua boca se estica, mais larga do que deveria, abrindo-se para mostrar três fileiras de dentes que agora funcionam como uma serra, pingando sangue enquanto ela mastiga a própria língua. Ela vira a cabeça, nos encarando com olhos tão duros quanto bolinhas de gude pretas.

Cerro os dentes e coloco a mão em Jamie. Ele se levanta, recuando. Quando mamãe fica assim, ela não nos reconhece mais. Já começou a se debater na cama. As marcas nas paredes e no chão a prendem, por enquanto. Mas elas se esticam com sua pressão. Mais cedo ou mais tarde, ela vai se libertar. E estará faminta.

Enquanto tiro Jamie da sala, mamãe grita conosco. Parece o som de mil coisas terríveis uivando ao mesmo tempo. Fecho a porta, trancando-a, e corremos. Descemos as escadas no momento em que a ouvimos caindo da cama, sacudindo as tábuas do chão. Jamie está na minha frente e, em pânico, estende a mão para a porta da frente. Estou prestes a gritar com ele, mas ele para por vontade própria e se vira. Seus olhos estão arregalados de terror, mas sua voz é estável.

— Não podemos ir lá para fora — ele diz. — É campo aberto. Mamãe vai nos devorar. Ela vai comer a gente na plantação de abóboras.

Balanço a cabeça, aliviado. Ele compreende. Ainda bem. Lá em cima, algo pesado se lança contra a porta do quarto. Mamãe. Rosnando para se libertar.

Giro meu rifle e começo a contagem. Isto não é um exercício. Não esta noite. Um. Dois. Três... Nós treinamos para isso. Caramba, já fizemos isso antes. Quatro. Cinco. Seis. Encontre um lugar para se esconder. Fique quieto. O efeito do bagulho vai passar assim que amanhecer. Sete. Oito. Nove. Só precisamos aguentar até o amanhecer.

Chegamos a um guarda-roupa que fica em um cômodo do térreo. Eu entro e Jamie olha para o seu entorno. Mas está claro que ele quer ficar comigo. Puxando-o, fecho a porta por dentro e engatilho o meu rifle. Juntos, ficamos sentados ali em silêncio, tentando não tremer, mal ousando respirar.

Esperamos que mamãe venha nos procurar — um joguinho de esconde-esconde todo nosso.

HISTÓRIA DE ORIGEM

Tochi Onyebuchi
Tradução de Jim Anotsu

Cenário: Sala de aula em um prédio de ciências humanas
Momento: Trinta minutos antes do seminário de Grande Teoria
Unificada da Branquitude da sra. Geraldine Cunningham

(As luzes se acendem revelando uma mesa de mogno alongada, segmentada e acabada, emoldurada pelas paredes de uma sala de aula. À esquerda do palco está um quadro-negro com os nomes dos antigos imperadores romanos rabiscados ao acaso, remanescentes da aula anterior.)

(Na mesa se encontra assentado o Coro de Garotos Brancos de #1 a #4.)

(Eles são inocentes de cabelos loiros e castanhos amontoados ao redor de uma fogueira em várias poses de descanso, que revelam garotos jovens ainda testando o alcance, o alongamento, a curvatura dos membros, ainda se acostumando com seu corpo e ainda capazes de se maravilhar — por mais sutil que seja a expressão — com os diferentes modos pelos quais suas formas físicas se encontram com o mundo ao redor.)

(Garoto Branco #2 está com uns óculos entre os dedos, brinca com eles, não tem muita certeza de onde colocá-los agora que o fogo foi acesso.)

(Garoto Branco #3 joga uma moeda para o alto de novo e de novo, contando em cada uma das vezes.)

GAROTO BRANCO #3

Cara.

(joga)

Cara.

(joga)

Cara.

(joga)

Cara.

GAROTO BRANCO #2

O que foi agora?

GAROTO BRANCO #3

(joga)

Oitenta e nove. Todas deram cara.

GAROTO BRANCO #1

Para com essa bobagem.

GAROTO BRANCO #3

Anda. Só mais três.

(joga de novo)

GAROTO BRANCO #2

Noventa.

(joga)

Noventa e um.

(joga)

(Garoto Branco #1 dá um tapa na mão de Garoto Branco #3 e a moeda quica, uma, duas, três vezes, antes de girar e rolar da mesa para a escuridão.)

GAROTO BRANCO #3

Mano, que porra é essa?

GAROTO BRANCO #2

Que isso, cara. Qual é o seu problema?

(Garoto Branco #1 está ranzinza, reticente, emocionalmente retraído, com o corpo torturado pela violência.)

(Garoto Branco #2 tem uma premonição do que, exatamente, a postura física de Garoto Branco #1 está prestes a articular e coloca a mão no ombro do garoto.)

GAROTO BRANCO #2

Isso é por causa do Tobe?

(Garoto Branco #1 puxa os joelhos para junto do peito, vira o rosto para longe do grupo, para longe do fogo.)

(Garoto Branco #4 se apoia nas mãos e mastiga um longo talo de trigo.)

GAROTO BRANCO #4

Não, não tem nada a ver.

GAROTO BRANCO #2

O que foi, então?

(silêncio)
Anda, cara. Pode falar pra gente o que tá rolando.

(um momento de silêncio enquanto o fogo é refletido na face de todos eles)

GAROTO BRANCO #4

Ele tá chateado porque não sabe qual é o propósito dele.

GAROTO BRANCO #3

Mas que caralhos?

GAROTO BRANCO #1

O *nosso* propósito.

(Garoto Branco #2 recolhe a mão.)

GAROTO BRANCO #2

Do que você está falando?

GAROTO BRANCO #4

Ele não sabe o motivo de estarmos aqui.

GAROTO BRANCO #3

Estamos aqui porque nos matriculamos nesta aula besta, seu idiota.

(Garoto Branco #4 se inclina. Existe algo entre a ameaça e o saber acentuado em seu rosto pelo brilho do fogo.)

GAROTO BRANCO #4

Acho que *ele* pensa que deveríamos ser antagonistas.

(Garoto Branco #2 e Garoto Branco #3 se viram para Garoto Branco #4 ao mesmo tempo. E estreitam os olhos. Os dois poderiam ser gêmeos.)

GAROTO BRANCO #4

Ele está tentando descobrir onde é que nos encaixamos na história. E acho que ele veio pensando que seríamos os vilões. É por isso que...

GAROTO BRANCO #2

Opa, opa, opa. Pera aí. Vilões? De que história? Do que você tá falando?

GAROTO BRANCO #3

(para Garoto Branco #2)
Você acha que ele tá fazendo aquilo de novo?

GAROTO BRANCO #2

Aquilo?

GAROTO BRANCO #3

É. Você sabe. Aquilo.

(Garoto Branco #3 imita um marionetista puxando cordinhas, então gira o dedo na frente do rosto para simular hipnose.)

(Garoto Branco #2 olha com atenção para Garoto Branco #4. Então, faz um sinal para Garoto Branco #3 de que precisam trabalhar no Plano.)

GAROTO BRANCO #2

(para Garoto Branco #4)
Tá bom. O que tem quatro pernas e um braço?

GAROTO BRANCO #4

Um coiote num parquinho.

GAROTO BRANCO #3

Qual a diferença entre um policial e uma bala?

GAROTO BRANCO #4

Quando uma bala mata alguém, ela não é usada de novo.

GAROTO BRANCO #1
     (maldoso)
Por que gente preta só tem pesadelos?

GAROTO BRANCO #4

Porque o último que teve um sonho foi baleado.

     (vários instantes de silêncio pesado)

GAROTO BRANCO #1

Ele está ótimo. Está tudo bem.

GAROTO BRANCO #4

Como eu estava dizendo: o Garoto Branco Número Um entrou nesta sala com a certeza de que seríamos um Problema.

GAROTO BRANCO #3

O que você quer dizer com Problema?

GAROTO BRANCO #4

É... bem óbvio.

GAROTO BRANCO #3

É, mas como é que você faz para usar maiúsculas desse jeito?

GAROTO BRANCO #4

W. E. B. Du Bois, dã.

GAROTO BRANCO #2

Certo, então quer dizer que agora nós somos os novos garotos pretos.

GAROTO BRANCO #4

Não. Sim, mas não.

GAROTO BRANCO #3

Entendi, entendi. É um reenquadramento no qual, já que esta matéria explora o colonialismo do projeto de Estados Unidos dos colonos, os heróis são aqueles que embarcam no projeto de libertação e os vilões são o status quo, mas, mais notavelmente, os beneficiários desta ordem colonizadora inicial. Tudo bem, eu já entendi. Nós somos os vilões. Mesmo sendo meninos com TikToks e nenhum escravo, somos vilões. Claro. Não tô vendo problema nenhum. Desculpa a escolha de palavras.

GAROTO BRANCO #4

(olhando para Garoto Branco #1)

Bem?

(Garoto Branco #1 se encolhe ainda mais, como uma estrela anã branca, sua dor e confusão são densas.)

GAROTO BRANCO #2

Tem *certeza* de que isso não tem nada a ver com o Tobe?

(Então a ficha cai para o Garoto Branco #3.)

GAROTO BRANCO #3

(rondando o Garoto Branco #1)

Espera. Você está bravo porque nós *não* somos os vilões?

(silêncio)

Tá zoando com a minha cara?

(para o resto do Coro, descrente)

Ele realmente tá puto porque não somos os vilões.

GAROTO BRANCO #1

Não somos os vilões porque...

(cerrando os dentes, preparando o corpo para verbalizar, dar voz, expulsar uma verdade que ele queria muito que fosse mentira)

Porque estamos *descentralizados*.

(uma arfada dos Garotos Brancos #2 e #3)

GAROTO BRANCO #1

E vocês dois nem notaram. Já você!

(rondando o Garoto Branco #4)

Eu ainda não sei qual é a porra do seu problema. Você também não parece saber. Mas, é, pessoal. Nós fomos descentralizados. Sabe como é isso? É que nem costumam dizer, né?! Harvard é uma porcaria, ninguém liga pra Princeton.

GAROTO BRANCO #2

Mano! Isso foi pesado.

GAROTO BRANCO #1

Quanto tempo até sermos completamente excluídos? Não sei se vocês entendem.

(de pé na mesa agora, pairando maliciosamente sobre eles)

Isto aqui é uma ameaça existencial. Isto aqui é a porra da mudança climática. Daqui a pouco nós iremos desaparecer. E sabe qual é a pior parte disso tudo?

(inclinando o rosto em direção ao fogo para que as chamas criem ângulos ameaçadores em suas feições)

Ninguém vai se importar quando formos embora.

GAROTO BRANCO #3

Cara, fica calmo. Não é como se a gente estivesse morrendo, tá ligado? Estamos apenas sendo relegados aos bastidores, onde temos que esperar até que algum dramaturgo venha explorar a nossa humanidade e lembrar ao público que temos vidas internas que valem a pena ser exploradas.

GAROTO BRANCO #1

Mano, somos uma massa indistinguível de privilégio masculino, heterossexual, cisgênero, anglo-saxão e de classe alta. Quem *caralhos* vai querer explorar a nossa vida interna ao fim disso tudo?

(Os outros garotos olham para a figura gigantesca que se tornou o Garoto Branco #1, transformado por ângulos e chamas. E há medo nos ossos deles. Mas, mais do que isso, há tristeza e simpatia. Eles poderiam levar um soco desse menino, se soubessem que ajudaria no processo terapêutico dele. Eles não *gostariam* disso, mas fariam, se fosse necessário.)

GAROTO BRANCO #1

(para todos)

Vocês não estão nem um pouco preocupados com a nossa obsolescência iminente?

GAROTO BRANCO #2

Como você sabe que é isso que está acontecendo? Você vai para Yale no próximo outono, o Garoto Branco Número Quatro estará em Harvard, eu irei para Princeton e o Número Três irá para Duke. Os pais e padrastos em nossas famílias de renda dupla possuem, juntos, a mesma riqueza que uma nação insular da Micronésia, e todas as Grandes Obras da literatura, entre aspas, ainda são — bem, a maioria delas — escritas por pessoas que se pareciam conosco quando tinham a nossa idade. O.k., não é isso que diz o *nosso* plano de estudos aqui, mas, tipo, é só fazer o mínimo que dominamos. Calma, cara.

GAROTO BRANCO #4

Mas será que essas obras são *realmente* grandes?

Digo, pode ser que muitas dessas peças de literatura tenham sido escritas por homens brancos que conversaram com outros homens brancos e todos eles decidiram coletivamente que eram ótimas. Tipo, *Mad Men* é um seriado muito bem-feito e construído de forma impressionante, visão comovente, episódios estruturalmente sólidos, personagens dinâmicos, narrativa forte por toda parte. Mas, basicamente, era a história dos pais das pessoas que escrevem críticas de TV para a *New Yorker* e a *Vanity Fair*, como se todos eles assistissem ao programa e pensassem "ah, sim, uma visão comovente sobre o meu pai emocionalmente constipado ou minha mãe distante que nunca me contou sobre as titânicas restrições sociais que ela tentava driblar enquanto preparava ovos com torradas para nós em todos os cafés da manhã". É uma boa série, claro, mas foi um bando de Sally Drapers e Glen Bishops crescidos que nos disse que era boa. Não estou dizendo que isso é uma coisa que deveria ser levada em consideração, mas, tipo...

GAROTO BRANCO #1

A sra. Cunningham não está aproveitando a gente.

(silêncio)

Deveríamos ser os vilões e ela não está aproveitando a gente.

GAROTO BRANCO #2

Cara, você está sendo tão esquisito. Você tá usando aquele negócio que o Número Quatro tava usando antes? Por que não podemos simplesmente ser uns moleques?

GAROTO BRANCO #1

Por acaso você já se *olhou* no espelho?

GAROTO BRANCO #2

Certo, acho que já entendi o que está acontecendo aqui. Entendi, entendi.

(aguarda o silêncio)
Você está experimentando opressões.

GAROTO BRANCO #1

Eu tô o quê?

GAROTO BRANCO #2

Não, eu entendo. Está tudo bem. Opressão é bacana. Ser oprimido, quero dizer. Tipo, você pode reivindicar uma minoria pra chamar de sua, e a partir dessa trincheira sai todo tipo de bagulho legal, tipo músicas e danças do TikTok e tradições de narrativas e de enredos e gírias e coisas do tipo. Aí, o negócio chega na cultura dominante ou coisa do tipo e todo mundo sai falando "pega a visão" pra cá e "só as cachorras" pra lá.

GAROTO BRANCO #4

Você está fazendo *muitas* suposições que eu não tenho certeza se entendo, mas continue.

GAROTO BRANCO #2

Qual é o Afropunk branco?

GAROTO BRANCO #3

Os velhos iam pro Warped Tour.

GAROTO BRANCO #2

Tá, certo, mas mesmo assim.

GAROTO BRANCO #3

Agora estou perdendo o fio da meada. Primeiro, você está chateado por não sermos os vilões (e eu ainda não entendi muito bem qual é o seu argumento pra isso), e agora você está bravo porque não temos, o quê... cultura? Cara, o metal está cheio de caras brancos supertalentosos. Tipo, cada baterista numa banda de metal é um de nós em uma realidade alternativa. Você está viajando.

(Garoto Branco #1 fica dócil.)

GAROTO BRANCO #4

Tem uma grande tragédia acontecendo, ainda que eu não ache que é o que achamos que é.

> (esfrega o queixo à medida que a música do detetive de *Death Note* começa a tocar)

Nosso dilema está enraizado no que o Número Um disse agora há pouco: somos, em essência e apresentação, uma massa indiferenciada de privilégios categorizados. Somos um conceito, mas falamos e temos desejos e vidas interiores e tudo o mais, então ao mesmo tempo somos pessoas. Ele está furioso contra as grades de sua jaula.

GAROTO BRANCO #3

Não deveríamos todos nós estarmos, então? Somos todos iguais, não somos?

> (A música de *Death Note* fica mais intensa.)

GAROTO BRANCO #4

É uma coisa de oposição. Somos assim quando somos só nós. Desse jeito, conseguimos enxergar melhor as linhas que delineiam nossas histórias, nossas experiências, nossas singularidades. Mas quando confrontados com realidades raciais contrastantes, fundimo-nos. Quando toda a turma está junta — nós do nosso lado da mesa, e Letícia, Victor, Jae-yong e Shira do outro —, somos como os robôs Tachikomas. Somos tanques caranguejos com nossos canhões e nossa mobilidade extrema e nossas funções prescritas de servir e proteger, mas a senciência que adquirimos é plural. Única para nós.

GAROTO BRANCO #3

Você acha que, quando as aulas voltarem, seremos indivíduos? Que nem agora?

> (Garoto Branco #4 fica em silêncio por um bom tempo. Cada segundo preenche o momento com mais e mais pesar. Até que o ar fica cheio dele. Todos sabem a resposta antes que ele a enuncie. E, ainda assim...)

GAROTO BRANCO #4

> (olhando para Garoto Branco #1, tristeza infinita nos olhos)

Desculpa.

GAROTO BRANCO #2

Será que para eles também é assim?

(Garoto Branco #4, lágrimas se acumulando nos olhos, dá de ombros. Não há ironia no gesto. Apenas desespero.)

GAROTO BRANCO #2

Então tudo bem.

GAROTO BRANCO #1

É só que...

(lutando contra o choro, cerrando os dentes, se enraivecendo cada vez mais com a sua tristeza, ele colapsa no assento)
Eu sou uma criança. Por que isso está acontecendo comigo? Eu sou uma criança. Não fiz nada.

(Os outros contemplam o camarada num momento de compaixão, então todos se juntam perto do fogo.)

(Garoto Branco #1 chora de soluçar nas próprias mãos enquanto os outros juntam as mãos em um círculo focado nele.)

GAROTO BRANCO #1

Eu sou uma criança.

(Aqueles que estão mais perto do Garoto Branco #1 esfregam os ombros dele em consolo.)

GAROTO BRANCO #2

Somos tipo humanos de Schrödinger.

(Os outros erguem o olhar.)

GAROTO BRANCO #2

Só somos pessoas reais dependendo de quem pega a caixa e nos enxerga.

(surpreso, risadinhas cheias de ranho saem do Garoto Branco #1)

GAROTO BRANCO #1

Estamos presos, né.

GAROTO BRANCO #3

Isso não soou como uma pergunta. Mas acho que é assim que as coisas são, entende? Sei lá, só estou cuidando da minha vida. A vida continua, certo? Não é como se não tivéssemos sido aprovados na faculdade. Ainda tivemos nossos estágios de verão. E haverá empregos esperando por nós quando e onde precisarmos. E daí se a história não for mais *apenas* sobre nós? Não muda nada na realidade material. Na *nossa* realidade material. Ainda teremos casas, oportunidades e meninas que gostam de nós.

GAROTO BRANCO #1

Estou falando sobre a realidade.

GAROTO BRANCO #3

(incomodado)

Eu também.

GAROTO BRANCO #4

Não, acho que o Número Um está falando sobre isto aqui. Este exato momento.

(respondendo à pergunta nos olhos do Garoto Branco #3)

Forças não naturais, subnaturais ou sobrenaturais.

GAROTO BRANCO #3

(sério)

Você acha que esta é uma realidade construída na qual fomos escolhidos para desempenhar papéis de acordo com os desejos de outra pessoa?

(A máscara se parte)

Mano, *WandaVision* era só uma série de TV!

(Garoto Branco #2 e Garoto Branco #3 racham de rir, zombando de Garoto Branco #4, que fica ali pacientemente esperando que parem.)

GAROTO BRANCO #4

Se é tão engraçado assim, jogue a sua moeda de novo.

GAROTO BRANCO #3

Eu até faria isso, mas *esse* idiota aqui a derrubou debaixo da mesa. Sumiu.

(Garoto Branco #4 tira uma moeda do bolso da calça...)

GAROTO BRANCO #2

Meu Deus, você realmente carrega moedas!

(... e estende para Garoto Branco #3. Como um desafio. Quase, mas nem tanto, como ameaça.)

GAROTO BRANCO #4

Anda. Joga.

GAROTO BRANCO #3

Certo, Anton Chigurh.

GAROTO BRANCO #4
(ameaçadoramente calado)

Jogue.

GAROTO BRANCO #3

Não.

GAROTO BRANCO #4

Anda, joga.

GAROTO BRANCO #3
(cada vez mais decidido)

Não.

GAROTO BRANCO #4

Joga a porcaria da moeda.

(Garoto Branco #3 se levanta de repente e se afasta.)

GAROTO BRANCO #3

Para. Eu não vou jogar. Sossega o facho.

(Garoto Branco #2 cutuca o fogo com uma vareta.)

GAROTO BRANCO #2

Isso, sim, resolve nosso problema de personalização.

GAROTO BRANCO #3

O quê?

GAROTO BRANCO #1

Como?

GAROTO BRANCO #2

Se estivéssemos na história de outra pessoa, faria sentido que fôssemos a personificação de conceitos ou algo assim. Somos uma massa indiferenciada de privilégios brancos etc. Faz sentido, né? Mas isto aqui? Nós, juntos assim? Mostra que não somos uma massa indiferenciada. Somos diferentes. Meio que somos. E isso significa que temos individualidade. Não podemos ser todos o mesmo conceito ao mesmo tempo.

GAROTO BRANCO #1

Mas que diferenças? Tipo... camadas do mesmo conceito? Especialmente se for um conceito superenorme.

GAROTO BRANCO #2

Só que esse é o lance. Nós temos *escolhas*. Podemos escolher os nossos destinos. Não somos uma frente única.

GAROTO BRANCO #1

Mas deveríamos ser.

GAROTO BRANCO #2

Quem disse?

(Garoto Branco #1 chega a uma conclusão tão impactante que seca total e completamente as lágrimas em seu rosto, a tristeza se esvai.)

GAROTO BRANCO #1

(sem fôlego, com a euforia que acompanha uma epifania)
Nós acabamos com o Tobe.

GAROTO BRANCO #2

(sorrindo)
Nós acabamos como Tobe.

(olhando para os outros)

Depois que ele e o Victor brigaram na aula passada, Jae-yong colocou Tobe na mesa e o trouxe até nós. Uma frente única poderia ter tomado uma decisão de uma forma ou de outra, mas a teria tomado na mesma hora, porque um conceito não seria deliberado. Apenas se move. Atua. Faz o que quer porque sabe o que é. É uma questão inquestionável. Mas nós hesitamos.

GAROTO BRANCO #1

(um sussurro, mais para si do que para os outros)
E eu falei sim.

(um instante)
Eu fui atrás dele.

GAROTO BRANCO #2

E aí *nós* o alcançamos.

(Garoto Branco #1 segura a cabeça como se quisesse conter todas as implicações dessa nova compreensão, implicações tão numerosas, tão carregadas, tão volumosas que ameaçam explodir pelas orelhas e pelo nariz, vazando por trás dos olhos. Ele precisa se agarrar a isso. Então ele o faz. Com toda a sua força.)

GAROTO BRANCO #1

(sorrindo, e depois rindo)
A gente acabou com o Tobe!

GAROTO BRANCO #2

(sorrindo abertamente)
A gente acabou com o Tobe.

(para os outros)
Tá vendo? Tinha, *sim*, a ver com Tobe esse tempo todo.

GAROTO BRANCO #1

Você acha que a gente conseguiria acabar com os outros?

(Os outros se retesam. Isso não era o que esperavam ouvir o camarada, o irmão deles, dizer.)

GAROTO BRANCO #2

Ver o Tobe e o Victor juntos te perturbou mesmo, hein?

GAROTO BRANCO #3

Ao menos é isso que os outros querem?

GAROTO BRANCO #1

É só que as coisas estão tão intensas e eu estou meio que cansado, e era para essa aqui ser só uma aula para preencher janela. Se a gente conseguir trazer todos eles para o nosso lado da mesa, eles nem vão se dedicar. Não vão precisar.

> (Garoto Branco #2 e Garoto Branco #3 se entreolham, ponderam sobre isso, percebem que essa era a visão — com uma boa dose de egoísmo — mais condizente com o Garoto Branco #1. O rapaz não é movido inteiramente pelo altruísmo, ele não mudou muito com a conversa deles. Tudo isso acontece no olhar dos dois jovens no meio.)

GAROTO BRANCO #1

Por que não?

GAROTO BRANCO #3

O quê? E aí a gente faz todo mundo se matricular no time de corrida?

GAROTO BRANCO #2

Ah! Podemos convidá-los para viajar com a gente nas férias de primavera!

GAROTO BRANCO #3

Mas a gente já combinou tudo. E já temos as nossas bolsas com monogramas e tudo mais. E, além disso, você realmente quer a Letícia colando com a gente enquanto fazemos as nossas coisas de Garotos Brancos no México? Ou em Bermudas? Ou sabe lá Deus onde a gente vai passar as férias?

GAROTO BRANCO #2

Tenho certeza de que o pessoal toparia fazer uns negócios.

GAROTO BRANCO #3

Mas e quando estivermos lá objetificando latinas e convidando-as para se juntar a nós, hein? Vai ser constrangedor, mano. Muito constrangedor.

GAROTO BRANCO #2

Ela pode nos guiar.

GAROTO BRANCO #3

Falou que nem um verdadeiro Garoto Branco.

GAROTO BRANCO #2

E o que isso quer dizer?

GAROTO BRANCO #3

Ela é porto-riquenha, babaca. Não mexicana.

GAROTO BRANCO #4

Não acho que seja simples assim.

GAROTO BRANCO #2

O quê, tipo, o dinheiro? Cara, não é problema.

GAROTO BRANCO #4

(olhando diretamente para Garoto Branco #1)
Não é isso.

GAROTO BRANCO #1

(ficando mais sério)
Não, não é.

(Garoto Branco #2 e Garoto Branco #3 alternam o olhar entre #1 e #4.)

GAROTO BRANCO #2

Pessoal? O que está acontecendo?

GAROTO BRANCO #4

Não dá pra gente simplesmente aceitar eles, né?

(Garoto Branco #1 ainda está em silêncio. Pensando.)

GAROTO BRANCO #1

Tobe estava com a gente, mas mesmo assim ele se machucou.

(um instante enquanto ele espera que a conclusão alcance os outros)
Ele está com a gente, mas ele não é... ele não é *um de nós*.

GAROTO BRANCO #4

Ele não é branco.

GAROTO BRANCO #1

Ele não é branco.

GAROTO BRANCO #3

Então quer dizer que nenhum deles pode, jamais...

GAROTO BRANCO #1

Por enquanto.

GAROTO BRANCO #2

O quê?

(Garoto Branco #4 avalia a conclusão crescente do Garoto Branco #1 com um olhar de alerta, do tipo "cuidado com o que você está fazendo".)

GAROTO BRANCO #3

Você acha que existe uma forma de...

GAROTO BRANCO #1

Não sei. Eu... Eu ainda estou tentando entender. Mas acho que a sra. Cunningham deve ter a resposta.

(olhando para os outros um por um)
Ela falou no início do semestre que iríamos adentrar no coração da branquitude. Nós veríamos a roda girando, ou seja lá o que for que ela tenha dito. Acho que veremos.

GAROTO BRANCO #2

Quer dizer, levar esta aula a sério?

GAROTO BRANCO #1

Você se lembra do que falou, Número Quatro? Sobre a violência branca? Sobre isso ser o principal vetor da identidade branca ou coisa do tipo?

(Garoto Branco #4 assente solenemente.)

GAROTO BRANCO #2

Como? Você falou que não se lembrava.

GAROTO BRANCO #4

Eu ainda não tenho certeza do que aconteceu, mas uma parte ainda está na minha cabeça. Que nem um resíduo. Como se fossem as impressões digitais de alguém no meu cérebro.

GAROTO BRANCO #1

Estou com a impressão de que mais violência esteja a caminho.

GAROTO BRANCO #3

Você está querendo dizer que vamos ter que machucar nossos colegas?

GAROTO BRANCO #1

Talvez, mas...

GAROTO BRANCO #2

(numa estupefação queixosa)
Vamos ter que deixar acontecer?

(um instante)
Que nem com Tobe e Victor?

GAROTO BRANCO #4

Não só isso.

GAROTO BRANCO #3

Tem mais?

GAROTO BRANCO #1

Vamos ter que *ajudar* a acontecer.

(A careta do Garoto Branco #4 se fecha mais.)

GAROTO BRANCO #1

Sabe quando uma lagarta entra no casulo e aí o casulo...

GAROTO BRANCO #3

Crisálida.

GAROTO BRANCO #1

O quê?

GAROTO BRANCO #3

Casulo é de mariposas. Crisálidas é que são para borboletas.

(um instante)
Era disso que você estava falando, não era?

GAROTO BRANCO #1

Tá, caralho, que seja. Crisálida. Bem, a crisálida racha e a borboleta sai. A rachadura é necessária. Ela precisa acontecer antes que elas se transformem em borboletas.

GAROTO BRANCO #2

Ajudá-los a se libertar.

(Garoto Branco #1 concorda.)

GAROTO BRANCO #1

Isso.

(Garoto Branco #3 dá um suspiro pesado, se inclina para a frente, antebraços nos joelhos, e contempla o fogo.)

GAROTO BRANCO #3

Um negócio bem *O senhor das moscas*.

GAROTO BRANCO #2

Os vilões que Gotham merece.

(Garoto Branco #2 e Garoto Branco #3 se cumprimentam com soquinhos.)

GAROTO BRANCO #3
(voz do Batman do Christian Bale)
Cadê a Rachel?

(O Coro ri.)

GAROTO BRANCO #3

Então quer dizer que somos mesmo os vilões?

(O clima está mais jovial. Não é a jovialidade de uma trégua, mas uma nova compreensão entre irmãos, uma resolução de diferenças entre famílias, um corpo cujos órgãos funcionam agora em unidade, com os membros se movendo em sincronia, cada um de acordo com a sua articulação e função para impulsionar todo o organismo adiante.)

GAROTO BRANCO #2

Nós somos Itachi.

GAROTO BRANCO #3

Jutsu do Descanse em Paz, ativar!

GAROTO BRANCO #2

Otaku do caralho. Haha.

(Garoto Branco #1 e Garoto Branco #4 trocam um olhar cheio de significados. Sorriem um para o outro levemente, suavemente.)

(Garoto Branco #3 agora segura o par de óculos tortos, anteriormente sob propriedade do Garoto Branco #2.)

(Garoto Branco #2 passa uma nova moeda na parte de trás dos dedos, para a frente e para trás, para a frente e para trás.)

(Garoto Branco #3 enxuga um início de choro.)

GAROTO BRANCO #1

Será que deveríamos ensaiar?

(as luzes no Coro se enfraquecem)

(holofote em Garoto Branco #1)

(Outro holofote em Garoto Branco #4, cuja cabeça agora é a de um porco morto, sem olhos, com uma língua que rola por cima de presas marrons, podres. Moscas rondam sua cabeça.)

GAROTO BRANCO #4

Você tem medo de mim.

GAROTO BRANCO #1

O quê... O que está acontecendo? Cadê os outros?

GAROTO BRANCO #4

O que você está fazendo sozinho aqui?

> (Garoto Branco #4, usando a cabeça de porco, ri com uma voz demoníaca, duplicada.)

GAROTO BRANCO #1

Cadê o Número Quatro? Solta ele.

GAROTO BRANCO #4

Que ousadia você achar que a maldade era uma coisa que poderia cooptar e tornar heroica. Que ousadia achar que poderia ser malvado para salvar os outros.

> (A sala ecoa com risadas de fundo.)

GAROTO BRANCO #4

Você sabe. Você sabia o tempo todo. Estou dentro de você. No seu cu. Tão fundo que a ponta do meu pau tá usando seu apêndice de gorro. Você sabia desde o início, aquele conhecimento sujo e necessário que os outros recusaram. Eles não conseguem tolerar. São apenas crianças, não são? Você não é?

GAROTO BRANCO #1

Você não é?

> (Garoto Branco #4 gargalha.)

GAROTO BRANCO #4

O que te torna diferente dos seus antepassados? Algo contra o que lutar. Algo que outros tentarão derrotar. Algo que domina. Sempre. O que te torna diferente? Como você sabe que o que estava na mente deles não está na sua?

GAROTO BRANCO #1

Eu quero... Eu quero salvar os outros.

GAROTO BRANCO #4

Salvá-los? Salvá-los de uma aula na qual se matricularam por vontade própria?

GAROTO BRANCO #1

É... sim.

GAROTO BRANCO #4

Por que você rejeita a si próprio?

GAROTO BRANCO #1

Estou rejeitando *você*.

> (Garoto Branco #4 se inclina, inclina a cabeça para o lado, avaliando o Garoto Branco #1.)

>> (Ao longo do diálogo, que vai chegando ao fim, a voz do Garoto Branco #4 começa a se parecer cada vez mais com a de Geraldine Cunningham, a professora deles.)

GAROTO BRANCO #4

Você é só um garotinho tolo. Só um garotinho bobo, ingênuo.

> (um instante)

Não concorda? Você não é só um menininho bobo?

GAROTO BRANCO #1

Pare.

GAROTO BRANCO #4

Você acha que pode ser um herói aqui?

GAROTO BRANCO #1

> (engole em seco)

Sim.

GAROTO BRANCO #4

> (tira itens de trás dele)

Bem, aqui está o seu chapéu Stetson. E o seu rifle de ferrolho, e as esporas para suas botas, e um pouco de sede de sangue, e o Destino Manifesto, e a sua faca pra escalpelar, e, já que estamos falando disso, um distintivo para quando você for transformado em policial.

GAROTO BRANCO #1

Pare com isso.

GAROTO BRANCO #4

Ah, é. Talvez você seja um industrialista. Ou talvez o piloto que lança a bomba atômica em Hiroshima, ou talvez o que lança a bomba atômica em Nagasaki.

GAROTO BRANCO #1

Por que você está fazendo isto comigo?

GAROTO BRANCO #4

Foi uma boa ideia quando decidiu vir pra cá. Mas você não entendeu tudo muito bem. E deixou os outros te convencerem de que as coisas poderiam ser diferentes. Que você poderia escapar das consequências do seu sangue. Que você poderia ter a mesma aparência, falar como fala, ter o nome que tem, a linhagem que tem e a herança que tem e ser *algo além* daquilo que estava destinado a ser?

GAROTO BRANCO #1

Eu sou uma *criança*!

GAROTO BRANCO #4

Você é uma consequência.

(Garoto Branco #1, abatido, começa a chorar em suas mãos.)

GAROTO BRANCO #4

Ah, mas o que há de errado? Estou dando aquilo que você tanto queria aqui. Clareza. Propósito. Um propósito que você adivinhou em partes. Veja só, você teve a ideia certa. Eu só a completei para você. Te coloquei nos trilhos.

GAROTO BRANCO #1

Eu me sinto tão sozinho.

GAROTO BRANCO #4

Qual vilão não é solitário?

GAROTO BRANCO #1

Mas eu... O que eu deveria fazer?

(Uma série de fotos e vídeos curtos se juntam e se desenrolam sobre o fogo entre eles, como visões evocadas das chamas: uma marcha cujos participantes carregam tochas tiki, uma conspiração de valentões de corte curto e jaqueta descascada chutando e despejando golpes de porretes em um homem do Leste Asiático encurvado em posição fetal; uma tomada aérea de campos de concentração da Segunda Guerra Mundial; uma multidão de homens e mulheres jovens, com saliva no rosto, gritando obscenidades para uma garota negra de rosto impassível que caminha em direção a uma escola; uma fogueira estridente; um soldado vestido de verde-oliva, usando seu lança-chamas para vomitar um bafo de dragão grande o suficiente para derrubar uma pequena floresta, enquanto humanos de formas e tamanhos variados caem no chão; um jovem vestindo um casaco North Face com uma arma de assalto, na mesma posição, apontada para os peticionários na sala de oração principal da mesquita, apenas parcialmente conscientes de sua presença, o mesmo sorriso rígido no rosto.)

GAROTO BRANCO #4

O que você deve fazer?

(A cabeça do porco sorri.)
O que você sempre deveria ter feito.

(inclinando-se para a frente)
Destrua-os.

(luzes se apagam em todo o palco)

(Luzes sobre o Coro na mesma posição em que estavam antes do encontro do Garoto Branco #1 com o Garoto Porco. Só que o olhar do Garoto Branco #1 está focado em algo muito além do Garoto Branco #4, muito além dos limites deste teatro, muito além dos limites de qualquer história da qual ele acredita fazer parte. Olhando para o infinito e vendo apenas o abismo.)

(Garoto Branco #1 acorda.)

GAROTO BRANCO #1

(para os outros)
Vamos ensaiar?

(luzes se apagam)

(A chama na mesa se apaga.)

(Os outros colegas, em silhuetas, começam a entrar.)

AGRADECIMENTOS

Alex Kim
Geoff Foster
Savannah Abrishamchian
Ben Greenberg
Win Rosenfeld
Keisha Senter
Ian Cooper
Rachel Foullon
Mollie Glick
Katherine Rowe
Jared Levine
Aileen Gorospe
Seth Fishman
Regina Flath
Janay Frazier
Ethan Soo
Zainab Sillah
Marc LeBlanc
Rachel Rokicki
Greg Kubie
Windy Dorresteyn
Michael Hoak

SOBRE OS COLABORADORES

N. K. JEMISIN é a primeira autora a ganhar três prêmios Hugo de Melhor Romance consecutivos, por sua trilogia Terra Partida. Seu trabalho ganhou os prêmios Nebula e Locus, e ela foi agraciada com a Bolsa MacArthur em 2020. *Nós somos a cidade*, primeiro livro de sua trilogia atual, Grandes Cidades, é um best-seller do *New York Times*. Suas obras especulativas variam entre a fantasia, a ficção científica e o indefinível; seus temas incluem a resistência à opressão, a indissociabilidade do liminar, e o quão maneiro é Explodir Coisas. Ela foi instrutora dos workshops de escrita Clarion e Clarion West. Entre outros trabalhos críticos, já foi resenhista literária de ficção científica e fantasia no *New York Times*. No tempo livre, é gamer e jardineira, responsável por salvar o mundo de KING OZZYMANDIAS, seu gato laranja perigosamente inteligente, e de seu braço direito, o Maravilhoso Mestre Mapie.

REBECCA ROANHORSE é autora best-seller do *New York Times* e premiada pelo Hugo, Nebula, Locus e Ignyte. Publicou vários contos premiados, que podem ser encontrados em periódicos como *Apex*, *The Mythic Dream*, *Star Wars: Clone Wars* e *A Phoenix First Must Burn*, entre outros. Sua ficção curta também apareceu no podcast *LeVar Burton Reads* e como parte da série de *Histórias Originais* da Amazon. Rebecca também escreveu romances, incluindo dois na série *Sixth World*; *Star Wars: A Resistência renasce*; e *Black Sun* e *Fevered Star*, ambos parte da trilogia de fantasia épica *Between Earth and Sky*, com o romance final, *Mirrored Heavens*, previsto para ser lançado em 2024. Ela também escreveu para a Marvel Comics, incluindo *Phoenix Song: Echo*, *Crypt of Shadows* (*Moon Knight/Werewolf by Night*) e *Women of Marvel* (She-Hulk). Rebecca também escreve para a televisão e teve projetos adquiridos pela Amazon, Netflix e AMC, bem como a Get Lifted Film Co., de John Legend. Ela dedica esta história à tia que era uma criadora de bonecas premiada em Cedar Hill, Texas.

CALDWELL TURNBULL é o autor premiado de *The Lesson*; *No Gods, No Monsters*; e *We Are the Crisis*. Seus contos já foram publicados em *The Verge*, *Lightspeed*, *Nightmare*, *Asimov's Science Fiction* e várias antologias, incluindo *The Best American Science Fiction and Fantasy 2018* e *The Year's Best Science Fiction and Fantasy 2019*. Seu romance *The Lesson* foi ganhador do prêmio Neukom Institute Literary de 2020 na categoria estreante. A obra também foi pré-selecionada para o prêmio VCU Cabell e indicada ao Massachusetts Book. Seu romance *No Gods, No Monsters* é vencedor de um Lambda e finalista do Shirley Jackson. Turnbull é de St. Thomas, Ilhas Virgens Americanas.

LESLEY NNEKA ARIMAH nasceu no Reino Unido, cresceu na Nigéria e em todos os outros lugares para o quais seu pai foi enviado a trabalho. Suas histórias já foram publicadas na *New Yorker*, *Harper's*, *McSweeney's* e *Granta*, e foram agraciadas com o prêmio National Magazine, O. Henry e Caine. Foi selecionada para a lista 5 Under 35 da National Book Foundation, e sua coletânea de estreia, *O que acontece quando um homem cai do céu*, ganhou o prêmio Kirkus de 2017 e o prêmio Young Lions Fiction da Biblioteca Pública de Nova York em 2018, entre outras honrarias. Arimah mora em Minneapolis e está escrevendo um romance sobre você.

VIOLET ALLEN é autora de ficção científica e de fantasia. Sua ficção se inspira em tudo, desde cultura popular contemporânea a poesia antiga em sondagens surreais da sociedade, da cultura e de relacionamentos. Suas histórias foram publicadas em *Lightspeed*, *The Best American Science Fiction and Fantasy*, *Resist: Tales from a Future Worth Fighting Against*, *A People's Future of the United States*, *The Dystopia Triptych*, além de outros suportes. Seu trabalho também foi apresentado no podcast *LeVar Burton Reads*. Mora em Chicago, Illinois, e no seu tempo livre gosta de compor músicas, assistir a filmes e tentar fazer a pizza perfeita. Ela é representada por DongWon Song na agência literária Howard Morhaim e pode ser contatada pelo X (antigo Twitter) em @blipstress.

ERIN E. ADAMS é uma escritora e artista teatral haitiana-americana de primeira geração. Seu romance de estreia, *Jackal*, foi finalista do prêmio Edgar, Bram Stoker e Lefty. Também foi intitulado um dos melhores livros do ano por *Esquire*, *Vulture*, *PopSugar*, *Paste* e *Publishers Weekly*, e o melhor livro de terror de todos os tempos pela *Cosmopolitan*. Adams completou o bacharelado em arte literária com honras na Universidade Brown, o mestrado em belas artes com especialização em atuação na The Old Globe e no Shiley Graduate Theatre Program da Universidade de San Diego, e o mestrado em belas artes com especialização em escrita dramática na NYU Tisch School of the Arts. Dramaturga e atriz premiada, Adams vem chamando a cidade de Nova York de lar na última década. Seu segundo romance, *One of You*, será publicado pela Penguin Random House em 2024.

TANANARIVE DUE (tá-ná-ná-RIIVI du) é uma premiada autora que ensina terror negro e afrofuturismo na UCLA. É produtora executiva no documentário pioneiro do serviço de streaming Shudder, *Horror Noire: A History of Black Horror*. Ela e o marido/colaborador Steven Barnes escreveram "A Small Town" para a segunda temporada da série *The Twilight Zone,* de Jordan Peele, na Paramount Plus, e dois segmentos do filme antológico do Shudder, *Horror Noire*. Eles também coescreveram o quadrinho de terror negro *The Keeper*, ilustrado por Marco Finnegan. Due e Barnes coapresentam um podcast, Lifewriting: Write for Your Life! Uma das principais vozes na ficção especulativa negra por mais de vinte anos, Due ganhou um prêmio American Book, um NAACP Image e um British Fantasy, e sua escrita foi incluída em antologias consideradas as melhores do ano. Entre seus livros estão *The Reformatory*, *The Wishing Pool and Other Stories*, *Ghost Summer: Stories*, *My Soul to Keep* e *The Good House*. Ela e a falecida mãe são coautoras de *Freedom in the Family: A Mother-Daughter Memoir of the Fight for Civil Rights*. Ela e o marido moram no sul da Califórnia com o filho, Jason.

JUSTIN C. KEY é um escritor de ficção especulativa e psiquiatra cujas histórias foram publicadas na *Magazine of Fantasy & Science Fiction*, *Strange Horizons*, *Tor.com*, *Escape Pod* e *Lightspeed*. Graduado em Clarion West, sua coleção de contos de estreia, *The World Wasn't Ready for You*, foi publicada pela HarperCollins. Quando Justin não está escrevendo, atendendo a seus pacientes ou explorando Los Angeles com a esposa, ele está correndo atrás dos três filhos jovens (e enérgicos).

EZRA CLAYTAN DANIELS é um artista multidisciplinar americano birracial (preto/branco). Nascido e criado em Sioux, Iowa, Ezra é criador dos premiados quadrinhos de ficção científica e terror *Upgrade Soul* (Oni Press) e *BTTM FDRS* (Fantagraphics). Seu trabalho foi exibido na plataforma Criterion Channel e no Museu de Arte Contemporânea de Chicago, e está em exibição permanente no Museu Whitney. Ezra mora atualmente em Los Angeles, onde escreve materiais para filmes e programas de TV.

NNEDI OKORAFOR é autora best-seller do *New York Times*, internacionalmente premiada, que escreve ficção especulativa para adultos, jovens e crianças. Os termos mais específicos para definir seus trabalhos são afrofuturismo e *africanjujuism*, subgênero que explora espiritualidades e cosmologias africanas. Nnedi recebeu os prêmios World Fantasy, Nebula, Eisner e Lodestar e múltiplos prêmios Hugo e

Nommo, entre outros, por seus trabalhos. Seu livro de memórias, *Broken Places & Outer Spaces*, foi nomeado para o prêmio Locus. Nnedi também escreveu quadrinhos para a Marvel, incluindo *Black Panther: Long Live the King*, *Wakanda Forever* (protagonizado por Dora Milaje), e a série *Shuri*. Atualmente ela tem livros sendo adaptados para a TV pela HBO, Amazon Studios, 20th Century Fox e outros. Admiradores de seu trabalho incluem Neil Gaiman, Ngũgĩ wa Thiong'o, George R. R. Martin e Rick Riordan. As ancestrais literárias Diana Wynne Jones, Ursula K. Le Guin e Nawal El Saadawi também adoraram seu trabalho. Nnedi tem um ph.D. em literatura e dois mestrados (em jornalismo e em literatura) e é professora na Universidade Estadual do Arizona. Mora em Phoenix com a filha, Anyaugo. Saiba mais em nnedi.com. Você também pode segui-la no X (antigo Twitter) (@nnedi) e no Instagram (@nnediokorafor).

L. D. LEWIS é uma editora, publisher e escritora de ficção especulativa indicada ao prêmio Shirley Jackson. Atua como criadora-fundadora e gerente de projetos do prêmio World Fantasy e da revista literária *FIYAH*, ganhadora do prêmio Hugo. Ela é pesquisadora no (também premiado) podcast LeVar Burton Reads, e paga as contas sendo diretora de programas e operações para a Lambda Literary. É a autora de *A Ruin of Shadows* (publicado pela Dancing Star em 2018), e seus contos e poemas publicados incluem participações em *FIYAH*, *PodCastle*, *Fireside Magazine*, *Strange Horizons*, *Anathema: Spec from the Margins*, *Lightspeed* e *Neon Hemlock*, entre outros. Ela mora na Georgia com seu costume de beber café, dois gatos e uma impressionante coleção de LEGO.

NALO HOPKINSON é uma autora nascida na Jamaica e que mora no Canadá. Seus romances e contos receberam os prêmios World Fantasy, Sturgeon, Sunburst Award for Excellence in Canadian Literature of the Fantastic, Nebula, entre outros. Em 2021, a organização Science Fiction and Fantasy Writers of America concedeu a ela o prêmio Damon Knight Memorial "Grand Master" pelas contribuições ao gênero e à comunidade. Ela é a primeira mulher de ascendência africana, e também a pessoa mais jovem, a receber esse prêmio.

MAURICE BROADDUS é escritor, líder comunitário, professor de Ensino Fundamental e bibliotecário. Seu trabalho foi publicado em suportes como *Lightspeed*, *Black Panther: Tales of Wakanda*, *Weird Tales*, *The Magazine of Fantasy & Science Fiction* e *Uncanny*. Entre suas obras, estão o romance de ficção científica *Sweep of Stars*, os livros de steampunk *Buffalo Soldier* e *Pimp My Airship*, e os romances infantojuvenis *The Usual Suspects* e *Unfadeable*. Seu projeto televisivo, *Sorcerers*, está sendo adaptado para a AMC. Ele também é editor na revista *Apex*. Saiba mais a respeito no site mauricebroaddus.com.

RION AMILCAR SCOTT é autor das coletâneas *The World Doesn't Require You* e *Insurrections* — que foi premiada em 2017 com o PEN/Bingham Prize for Debut Fiction e o Hillsdale Award from the Fellowship of Southern Writers. Ele leciona escrita criativa na Universidade de Maryland. Seu trabalho foi publicado em *The New Yorker*, *The Kenyon Review*, *Best American Science Fiction and Fantasy 2020*, *Crab Orchard Review*, entre outros periódicos.

NICOLE D. SCONIERS nasceu em Phoenixville, Pensilvânia, a cidadezinha onde o clássico cult *A bolha assassina* foi filmado. Passou a infância lendo as revistas *Mad* e *Fangoria* e escrevendo histórias sinistras. A paixão da srta. Sconiers por contos sombrios e questões de justiça social a levaram a fazer um mestrado em belas artes com especialização em escrita criativa na Antioch University Los Angeles. Ela mistura terror, ficção especulativa e humor nas histórias centradas em heroínas negras complexas. É a autora de *Escape from Beckyville: Tales of Race, Hair and Rage*, uma coletânea de contos que entrou no conteúdo de ensino de faculdades e universidades pelos Estados Unidos. Seu trabalho foi publicado na revista *Nightmare*, *Lightspeed*, *Speculative City*, no podcast *NIGHTLIGHT: A Horror Fiction*, no jornal literário *Aunt Chloe: A Journal of Artful Candor*, da Faculdade Spelman, e em outros periódicos. Seus contos foram publicados nas antologias *Black from the Future: A Collection of Black Speculative Writing*, *December Tales* e *Sycorax's Daughters*, que foi finalista do prêmio Bram Stoker. A srta. Sconiers mora na Pensilvânia e é uma pintora autodidata. Atualmente está trabalhando em uma coletânea de contos de terror sobre cidades pequenas.

CHESYA BURKE é professora assistente de inglês e literaturas estadunidenses e diretora de estudos negros na Universidade Stetson. Tendo escrito e publicado mais de cem histórias e artigos nos gêneros terror, ficção científica, quadrinhos e afrofuturismo, sua pesquisa acadêmica foca sobretudo intersecções de raça, gênero social e gênero artístico. Sua coletânea de contos, *Let's Play White*, integra o conteúdo de ensino de diversas universidades pelo mundo, levando Nikki Giovanni, poeta ganhadora do Grammy, a comparar sua escrita com a de Octavia Butler e Toni Morrison, e Samuel R. Delany a chamá-la de a "formidável nova mestre do macabro". O episódio de Chesya do podcast *I Hear Fear*, intitulado "Under the Skin" e apresentado por Carey Mulligan, foi produzido por Wondery e Amazon Music e publicado no Halloween de 2022. É representada por Alec Shane da Writer's House, e Sukee Chew e Katrina Escudero da Sugar23.

TERENCE TAYLOR mora e escreve em Gowanus, Brooklyn, com Shuri, sua gata preta e musa de meio período. Depois de anos confortando as crianças com escritos televisivos premiados para a PBS, Nickelodeon, Disney, entre outros, ele se dedicou a assustar os pais delas na versão impressa. Seu conto "Plaything" foi publicado em *Dark Dreams*, de Brandon Massey, a primeira antologia de terror/suspense de autores afro-americanos. O trabalho de Terence apareceu nos dois volumes seguintes, e seus contos e ensaios de não ficção desde então foram publicados em *Lightspeed, Fantastic Stories of the Imagination, Nightmare Magazine, What the #@&% Is That?: The Saga Anthology of the Monstrous and the Macabre, The Canterbury Nightmares* e outros. Seu romance de estreia, *Bite Marks*, foi um Grand Guignol moderno sobre a criação involuntária, mas catastrófica, de uma criança imortal, e recebeu uma resenha de destaque da *Publishers Weekly*, que o descreveu como "um *noir* sobrenatural, sombrio e imagético que se passa na Nova York dos anos 1980". Foi seguido pela obra *Blood Pressure*, na qual, vinte anos depois, uma nova ameaça põe em risco os humanos e os vampiros que sobreviveram no primeiro livro. Terence logo vai concluir a trilogia com *Past Life*, que se passa em 2027, quando o terror crescente ameaça acabar com o mundo. O autor pode ser encontrado em terencetaylor.com.

P. DJÈLÍ CLARK é vencedor dos prêmios Hugo, Nebula, Sturgeon, British Fantasy e World Fantasy, e autor do romance *Mestre dos Djinns* e das novelas *Ring Shout, The Black God's Drums* e *The Haunting of Tram Car 015*. Suas histórias foram publicadas em veículos online como *Tor.com, Daily Science Fiction, Heroic Fantasy Quarterly, Apex, Lightspeed, Fireside Magazine* e *Beneath Ceaseless Skies*, e em antologias impressas, incluindo *Griots, Hidden Youth* e *Clockwork Cairo*. É membro-fundador da revista literária *FIYAH* e resenhista ocasional da *Strange Horizons*. Seu romance mais recente é *Abeni's Song*, o primeiro livro de uma série de fantasia infantojuvenil. Atualmente, mora em um pequeno castelo eduardiano na Nova Inglaterra com a esposa, as filhas e um dragão de estimação (que, de forma suspeita, se assemelha a um cachorro Boston Terrier). Quando assim deseja, divaga sobre temas acerca de ficção especulativa, política e diversidade em seu blog de nome conveniente, o Disgruntled Haradrim.

TOCHI ONYEBUCHI é o autor de *Goliath*, que foi listado como uma das leituras obrigatórias de 2022 pela revista *Time*, bem como um dos cinco melhores livros de ficção científica e fantasia de 2022 pelo *The Guardian*. Seus trabalhos anteriores de ficção incluem a séries *Beasts Made of Night* e *War Girls*, além de *Riot Baby*, finalista dos prêmios Hugo, Nebula, Locus e NAACP Image e vencedor das premiações New England Book Award for Fiction, do ALA Alex e do World Fantasy.

Ele tem diplomas da Universidade Yale, da New York University's Tisch School of the Arts, da Faculdade de Direito de Columbia e do Instituto de Estudos Políticos de Paris. Sua ficção curta foi publicada em *The Best American Science Fiction and Fantasy*, *The Year's Best Science Fiction* e outros veículos. Seu trabalho de não ficção inclui o livro *(S)kinfolk*, e apareceu no *New York Times*, na NPR e no *Harvard Journal of African American Public Policy*. Tochi também escreveu a minissérie *Black Panther: Legends* para a Marvel Comics e *Captain America: Symbol of Truth*, com Sam Wilson como Capitão América.

SOBRE OS EDITORES

JORDAN PEELE é escritor, produtor e diretor vencedor do Oscar e do Emmy. Seu primeiro longa, *Corra!*, foi lançado em 2017 e amplamente aclamado, conquistando quatro indicações ao Oscar e vencendo o prêmio de melhor roteiro original. Em 2019, Peele escreveu, produziu e dirigiu seu segundo longa, *Nós*, que instantaneamente se tornou um grande sucesso de público e de crítica, tornando-se o filme de terror com a maior bilheteria de estreia de todos os tempos. No verão de 2022, Peele lançou o terceiro filme, o épico de terror sci-fi *Não! Não olhe!*, que também estreou em primeiro lugar nas bilheterias. Ainda em 2022, com a Monkeypaw, lançou pela Netflix o stop-motion *Wendell & Wild*, dirigido por Henry Selick, que Peele coescreveu, produziu e dublou. Antes de *Corra!*, Peele foi cocriador da série *Key & Peele*, da Comedy Central. Com cinco temporadas, a série se tornou uma sensação na internet, graças a sua abordagem única da comédia em esquetes. Em 2012, Peele criou a produtora de cinema e televisão Monkeypaw Productions, para promover narrativas de gênero não convencionais.

JOHN JOSEPH ADAMS é editor da série Best American Science Fiction and Fantasy e de mais de quarenta antologias, como *Wastelands*, *The Living Dead* e *A People's Future of the United States*.

Também é editor da revista *Lightspeed*, ganhadora do prêmio Hugo, e das primeiras cem edições de sua revista-irmã, *Nightmare*. Como editor das duas publicações, de 2014 a 2016 publicou a aclamada série "Destroy", cem por cento escrita e editada por criadoras mulheres, LGBT+ e não brancas.

Quando não está editando contos, produz o podcast *The Geek's Guide to the Galaxy* para a WIRED, e por cinco anos foi o editor do selo de romance epônimo na Houghton Mifflin Harcourt. Ultimamente, vem trabalhando como editor (e ocasionalmente designer) em vários projetos de jogos de roleplay para a Kabold e o Monte Cook Games.

SOBRE OS TRADUTORES

CAROLINA CANDIDO é paulistana e apaixonada por livros desde pequena. Formada em letras com habilitação em italiano pela USP e mestre em tradução pela Universidade de Lisboa, é especializada em tradução editorial do inglês e do italiano. Já trabalhou em mais de quarenta livros para as maiores editoras do Brasil em gêneros como romance, suspense e fantasia, de autores como Sarah J. Maas, Jamaica Kincaid e Rachel Lynn Solomon. Mora em Lisboa desde 2018, cercada de livros para ler ou traduzir.

GABRIELA ARAUJO é escritora, tradutora e preparadora literária. Colabora com editoras desde 2021 e está concluindo a pós-graduação em produção editorial.

Já trabalhou em livros de autores como N. K. Jemisin, Angie Thomas, Sarah J. Maas e Holly Black. Como escritora, publicou obras independentes na Amazon, como o conto de ficção contemporânea "O futuro da minha história" e o livro de poesia *Quando sentir, escreva*.

Costuma resumir o próprio trabalho como a ação de criar e recriar mundos. Escreve histórias com o protagonismo de mulheres pretas e acredita na literatura como uma arte com o potencial de fomentar conversas.

JIM ANOTSU é escritor, tradutor e roteirista de cinema, TV e publicidade. É autor, dentre outros, de *A batalha do Acampamonstro* (Nemo), publicado em 2018, e *O serviço de entregas monstruosas* (Intrínseca), de 2021. Seus romances foram publicados em mais de treze países. Com *O serviço de entregas monstruosas*, venceu o prêmio de melhor ficção em literatura do CCXP Awards 2022 e o prêmio Odisseia de Literatura Fantástica 2022, e foi finalista do prêmio AEILIJ 2021 e do prêmio Jabuti 2022.

THAÍS BRITTO é carioca, formada em jornalismo pela UERJ com pós-graduação em tradução. Trabalhou no jornal *O Globo* e nas editoras Record e Companhia das Letras. Já traduziu desde livros que são fenômenos do TikTok a ensaios jornalísticos, passando por ficção literária e muitos suspenses e thrillers (embora morra de medo deles). É fascinada em igual medida pela ficção e pela realidade, acumuladora de livros, DJ amadora e cinéfila não praticante. Movida a água sem gás, festivais de música, drag queens, maracatu e dicionário de sinônimos.

ESTA OBRA FOI COMPOSTA PELA ABREU'S SYSTEM EM CAPITOLINA REGULAR
E IMPRESSA EM OFSETE PELA GRÁFICA SANTA MARTA SOBRE PAPEL PÓLEN NATURAL DA
SUZANO S.A. PARA A EDITORA SCHWARCZ EM MAIO DE 2024

A marca FSC® é a garantia de que a madeira utilizada na fabricação do papel deste livro provém de florestas que foram gerenciadas de maneira ambientalmente correta, socialmente justa e economicamente viável, além de outras fontes de origem controlada.